悲石城主

陈崎嵘 著

作家出版社

图书在版编目（CIP）数据

点石成金/陈崎嵘著 . -- 北京：作家出版社，2022.10
ISBN 978 – 7 – 5212 – 1912 – 8

Ⅰ . ①点… Ⅱ . ①陈… Ⅲ . ①报告文学 – 中国 – 当代
Ⅳ . ①I25

中国版本图书馆 CIP 数据核字（2022）第 080968 号

点石成金

作　　者：陈崎嵘
责任编辑：李亚梓
书名题字：廖　奔
封面设计：百丰艺术
出版发行：作家出版社有限公司
社　　址：北京农展馆南里 10 号　　　邮　　编：100125
电话传真：86 – 10 – 65067186（发行中心及邮购部）
　　　　　 86 – 10 – 65004079（总编室）
E – mail: zuojia@zuojia. net. cn
http: // www. zuojiachubanshe. com
印　　刷：北京盛通印刷股份有限公司
成品尺寸：152 × 230
字　　数：265 千
印　　张：19.75
版　　次：2022 年 10 月第 1 版
印　　次：2022 年 10 月第 1 次印刷
ISBN 978 – 7 – 5212 – 1912 – 8
定　　价：98.00 元

20世纪70年代古运河桐乡段石门湾，此处为张毓强出生地

刚进石门东风布厂
工作的张毓强（中）
与小伙伴们

70 年代老玻纤厂区

1972 年，张毓强从九汀玻纤厂拉回来第一台拉丝机，由此进军玻纤行业

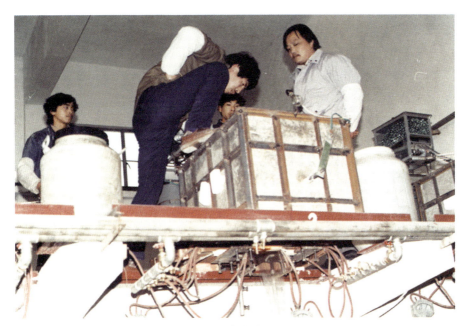

20 世纪 80 年代，张毓强带领员工开展技术改造

1989 年 6 月，桐乡玻纤厂改制为桐乡振石股份有限公司，张毓强等为改制后的公司揭匾

1993 年 3 月，振石投资成立桐乡巨石玻璃纤维有限公司

1994 年，张毓强点燃了巨石池窑拉丝生产线的第一把火

桐乡智能生产基地鸟瞰图

2020年，全球最大的50万吨风电材料生产基地建成并投运

振石控股集团所属东方特钢不锈钢生产场景

振石印尼雅石年产 30 万吨镍铁项目生产场景

振石印尼华宝工业园区项目（效果图）

2016 年，公司荣获国家
科学技术进步奖二等奖，
张毓强在人民大会堂领奖

2019 年，张毓强入选《福布斯中国》"中国企业跨国经营杰出领导人榜"

在中国·振石 2020 国际年会上举行总裁聘任仪式，张毓强向张健侃颁发振石控股集团总裁聘任书

振石控股集团开展"三健"主题活动，图为张毓强带领员工们环跑凤凰湖

振石控股集团捐款设立"振石石门慈善教育基金"

"双峰插云"：振石控股集团总部大楼、中国巨石科技中心

目录

第一章
运河古镇孕育的初心

却顾所来径，苍苍横翠微。

——李白

定格：1972 年 12 月 30 日的九江

张毓强怎么也不会想到，28 年后，他创建的企业居然会收购眼前这个庞然大物——九江玻璃纤维厂。

那天，经过 30 多小时的长途颠簸，年仅 17 岁的懵懂少年张毓强终于走到了此行的目的地——坐落于九江市前进东路 44 号的九江玻璃纤维厂门口。

张毓强肩背着电动机和肥皂箱，顺便用棉衣袖口擦了一把自己额头上渗出的热汗，一边慢步走着，一边用惊讶的目光打量着眼前的九江玻璃纤维厂。

厂区正门朝北，大门用方钢焊接而成，显得分外坚固厚重。门两侧竖立着 2 根水刷石装饰的方柱，方柱两边是一道八字形围墙。围墙高约 2 米，其间隔着一根根造型水泥柱，形成波浪起伏之势。进得大门，一条 20 米宽的大道通向纵深。道路两旁，长着高大茂密的柏树，仿若站着两队威武雄壮的卫兵。他再往前走五六十米，来到一个十字路口。路口有个直径十来米的花坛。花坛正中，矗立着一尊伟人挥手的塑像。塑像用金黄色玻璃钢制作，在朝晖中熠熠生辉，给张毓强带来强烈的视觉冲击。走在厂区马路上，映入张毓强眼帘的，是白茫茫的一片锯齿形厂房，拉丝车间、纺织车间、机修车间，一个连着一个。还有红砖砌就的办公楼、灰墙围挡的堆煤场、白灰涂抹的锅炉房和水塔，居然还有托儿所、幼儿园、学校、医院。

后来，张毓强才知晓，九江玻纤厂是直属国家建材部的 16 家大中型国有玻纤企业之一，筹建于 1958 年。当时全厂约有 3000 名职工、78 台坩埚，年产玻纤 1000 吨。生产区和职工生活区面积相加近 500 亩，约等于当时 3 个生产队耕地面积之和。

一个远在千里之外桐乡县石门镇东风布厂的挑水工兼采购员张毓强，有点眼花缭乱、目不暇接。天哪！工厂原来可以这么大、这么办？他觉得自己的思维一时发生短路，根本来不及仔细观察，也没有心思欣赏。他只是惊讶地张开嘴巴，自言自语地絮叨着：大，大，实在是大！似乎除了一个"大"字，他竟找不出什么词来形容这家企业，更无法确切表达此时此刻自己那种被震撼的心情。那时的张毓强，还是个毛头小伙子，小名"毛毛"，还没有掌握后来那么多词语，还没有像后来那样可以口若悬河、滔滔不绝地讲话，或作报告。更不会想到，28 年后，他居然成为这家企业的收购者、掌舵者。

那天是 1972 年 12 月 30 日清晨。对，是 12 月 30 日清晨。即使后来时间匆匆逝去，即使张毓强后来经手过无数个项目，但张毓强对这个日子记得死死的、牢牢的，仿若嵌入他的骨髓里，融化在他的血液中，根本不需刻意去记忆它。只要张毓强一想到九江玻纤厂，这个日期就会自动跳出来，闪烁在他的脑海屏幕上。

张毓强清晰记得 3 天前离开故乡石门轮船码头的情景。

冬季的日头早已偏西，并不强烈的夕光洒在古运河两岸低矮的水阁楼上，也洒在旧石板铺就的码头上。码头紧挨着大桥砣，一些无事可做的居民正倚着桥栏晒太阳。一大一小、凹凸斑驳的河埠头构成众人眼中的轮船码头，而那些长满了绿苔的石板台阶，说明着年代的久远。

　　一艘"喜鹊班"客轮在人们的喧闹声中慢慢靠上码头。顿时，码头显得热闹起来。一拨人上岸，一拨人上船。个头不高、身材敦实的张毓强，跨过32级台阶的南高桥，随着拥挤的人群，好不容易踏进船舱。他肩膀上搭着一根绳索，绳索两端系着两件重物。悬挂在胸前的是一箱沉甸甸的肥皂，紧贴后背的是一台更加沉甸甸的3千瓦电动机。明眼人一看，这两件物品，少说也得毛重两百斤。因而，张毓强身上那件半新旧棉袄坎肩，被深深地勒出一道凹槽，绳索似乎嵌进了张毓强尚且稚嫩的肩膀。

　　"呜呜——""喜鹊班"客轮在众人注目中缓缓驶离轮船码头，驶向附近的长安镇。石门镇不通铁路，自然没有火车。镇上有个传说，当年隋炀帝开凿京杭大运河时，非常看重石门镇风水，特意绕了一个大弯，从石门穿过，故而形成著名的古运河石门湾，为这一带百姓带来上千年的便利。谁知清末开建沪杭铁路时，石门人担心那个莽撞的铁家伙会冲坏石门镇风水，强烈要求铁路绕道。这一绕，就把石门镇甩出了铁路时代。

　　传说是否真实，不得而知，也无法考证。但迫使张毓强那天用2小时15分钟时间，绕道长安镇火车站上车，却是铁打的事实。

　　没有人为张毓强送行。这趟差本来是王鑑初的。王鑑初是张毓强的领导，也是张毓强走上社会后的启蒙老师，厂里上上下下都叫他老王。老王不是一般的人，上过朝鲜战场，做过一号首长的报务员，见多识广。有空时会跟张毓强讲那些他闻所未闻的事体，也教他一些做人做事的道理。张毓强对老王有点小崇拜。王鑑初说他有事去不了，指名让张毓强去。既然是领导兼师父的意思，张毓强二话不说，就应承下来。他曾听老王说起过，厂里决定生产玻纤丝，需要几台拉丝机。跟不少企业联系过，各家都没有货。后来，终于打听到九江玻纤厂仓库里躺着几台备用的拉丝机，辗转找人，才与九江玻纤厂供应科长彭毓泉联系上。对方答应可以按原价调剂给石门东风布厂，但外加了一个调剂条件：要1台电动机和20条肥皂。彼时，全社会物资匮乏，几乎所有商品都供不应求。电动机是了不得的大设备，国家计划分配。肥皂也是紧俏商品，凭票供应，每人每月只能购买半块。对方要的电动机，显然是厂里公用，这肥皂或许是给厂里工人用的？东风布厂托人找桐乡县二轻局特批，才把一台3千瓦的电动机和20条肥皂搞到手。

这些事，张毓强没有经手，具体情况不是太清楚。老王不知是真有事，还是想考验考验他？张毓强也不清楚。当年他毕竟才17岁，心思还单纯得很。换成眼下的小青年，恐怕还在父母面前撒娇讨钱吧？不过，张毓强已跟着老王出过好多趟差，还见识过当时最牛的南京长江大桥。在厂里算得上半个采购员，在镇上也算是见过大世面的人了。所以，厂领导很放心。

张毓强出差路线图是这样的：在长安镇，爬上那列喘着粗气的快车，沿着沪杭线、浙赣线抵达南昌站，再在南昌站中转换乘慢车，向着遥远的九江市行进。

那年的冬天特别冷，又临近腊月，上下车旅客极多。但凡从那个年代过来的人，恐怕都不会忘记，彼时，铁路少，车次更少，真正的"一票难求""一座难得"。

旅客上下车简直像一场战斗。有的旅客背着行李从车门下不来，就干脆把行李从车窗口丢到月台上，然后紧跟着人蹦到地上。也有上车旅客恳求已在列车上的旅客帮忙，将行李从车窗口接一下，然后自己艰难地从车窗爬进去。这样的场景司空见惯，笔者曾无数次经历过，想必张毓强经历得更多。

可以想见，背着那么笨重行李的张毓强，肯定比一般旅客上下车更艰难更吃力。好在彼时张毓强年轻，有的是力气。力气大可能是张毓强小时候吃"毛蛋"吃出来的。所谓"毛蛋"，就是孵化不出小鸡小鸭的死蛋，据说营养蛮丰富。同时，张毓强个子不高，且十分机灵。他费尽九牛二虎之力，三下五除二，总算把自己和两件笨重行李弄上了火车。

张毓强买的是站票。站票，就是允许你上火车，找个站的位置而已。

车厢内照例到处是人和行李。不要说座位，行李架上、过道上，连两节车厢连接处，都站满了人、堆满了物。车内弥漫着汗酸气和大蒜味，充塞着南腔北调的嚷嚷声，还有小孩被挤哭被吓坏的叫喊声。

好不容易，张毓强找到了一个可以允许站立的空间，与其他旅客前胸贴后背，根本没有移动腾挪的空隙。他吃力地将行李卸下肩，稍稍移开双脚，伸出右手拼命拉住头顶上的行李架，左手抓住座椅靠背一角，使自己得以在晃荡的列车上站稳。然后，他把电动机置放于自己胯下，再将那箱肥皂压到电动机上面。他担心别的旅客不小心碰坏了它俩。眼下，这俩家伙可是全厂的宝贝疙瘩。没有它俩，就换不回拉丝机。没有拉丝机，石门东风布厂就生产不了玻璃纤维。

没有座位，没有食物，更没有极其需要的水。张毓强忍住饿、忍住渴，滴水未进、粒米未沾，整整十六个半钟头，站到了南昌；然后，又以同样方式，用六个半钟头站到了九江。在南昌站转车时，张毓强利用换车空隙时间，在车站自来水管边，将自己的肚子灌饱水。

火车"哐当""哐当"地向着南昌、九江前行，偶尔拉开喉咙吼一声"呜——"！这趟火车算是快车，但彼时的"快车"，车速也就每小时60公里左右。车窗外的一切景物，似乎都成为一种延时摄影般的慢镜头。它根本不理解张毓强此刻焦急的心理，也丝毫不顾及张毓强因劳累饥饿而从帽檐边和面颊上冒出来的汗珠。

时间实在太漫长了，漫长得有点浪费、有点遥远、有点恍惚。

在这段漫长的旅途中，张毓强有足够时间想想故乡石门，想想自己少儿时期。

张毓强的家和厂都在古运河边的石门镇上。

谁都知道京杭大运河是隋朝隋炀帝征用百万民工开挖的。这条运河当年耗尽了隋朝国库里的全部银两，因而加速了隋唐的朝代更迭。

但后来的历史书写者，仍给这条人类历史上罕见的人工运河以应有的评价。

石门镇四面环水，形似小岛，张毓强形象地把它称作"湖心亭"，镇上住着5000来个居民。古运河从北方逶迤流来，在张毓强家边拐了个120度的大弯，形成著名的石门湾，然后往东流向嘉兴。不，这样说或许不够准确？准确的说法应当是，张毓强家选在石门湾磊石弄。

磊石弄南北向，只有两三米宽。人们开玩笑说，从这边楼上伸出手去，能握住对面楼上人的手。

相隔磊石弄10来米，平行着一条寺弄街，是老石门镇的主要街道，约七八米宽，两边开着一些店铺，煞是繁华闹猛。丰子恺先生曾称之为"石门湾的南京路"。

磊石弄的出名，并不是因为它出奇地狭窄和附近寺弄街的闹猛，而是春秋时期的吴越争霸。传说吴越两国曾在此盟约，磊石筑墙划界：磊石西侧属于越国，东侧属于吴国。当然，吴越两国早已灰飞烟灭，走入历史，但磊石弄却传了下来，且成为张毓强和乡邻们的家。宅基在原属"越国"的地界上，家门朝东开。跨出家门，就踏入"吴国"地面。一家人就这样整天穿越于"吴国""越国"之间。

张毓强出生于1955年9月18日。与《松花江上》歌中唱的"九一八"是同一天，仿佛从娘肚子里就带来家国情怀。一家三代、6口人、3张床，挤住在一个25平方米的狭窄空间里。父母亲给张毓强取了个小名"毛毛"，这小名饱含着亲昵和喜爱。出生在古运河边上，毛毛的第一声啼哭与古运河的水声交织在一起，毛毛的第一滴眼泪与古运河的水流汇合在一起，毛毛是名副其实的古运河的儿子。

按照当下年轻人的星座说，张毓强与笔者同年同月同星座，笔者比张毓强早出生12天，都属于处女座。百度上说，处女座的人有三大特征，一是追求完美，二是有很强的自制力，三是务实。同时，容易固执己见。不知张毓强是否认可这些，窃以为对于笔者而言，还真有点意思。

笔者老家还有一种说法，此年出生的人属羊，羊是吃青草的。但9月18日已属初秋，水草丰美的春夏季早已过去，此时的羊，一生下来就得为自己储存过冬的干草，所以比较勤劳和辛苦。

理想主义，完美主义，似乎成为张毓强人生照片的底色，拂之不去、洗褪不变。犹如染布一样，一旦当白布浸染上蓝色后，再也无法去除，只有加深加浓。

毛毛出生时，正是我国农业合作化和工商业改造高潮期。如火如荼的农业合作化运动似乎与城镇居民关系不太大，但敲锣打鼓的工商业社会主义改造，却与毛毛家发生了直接关联。毛毛奶奶解放前在石门湾边上开办的一家饭店被公私合营，改名为"合作饭店"。虽然，奶奶仍是这家"合作饭店"的合作者和主管人，但经营收入却归了公家。

说起这位奶奶，张毓强的神情有点类似于著名作家莫言，对奶奶充满了敬仰之情。据说，毛毛的奶奶出身于富庶之家，个性蛮强，认得一些文字。后来不知怎么看上了从绍兴迁居而来的一位镶牙医生，自作主张，把自己嫁给了这位相貌堂堂、家徒四壁的牙医，为此她还与父母闹得不可开交。最后，她竟自立门户，在石门镇上开了一家不大不小的餐馆，全家一日三餐无忧。

追根溯源，张毓强的血脉里似乎流淌着奶奶的倔强性格和经商基因。

当然，对于毛毛而言，爸爸妈妈的影响更为直接和强大。

爸爸是个手工业者。桐乡历史上盛产烤红烟，爸爸的工作就是为镇上供销社刨制烟丝。刨制烟丝这活带点技术性，是有先见之明的奶奶让他学的，工作自由度大，有点像个体户。收入比供销社一般职工略高，每月三四十元薪酬，有时甚至会有五六十元。这在彼时已算"高薪阶层"。

爸爸平时不苟言笑，喜欢看书读报、临帖写字，常年订阅《解放日报》，还买些《红岩》《王若飞在狱中》等书刊回家，自己读完，也让毛毛姐弟几个看看。

毛毛幼小时，长得白白胖胖，爱端一把小竹椅，远远地坐着，看爸爸刨制烟丝。只见爸爸先将一张张干烟叶的茎脉抽出，涂抹上红油和香精，叠成一大摞，放进特制的刨凳里。然后，快速推动手中的刨刀。随着节奏感极强的"哧溜""哧溜"声，细长条的烟丝被刨刀切割下来，均匀地掉落在黄纸上，四周弥漫开烟丝呛鼻子的香味。彼时，爸爸似乎很欣赏自己的劳动成果，偶尔会露出一丝不易察觉的笑，并用爱昵的眼神看一下毛毛。毛毛长大后曾看见过一张自己与爸爸合影的老照片。在那张老照片中，爸爸抱着出生百日的自己，眉开眼笑。从中不难感受到，爸爸其实还是蛮喜欢自己的。

当然，这样的场景并不多，大多数时间里，爸爸是严肃的，甚至是严厉的。

最爱护毛毛的，自然是妈妈。妈妈从小由其大伯带大，大伯有知识有文化有教养，教给毛毛妈妈很多为人处世的格言警句，怎么做人，怎么接待客人，怎么扫地擦桌子等。妈妈记住了，后来作为家庭传统教育，又把这些传授给毛毛。妈妈觉得那些话很简洁，但很管用。妈妈一生勤劳节俭，早年在镇里蔬菜厂上班，工作上是一把好手，每年都被厂里评为先进。在厂里，她腌制榨菜、酱瓜、萝卜等，从天亮忙到天黑，一年四季，风雨无阻。每天一下班，她就急匆匆回家，忙着为全家洗衣做饭。妈妈对 3 个儿女，倾注了全部的爱和心血，她省吃俭用，把钱都用在三兄妹身上。平时，妈妈把家里角角落落打扫得清清爽爽，一尘不染。张毓强始终认为，他是在母爱里成长起来的，他的品行、性格更多地得益于妈妈，也更像妈妈：外刚内柔，外冷内热。就是人们常形容的热水瓶性情。母亲生性热情好客，把亲戚或邻居上门当作喜事，张罗这张罗那的。譬如说，张毓强参加工作时，自然是想挣点钱，减轻家里的经济压力。谁知后来因为做供销员，有客户到厂里，公款不能请客吃饭。有点口吃的老厂长大手一挥，说道：张、张、张毓强，你、你把客人领回去，让你妈、妈妈炒、炒、炒几个菜。钱、钱、钱嘛，先……先记账啊！张毓强自然知道，这记下的账肯定没有归还之日。但他还是乐颠颠地把客人往家里带。爸爸偶尔免不了说上几句，埋怨儿子给家里添麻烦，每月20.5元工资还不够请客吃饭，是倒贴钱。但妈妈每次总是非常热情，准备好菜好酒招待客人。

张毓强爱整洁爱卫生的习惯和喜欢结交朋友的脾性，大概源自他母亲。他对家庭那份深深的情感，主要也缘于妈妈那份深沉的爱。

如果没有后来一场飞来横祸，毛毛的童年大抵也就如斯。

那是张毓强一辈子难以驱除的伤痛记忆。

那次刻骨铭心的伤害，是由与毛毛家为邻的一位女鞋匠造成的。女鞋匠来自西施故里诸暨，以做鞋谋生。诸暨人纳鞋底的方法与众不同，先用锥子刺穿鞋底，然后将绳线穿进锥子顶尖的针眼，再用手劲向一侧勒紧。那天，才4岁的毛毛不知怎么的，竟蹒跚到这位女鞋匠身边，用稚嫩的目光盯着女鞋匠穿针引线的动作。女鞋匠根本没有意识到身边有个小孩站着，自顾自穿刺、引线、拔针。"啊"的一声，毛毛的左眼被疾飞而来的尖锥刺中，顿时血流如注，视线一片迷糊，疼得在地上打滚。

赶紧送到杭州抢救的结果是，毛毛的左眼球保住了，但从此左眼视力严重下降。女鞋匠自然满怀愧疚，但毛毛妈妈并没有过多责怪那位邻居，只收下了对方支付的8元医疗费，此后再不提及。有人替毛毛抱不平，但善良的妈妈认为，人家也不是故意的，就不要再难为人家啦。

左眼创伤除直接影响毛毛视力外，还带来诸多隐形的伤害。有小朋友羞辱他，毛毛开始切身感受到不被尊重的痛楚，性格因而显得比较内向，自卑感拂之不去，好胜心逆向生长。大人们开始叫他"小鬼大王"。毛毛经常带着一帮小伙伴玩"夺军旗"的游戏，一次次与"敌人"作战，屡战屡败、屡败屡战，直到赢得胜利为止。彼时，他未必会意识到，这种强烈的好胜心，后来会转化为正向的强大的心理力量。

国家三年困难时期过去，经济和社会逐渐恢复生机。毛毛在父母的关爱下渐渐长大。那年秋季，毛毛成了石门镇一家小学的学生，并正式启用大名张毓强。这家小学距离著名漫画家、缘缘堂主人丰子恺先生创办的小学不远。

头3年的学习生活极其顺利。张毓强凭着自己的智商、记忆力和领悟力，成绩在班级里遥遥领先。他有足够时间和精力去做一些自己喜欢做的事。当然，张毓强喜欢做的事比较特别。譬如说，养小鸡养小鸭，养大后，让它们生蛋，然后他拿到街上去卖，把卖蛋得来的钱补贴家用。他还擅长柯鱼捉虾，时常弄些鱼呀虾呀改善伙食。他在家中养鸡养鸭，弄得屋内乱七八糟，臭烘烘的，姐姐和小弟都不喜欢。姐弟俩不喜欢没有关系，母亲倒是非常喜欢，有时还在餐桌上表扬他懂事、能干、会炒菜。

照例说，处在那个年龄段的张毓强，其实还是个小孩。但他却显得早熟和懂事。奶奶和妈妈平时给姐弟们一些零用钱，张毓强却把这些零用钱积攒起来。家中急需用钱时，他会把自己积攒的零用钱拿出来。每年中秋节，亲戚或朋友家送来月饼，母亲会分给一家人吃。张毓强则把这些月饼存放起来，等大家吃完了，他再把这些月饼拿出来分享。

转眼到了小学四年级，全国性政治运动"文化大革命"爆发。在一片"破四旧、立四新"浪潮中，各级各类学校正常教学秩序受到猛烈冲击，开始所谓的"停课闹革命"。学校废弃了全部课本，课堂改为学习背诵"红宝书"——《毛主席语录》。一到晚上，老师就带着学生，组成"毛泽东思想宣传队"，举着横幅标语，敲锣打鼓，走村串户，巡回到各生产队呼喊"革命口号"。有一次，老师居然带着张毓强全班同学，步行五六个钟头到嘉兴，进行"大串联"。那次"串联"给张毓强留下的唯一印象是，他用妈妈给的1.2元零用钱，给家人买回来几只嘉兴粽子。

在这种似学非学的环境里，张毓强熬到小学毕业。

那是 1968 年，全国教育陷入瘫痪状态，中学停办、大学停招。

想读书的张毓强被迫离开学校，小小年纪，开始攻读"社会大学"的劳动专业。

那段时间的生活状态，张毓强觉得自己有点像流浪汉。他到处找活干，靠出卖劳力赚钱。他先是到蔬菜厂帮母亲择菜、腌萝卜、抬菜筐，然后看着一筐筐或一坛坛菜制品沿着古老的运河流向全国各地，张毓强的思绪似乎也随之远走高飞。

后来，张毓强找到搞建筑的表哥嵇晶超，跟着他在建筑工地做小工。他什么活都干，搬砖头、拌水泥、拖钢筋、挑黄沙，从天色未明干到太阳落山。

工地上的人渐渐发现，别看张毓强个子不是很高，但吃得起苦，不喊累，而且比起一般同龄人来，张毓强力气出奇地大。于是，人手不够时，人们开始让张毓强干大人的活，譬如抬水泥预制板。当墙壁砌到一层楼高度时，用人工将水泥板抬到墙面上。水泥板大多由 5 孔组成，五六米长，几百公斤重，人们俗称为"五孔板"。这是建筑工地上最重也是最危险的活。一般 4 个人一组，跳板斜斜地铺在墙头。人踩上跳板，跳板在重量压力下会发生晃悠。稍不留神，脚一打滑，人就可能掉下跳板，肩上的"五孔板"也会跟着坠落。轻则伤筋动骨，重则致死致瘫。

也是凑巧。那天是清明节，张毓强被同伴们拉扯着抬"五孔板"上墙，正颤颤巍巍地走在跳板上，被前来送笋干汤的爸爸看见。爸爸不看犹可，一看这场面，吓得脸色发青。他忧心忡忡地找到嵇晶超，表示无论如何不再同意张毓强在建筑工地继续干下去啦！

这样一来，张毓强成了"城镇待业青年"。

转机出现在 1971 年盛夏季节。全国知识青年上山下乡运动再次出现高潮，一批又一批城镇青年自觉或不自觉、情愿或不情愿地上山下乡、插队落户。

桐乡县根据上面精神，出台了一个政策，每家有人上山下乡的，可考虑安排一人在城镇就业。

那一年，张毓强姐姐张敏娟刚初中毕业，事先并没有与张毓强商量，便自告奋勇报名下乡，给弟弟张毓强提供了一个留在石门镇上工作的机会。也许，姐姐当时根本没有考虑什么。她是姐姐，弟弟年龄还小，理所当然应由她下乡。

张毓强对姐姐张敏娟在特殊环境特殊节点上作出这一抉择是感激的。张毓强也始终铭记着，他当年是以姐姐下乡插队为代价，到石门东风布厂当了一名工人。如果，张毓强当年不进石门东风布厂，他的生活道路和人生道路也许是另一副模样。

诚如著名作家柳青在其名著《创业史》中所言："人生的道路虽然漫长，但要紧处常常只有几步，特别是当人年轻的时候。"

姐姐下乡插队刚走，张毓强就收到了去东风布厂上班的通知。那几天里，他高兴啊，激动啊，有时兴奋得睡不着觉。他张毓强要当工人啦！

1971年8月16日，"秋老虎"仍在逞威。张毓强跨进石门东风布厂，从此成为一名大集体企业工人。张毓强进厂后不久，拍了一张黑白照片。照片上的他，理着乱蓬蓬的短发，穿着一双布鞋，圆滚滚的脸露出稚嫩纯真的笑容，充满期待的眼神。当时每月工资20.5元，半个月就拿一半。张毓强心想，这个厂长真抠门！后来，张毓强才知道，让他16日进厂，是源于一个政策规定：但凡16日后招工进厂的，只发半个月工资。

东风布厂成立于1969年，隶属于桐乡二轻系统，是全县68家二轻企业之一。"二轻"是个约定俗成的简称，全名叫桐乡县第二轻工业局，所属企业算是大集体性质，与地方国营工业企业有所区别，也不同于乡镇企业。

把石门东风布厂归属于县二轻系统，实在有点抬举它。彼时，石门东风布厂其实是个小作坊。

此刻，在火车上的张毓强，双腿因长时间站立，已有点酸麻。两边肋骨被腰间的皮带勒得隐隐生疼，他干脆把皮带抽出来，放在肥皂箱上。趁着别人转身的空隙，稍微挪动一下双脚，再次站稳，又沉浸在对往事的回忆之中，眼前清晰地浮现出石门东风布厂的种种场景。

工厂位于通市港桥河旁，与一家做豆腐的水作店为邻，不远处即是丰子恺先生故居缘缘堂旧址。厂区面积不大，有千余平方米。工厂大门朝东，两边砌着单薄的围墙。靠着围墙，是刚建成的一幢两层楼，一层6间，中间是个过道。二层7间，作仓库用。厂区东北角，蜷缩着一排低矮的平房。纺织车间屋顶系毛竹搭架，上面覆盖着油毛毡，8台被上海、杭州等地大厂淘汰下来的老式铁木织布机，整天"啪嗒啪嗒"响着，慢吞吞地来回穿梭，织出粗糙的土布。一群四五十岁的大妈阿姨，吱吱嘎嘎地转动着类似延安时期军民大生产运动中的自制纺车，用手工纺出粗线。走进院子，最惹人注目的，当是一组大水缸。十几个工人将布匹染上蓝色或黑色，浸泡于水缸中，然后将它们搭在厂门口的竹竿架上，靠着老天爷风吹日晒，晾干定色。

浸染需要大量清水。厂里没装水塔，更不可能用高价自来水。因而，全靠厂边上通市港桥河水。

进厂不久的张毓强，被分派去做染纱工，主要任务就是挑水，保证厂区水缸始终盛满，能够满足印染师傅们的用水之需。

张毓强每天大约要挑两三百担水。一大早，他用扁担挑起两只铅桶，快捷地走到河埠头，踩着埠头上那些凹凸不平的灰褐色石阶，下到河边。然后，弯下腰，左右手同时开弓，将两只铅桶快速浸进河里。盛满后，立起身，挺直腰板，再一步步迈上那些凹凸不平的灰褐色台阶。之后，挑进厂区，来到水缸前，将铅桶提到缸沿，"哗啦"一下倒进水缸内，算是完成一个回合。

干这种活，日晒雨淋是常事，下雪冰冻天气更为艰难。河埠头小而窄，石板台阶又不牢固，踏上去摇摇晃晃。再加上结冰铺雪，石面滑溜，且肩上还压着百多斤重的担子。这样的行走，近乎于杂技表演，真正的如履薄冰。必须小心翼翼、全神贯注。挑上几担水，全身就会渗出一层冷汗。几个月下来，张毓强双肩就磨出厚厚的老茧。

最难挨的，还是这活儿实在太简单太枯燥。每天重复，每月重复，而张毓强内心最厌烦最不喜欢这种重复性劳动。他脑袋里时时刻刻嘟嘟嘟冒着新想法，希望有新鲜感。一天，张毓强实在忍不住了，跑回家跟妈妈说，他不想再去厂里做这种活了。慈祥温和的妈妈看了张毓强一眼，语重心长地对他说：你这个工作是你姐姐下乡才得来的。你不做这个工作可以，但你要想好到哪里去做呢？你总不至于永远待在家里吧？

对呀！妈妈几句话，点醒了张毓强，也提示了张毓强。他的这份简单枯燥的工作，来之不易。他要珍惜，更要坚持干下去，把它干好。少让妈妈操心，不让姐姐白白付出下乡的代价。

这是张毓强人生中第一次，也是唯一一次产生不想干工作的念头。

决心下定后，张毓强能吃苦，也很要强。他此后从来不跟妈妈或姐姐说这些事。有一次姐姐从乡下回家探亲，专门到东风布厂看望弟弟。当她远远看见弟弟这么辛苦地在挑水，眼泪一下子涌出来，不忍心走近去劝慰他。事后，姐姐跟张毓强说起此事，他哈哈一笑就掩饰过去了。张毓强甚至喜滋滋地告诉姐姐，他每天挑完水，还有空余时间，可以读书看报，觉得蛮好的，蛮好的。

张毓强的聪敏灵光、吃苦耐劳和不计较个人利益，很快引起厂领导的关注。老厂长在几个场合表扬了张毓强。老王开始有意识培养张毓强，明确师徒关系。有时还让张毓强跟着他做供销员，到外地出差，跑杭州、上海、南京、广州，一下子打开了张毓强的视野。

应该说，张毓强一直以来对外部世界充满了好奇心。小时候，他非常喜欢看露天电影。但凡镇上放映露天电影，他总是早早地在操场上放好一条小凳子，抢占观看电影的最佳位置。他从那些外国电影中看到了汽车、马路、超市、别墅、用人，觉得那样的生活才叫生活，那样的人生才是真正的人生。他开始有了对比，有了朦胧的向往。但只有自己真正走出去，亲眼目睹，张毓强才更切身感受到，原来，外面的世界那么大，别人的生活那么精彩。看看自己工作着的东风布厂，开头觉得还不错，后来看起来，设备简陋、技术落后、产品粗糙。从那时起，张毓强内心开始萌生不满现状、渴望改变企业的心理。

也许正是因为此种心理吧？张毓强更加注意留心身旁发生的一切。

机遇不会亏待有心人。一个意想不到的消息，让17岁的张毓强为东风布厂带来新希望。

那天，张毓强又一次跟随师傅老王去南京出差，推销厂里生产的布匹。两人跑了一整天，看看天色将晚，师傅找了一家住宿费极为便宜的旅馆。大通铺，一个房间，十几张高低床，二三十人挤住在一起，头顶着头，脚抵着脚，满屋子都是汗酸味、脚臭味。但为了省钱，人们似乎也讲究不了那么多。大通铺也有一个好处，住的人大多是走南闯北的供销员，信息多，交流方便。白天大家分头在外面跑，吃完晚饭后，懒懒散散地躺在高低床上，开始天南海北、三教九流地闲聊、神侃，什么议题都有。

此种场合，张毓强自己很少有表达欲望，一般只是静静地听老王与别人交谈。在满屋弥漫着酒气烟味、飘飞着海阔天空的语言中，张毓强听见有人在议论业务行情，说眼前的纺织产品中，玻璃纤维布行情看好。这种玻纤布主要用于石油管道，各地油田需求量比较大。

说者无心，听者有意。张毓强一听"玻纤布"三字，似乎有谁提示一般，脑子里立马一亮。他一个鲤鱼打挺，从大通铺上坐起来，将目光投向不远处的老王，只见老王正朝他点着头哩。

回到厂里，两人向老厂长汇报了在南京出差时听到的市场信息，建议东风布厂生产玻纤布。老厂长琢磨了一下，觉得他俩说得有道理，就同意试一试。要老王和张毓强师徒俩从外地买入玻纤丝，将厂内部分织布机改为织造玻纤布。

试一试的结果，市场反应不错。东风布厂生产的玻纤布，受到各地油田欢迎。生产规模逐渐扩大，后来，干脆将东风布厂改名为石门玻纤织品厂。

做着做着，张毓强又觉得不满足了。他先向师傅老王提出，能不能买玻纤拉丝机，直接生产玻纤丝。那样，不是可以赚更多钱了吗？

老王被这个才17岁的小徒弟的想法震惊了。这个念头他曾经也有过，但他知道玻纤拉丝很难。到哪里买拉丝机？到哪里买原料？到哪里学拉丝技术？这个小家伙有点不知天高地厚，不知运河是多少年挖成的。但他在心底里的确看好张毓强，觉得这小家伙有出息，将来必定能做成大事情。因而，老王支持徒弟的想法。

没有想到的是，老厂长居然也同意试一试，并答应给张毓强一笔钱，让他想办法买个拉丝设备。

这才有了张毓强的九江之行。

在西去九江的火车上，在远离故乡石门镇的异地，张毓强完成了他对少年生活和石门布厂往事的简略回忆。

张毓强把自己的思路从回忆中硬硬地拽回来。

当张毓强跟随着潮水般的人群，走出九江火车站时，已是第二天晚上九点半。他将电动机和肥皂放在地上，在朔气寒风中回望了一眼车站。一幢小型建筑，两层，平顶，墙壁已见斑驳陆离，立在朦胧的夜色中。略显灰暗的灯光从上下层窗口透射出来，照在车站空地上的接客车辆。借着余光，车站顶上"九江站"三字，尚依稀可辨。

张毓强只是匆匆一瞥。他已饿得累得没有力气也没有心思欣赏站景和夜景。他要赶在旅馆关门前，赶到今晚的住宿处——十里铺九江饭店。

十里铺，也就意味着差不多有十华里路程。假如换成当下，那是一件最简单不过的事，用手机叫上一辆网约车，"刺溜"一下就到。彼时九江，哪有什么出租车？即使真有，厂里也不能报销啊！

怎么办？还得靠双腿步行，也就是人们常常自嘲的"11号汽车"。已经又饿又累又乏的张毓强，强迫自己振作精神，咬紧牙关，背着越来越显沉重的电动机和肥皂,一步一步地往前挪。途中,实在背不动、走不动时,停了两次。他找到路边有高台阶的地方,顺势把肩上背的电动机和肥皂卸下来,稍微休息一下。他知道如果不是用这种方式卸放,而是置放在平地上,自己或许再也无法将这些笨重的东西背上肩胛。他甚至担心自己会饿昏在马路上,然后昏睡过去。

想象着张毓强走在九江十里铺路上的情景,笔者不由得想起作家柳青在《创业史》中描写的梁生宝。那个为互助组水稻高产而外出,不辞劳苦、节衣缩食,购买新的水稻品种的新型农民形象。

大概彼时的张毓强还不知道有这样一部《创业史》,更不知梁生宝何许人也。他只是用自己的毅力和仅剩的体力,背着电动机和肥皂箱,一个劲儿地往九江饭店赶,终于赶在旅馆关门前,让自己躺到了九江饭店的一张床上,呼呼大睡过去。

第二天一大早,张毓强赶到了九江玻纤厂门口。于是,出现了本文开头的场景。

让张毓强感到开心的是,购买拉丝机一事办得比较顺利。接待张毓强的供应科长叫彭毓泉,40来岁,是个非常忠厚老实的无锡人。后来与张毓强成为好朋友,张毓强每次去九江玻纤厂时,彭毓泉总会邀请张毓强到家里吃饭。张毓强自然也没有忘记他这份情。2021年,巨石九江公司搞厂庆,张毓强特意邀请已90高龄的彭毓泉老科长参加仪式,把这位老科长感动得说不出话。

这些,自然是后话。

当时,张毓强按照双方事先约定,先把电动机和肥皂交给彭科长,再与彭科长结算清3台拉丝机的货款。彭科长给张毓强开出提货单,让张毓强到厂区后面机修车间边上的临时仓库,提取拉丝机。虽然,彭科长也给远道而来的张毓强倒了一杯白开水,但张毓强急着把拉丝机运回厂里,便顾不得喝水。他按照师傅老王的吩咐,先提取一台拉丝机,自己背回去,这样可让厂里抓紧试一试。剩下2台,则跟彭科长说定,由九江玻纤厂帮忙发运到桐乡。

这个故事，本来到这里可以暂时告一段落，但后来的年轻人听到这里，每每会问张毓强：您到底怎么把那么重的拉丝机弄回厂里的，真的是背回来的吗？

当然不是。两三百公斤的拉丝机怎么背得动！但机身和基座是可以分开的。张毓强回答着年轻人的问题，才讲出了后面的一则插曲。

那天，张毓强总算叫到了一辆人力平板车，把已分拆为机头和基座的拉丝机运到九江火车站，来到车站零单房。他原本打算自己随身背着机头回厂，将基座办个零单件，随车带走。谁知零单房工人师傅告诉他，这么重的基座，不能做零单件，必须打包托运。张毓强没有办法，那就打包吧！打包也没有人帮忙，也没有箱子，张毓强一个人将200来公斤的基座翻来倒去，弄了半天，总算用纸板、绳索将它捆扎到位。那位工人师傅在旁边看得傻了眼，这小个子青年怎么有那么大的力气？便忍不住问，小伙子是哪里人？张毓强擦一把额头上的汗回答，浙江人。浙江哪里？师傅又问。杭州附近的。张毓强担心人家不知道桐乡，便说了个大地名。啊？你们杭州还有那么大力气的人呀？师傅惊讶得睁大了眼睛。张毓强被这位师傅的话逗得哭笑不得，难道杭州就没有大力气的人吗？

等到后来，张毓强才明白，拉丝机的基座其实可在桐乡铸造，不必从那么远的地方拉回来，真是远路乌龟鳖价钱，费时又费钱。张毓强曾自嘲过，这是聪明的张毓强办的第一件糗事。

还有一件事，张毓强很少跟人提及。

一次，张毓强去九江玻纤厂出差，随身带上一台红灯牌收音机，作为漫长路途中的陪伴。彼时，红灯牌收音机属于稀罕物，价格28元，相当于张毓强40天的工资，他靠平时省吃俭用才积攒下这点钱。

那天晚上，张毓强住在九江一个旅社内，照例是12人的大通铺。后来有旅客告知，旅社附近电影院今晚放映花鼓戏，张毓强觉得闲着也是闲着，那就去看场电影呗。当时并没有多想，把那只红灯牌收音机留在旅社，约上同房间的几个人，去了电影院。等他们看完电影，回到旅社房间，那只收音机已不翼而飞，怎么也找不着。张毓强心想肯定是被人偷走了，后悔自己太大意。

出差回到石门家里，自然免不了被爸爸一顿说。张毓强自知理亏，不敢还嘴。

过了一段时间，安庆市公安局打来电话，说他们找到那个偷窃收音机的小偷了，让张毓强前去核实。张毓强还以为这下可以完璧归赵，就兴冲冲地赶了过去。谁知一位警察告诉张毓强，那个小偷找到了，但收音机已被他卖给一个陌生人，找不回来，卖收音机的钱也早被小偷花完啦。张毓强当时一听就火了，收音机没有，钱也没有，那你们找我来干吗？警察耐心劝导他，这是办案，找他是为了核实案情呀！你如果想见一见这个偷你收音机的人，倒是可以的。

啊？这家伙在这里？看我不把他揍死！张毓强带着满肚子怒气、怨气，见到了那个偷他红灯牌收音机的人。

谁知，那个小偷一见张毓强，"扑通"一声跪倒在地，涕泗交流，哭着自责，道明真情。原来，这人老婆患了癌症，无钱医治，迫不得已，临时起意下的手。如今人财两空，也是懊悔不已。见到张毓强，对方连连说着，对不起，对不起啊！

张毓强一见眼前这情景，心里那个柔软的部位被重重地击打了一下，心肠立时软了下来，所有的愤怒、埋怨统统烟消云散。罢罢罢，起来吧，起来吧！就算我送你啦！

眼下，张毓强回忆起这些事，早已显得风轻云淡，仿佛讲的是别人的故事。但他承认，此趟九江玻纤厂之行，彻底改变了他的创业之路、人生之路，使他从此与玻纤结下不解之缘。张毓强找到了进入玻纤王国的路径，由此开始了他攀登玻纤世界之巅的漫长旅程。

和尚桥边的鏖战

那台张毓强自己背回来的拉丝机被安置在厂区西北角。随后，另

2台拉丝机也如期到达东风布厂，张毓强和老王将它仨排成一行，仿若3个并肩作战的亲兄弟，再配上非常原始的陶土坩埚，形成东风布厂拉丝车间的雏形。

那种生产工艺的原始，也许现在的人们很难理解。厂里老会计丰熹曾向笔者这样介绍道：陶土坩埚像一口小猪槽，底部有100多个直径1.5至2毫米小孔，两头各有一个电极孔。所谓电极，其实是两块铁片，各焊接上一段15厘米长的圆钢。两极之间，留出10厘米左右的空间，供加入碎玻璃。拉丝时，用380伏电压的电焊钳夹住电极，在两极空隙间加入碎玻璃，然后，用煤油喷灯对准碎玻璃，进行加热。加热到800℃左右，碎玻璃呈熔融状态，玻璃液就成为导电体，电极成功通电。之后，再用手将电极慢慢往两边拉开，加料工同步加入碎玻璃。陶土坩埚中的玻璃液温度不断升高，达到1300℃左右，玻璃液就会从漏板孔流下来，形成玻璃丝，拉丝工用引丝棒引头集束，将它缠绕在旋转的拉丝机头上。拉丝机开始旋转，玻璃纤维圈慢慢增厚变大。

这是丰熹概括性描述，实际场面远比这更艰苦更困难。拉丝漏板用陶土做成，极其简陋，一块漏板1.2元，只能用8个小时，到时就得换掉。原料碎玻璃从废品商店或社会上回购过来，使用前，工人们还得把各种杂色玻璃挑拣出来。夏天温度高，车间内根本不可能装降温设施，结果，室内温度比室外更高。拉丝工、加料工汗流浃背是常态。更让人厌烦的是，碎玻璃拉制的高碱玻璃纤维强度低，浸润剂臭味刺鼻，玻璃纤维毛丝满车间飞舞。一个班下来，操作人员身上、衣服上沾满了废丝，远远一看，一个个颇像唱着"北风那个吹、雪花那个飘"的白毛女。更要命的是，玻纤丝沾在皮肤上，发痒，极不舒服。

笔者采访张毓强弟弟张志强时，这位现已退休、穿着一件五颜六色T恤衫、性情开朗的汉子，给笔者讲述了当年他哥哥遇上的一件惊险事。陶土坩埚运回来后，厂里开始安装试验，大家谁也没有玻纤拉丝经验，张毓强带着几个年轻人先行调试。一天，试着试着，一不小心，电弧光喷将出来，灼伤了张毓强的脸，让他哼哼唧唧了好几天。最后，还是李秋明父母用民间偏方将他治好。

苦是苦，累是累，但玻纤市场行情还不错。玻纤不光可以做管道布，还可以做窗帘布、沙发布、玻璃钢。几年下来，县二轻局又陆续给石门东风布厂调拨了十几台拉丝机，正式建立了拉丝一车间，玻纤生产规模有所扩大。除自己生产玻纤外，还经销一部分外地生产的玻纤，玻纤慢慢成为企业的主导产品，而织布业务日渐萎缩。后来，石门东风布厂改名为石门玻璃纤维厂。厂名改变的同时，张毓强担任了拉丝车间主任。他以自己的勤奋刻苦、聪敏能干、热情仗义，赢得了厂内一帮青工的追随。按照当下的网络语言说，张毓强开始拥有了第一批"粉丝"。

经历过那个历史阶段的人都会清晰记得，彼时，禁锢人们思想的政治运动"文化大革命"早已结束，党的十一届三中全会使时代和社会主题实现了转移，令人难以忘怀的20世纪80年代正展现在人们面前，社会各界思想活跃，新生事物生气勃勃，一切变得皆有可能。

年轻人心气高，眼界开阔。张毓强又是一个不满足现状的人，总想着改变改变。这个"粉丝群"白天上班干在一起，逢山开路遇水搭桥，解决生产上的难题。下了班，张毓强有时把他们拉到家里吃饭喝酒，海阔天空、天马行空，讨论着企业发展前景和各类技术问题。

笔者写到这里，觉得必须插叙一段，写写张毓强的恋爱、婚姻与家庭。

在几次采访中，张毓强极少谈及他个人的恋爱、婚姻和家庭之事。笔者从其他知情者那里获悉，张毓强的恋爱、婚姻和家庭蛮有意思，也蛮有特色。

其实，张毓强心里明白，自己能有今天，与当年和善良、能干、专情、漂亮的周景圻谈恋爱不无关系，更与后来成为张家贤妻良母、相夫教子的周景圻不无关系。张毓强与周景圻已近红宝石婚，琴瑟和谐、伉俪情深，被周围人传为佳话。时至今日，张毓强个人资产早逾百亿，但周景圻的生活习惯一如当初。据说，平时她还把家中的瓶子、箱子等杂物收拾起来卖钱。节俭至此，令人难以置信。

张毓强和周景圻，算得上青梅竹马，两小无猜。张毓强母亲和周景圻父母均在蔬菜厂工作，两家大人交往颇多，张毓强与周景圻自然也就早早认识。周家家境不错，而张毓强家相对清贫，但似乎谁也不计较，这对孩儿辈潜移默化起了作用，周景圻从来没有什么门当户对的念头。

时代捉弄人，周景圻也被插队落户。笔者看到一张 1975 年 7 月 12 日由当年桐乡县石门镇革命委员会盖章的《光荣证》，证书上说，周景圻被批准奔赴八泉公社插队落户干革命。非常凑巧的是，周景圻下乡的地方，正是张毓强姐姐张敏娟插队的生产队。彼时，张敏娟已被当地贫下中农推荐上了新安江一所水电学校，周景圻就住在张敏娟住过的那间房子里。冥冥之中，似乎暗喻着后来成为一家人。

生活在平淡之时也会出现惊喜的浪花。也许是张毓强的聪明能干和那股创业激情，也许是张毓强的诚实和善解人意，博得了周景圻妈妈的极度好感，她主动提出让张毓强当她未来的女婿。这样的好事，这样好的儿媳，张毓强妈妈自然求之不得，喜上眉梢，一口应允。妈妈喜滋滋地叮嘱张毓强，要多跟周景圻走动走动。

似乎是在"父母之命"下，张毓强和周景圻的交往交流开始频繁起来，两颗年轻的心渐渐靠近。

周景圻曾给笔者提供了几张她年轻时的照片。从照片里不难看出，彼时的周景圻好年轻、好漂亮。生就鹅蛋脸形，满满的胶原蛋白，修长的双眸，常常微笑着，带出两个浅浅的小酒窝。她将发辫编织成两个蝴蝶结，一抹刘海斜斜地掠过右额，显得朴实、俊俏、干练。

笔者还从张敏娟那里听到了一则小故事，能够看出智商情商超人的张毓强，怎么用"小手段"赢得周景圻的芳心。

那年暑假，张敏娟从新安江学校返家度假。在当地百货商店精心挑选了一对有趣的陶瓷小狗，送给弟弟作纪念。张毓强看了非常喜欢，高兴地收下，摆放在自己书桌上。过不了几天，张敏娟发现一对陶瓷小狗只剩下了一只，便随口问了一句弟弟，还有一只小狗怎么不见啦？张毓强开始支支吾吾的不回答。这愈加引发了张敏娟的好奇心，她追问着张毓强。到最后，张毓强才吞吞吐吐地告诉姐姐，那只小狗送给还在乡下插队的景圻了，好让她高兴高兴。

1978年，浙江省统一招收"半脱产干部"，周景圻因表现优秀被组织部门录用，回到石门镇担任镇妇联主任，开始她的从政生涯。

此时的张毓强仍在石门玻纤厂担任拉丝车间主任。

看似落差，丝毫没有影响两人的感情。

时至今日，张毓强认为其间值得提一笔的是他与周景圻结婚的新房。那间新房，是他自己规划设计、一砖一瓦盖出来的，倾注了他对周景圻满腔的爱和对新婚的渴望。

婚期敲定后，张毓强开始琢磨自己的"爱巢"，心里想着不能太委屈了周景圻，要想办法造一间新房。

对于收入菲薄的张毓强而言，造一间新房谈何容易？

张毓强老屋紧傍着磊石弄，老屋对面，那个古时叫"吴国"的地界上，有块巴掌大的空地，周边搭着一些乱七八糟的棚棚。张毓强把它清理出来，并与利益相关方协商，讨价还价，整理出一块可供盖房的宅基地。新房结构与式样，全由张毓强自己设计。他请了几个泥水匠，讲定每平方米工钱4元，新房建筑面积54平方米，总共216元。其他的活儿，叫上一帮小伙伴自己干。大家从运河中摸石头，用煤渣换砖头，自己动手烧石灰、拌水泥，东拼西凑，搜搜刮刮，总算把新房搭建起来。最后一道工序是安装天花板。装着装着，人们发现有点不对劲，天花板嵌条平平整整、一样规格，怎么房子南边嵌不进去，房子北边却又多出一溜空白？张毓强仔细一看，才恍然大悟，原来泥水匠水平不高，房子不是正方形，而是有点歪斜，天花板自然无法排列规整。但房已盖成，无法重建。罢罢罢，凑合着住吧！

当采访叙述至此，张毓强自己也忍不住笑起来。

小小一间房子，却带给年轻人张毓强满满的成就感。在事情已过去近40年后的今天，张毓强坐在振石大楼39层敞亮的会议室中，面对笔者的采访提问，同时面向着参加旁听的振石控股集团青年员工们，畅谈此事对自己的启迪：什么事情都要靠自己去勤劳奋斗。勤奋会改变一切！如果自己不好好做的话，什么东西都不会有。不要怕失败，不要怕辛苦。如果一怕，你就会放弃。放弃了，就真的什么都没有啦！只要你不放弃，机会终会有的！

诚哉斯言！

好在周景圻没有意见，不规整的新房也不影响张毓强与周景圻度蜜月。

1983年10月，张毓强与周景圻爱情的结晶在这间新房中呱呱坠地，这就是现任振石控股集团总裁张健侃。张毓强给儿子取名健侃，是希望儿子健健康康，能够侃侃而论。

张健侃出生不久，玻纤厂遇到了一件大事。

1983年12月，南京玻璃纤维研究设计院给当时已改名的桐乡玻纤厂发来一份通知书，说他们在江苏丹阳举办一个玻纤方面的培训班，邀请桐乡玻纤厂派人参加。通知书放在老厂长面前，因考虑到生产科长张毓强比较忙，脱不开身，就决定派拉丝车间主任俞正华去参加。说是培训班，其实是一次玻纤行业观摩会，安排参观丹阳玻纤厂。当俞正华走进丹阳玻纤厂时，就有点看不过来了。天哪，人家用的全是代铂炉拉丝，真是先进！一问人家，一年利润100余万元，全厂统一穿着工作服，那个帅气呀！厂里还成立了职工篮球队，时不时开展篮球对抗赛。

俞正华回来后，用非常羡慕的口吻，向老厂长和张毓强绘声绘色地描述了丹阳玻纤厂见闻，并建议像丹阳玻纤厂那样做。

老厂长似乎有点犹豫。彼时，玻纤产品销路尚好，全年生产开刀丝119吨、玻璃钢产品38吨，工业产值81万余元。手中还揑着一沓订单。有些订单实在来不及做，他就让厂里供销员从别的玻纤厂买些低价玻纤布回来，贴上桐乡玻纤厂的牌子，再转手卖出去，赚点差价。

张毓强的心却被俞正华带来的信息深深震动了，这正是他的梦想啊。他竭力劝说老厂长向丹阳玻纤厂学习，希望老厂长不要盯着眼前几张订单，要把眼光放长远些。从长远看，原始简陋落后的陶土坩埚必将被淘汰，改用代铂炉才有出路。

被张毓强和厂里一帮年轻人推着走着，老厂长开始找土地，借贷款，酝酿筹建代铂炉生产车间。

但事情迟迟不见进展，产品还是一副老面孔，出现滞销现象。厂里年轻骨干都赞同张毓强的想法，老厂长显得有点无能为力。

正在这时，中央提出干部队伍革命化、知识化、专业化、年轻化的方针，开始大量提拔年轻干部。

一个意想不到的局面突然摆到了张毓强面前。老厂长不辞而别，另起炉灶了。张毓强一了解，原来老厂长承受不了新项目、新贷款的压力，又自知年岁较大，干不了多久，就带着几个销售人员自动离开石门玻纤厂，创办了一家与玻纤业务有关的贸易公司，打算轻轻松松赚点小钱即可。

当张毓强得知这一切时，木已成舟，绝无挽回的可能。

张毓强一时有点茫然，但企业不可一日无头啊！他让丰熹把俞正华、李秋明、田方仕等人约在一起商议怎么办。几位血气方刚的年轻人都看好张毓强，纷纷撺掇张毓强把企业担子挑起来，大家跟着他一起干。

谁当厂长，自然不是由几个年轻人说了算。桐乡二轻局派出考察组，对石门玻纤厂班子人选进行考察。最终决定，委派桐乡县二轻局驻石门办事处主任钱炳林担任书记兼厂长，提拔张毓强为副厂长。因钱炳林不太熟悉生产技术，所以明确由张毓强主持全厂工作。钱书记很和善很开明，厂里大事小情都听张毓强的，张毓强成为石门玻纤厂实际的管理者。

那天，老会计丰熹告诉张毓强，石门玻纤厂现有资产19.5万元。包括那些桌椅板凳、坛坛罐罐。

这是1984年5月12日，张毓强29岁，年近而立。

在接过全厂管理的重担后，张毓强开了一次职工会。在会上，他直言不讳、掷地有声地向大家宣布：既然大家同意我当厂长，那就要听我的话。不愿意听的人，请走！如果我干得不好，对不起大家，不用大家撵，我自己会走！

张毓强这番话，把大家镇住了，也把大家的精气神激发出来啦。大家异口同声地表态：毛毛，你就大胆干吧！我们跟着你！

看看，不少人还不习惯称呼张毓强为厂长。在大家眼中心中，张毓强仍是当年石门镇上的毛毛。

说起当厂长后抓的第一件事，张毓强至今记忆犹新，在采访中娓娓道来。

张毓强早就发现厂里厕所存在问题。铺设的瓷砖已逾5年，一块块锈蚀斑斑、满是污垢。厕所内，挂满飞丝蛛网，室外光线不易透射进来，显得灰暗狭窄，再加上通风不畅、臭不可闻，员工方便时需要憋住气。

那天一上班，张毓强带着一堆工具，进入厕所间，他决定用一天时间，彻底改变这个厕所面貌。上午干不完，中餐之后继续，并让工厂办公室主任在旁监督着。他使劲擦洗着厕所内每一块瓷砖，让它们恢复该有的光洁度。清洗厕所内每扇玻璃窗，使之明亮。然后，再用水反复冲洗地面、下水道、搬走垃圾。

整整一天时间、8个小时，张毓强让这个厕所"焕然一新"。这"焕然一新"是员工们对张毓强清理后的厕所的评价。因为，当张毓强打扫完毕，员工们走进这个厕所时，恍惚间还以为自己走错了路、认错了门哩。

张毓强打扫厕所这件事，很快在厂内传开。有赞叹，有惊奇，有疑惑，也有嘲讽，但不管是谁，内心都有点震撼，大家感受到了张毓强的严格、严肃，甚至严厉，更感受到了他的身先士卒、言行一致。一个能把那么臭和脏的厕所打扫得如此干干净净、亮亮堂堂的厂长，还有什么事干不成的呢？

打扫厕所的溢出效应是，自此之后，张毓强下达的每一条指令，绝大部分得到了贯彻执行。大概，这是振石控股集团和巨石集团执行力的最早起源。

不管厕所的厂长，是个不合格的厂长；但仅仅会管厕所的厂长，显然也是一个不称职的厂长。关键是生产出在市场上适销对路的产品。出路在于技术改造。对这一点，张毓强心中明白得很。

张毓强并没有上过中学、大学，没有系统接受过经济理论和企业管理知识的培训。但社会是最好的学校，实践是最佳的老师。从1971年进厂到眼下，张毓强已有了50余年的经历和阅历。他似乎是个无师自通的人，也似乎是一个与市场有缘的人。

张毓强采取的第一招是，外出考察。

出差需要钱，张毓强去找丰熹。丰熹坦诚地告诉他，厂里仅有283元现金。

283元？这么少？仅凭这点钱，恐怕出得了门，回不了家哦！真是不当家不知柴米贵。张毓强有点挠头，第一次体会到缺钱的痛苦。

外出钱不够，但外出考察这个计划不能放弃！张毓强思前想后，一时找不到办法。于是，他带着闷闷不乐的神情，回到家里。

儿子的心事，终究瞒不过妈妈的眼睛。妈妈见张毓强一脸不开心的样子，便问起原委。

张毓强原本不想跟妈妈说这一切。他知道，家里没有余钱，说了也白说。但妈妈既然问了，面对善良慈和的妈妈，张毓强不想藏着掖着，趁着吃饭的空闲时间，遂把事情原原本本、一五一十地向妈妈诉说了一遍。

说完也就完了吧？张毓强吃完饭，转身想跨出家门。

谁知，妈妈喊住了张毓强，让他稍等一会儿。

张毓强不知妈妈有何事，就立定身。

只见妈妈转身走进里间，打开衣箱，从箱子底摸索出一块折叠着的手帕，走到张毓强面前。

张毓强正在疑惑之中，只见妈妈当着张毓强的面，用左手掌托住那块已显陈旧的手帕，然后，用右手揭开一层、两层、三层。张毓强看到，妈妈揭手帕的动作微微有点颤动。随着妈妈揭开最后一层，张毓强看到，手帕正中，是一沓叠放得整整齐齐的人民币。

妈妈用平静的语气说：毛毛，这是 500 元，是我们家仅有的一点存钱，本来留着给家里救急用的。现在你需要，先把它拿去用吧！

这，这怎么可以？张毓强听妈妈如此说，心下百感交集，一时竟说不出话来。他感觉自己眼眶内有些热热的东西在滚动。他注视着双手托举着钞票的妈妈，近距离盯着妈妈眼角上深深现出的鱼尾纹，心里翻腾开来。多好的妈妈呀！他这个做儿子的，没有帮妈妈的忙，反过来还要用妈妈存的钱。这可是人们常说的"压箱底钱"，不到万不得已是不能用的呀！

妈妈似乎看出了儿子的犹豫和不忍，故作轻松地说：你先拿去用吧，等有钱了，还给家里就是。

是啊！眼下，对于他张毓强而言，也算是遇到一道坎。除了爱他疼他的妈妈，还有谁会帮忙呢？有了这笔钱，他们至少可以出差了。出了差，玻纤厂或许就有希望！这钱就算向妈妈借的吧！张毓强相信自己能做到有借有还。

想到此，张毓强不再犹豫。他从妈妈手帕内取过钱，钱币还带着樟木香味，他从中数出 200 元，递还给妈妈，然后将 300 元钱揣入自己内衣口袋中，用力摁一摁，夺门而出。他怕时间一长，会忍不住眼泪，他不想让妈妈看见自己的脆弱。

几天后，张毓强带着俞正华、李秋明外出考察，考察第一站选在南方广州，接着是近邻上海、南京，然后是北方城市石家庄，最终跑到首都北京。

当年跟随张毓强考察的俞正华、李秋明等人向笔者陈述，那个考察真是苦呀！张毓强把考察日程安排得满满的，简直让人喘不过气来。一路上跑的全是玻纤企业或原料工厂。晚上为了省钱，每每住在地下室或大澡堂里，连洗带睡，几毛钱，便宜得很，但也简陋得很。地下室大多由以前的人防工程改建，深入地下两三层，整天见不到一丝阳光。大澡堂里，则是水汽、汗气缭绕，几个人被熏得晕晕乎乎。唯一值得自豪的是，他们一行四人，终于抽出一点时间到天安门前拍了一张合影。那张合影至今完好地保存在每人的相册里。照片中，身着廉价皮夹克、理着冲顶头的张毓强和伙伴们笑得一脸灿烂，青春的气息掩饰不住地透射到天安门广场上空。

考察回来，众人讨论，大家都赞同张毓强提出的方案：异地新建厂房，进行一次较大规模的技术改造，借此提升玻纤厂的质量和规模。

技改项目获得县二轻局批准。这是张毓强走马上任后第一次搞技术改造，也是他主持全厂工作后第一个真正的大动作。

新厂址选在石门和尚桥边，征用附近民联村5.4亩土地，石门人将此处称作"和尚桥堍"。笔者一开始不知这个"堍"字怎么发音，是什么意思？百度了一下才知道，"堍"是"桥两头靠近平地的地方"。直白地说，就是桥边。石门人爱这么叫，显得蛮有文化。

土地落实后，接下来申请银行贷款。张毓强决心背水一战，既然要搞，必须一步到位搞好。他按照技改方案粗略计算了一下，除去旧厂址卖给镇工会，拿回7万元，至少还需要28.8万元。厂里有些人觉得这毛毛真是胆大包天，简直有点疯啦！银行的人一听，把脑袋摇得像拨浪鼓似的，一个全部资产只有19.5万元的小企业，却申请超过其总资产的贷款，这风险太大了。

好说歹说，这笔贷款终于敲定。

于是，一场拼体力、拼意志的鏖战在和尚桥边打响。

张毓强把完工日期定得紧紧的、死死的。那道理再浅显明白不过：工程早一天完工，就可早一点投产，就可早一天销售，然后就可早一点还清贷款。彼时的张毓强，还不是后来著名的企业家张毓强，当时考虑更多的，是让桐乡玻纤厂存活下来、发展起来。

节省每一元钱，甚至是每一分钱，成为工程建设者们的共识。但凡自己能干的活，都由自己干。什么挑黄沙、搬砖头、砌墙壁、上涂料，都被张毓强带着这帮小伙伴包了下来。嵇晶超本来搞过建筑，张毓强也在工地做过小工，这时就成了专家。俞正华、李秋明等人正是血气方刚之时，有的是力气。现在好了，统统用上啦！

张毓强新建的拉丝车间厂房顶部呈锯齿形。顾名思义，那建筑形状犹如锯子的牙齿般，凹凸不平、错落有致。这是生产拉丝织布产品所特需的房顶。一般说来，这类厂房坐南朝北，南面全封闭，不开窗户；北面房顶建成"锯齿形"玻璃窗，光线透过玻璃窗能照亮车间，但同时又不是阳光直射，以免工人们晃眼。

出于同样原因，为了省钱，张毓强和嵇晶超商定，这些安装在锯齿形房顶的几十扇钢窗框架自己做。每扇钢窗长21米、宽4米，一扇钢窗框架将近百米，几十扇合起来就有几千米。张毓强从外地买来制作钢窗所需的角钢，嵇晶超从别的工地借来一台老虎钳，将角钢固定在老虎钳上，操起小钢锯，吱吱呀呀地割锯起来。大家轮番上阵，当起机修工，从此，工地上一天到晚响着难听的甚至有点瘆人的钢锯声。

日以继夜，夜以继日。没有下班概念，没有休息时间。张毓强定下的厂房竣工日子一天天逼近，人们开始通宵作战。

累，累，累，人们全部意识只有累的感觉。困，困，困，人们现在最需要的是睡觉。几个通宵干下来，大家实在熬不住困。有人干着干着，就不知不觉地歪倒在水泥板上、钢窗框边、砖头缝里，睡过去了。

和尚桥堍这地方，原本就是农田，四周被荒草包围着。时值溽热时节，成群结队的花脚蚊子像发现了大量采血对象一般，向沉睡中的人们发起一阵阵猛攻。一时间，花脚蚊子的嗡嗡声，人们沉闷的鼾声，伴随着夜间田野的蛙鸣声，似构成一首低声部的交响乐，在和尚桥埭工地上奏鸣。

那天半夜，号称累不倒的张毓强也累得昏昏沉沉睡过去。不过，终究因为心中有事，他还是睡不踏实，凌晨时醒了过来。他用惺忪的睡眼扫视了一下，发现工地上的人都东倒西歪地睡着了。他将自己的目光收回来，看到睡在离自己不远处的稽晶超，不看则已，一看吓了一大跳，张毓强彻底清醒过来。只见稽晶超的脸一片黑乎乎的，张毓强睁大眼睛一看，原来是一片密密麻麻的蚊子，少说也有几百只。稽晶超竟然全然不知，仍呼呼沉睡着。这得多么疲乏才至于这样啊！张毓强原本想叫醒他，但转而一想，又不忍心叫醒正在酣睡中的伙伴。于是，张毓强挪动一下身躯，稍稍靠近稽晶超，伸出手往稽晶超脸上轻轻一抹，立马觉得手掌变湿。张毓强借着工地上昏暗的灯光一瞧，哇！只见自己手掌上全是血。这是可恶的蚊子从稽晶超脸上吸取的呀！它们当然不知在饕餮一场之后，会遭遇张毓强的突然袭击，从而付出生命的代价。张毓强看看满掌黑褐色的血渍，再看看躺在工地上的这班小伙伴，内心涌起一种复杂的情感，视线一下子被一片水雾所阻挡。

在基建工程快马加鞭的同时，工程中的核心难题摆到张毓强面前。

张毓强铁了心，要通过这次技术改造，让桐乡玻纤厂的技术和质量有大的甚至是突破性的跃升。明确点说，就是淘汰陶土坩埚，将拉丝设备换上代铂炉。就像俞正华所见的丹阳玻纤厂那样，清一色的代铂炉，那该多好呀！

在玻纤行业摸爬滚打十几年的张毓强，已大体了解玻纤行业的历史，也知道了代铂炉的来龙去脉、前因后果。玻纤产业1938年发端于美国，后来，发展到苏联和欧洲，中国直到1958年才开始起步。在国外，先进玻纤生产线已用上池窑，一般也使用铂金炉。铂金炉的生产效率比陶土坩埚要高出许多。中国缺少铂金铑金，如到国际市场上买，又非常昂贵。因此，中国玻纤专家们发明了一种具有中国特色的"代铂炉",即坩埚部分仍用优质陶土制作,漏板则采用铂铑合金。生产效率介于铂金炉与陶土炉之间。因为可节省大量铂铑合金,适合当时中国国情,便被推广开来。

张毓强彼时向往的即是这种代铂炉。

代铂炉在哪里?一段时间内,代铂炉成为张毓强日思夜想、寝食难安的对象,仿佛热恋时对未婚妻那般的思念。这思念,如火焰般炙烤着张毓强。

南京玻璃纤维研究设计院能够制作代铂炉,这个情况,张毓强自然知道。因为玻纤业务关系,张毓强不止一次去过这个被简称为"南玻院"的单位。不过,知道有什么用呢?最终还得靠实货。制作加工一块200孔的铂铑合金漏板,需用0.75公斤铂铑合金。市场价格是1公斤铂金6.5万元,1公斤铑金10余万元。换句话说,加工制作一块代铂炉漏板,要七八万元。这次准备新上6台代铂炉,光漏板费差不多需百万元左右。在彼时张毓强心里,百万元已是一个天文数字。

张毓强到处想办法,向银行部门申请贷款。也许,张毓强的坚忍不拔和诚心诚意感动了农行的工作人员,他们向桐乡县农行领导作了汇报,说了些好话。农行领导开始松口。县农行毕竟是县农行,各种贷款信息多。农行领导汇总情况时发现,张毓强不是申请贷款买铂金铑金吗?哎,还真巧了。本县青石乡有个企业老板原来也想做玻纤产品,向县农行贷款,已从外地买回来五六公斤铂金铑金。现在,这家企业因特殊情况做不下去了,买来的铂金铑金闲置着,所借的贷款无从着落,县农行也是干着急。干脆,把这些铂金铑金转卖给张毓强,同时,把那位老板所借的贷款也转给张毓强。各取所需、各得其所,这个死结不就解开了嘛!

这个办法好!县农行领导们一致同意!

张毓强喜出望外,自然同意。他立即租了一辆车,装上铂金铑金,同时请上镇派出所所长,"武装押运"到地处南京雨花台西路的南玻院,加工成漏板。

一个看似无解的难题，被一条信息、一个思路解决，皆大欢喜。可谓踏破铁鞋无觅处，得来全不费工夫啊！

不过，桐乡玻纤厂账上，贷款欠债数调增到121.8万元。

技术改造剩下最后一个环节：购置发电机。大伙儿明白，没有电，一切无从谈起。尤其是用电量极大的代铂炉，没有电，简直就是一堆废铜烂铁。

彼时，发电机还属统购统销商品，国家按计划生产，按计划分配。大型发电机更是皇帝家的女儿不愁嫁，多少大中型国有企业还轮不到货，更遑论偏僻到石门镇的玻纤厂？

张毓强焦头烂额，一天到晚翻看报纸广告栏目，看看有没有关于发电机的广告。

也许是苍天不负有心人。一天，张毓强真的从报纸夹缝中看到了一则广告，说是陕西某个油田有台用过的旧发电机要出售，160匹马力，相当于120瓦功率，售价2万元。只是从陕西油田到桐乡，路远迢迢，光运费就得3万元。

但除此之外，别无良法。张毓强与钱炳林一商量，决定由钱炳林、潘九九带着运输车到陕西提货，赶在春节前尽快把它运回来！

谁也没有预料到，冬季的北方公路结冰打冻，拉着发电机的货车在山东路面上爆胎，发生侧翻。当钱炳林惊魂未定地打通长途电话给张毓强时，张毓强立刻紧张起来，连忙问：伤着人没有？伤着发电机没有？

还算运气。车辆侧翻度不严重，人和发电机均没有伤着。经过抢修，钱炳林和潘九九还是把颤巍巍的货车开到了桐乡汽车站。彼时，石门镇还没有通公路，只能依照原始惯例，在城区码头，将发电机吊装上船，通过运河，驶到石门湾和尚桥边。

那天，正是农历小年夜。

不知什么时候，天上开始飘飞起不大不小的雪花，朔风打着卷儿，发出呼啸，把一片片、一簇簇雪花吹落在树枝上、菜园里，烂银也似的雪衣点缀了古运河两岸的景致。一家家门缝里弥漫出诱人的鱼肉香味，一些喜欢热闹的小朋友，开始在自家屋前门后燃放爆竹，给即将到来的春节预热。

几家欢乐几家愁。下雪，无疑给张毓强们卸运发电机增加了难度。厂里没钱买雨衣，张毓强红着脸向镇税务所借来一些旧雨衣，让大家披着。发电机重约数吨，运河岸坡全是泥土，借不着力。石门镇上一时找不到吊车，只借到一台卷钢筋的绞盘，怎么把那么笨重的发电机弄上岸，运进厂里呢？

张毓强与伙伴们商量，觉得只能用土办法。先在岸坡铺上一块块木板，大伙儿七手八脚、肩推手撬，好不容易把发电机卸到木板上。然后，将一根根木头垫在发电机下，再用钢丝绳套住发电机一端，另一端系在岸上的绞盘里。看看准备完毕，张毓强一声令下，众人一起发力，"一二三——吭唷！""一二三——吭唷！"拉的拉，推的推，卷的卷。发电机在圆木上缓慢地向前向上滚动，人们及时将发电机已滚过地方的木头抽出来，小跑着，再把木头垫到前面河坡上。于是，发电机在张毓强的劳动号子中一寸寸、一尺尺地滚动着、移动着。

雪越下越大，风越刮越紧。张毓强穿着旧棉衣旧雨衣，拼命地喊着劳动号子。因为劳累多日，他的嗓子有点嘶哑，头上冒出汗珠。但一刻也没有停止喊叫。他觉得自己喊出的不是一个个号子，而是给大伙儿传递着一种力量、一种信念。嵇晶超、李秋明、丰熹等人，似乎都忘了时间，忘了饥饿，更忘了头顶飘落的雪花，只知一个劲地与发电机较劲，与滑溜的河岸较劲。

一向喜欢摄影的俞正华，趁着拉扯的空隙，眼疾手快地按下照相机快门，定格了这个瞬间。

赶在万家灯火亮起之前，人们终于把这台笨重的发电机拖到了岸上。

除夕之日，桐乡玻纤厂新厂区内响起发电机隆隆的声音。电一通，百机通，整个玻纤厂顿时成为一列呼啸前行的快车，开始奔驰。

1985年6月28日，桐乡玻纤厂技术改造工程完成，拉丝一工段正式投产。

笔者在一摞摞已发黄生脆的档案中，偶然查阅到一份当年桐乡县农行对桐乡玻纤厂进行技术改造后企业信用等级的评估报告，近30页，图文皆备。这份评估报告，用专业眼光、审慎笔触记录下当年桐乡玻纤厂技改的过程和结果，可作佐证：

1984年，该厂在上级有关部门支持下，经过市场考察和预测，决定对设备技术进行彻底改造，并开辟新的厂区。投资108.7万元，在南京玻纤院指导下，试制生产了45B/2中碱玻纤纱。经鉴定测试，质量符合国家建材部标准，列为市级新产品。1986年在国家经委对全国17家玻纤厂（其中16家属国有大型企业）的产品质量抽检中，该厂玻纤纱获得好评。其中有些技术指标进入国内领先地位，成为嘉兴地区唯一的玻纤专业厂。

通过各项指标的调查论证和评估，总分达90.27分，被评为一级信用企业。

1987年，张毓强正式担任桐乡玻纤厂厂长。他做了一件影响深远的大事：自己动手起草了桐乡玻纤厂第一份经济责任书，并郑重其事地与各车间各部门负责人签订了经济责任书，拍照留念。这一年，被振石人称为"管理元年"，它成为振石控股集团企业管理走向正规化的一个重要起点，也成为张毓强管理理念系统化的萌芽。

第一个吃螃蟹的人

桐乡玻纤厂要搞股份制改革啦！

消息就像一阵猛风刮过古运河水面一般，顷刻间掀起不小的波澜。玻纤厂内群情振奋，石门镇上街谈巷议。

后来有人说，桐乡玻纤厂股份制改革试点，是张总"请缨"的结果。

张毓强在接受笔者采访时，实事求是地答道：哪有什么"请缨"一事？再说，这样的事能"请缨"得到？

那叫什么？笔者追问道。

那是当时桐乡县二轻局领导安排的，而他也很乐意将玻纤厂作为股改试点单位。张毓强实话实说。

县二轻局为什么会"安排"桐乡玻纤厂作为股份制改革试点单位，那说来话长啰！

如前所述，桐乡玻纤厂在张毓强带领下，完成了技术改造，上了6台代铂炉，生产规模扩大，产品质量明显提高。本来可在玻纤市场上一显身手。谁知开船偏遇顶头风，出门碰上闷头棍。那段时间，全国改革搞价格闯关，遭遇挫折，转而进行治理整顿，严控各类建设项目，市场一下子疲软，玻纤产品自然也受到冲击。6台代铂炉不能满负荷开足马力，有时甚至开一半停一半，产量可想而知。产品也比较单一，全厂只能生产一种45支两股中碱纱，卖给客户做窗纱。上百万元银行贷款又增加了大额财务费用，犹如一座大山，压在新厂身上，更压在张毓强心上。最差的一年，全厂只有万把元利润。到了年终，发不出奖金，张毓强只好意思意思，给员工们发了一点点出勤奖。

一时，社会上议论纷纷，质疑声多了起来。

一次，全省行业会议在杭州召开，张毓强有事去得晚一些。走到宾馆服务台，服务员用疑惑的眼光打量了张毓强一眼，冷淡地说，你们来晚了，宾馆所有单间都住满了。现在只剩一个套间。你们又住不起！

谁说我们住不起？张毓强的犟脾气上来了，我偏要住！

再贵也要住！

张毓强的态度弄得那个服务员满脸通红，她只得讪讪地为张毓强办理了套房入住手续。

事实上，张毓强并不想享受套房的宽敞。当私下得知还有几位后到的客户没有房间住时，张毓强非常爽快地答应让他们搬进来，与自己同住。

一天，张毓强在路上，与石门镇税务所长不期而遇。

张毓强迎上前去，向他热情地打招呼。

那位所长用颇具深意的眼神注视了一会儿张毓强，然后慢条斯理地问：玻纤厂去年有多少利润呀？

一万多元吧！张毓强如实答复。

才一万多元？我说你这位张厂长呀。你全厂一百多人哪。要是我说，你把这一百多号人弄到街上捡捡垃圾，赚的钱恐怕还不止一万元吧？

张毓强没有料到这位税务所长竟会说出这样的话，一时语塞。他顿了顿回道：所长，你得给我一点时间。玻纤厂会好起来的！

强烈刺激！张毓强甚至感受到了某种程度的侮辱！从此，他把税务所长这句话清晰地牢牢地记在心底，直至今天。不是为了记恨，更不是为了复仇。后来，那位税务所长与张毓强还成了朋友。但张毓强仍然牢牢记住了这句话，他需要用这句话来刺激自己、激励自己、鞭策自己，激励企业不管在顺境还是逆境中不失去方向和动力，再也不能被人看不起！

玻纤厂的经营业绩摆在那里，自然而然地影响到县二轻局领导对张毓强的看法和评价，其中之一是对桐乡玻纤厂门卫室的意见。

县二轻局领导对门卫室会有什么意见？是门卫室开门不及时，接待不热情吗？不，不，那样说，可冤枉死那些门卫啦！

这笔账还得算到张毓强头上。

原来，在建新厂区时，张毓强为让新厂区显得“现代化”些，仿照一些大企业样子，将厂门口两边传达室建得方方正正、漂漂亮亮，并将自己办公室放在门卫室内侧，成为桐乡县独特一景。石门镇本来就不大，人们口口相传，不少人还专门跑过来，驻足观看，各种说法均有。

这些情况很快传入县二轻局领导耳朵内，有领导开始不满意了。这个张毓强，冒着风险贷了那么多的款，还去搞那些豪华的门卫室、办公室，出格啦！

据说，县二轻局领导从此很少光顾桐乡玻纤厂，玻纤厂成为被领导遗忘的角落。

有那么一次，张毓强听别人说，县二轻局领导要到石门镇几家企业检查指导工作，说不定会到玻纤厂来。张毓强早早站在门卫室外迎候。果真，过了一会儿，张毓强远远看见县二轻局领导朝玻纤厂方向走来，他正准备走上前去迎接。谁知，那位领导在众目睽睽之下，拐进离玻纤厂不远处的镇纺织机械厂，硬是把张毓强晾在门卫室外。

领导的态度竟是这样，张毓强知道一时无法改变。能改变的是自己、是企业，个性倔强的张毓强深知这一点。他要用事实让领导相信，桐乡玻纤厂不会永远如此下去。

张毓强让跑供销的李秋明时刻关注信息，寻找新产品。

李秋明没有让张毓强失望，不久即给张毓强带来一个颇具价值的信息。南玻院一位专家告诉李秋明，北京化工研究院急需一种"化工一号纱"的玻纤，行话叫RP纱，全称是热塑性塑料增强玻纤纱。这是一种无碱纱，是热塑性产品的主要材料。目前，北京玻璃钢研究所、上海耀华玻纤厂、丹阳玻纤厂都在生产，但产量均有限，满足不了北京化工研究院扩产之需。这种RP纱技术由南玻院研发，他们循迹找到南玻院，希望南玻院生产。但南玻院只管研发，不搞批量生产。这位专家认为，这种RP纱很有市场潜力，销量将越来越大，桐乡玻纤厂不妨一试。

得到这一信息，李秋明忙不迭地赶回来向张毓强作了汇报。张毓强是个敏感性与洞察力特强的人，一听这信息，只觉眼前一亮。当即决定亲自出马，跑到北京和平街北口的化工研究院和南京雨花台西路的南玻院，深入了解情况，当面咨询有关问题。同时商定，北京化工研究院向桐乡玻纤厂转让 RP 纱生产技术，提供玻璃配方，浸润剂和工艺问题由南玻院连续纤维研究所负责，3 家合作生产这一款产品。

一圈跑下来，张毓强心中有了底。新添置的代铂炉完全可以生产 RP 纱，只要稍微调整一下漏板孔口的大小和间距，对其他辅助设备作些小小改动即可。

北京化工研究院非常慎重，专门派人奔赴石门镇，考察桐乡玻纤厂状况。考察人员见到新建的厂房、新添置的代铂炉设备，还有气派新颖的门卫室，一切像模像样，感觉特好，当即答应回去向院领导汇报，尽快签订供货合同。

那位考察人员并没有让张毓强久等，几天后，双方签订了第一份销售合同。桐乡玻纤厂每月向北京化工研究院供应 RP 纱 10 吨。试用一段时间后，该院发现，桐乡玻纤厂生产的增强专用纱，与工程塑料的亲合性较好，外观颜色较白，性能优良，支数均匀，断裂强度高，质量稳定，明显优于其他大厂。于是，他们将订货量追加到每月 20 吨。一次，因特殊原因，该院要货很急，张毓强二话没说，马上租用两辆 5 吨卡车，3 天之内，将 RP 纱直接送到他们生产车间。速度之快，态度之诚，该院上下为之感动。

张毓强和李秋明乘胜追击，不断开拓市场，桐乡玻纤厂生产的 RP 纱逐渐打开局面，开始有了小名气。北京玻璃钢研究所、上海涤纶厂、上海塑料制品十八厂，苏州塑料一厂等大中型企业开始向桐乡玻纤厂订购批量 RP 纱。每月销量 80 吨，全年接近千吨。每吨售价 6500 元。张毓强因势利导，将代铂炉增加到 12 台。不久，又将对面那家纺机厂买过来，改造安装代铂炉，全厂代铂炉增至 30 台，开足马力生产，桐乡玻纤厂逐步走出困境，迈过了第一道坎。

1988 年 9 月 30 日，党的十三届三中全会召开。全会公报提出，进行以公有制为主体的股份制试点。

全国各地闻风而动，浙江省第一批股份制改革试点单位先后推出。

桐乡玻纤厂股份制改革试点，正是在此背景下展开。

后来，有人告诉张毓强，当时县二轻局领导班子在讨论确定桐乡玻纤厂作为试点单位时，主管领导曾说过这样一番话：玻纤厂全部123个人，有60多个老太太。反正不好不坏，就让那个姓张的年轻人去试一试吧！试好了，继续干；做不好，我们就把它当作破产企业的试点！

不管是"请缨"也好，"安排"也罢，历史事实是，桐乡玻纤厂成了浙江省第一批股份制试点企业之一，在桐乡县二轻系统几十家企业里属于"独一份"。

笔者采访过几个当事人、亲历者，他们也记不清当时的一些细节。因为，等他们知道股份制改革具体方案时，已经是让他们认购股票啦。

清楚其中操作细节的，当然还数张毓强。

当桐乡县二轻局领导郑重其事地征求张毓强对股份制试点的意见时，张毓强竭力拥护、真心赞同。张毓强后来无数次向人们阐释过他拥护和赞同的理由。在他看来，股份制是个不错的模式。职工参股、全员持股，让全厂职工由打工仔变为股东。分配时，既有按劳分配的一块，也有投资获益的一块，这样能增强员工的主人翁意识，员工关心企业的程度就会提高。当然，还有一个当时张毓强不能明说的原因，职工参股，不就会增加企业现金吗？这些钱，对于当时资金紧张的玻纤厂而言，不失为来源之一。

后来企业发展的事实证明，张毓强当时的选择是正确的，他的判断力是超前的。

作为股份制试点企业，不少政策界限由试点工作小组确定，当然，他们也征求张毓强的意见。张毓强认为还是要符合桐乡玻纤厂实际，能为广大员工所接受。

开完动员大会，全厂开始募集股份。自愿认购，多者不限。每股一元，职工买一股，企业配送一股。张毓强带头拿出3000元，等于认购3000股。中层以上干部，每人1200股，普通职工600股。李秋明在采访中回忆，他当时买了1200股，他爱人买了600股。丰熹回忆自己当时拿出2800元，买了2800股。问他为什么敢于买那么多，他说：相信张总。特别是老厂长出去另立门户的企业日渐萎缩，大家更相信张总能带领玻纤厂走出一条新路来。

也许正是这种信任，使得桐乡玻纤厂股份制试点工作得以顺利推进。最终，全厂员工共认购391100股。张毓强感觉欣慰且后来津津乐道的是，新公司的股票盖着中国人民银行桐乡县支行的印戳，这是当时股份制试点企业中的"独一份"。

股份制企业雏形已成，即将破茧而出，该给新生的、未来的企业取一个有意义的响当当的名字啦！在人们忙着认购股票、登记股权时，张毓强却把自己关在门卫室边上的办公室内，费尽心思，翻来覆去推敲着新公司的名字。桐乡玻纤公司？运河玻纤公司？突然，他的脑海中闪过当时北大学生喊出的"振兴中华"的口号。对啊，应该叫"振兴"！振兴什么呢？全国人民要振兴中华，他张毓强是石门人，是古运河石门湾的儿子，要考虑的是如何振兴石门。石门镇一名34岁的年轻人，能够振兴这几平方公里，已属不错！那就叫"振石"吧！对，就叫"振石公司"！

客观地看，作为石门镇上一名小小玻纤厂厂长，能够意识到自己对石门的责任，能够肩负起振兴石门的重担，已很了不起。彼时的张毓强，压根儿都没有想过，后来，他领导的企业会成为全球玻纤行业、风电基材行业冠军，会为世界玻纤行业的扩张、普及、提质、降本做出那么多的事。不能不说，人的理想、视野、目标、格局是随着人所处的方位变化而变化的，人们的社会地位决定人们对世事的态度。这，大概也是一个普遍规律？

想定公司名称之后，张毓强兴冲冲地征求同事们和试点工作组的意见，大家一致赞同，便将公司名字确定下来。接着，张毓强在厂门口横架起3根涂抹上白漆的钢管，请著名书法家谭建丞用草体魏碑书写了"振石股份有限公司"8个红色大字，悬挂在钢管上，路人远远便能看见这块大牌子。

公司领导班子选举在即，县二轻局领导顾虑张毓强能不能被大家选上。为慎重起见，局里主张以组织名义提名张毓强。局领导征询张毓强意见，被他一口否定。张毓强明确告诉局领导，如果大家心目中选定的人是张毓强，你不提名，他也能选得上；如果大家心目中另有其人，即使你提了名，他勉强选上了，又有什么意思？今后怎么工作？

似乎有点道理？局领导被自信的张毓强说服了，决定放弃组织提名的方案，交由新公司全体员工"海选"：不设候选人，选到谁是谁！

1989年6月8日，桐乡振石股份有限公司召开全体职工大会。会议主持人将一张张白纸发到参会人员手中，收回来后，按得票多少选出25名股东代表，张毓强是25人之一。局领导放心了一些。再将25张白纸发给25名股东代表，选举董事会5名成员。收上来一看，张毓强还在5人名单之中。局领导进一步放心。最后，召开董事会推举董事长，又是5张白纸，最后收上来一看，5张白纸上写着同一个名字：张毓强。随后，董事会又一致同意聘任张毓强兼任公司总经理。局领导这才彻底放心，叮嘱了几句，迅即转身离开会场。

振石控股集团创业史由此翻开新的一页。

第二章
玻纤之梦在梧桐城上空开始翱翔

山重水复疑无路，柳暗花明又一村。

——陆游

3月18日，巨石横空出世

所有的伟大，均肇始于一个勇敢的开端。

振石控股集团重要的转折，源于1992年年底、1993年年初，张毓强在梧桐大酒店年终职工聚餐上宣布的进军桐乡开发区的那个决定，为振石控股集团的发展打开了一片新天地，并创造了巨石集团后来的辉煌。

且容笔者简要介绍一下当时的历史背景。

1992年，对于中国历史而言，是一个具有标志性意义的年份。

春天里，邓小平同志发表南方谈话，人们形容是"东方风来满眼春"。同年10月，党的十四大召开，明确提出建立社会主义市场经济体制。中国改革开放的时代列车瞬间加速，全国各地掀起大干快上热潮。彼时有个突出现象：在经济特区示范下，各种经济技术开发区、工业小区，如雨后春笋般涌现。

地处杭嘉湖平原的梧桐之乡桐乡，被这股热潮推涌着、鼓荡着。桐乡县领导一边筹划着撤县设市的大动作，一边规划着在梧桐镇周边设立桐乡经济开发区。

桐乡县为此专门发出文件，制定若干优惠政策，广为宣传，向县内外招商。

据说，县里招商文件发出，动员大会开毕，但响应者寥寥。

这犹如武林界华山论剑，英雄帖已发出，但应邀赴会比武者不至，令筹办者始料未及。

现在回头想想，那时开发区属于新生事物，诸多政策尚未真正兑现，人们心存疑虑，不敢将大笔真金白银投进去，实在可以理解。

桐乡县及经济开发区领导不得已改变策略，开始一家家上门做动员工作。他们将动员招商的目标瞄准了振石公司，瞄准了张毓强。

那一年，振石公司已步入正轨，生产销售两旺，早已实现了早年县二轻局提出的产量超千吨、产值超千万元、利润超百万元的"三个一"目标。年产玻纤3600吨，产量列全国玻纤行业第五名。厂区占地面积26000平方米，建筑面积15000平方米，职工491人。设有6个生产车间，拥有铂铑拉丝炉58套，主要产品有热塑性塑料增强专用纱、中碱缠绕专用纱、涂型玻纤纱窗纱等，销售收入2254万元，利税400万元，部分产品出口创汇，成为全国玻纤行业中型企业。

桐乡开发区主任曾担任过乡镇领导，对振石公司和张毓强比较了解。他一次次上门，一遍遍游说张毓强。

开始时，张毓强并不为所动。张毓强对石门感情极深。你看，连公司名称都包含了石门！新厂建造时间并不长，机器设备也是好好的，运转正常，何必要舍近求远，跑到桐乡开发区去？再说，异地新建，需要大量真金白银。如果上一条池窑生产线，他测算过，至少需要1个亿。1亿真金白银又从哪里来？你能帮助振石公司弄到那么多钱吗？弄不到？那就对不起！你走你的阳关道，我过我的独木桥。

不过，那位开发区主任是个基层通，熟谙人们心理，他看出了张毓强心中涌动着强烈的发展愿望，不厌其烦地劝说着。桐乡开发区有成片土地，价格便宜，政府还提供"三通一平"条件。开发区税收可以优惠，如果你张总带头进入开发区，就是开发区第一家企业。作为第一家企业，他可以表态：一事一议，什么都好商量。

说着说着，张毓强真的心动啦！企业在石门镇已20余年，虽说慢慢也在发展，但已明显受到局限。石门区位偏僻，规模较小，各种资源毕竟有限，自己有些想法，在石门就无法付诸实施。譬如真要上池窑生产线，需要上百亩土地，石门根本无法解决。

1992年的张毓强，已在玻纤行业干了20年，一路风风雨雨、坎坎坷坷走来，心中已悄然萌生一个梦想：要将振石玻纤公司做大！做得多大？他那时还不敢确定，但至少能进入中国玻纤行业第一方阵，做到让中国同行都知道振石玻纤。张毓强已看清，玻纤行业的大趋势是放弃代铂炉，改上池窑。如果真的能在桐乡开发区另辟战场，新建一个称心如意、像模像样的池窑玻纤厂，那才不枉一生啊！

钱从哪里来？这是个问题。张毓强与开发区主任一次次开"烟雾会"。两人都是烟民，且抽得蛮凶。一天两包，一根接着一根抽，其间不用点火。半天下来，满屋子烟雾弥漫。

烟雾笼罩，视线模糊，思路却越来越清晰。两人商定，用股份制形式集资，找几家有实力的国有企业参股。这个新颖的集资思路，得到了桐乡县主要领导认可。桐乡即将撤县设市，需要一个与之相符的开发区；开发区需要几家骨干企业来支撑。张毓强这个人和这家玻纤企业很有可能成为开发区的窗口，县里应当装修这个窗口。

此谓天时地利。

还得人和。有了初步方案，张毓强与公司几位主要骨干一碰头一商量，大家都赞成。

此谓天时地利人和。古人所言成大事的三个条件，张毓强皆备！

于是，张毓强准备找个适当场合，宣布这一重大决策。

元旦刚过，春节将临。为感谢全厂职工一年辛辛苦苦的工作，又鉴于有重大事项要宣布，张毓强别出心裁地制订了一个活动方案。他租了几辆大巴，将公司一百多名员工拉到彼时桐乡县城内最高档、刚开业不久的梧桐大酒店吃年夜饭。

眼下在振石大酒店工作、当年曾是梧桐大酒店厨师长的张震洲还依稀记得，张总让他做了红烧羊肉、蹄髈、全鸡全鸭等，每桌菜肴标准300元，酒水外加。这在当时，已属高档酒席。张总还特意让酒店在门口悬挂了一副大红春联："辞旧岁，迎新年，煮酒相庆颂改革；聚桐城，话未来，举杯共勉谱新篇"。那种过年喜庆的氛围非常浓烈，引得街上行人驻足观赏。

能进城在大酒店吃饭，员工们自然欢天喜地。那天，张毓强也十分开心。他穿着一件咖啡色翻毛领子皮夹克，提前理了个漂亮的大背头，脸上露出掩饰不住的笑。席间，他逐一向员工们敬酒，真心感谢大家的付出，并向大家庆贺农历新春。

几杯啤酒下肚，彼时还不善喝酒的张毓强，脸上渐渐泛出红光。他一激动，霍地站到大厅中间，向吃喝着的人群挥一挥手，用洪亮的声音宣布：公司班子讨论研究了好几次，最后同县里和开发区领导商定，在继续搞好石门玻纤基地的同时，春节后，准备进军桐乡开发区，新建一个更大更漂亮的厂区。大家说，好不好呀？

好！好呀！众人都被张毓强宣布的这个喜讯激奋了、震撼了。大家欢呼着，相互庆贺着，纷纷举起手中酒杯，一饮而尽。

那个欢庆的年夜饭场面，多少年后还一直印在振石控股集团老职工脑海里，也铭刻在张毓强的记忆中。

历史时钟很快走到一个节点：1993年3月18日。

春天来到江南小城桐乡，草长莺飞、小雨淅沥，满街的梧桐树开始发枝生叶，早到的春燕吱吱喳喳，在粉墙黛瓦间寻觅着做窠的地方。三五成群的小学生，胸前戴着鲜艳的红领巾，蹦蹦跳跳地走过画着丰子恺漫画的街道，走入春天里。

春天，万物萌生的希望之季。

中国农业银行桐乡县支行三楼会议室，进行着一个隆重而简朴的仪式。也许，当时与会者未必清醒地意识到，这个仪式对于以后的振石公司和即将诞生的巨石集团意味着什么？

张毓强斟酌再三，将新公司取名为"巨石"。新公司坐落在桐乡开发区，肩负的责任和奋斗目标显然已超越石门镇范围。但"石门"是根，"石头"是魂，"巍峨"是形象。把新的玻纤公司做大做强，让石门这块普通石头变成一块硕大无比的巨石，把新成立的玻纤企业做成中国前三名，便是张毓强此刻追求的最高目标，也是"巨石"之"巨"的体量。后来，巨石人进一步诠释说："巨石者，天地之骨，支撑乾坤，驮万物而不倦，育群英而无私。其德其性，浩然长存。"

客观地说，彼时张毓强还没有想得那么多、那么深。

仪式比较简单，不过，会议会标字数颇多，多到几十个字。关键词有：巨石玻纤公司成立，第一次董事会召开，5 家企业签署联营协议。

会议决定的几件事，对后来巨石集团和振石控股集团的发展产生了重大影响：5 家联营企业筹措注册资金 4800 万元，其中振石公司占41.67%，系第一大股东，相对控股；上马 8000 吨中碱池窑拉丝生产线，命名为"318 工程"；张毓强担任巨石公司董事长兼总经理。

这一天，遂成为巨石集团的生日，也成为振石控股集团的节日。

从最初动议和协议看，振石公司为母，巨石公司为子，两者显然是母子关系。后来，巨石集团发展迅猛，在相当长一段时间内，巨石集团的体量、效益和名声，远超振石控股集团，但两者关系始终未变，母以子荣，子因母贵。

签约后不久，张毓强带着俞正华、周森林、嵇晶超等人来到位于桐乡梧桐镇西南 3 公里的开发区，踏看新厂址。

这哪里是什么开发区？不就是一片农田，且是个乱坟岗嘛！人们看到几十个坟堆散落在田间，遍地杂草丛生，一些歪歪斜斜的桑树正在长出新叶。

张毓强神情却极为兴奋，他一路小跑，走在头里。来到场地最西面处站定，转身面向伙伴们，用手比画着说：喏，这就是我们的新厂区。南面紧挨着320国道,北面是莫墩河,东边到康泾桥。预征200亩,整整200亩啊!从张毓强发光的眼神中,众人仿佛觉得在张毓强面前,已矗立起一排排簇新的厂房。

正当张毓强讲在兴头上时,有人突然闻到了一股异味,一时不知是什么?身子转了一圈,才蓦然看见,紧挨着未来新厂区有个殡仪馆,惊愕得闭不上嘴巴。

众人几乎同时发现了这一"秘密",纷纷将目光转向张毓强。

一向以细心出名的张毓强,在选择厂址时,不可能不注意到附近的殡仪馆。他也曾犹豫过,想着放弃。但张毓强有着自己的思路和标准。玻纤产品是个大运输量行业,这块地紧邻320国道,今后货物进出便捷。边上又有河流,便于工厂取水。至于殡仪馆,他相信,随着开发区发展,迟早会搬迁,只要殡仪馆一走,此处就是黄金宝地。到时候再想要就要不到啦!还有一个不能明说但却一直藏在张毓强心里的原因是,他亲爱的妈妈就是从这个殡仪馆走的,今天,她的儿子张毓强要在她老人家走的地方开创新的基业。如果妈妈在天有灵,她会感觉欣慰吧?

张毓强略作解释,众人立马明白,不再提及和顾忌。

而稽晶超感觉这200亩地实在太大了,大到超过了他的想象。他不由得脱口而出:张总,这地真正建满,不知要多少年?我们这辈子盖得满吗?

张毓强拍一拍稽晶超的肩膀,信心满满地说:真正搞起来,会很快,很快的。当然,饭得一口一口吃。我们第一期先用83亩,其余的地开发区答应给我们预留着。

在笔者采访稽晶超时,这位开朗爽直的老振石人满怀感慨地说了句:那时的张总,真会鼓动人。但大家都没有想到,结果真的像张总说的那样,没用多少时间,巨石公司就把200亩厂区全部建满,后来还整体异地搬迁!

自然,那是若干年后的事。

当时困难还是显而易见的。

嵇晶超、周森林等7人，作为"318工程"先遣队最早进驻新厂区，他们开着一辆旧面包车，每天往返于石门镇—开发区之间。后来，随着工程需要，又陆续增派了一些人员。张毓强还特意给工程先遣队配了一部手提电话。当时手提电话外形有砖头那么大，用的人极少，人们都习惯称之为"大哥大"，似乎是地位和身份的象征。一打完电话，主人把"大哥大"往办公桌上一杵，还是蛮威风的呢。

自然，嵇晶超、周森林他们用"大哥大"是为了联络，及时向张毓强汇报工程进展情况。

到8月份，工程图纸设计完成。巨石公司成立"318工程"指挥部，张毓强任指挥长，俞正华任副指挥长。

建筑单位进来，基建工程才正式开始。

这是桐乡开发区挂牌以来，第一家开工建设的企业。

工地上没有办公室，俞正华、嵇晶超、周森林等人先搭建了几间简易工棚，十几个人挤住在一起，高低床、上下铺，臭烘烘。早上带着一身汗臭出门，晚上带回双脚臭泥。吃用的水从石门镇上带过来，主要用于烧水做饭，天热，汗多，实在受不了了，人们就跳进莫墩河里洗一洗。

整个工地连一部固定电话也没有，与外界联络极不方便。工程上也碰到不少问题。张毓强将情况反映给开发区，开发区又将情况汇报给撤县设市后新任的市委书记。书记蛮重视，亲自出面开了一个协调会。在会上，书记态度严肃地指令桐乡市邮电局：马上给"318工程"指挥部安装一部固定电话。参会的市邮电局长不敢怠慢，只得将局里唯一留作机动的一部电话机号码调拨给"318工程"指挥部，8天后开通电话。记忆力极好的人至今还记得，电话号码8101318，暗寓了"318工程"。

虽说已在建新厂，但石门镇原有的玻纤厂必须继续稳产高产，张毓强需要两头兼顾，一边负责新厂区工程统筹协调，一边继续抓好原有玻纤厂的生产销售。两地来回跑，忙得脚不沾地、焦头烂额。一般是上午在石门，下午到开发区，一直干到深夜。有时实在太晚了，就往高低铺上一躺，在汗臭和鼾声中沉睡过去。

一个下雨天，张毓强正和嵇晶超在工地上指挥工程队施工，突然，工人在挖掘基坑时，一不小心，挖破了施工用的水管，一时水柱冲天而起，眼看将淹没基坑。张毓强一急，不管三七二十一，跳进泥水中，与工人们合力堵住那个管子漏水处。不知是哪位好心人，担心张毓强淋雨，在边上给他撑起一把雨伞。张毓强一看，突然火冒三丈，一把夺过身边这个人撑着的雨伞，往边上使劲一甩，吼道：你管我干什么？！那位打伞人被张毓强突如其来的呵斥声吓得说不出话来。

其实，对于这一场景，上了年纪的人并不陌生。大家都看过有关介绍大庆铁人王进喜事迹的影视作品。大庆油田有一次发生井喷事故，王进喜带头跳入池中，用身体搅拌水泥浆，硬是堵住了喷油口。张毓强动作与之相仿，只是他堵的是泥浆，危险性小了许多。

还有烦心的事，就是附近那个殡仪馆。

死人的事时刻会发生，且不由人自主决定。因而，殡仪馆的焚烧时间也就没有规律可言。到殡仪馆吊唁的、哭丧的，随时都会出现。有时一大早，还未开工，殡仪馆悲悲戚戚的哀乐声、撕心裂肺的哭喊声、莫名其妙的鼓乐声，夹杂着尸体火化时的焦臭味，传送过来，让人一下子坏了心情。更难忍的是，那时殡仪馆火化设备不够先进，烟囱口每每冒出骨灰粉末，甚至还有未被火化净的细布条片儿，那些东西随着不同风向，纷纷扬扬地飘散到工地上。人们推开工棚门，常常见到一张张办公桌上，铺满了一层浅浅的白色骨灰。有时人们为躲避这些从天空飘撒下来的异物，只好拿着饭盒，跑到远处，用安全帽遮挡着吃饭喝水。

后来，周森林曾调侃说，当时吃饭喝水都免不了带骨灰。一年多时间，说不定他们在无意识中吃掉了两盒骨灰哩！

对于创业者来说，这些生活上工作上的难事似乎根本算不上。难点还在于工程技术和工艺。

如果用今天张毓强的眼光看，这8000吨中碱池窑拉丝生产线实在太简单、太小儿科啦！现在巨石集团最大池窑已达15万吨，甚至在向20万吨冲刺。但在当时人们眼里，包括在张毓强眼里，这个8000吨池窑，就是一个庞然大物，是一座难以逾越的高山，是轻易攻不下的"天下第一关"。

这种感觉并非空穴来风。

搞玻纤行业的人都了解，池窑是玻纤生产的最新形态，也是玻纤技术中的顶尖货，池窑可以拉制出高质量多品种的玻纤。当时西方国家已普遍采用池窑拉丝生产线，美国年产玻纤已近百万吨，欧洲年产也有七八十万吨。由于众所周知的原因，欧美国家严格封锁池窑技术，故中国长期沿用代铂炉生产玻纤拉丝。1971年，国家投资在上海耀华玻纤厂建造第一条年产4000吨的中碱池窑拉丝生产线，用的也是集成技术。1990年，珠海全套引进日本池窑拉丝生产线，尚在建设之中。上海和珠海两家玻纤厂，出于同业竞争的顾忌，也不可能向巨石公司提供池窑拉丝技术。这是连普通智商的人都能想明白的事。

张毓强自然更明白这一切。但他在思考、权衡之后，还是果断选择上池窑拉丝生产线，而且是年产8000吨规模。换句话说，巨石公司"318工程"选定的池窑容量，要比上海耀华玻纤厂现有的池窑容量大一倍。一旦建成，将是中国玻纤第一窑。

从这个决策中，人们似已隐隐约约感觉出张毓强的"野心"：他在蓄积力量，准备冲击中国玻纤第一的高地。

桐乡开发区领导好像洞悉了张毓强这一意图，很快出钱在"318工程"边上竖立起一块巨大广告牌，上写"世界玻纤看美国，中国玻纤看巨石"。广告牌竖立起来后，工地上的人自然深受鼓舞，来来往往的人也会驻足端详，或赞赏，或摇头。

张毓强也看到了这块广告牌，觉得口气太夸张啦。自己只是有个初步想法，能不能做到还两说呢！这帮人怎么也不跟自己商量一下，就把这个口号给公开了,弄得全世界都知道。万一做不到,他张毓强怎么面对江东父老呀?

不过,张毓强也不便公开驳回开发区领导面子,他稍作思考,建议将这句话改动两个字,将"中国玻纤看巨石"改成"中国玻纤希望在巨石"。有趣的是,制作这块广告牌的公司找上门来说,广告牌按字数收费,现在要改可以,但改一字,增加费用500元,要由巨石公司负担。张毓强被这一字500元弄得哭笑不得,后来成为他茶余饭后的谈资。

这些当然都是小插曲。

真正的主旋律仍围绕着池窑展开。张毓强幽默而无奈地说道:靠山靠水不如靠自己!

在玻纤池窑技术上,张毓强是规划师,技术支撑是方贤柏。方贤柏时年55岁,在南玻院担任副总工程师,是中国窑炉设计方面数一数二的大专家。张毓强与方贤柏从石门玻纤厂时期就开始交往。当年,方贤柏被张毓强通过各种关系,请到石门玻纤厂作技术指导,张毓强一直跟在方贤柏身边,不停地往本子上记录方贤柏提出的一些意见和建议。方贤柏一下子就对这位年轻厂长有了好感。之后,桐乡玻纤厂与南玻院的业务交往越来越多,双方交流也越来越深入,有点惺惺相惜,一个敬佩对方的魄力和热情,一个敬重对方的学识和技术。这次巨石"318工程"建造池窑拉丝生产线,张毓强第一个想到的人,自然是方贤柏。

与方贤柏多次交谈,张毓强有点出乎意料。方贤柏坦率告诉张毓强,他精通的只是以前的代铂炉,对新型池窑核心技术并不精通。张毓强望着方贤柏,深刻感受到中国知识分子的真诚和坦率,他对方贤柏敬重有加,恳请方贤柏出主意、想办法、荐人才。

方贤柏毕竟是行业翘楚,人脉广、路数多。他找到了一位已退休在家的工程师,把来龙去脉一说,那位工程师很愿意帮忙,但也坦率地告诉张毓强和方贤柏,当年建造上海一家玻纤厂池窑时,合作方也是藏着掖着，有些场合他被告知回避，因而对池窑的某些核心技术也知之不多。

不管怎么说，方贤柏和这位工程师终究是玻纤行业顶尖专家，具有很深的专业造诣。虽然此窑非彼窑，但道理和原理还是相通的。再说，张毓强自己已在玻纤行业摸爬滚打 20 余年，对玻纤生产的原理、技术、工艺等颇为熟稔。张毓强坚信，他们 3 人密切合作，一定能攻克池窑技术难关。

自此以后，3 人经常在一起切磋池窑技术，几近痴迷。张毓强谈他对 8000 吨池窑的设想，提出要求，两位专家找原理，搞论证，忙得不亦乐乎。

池窑设计图轮廓渐渐清晰起来，最终转化为设计蓝图。

现在有案可稽的历史记录是：

1993 年 8 月 22 日，张毓强带队赴上海一家技术公司，就有关技术、工艺、基建等问题进行洽谈，草签有关合同。

11 月 3 日，国家建材局召开由南玻院研制的"318 工程"主要设备——无捻粗纱样机验收会。

11 月 4 日，与萧山一家玻纤设备厂签订 9042LX 型变频大卷装拉丝机 32 台，LX901 型变频调速大卷装无捻粗纱机 44 台。

12 月 4 日，与上海一家技术公司洽谈液化气站设计工艺。

1994 年 3 月 14 日，派遣 5 名职工赴外地玻璃厂培训池窑生产技术，为期 3 个月。

最难的是烤窑。当年在现场的郭正海给笔者介绍道，窑炉是池窑的核心，烤窑是检测窑炉使用功能的必经程序，难点在于掌握热胀冷缩带来的变化。耐火砖挂靠在钢结构上，预留的缝隙要精准。如果耐火砖受热后拱起，就会造成窑炉内壁坍塌。因是第一次接触，大家都缺乏经验，张毓强聘请杭州玻璃厂一位专家作现场指导。窑炉砌好后，开始烤窑，结果出了事故。一查原因，才知耐火砖和钢结构膨胀系数不同，造成窑炉中心点偏移、个别电焊点崩裂。张毓强在现场十分冷静，与专家们商量，见招拆招，采取补救措施，烤窑终获成功。

经过几个月紧张施工、安装、调试，张毓强手中的池窑蓝图很快转化为人们眼前的池窑生产线。

1994年12月28日，新建成的8000吨池窑拉丝生产线管道熠熠生辉，披挂上红色绸花。张毓强穿着簇新的西装、白衬衫，在众人注目下，拿起点火枪，对准点火口，"噗"的一声，火焰顺着管道燃烧起来，很快蔓延至池窑。整个车间在冬天里似乎一下子明亮起来，在场人员的心里都感觉温暖起来。

这个始于1993年3月18日、历时640多天的"318工程"，成为振石人和巨石人毕生难忘的记忆。在物质工程建设的过程中，孕育了具有时代特征和特色的"318精神"。张毓强将之归纳为4句话、16个字："敢于挑战，善于拼搏，勤于创新，乐于奉献"。"318精神"成为集团的精神之源和文化精髓。

隧道的尽头在遥远的前方

如果要找一个形象点的比喻来描绘1995年至1998年巨石公司的状况，笔者以为彼时巨石公司恍若穿行于崇山峻岭隧道中的一列火车，绝大多数时段缓慢行驶在昏暗的隧道里，偶尔驶出隧道，感受一个短暂的亮光点，然后亮光瞬间消逝，列车继而驶入一个更长的、似乎一时见不到出口的隧道。

专家们告诉笔者，池窑是借鉴钢铁高炉冶炼技法，将矿石粉料输入一个用高档耐火砖砌成的方形窑内，窑内建有一熔化池，窑的底层及四周铺有各种重油、天然气、氧气、高压空气等管道，还有热电偶等温度测量与控制仪器，以保证玻璃液的熔化完全受控。玻璃液经熔化达到拉丝要求后，自动通过铂铑合金漏板，形成瀑布流般的玻纤丝，再涂抹上浸润剂，分成若干细束，然后由转动的拉丝机卷成筒形。

从上面这段叙述中不难看出，玻纤生产是个系统工程，看似简单至极的一束拉丝，要经过那么多道工序，并由大量知识、技术、工艺、配方、设备等因素构成。

任何一个因素和环节出问题，玻纤产品就不合格。

巨石公司 8000 吨池窑拉丝生产线投产后出现的问题，又何止一两个。

在振石公司制作的电视专题片中，张毓强在回忆这段历史时，说了一段连贯性和关联性极强的话：8000 吨池窑点火后，因为没有可参照的东西，技术上面临诸多挑战，出现了生产的徘徊和不稳定。生产的徘徊和不稳定，导致产品质量不稳定；产品质量不稳定，派生出生产经营成本高；产品成本高，市场不接受，带来一连串问题。张毓强回忆说，1995 年 365 天，他接到 326 个质量投诉，几乎每天一个。他坦言，那段时间感受的压力很大，是他一生中碰到的几次挑战中非常严峻的一次。

池窑与代铂炉显然不同，池窑拉丝生产线刚投产，张毓强就发现，工人们对池窑性能和技术工艺不熟悉，以前摸索出来的代铂炉经验已无用。经常出现的现象是，这几天产品质量不好，作业效率不高，人们拼命找原因，但发现不了明显问题。过了几天，生产却一切正常，工人们以为生产线自动痊愈，谁知，第二天故态复萌。张毓强还发现，池窑拉丝线员工大多是从云贵川一带临时招来的农民工，文化程度不高，不太适应严格管理。工厂实行的是工效挂钩政策，多劳多得，拉丝作业顺畅了，这些新员工能多拿钱，心情就好；反之，就满嘴怨气、满脸怒色，有的甚至停工不做，任电热燃烧、玻纤流淌。你一问，他则反唇相讥：反正没有奖金了，还干什么呀？

那年除夕之夜，张毓强和周森林刚从车间回到家，洗洗手准备吃年夜饭，突然，厂部来电话，说外来那些农民工罢工了。一问，方知拉丝机再次出现故障，农民工排除不了，又正赶上除夕夜，大家思念家人，情绪波动，都表示不干了。张毓强与周森林心急火燎、立刻满头大汗跑回车间。想一想，自己确有考虑不周之处。这些新员工回不了家，身处异乡、举目无亲，有点孤单，有点怨气，也在情理之中。张毓强当即决定，让食堂师傅炒上几个小菜，在车间边上放上几张桌子，他和员工们围坐在一起，度过了大年夜。

没有想到，无准备之中临时想出来的主意，后来竟延续下来，形成固定的"年夜饭制度"。

针对新工艺新员工的特殊情况，张毓强双管齐下，发起了加强管理和开展"百日劳动竞赛"活动。

亲历过这次"百日劳动竞赛"活动的人，对当时情景记得清清楚楚。

笔者采访了大学一毕业就到巨石工作、现任巨石副总裁的曹国荣。这位已完全褪去学生模样、经验丰富的高管，用动情的声调回忆道：他是1995年7月22日进的巨石公司，张总亲自面试，问他愿意不愿意下基层？曹国荣想，既然来工厂，干什么都行。那时，8000吨池窑早已开始拉丝作业。他被分派到拉丝车间抄表，记录数据。3个月时间，记录在曹国荣表格上的玻纤产量很低，每天24吨左右。这时，厂部开展"百日劳动竞赛"，他被调到乙班当班长。公司所有领导都下挂分管，全厂员工都参与。当时分管乙班的是公司副总经理周森林。张总也经常到车间来检查管理，见到不符合要求的就批评，直至返工。那是巨石公司历史上最成功的一次竞赛啊！全班人员一起努力，班与班之间开展比赛。哪个班产量上去了，公司领导敲锣打鼓给他们送去锦旗和红花。每个班还专门指定一位通讯员，负责报道先进事迹。整个企业竞赛的氛围很浓、效果很好。曹国荣所在的乙班，连续两个月被评为月度冠军。第三个月，他被调到丁班，结果，丁班第三个月也成为月度冠军。一年时间不到，曹国荣便被提拔为拉丝车间副主任，简直算是坐"火箭"啦！

加强管理和"百日劳动竞赛"的效果，可谓立竿见影。到年底，巨石公司产量比上年翻了一番，创造奇迹般地突破1万吨，跃居全国第一。

这似乎是漫长隧道间隙里闪过的一丝亮光。

还有一束亮光是，那年 12 月，国家建材局在杭州召开会议，张毓强听说时任国家建材局局长张人为要与会讲话，便通过熟人真诚邀请张人为前来桐乡巨石公司考察指导。"考察指导"是客气话，也是真诚的心意。张毓强深知张人为是个专家型领导，大学读硅酸盐专业，对全国玻纤行业十分熟悉。巨石公司的玻纤需要进入张人为的视野和记忆里。万一以后有什么难以解决的事，不就可以找他帮帮忙嘛！人们会想起，张人为此次桐乡巨石之行，似乎就为若干年后力挺张毓强走民族玻纤工业之路埋下伏笔。草蛇灰线、伏脉千里，这就是张毓强不同于一般企业家的眼光与谋略，只是他做得悄无声息、不露痕迹。

张人为在京城工作，不止一次听说过张毓强创业创新的事，也曾想过考察这家企业。这次机缘凑巧，正好借此了解了解，看看有什么问题需要探讨。

为此，张人为特意绕道桐乡，来到巨石玻纤公司。张毓强向张人为全面汇报了从石门东风布厂、振石玻纤到巨石玻纤的发展过程，并陪着张人为参观 8000 吨池窑拉丝生产线现场，一个环节一个环节地介绍、讲解。除了看车间，张毓强还让张人为到处走走，了解公司企业文化。

张人为高个、清瘦，头发已见灰白，戴着一副薄片眼镜，西装革履、书生模样，举止儒雅。他听得很认真，看得很仔细，还不时插话，了解一些细节。张毓强胸有成竹、有问必答，语言简洁、数字精准。张人为听着看着，眼神中流露出惊奇和满意之色。

作为主管全国建材行业的部门领导，张人为敏锐地捕捉到了一些玻纤生产的前沿信息，在内心为民营玻纤企业的捷足先登叫好。他一直倡导 16 家国有大中型玻纤企业由大变强、靠新出强。眼前，一个小城市桐乡的玻纤公司，居然建成了一座 8000 吨池窑，企业形象和员工精神风貌良好，这不能不令这位国家建材局局长感觉兴奋。特别是张毓强这位企业家，40来岁年纪，对玻纤行业有着那样的判断与眼光，而且敢于冒险、敢于实践，真的人才难得。

考察即将结束，张人为转身问张毓强：有什么需要我做的事？

张毓强笑笑，回答道：其他没有什么，能否请张局长给我们公司题个词？

题词不敢当，写几个字吧！张人为没有推辞。他走到会议桌旁，略一思索，欣然写下："巨石变巨人，为中国玻纤工业现代化作贡献"！

张人为书写的这十几个汉字，对正在玻纤之路上艰难摸索的张毓强而言，显然是一种激励。

生产工艺仅仅是张毓强面对的其中一个问题。张毓强需要面对和解决的问题实在太多了！

一波未平，一波又起。当地一些蚕农开始滋事。

开发区附近一些农民，本来就不喜欢巨石公司在此建厂生产玻纤。那年，凑巧桑叶减产，还有一些蚕宝宝不明不白死亡，影响了蚕农收入。有人就传播玻纤有毒，影响蚕桑质量，还惹得住在附近的人全身发痒。这些不满情绪犹如秋后燃烧的荒草，逐渐蔓延开来，越来越烈。

终于有一天总爆发。几十个人冲进巨石公司办公楼，要找张毓强"算账"。他们在一层大堂上或坐或蹲，或喊或嚷，有的干脆在大堂上打开随手携带的铺盖，准备打"持久战"。

真是秀才遇到兵，有理说不清。张毓强被堵在楼上办公室，出不了门。

没有办法，首先得息事宁人。张毓强把电话打到市环保局，请他们出面开会，向这些听信传闻的农民做好解疑释惑工作。

市环保局态度不错，立刻安排人出面开质询会。把那些嚷着要算账的农民请到梧桐大酒店，并让有关乡镇街道来人配合做工作。巨石公司赔礼道歉的话，不知说了几箩筐，又由总工程师方贤柏和环保局专家出面，苦口婆心地进行讲解。

那，为什么电影《海港》中说玻纤有毒呢？有人质问。

专家们哭笑不得。年龄稍大的人几乎都看过《海港》，那是一部"文化大革命"时期拍摄的现代京剧片。影片为了表现所谓的阶级斗争，凭空虚构了一种"有毒的玻纤"。各位，各位，那完全是假的呀！

那，真的是什么？农民们又问。

方贤柏耐心地作着解释。玻纤是一种特殊形式的玻璃，直径在 9 微米以上，根本不会被吸入肺中。只有直径 3 微米以下类似于石棉纤维之类的丝絮，才有可能吸入。玻纤生产已近 60 年，世界范围内还没有发现一例职业病。振石公司很早就在石门生产玻纤，石门的工作环境、生产条件比现在差多了，每次体检时，企业领导都特别关注职工的肺部毛病，但 20 多年来从未发现有什么异常。

如果以后真出现问题，你们巨石公司会赔偿吗？有人紧追不放。

张毓强斩钉截铁地回答：一定会！如果巨石公司做不到环保生产，我张毓强就把这些玻纤厂统统关掉！

真的吗？这些人将信将疑、似信非信，但终于慢慢散去。一场风波暂告平息。

风波过后，张毓强痛定思痛，深切感受到环保对于企业、对于民心的重要性。他尖锐地提出，不是企业消灭污染，就是污染消灭企业。明确企业"四不"原则：不以污染环境为代价，不以员工安全健康为代价，不以超越法规为代价，不以浪费资源、破坏生态为代价。巨石公司自此建立起严格的环保制度，并投入巨资进行废气、污水和有害物质处理，最早成为全国玻纤行业公认的绿色环保企业。

正当张毓强和巨石高管们想喘口气时，一场猝不及防的风暴铺天盖地而来，1997 年亚洲金融危机爆发。刚刚有点起色的巨石集团犹如一叶扁舟，被抛入惊涛骇浪之中。

金融危机带来的直接影响是，银行收紧银根，贷款指标大大压缩，有的银行甚至只收不贷。全社会生产萎缩，市场疲软，进而影响到各行各业。时任销售副总裁的李秋明在采访中回忆说，那年，巨石集团玻纤销量大减。先是国内市场不行，就寄希望于唐兴华先生的美国公司，拼命给他发货。但很快美国玻纤市场也出现滞销，运过去的产品大量积压在太平洋彼岸。公司全年产销率只有50%。换句话说，生产出来的玻纤只卖出去一半，一半卖不出去。

卖不出去的，只好堆在仓库里。公司在开发区内租用了十几个仓库，都塞得满满的。但池窑生产又不好停炉，张毓强咬着牙齿坚持不停产。最少时，只剩下4台拉丝机勉强维持运转。员工们主要任务由原来的生产玻纤变成搬移玻纤。但张毓强这人说来也真特别。即使是搬仓库，他也要求员工们认真地搬，把仓库打扫得干干净净，把玻纤码得整整齐齐。明明是无奈之举，但也不能让人感觉出败军之相。

张毓强已如一个站在悬崖边上挣扎的人。谁知突然又来致命一击：巨石公司其他4个联营单位，因上面新政策下达，不能继续联营，必须退出，逐步归还联营资金。逐步归还，说说容易做做难啊！4家投入的真金白银，此刻早已筑成钢铁水泥的厂房，换成重油燃烧的池窑。万一企业倒闭，那些就是废铜烂铁水泥垃圾而已！

那年，巨石集团供应公司总经理、张毓强弟弟张志强成了众矢之的。在时间过去24年后，张志强坐在敞亮的会客室里，穿着一件五颜六色的T恤，悠闲地喝着清茶，向笔者介绍当时那种差点被逼成疯子般的情景。

"我记得蛮清爽的。"这是张志强的口头禅。张志强以"我记得蛮清爽的"这句口头禅开始叙述。彼时，他管原材料供应。公司销售出去的玻纤收不回来钱，应收款高达2.5亿元。账上没有现钱，但他又不能不采购原材料，陆陆续续欠下六七千万元货款。于是只好拆东墙补西墙，拖欠赊账，7个盖子8只瓶，七盖八盖，千方百计维持着原料与产品循环。有的客户没有现金，但有汽车，就拿汽车冲抵货款，最多时，张志强手里集中了100多辆车。他便把这些车转手卖掉，凑成货款，按照轻重缓急还债。数百家供货单位日日夜夜找他，电话都打爆了。

张志强频繁地接听电话，总是赔着笑脸，主动说明，对不起，他要违约了，巨石公司遇到了暂时困难，不是有钱不还，的确是没钱还。请理解，请帮助。共渡难关，共渡难关！客户自然不高兴，但大多数客户也了解市场情况。静下心来想想，的确不是张志强的错。

不过，也有一些小客户经受不住这种没有时日的欠款，便叫上泼皮无赖，试图通过威胁利诱等手段把钱要回去。

邻县有家小企业，见多次催讨无果，便开始威胁：你欠的那些钱，到底给不给？你女儿在哪里上学，你老婆在哪里上班，他们都知道。到时别怪他们不客气啊！

对方不知张志强的底细，进一步威胁道：有种的你出来，在梧桐大酒店门口见一见！

见就见！谁怕谁呀？张志强是个血性汉子，吃软不吃硬。他穿着一身黑衣服，戴着一副墨镜，骑着一辆黑色摩托车就去梧桐大酒店，一路上像一团黑旋风。

谁知，对方远远一看张志强这架势，心急慌忙地撤了。

到1997年年底，公司账面上只剩下几十万元，连发工资都不够。这是张毓强最不愿意看到的局面。自1987年任厂长以来，他每月按时足额给员工们发放工资，从不拖欠，并以此为傲。谁晓得，天有不测风云。他张毓强当了10余年企业领导后，却面临发不出工资的窘境。张毓强绝不甘心。他让财务科长徐家康去嘉兴市银行想办法，无论如何要让员工们拿到工资过年。

不少银行表示爱莫能助。徐家康通过熟人，好说歹说，最终贷到了300万元，刚够把职工年终工资发出！张毓强听到这个消息很高兴，特意跑到徐家康办公室表扬了他。

走到这一步，张毓强真的觉得已山穷水尽，觉得自己真的有点扛不住了！

到了年三十夜，张毓强还是强打起精神，照样与员工们聚餐过年。但吃的是什么、喝的什么味，张毓强毫无印象，只觉得味同嚼蜡。

隧道的尽头在哪里？还有其他的路可走吗？除夕之夜的张毓强，一直反复地问着自己。

最终抉择发生在电闪雷鸣之夜

其他的路自然是有的，就看张毓强走不走？

1997年8月，10来个蓝眼珠、黄头发的美国人走进桐乡开发区巨石集团总部大楼，引起人们的好奇和关注。这些老外进进出出，在做啥呢？

人们一打听，原来这批洋人是一家跨国公司的高管，从大西洋彼岸的美国匹兹堡飞来，考察巨石集团，洽谈合资事宜。

合资？与一家美国公司？

是的，这是一家老牌的美国公司，始建于1883年，主要供应涂料和特种材料，其业务遍布全球几十个国家和地区。80年代末开始进军中国，并在上海设立中国总部，开始谋篇布局，抢占市场。90年代的中国，城乡建设如火如荼，市场经济开始发育，各地都需要大量材料物资。一些西方人形容此时的中国，到处都是机会，遍地铺满黄金。

作为一家著名的跨国公司，他们自然看到了这种投资机会和市场潜力。开始，他们计划自己在中国择地建厂，但这样速度太慢，达不到快速占领中国市场、投资收益最大化的目标，转而改为投资合作，最好是收购兼并。那样，可利用中国企业现有的基础设施和条件，还有廉价的人力资源，只要他们投入一些美元，就可以把企业搞大，获取丰厚利润。

那年月，持有这样思路的外企外资何其多也！中国一大批崭露头角的橡胶、啤酒、饮料、牙膏、中药企业，纷纷被外企外资收入囊中。

几乎在差不多时间段，那家美国公司将目光盯住巨石集团，盯住张毓强。他们主动找上门来，希望与张毓强谈谈合资合作。

其实，早在两年前，他们就将目光锁定了巨石集团，盯住了张毓强。说起这些，人们不得不佩服他们鹰隼般的眼神和特别灵敏的嗅觉，而彼时的张毓强未必意识到美国人的用意。

那是 1995 年 10 月，张毓强带着李秋明等人赴美国洛杉矶，参加美国复合材料展览会。展会上，客商云集，展品琳琅满目，看得李秋明等人目瞪口呆。作为第一次参会的巨石公司，虽然也租了展台，摆上自己的产品，张毓强还站在展览摊位前，自己充任讲解员。但彼时巨石品牌在全球玻纤行业知名度毕竟不高，摊位前门可罗雀、冷冷清清。看着别人摊位前人来人往、热热闹闹的场面，张毓强多少有点失落感。

正在此时，一家美国玻纤公司的资深副总裁专门来到巨石集团摊位前，饶有兴致地向张毓强询问企业和产品情况。张毓强自然十分高兴，向这位副总裁详细介绍了巨石集团情况，两人聊得似乎很投机、很深入。令人没有想到的是，闲聊完毕，这位副总裁当即邀请张毓强一行前往匹兹堡，考察他们公司总部，并提出由他们出钱购买机票、安排食宿。这真是意外之喜呀！张毓强正想去亲眼看看美国的玻纤企业，便当场应允。

随后的匹兹堡之行顺利圆满。张毓强他们考察了该公司在南卡州的 20 万吨玻纤生产基地，那是当时世界上最大的玻纤生产基地，张毓强一行叹为观止。到达匹兹堡当天，那位副总裁还亲自陪同张毓强一行参观匹兹堡公司总部。那是一幢 40 多层的漂亮建筑，外墙装饰着玻璃幕墙，在匹兹堡午后灿烂的秋阳下，整幢建筑物熠熠生辉。李秋明当时心中唯一的想法是，要是哪一天我们集团也有这样一幢办公大楼该有多好呀！张毓强没有说话，只是仰着头欣赏。张毓强后来建造巨石公司科技大楼和振石控股集团办公大楼的念头，也许就是此刻在匹兹堡萌生的吧？

匹兹堡的阳光很艳丽，匹兹堡的西餐很地道，双方交流得也很不错。一直到双方握手，一直到喊出拜拜，美国公司的人没有说到任何合作合资的事，连一个字儿都没有提及。

看来，美国商人也熟谙放长线钓大鱼之策。

事情的变化起始于 1997 年 8 月。也许，那家美国公司已谋划停当，志在必得？也许，他们看到了中国乃至全球玻纤市场低迷的行情，正是抢滩的最佳时机？也许，他们已从多种渠道获悉巨石集团面临的窘境，感觉胜券在握？

总之，他们来了，从从容容、信心满满地来了。从遥远的匹兹堡飞来，主动找到巨石集团，找到张毓强，伸出了诱人的橄榄枝。

密斯特张，我们合资吧？

最先打前站、探口风的，是那家美国公司中国上海总部负责人。接着是那家美国公司亚太地区销售副总裁，之后是美国公司匹兹堡总部资深副总裁，也就是带着张毓强等人参观匹兹堡总部办公大楼和吃西餐的那位先生。到最后，连那家美国公司总裁都不远万里，亲自来到桐乡巨石集团考察，与张毓强面谈。不知底细的人，还以为近期桐乡发现了什么金矿银矿，使得美国人频频光顾。

那家美国公司提出的条件是，与巨石集团合资，美方出资 3000 万美元，占合资公司 80% 股份；合资公司成立后，继续聘请密斯特张为总经理，主管生产经营业务，年薪 8 万美金；如果合资成功，美方一次性奖励密斯特张个人 100 万美金。

美方开出的价码，粗粗一看，真的没有话说，人家到底是跨国公司，财大气粗。

对于当时多数人而言，这恍若众人极度饥饿时，天上忽然掉下一块大馅饼，抓紧吃吧！不吃太可惜了嘛！

巨石集团董事会第一次酝酿此事，还没等张毓强说完，大家几乎异口同声地赞同。不赞同怎么着，被美国公司收购，总比自己破产倒闭好呀！

消息传到桐乡市机关大院，多数领导也持赞同态度。在他们看来，这 3000 万美金能投到桐乡来，能大大推动桐乡本地的发展。再说，眼下从上到下鼓励引进外资，这 3000 万美金是一笔多大的外资呀？相当于桐乡几年引进外资的总和，这就是政绩呀！作为桐乡市领导，觉得与有荣焉。

关键人物张毓强却处在两难境地、旋涡之中。

张毓强一眼看出，美方提出的条件虽说不错，但核心是人家要绝对控股。外方占 80% 股份，中方只占 20%，那就意味着，今后公司的决策权、管理权统统掌握在外方手里。所以从这个角度看，这次美国公司名义上是合资合作，实质则是收购兼并。也就是说，巨石集团将成为外国公司控股的企业。这对于张毓强来说，似乎是无法接受的事实！

但转而一想，不走这条路，又有哪条路可走呢？

巨石集团当下负债累累，产品严重积压，可谓内外交困。一直以来，张毓强除主管公司的生产经营外，具体还分管销售，对国内外玻纤市场行情自然一清二楚，看来一时难以好转。银行拼命催还贷款，供应商又逼着付款还债。他听说了弟弟张志强带匕首见讨债人的事，幸好没有发生冲突。但如果，万一，假使，甚或是真的发生人身伤害事件，他张毓强情何以堪？

其间，张毓强也给国家建材局局长张人为去过电话，希望得到国家建材局支持。张人为自 1995 年考察巨石集团后，对巨石集团及张毓强留下极好印象，两人平时常有交流，非常谈得来。听张毓强说完困难，张人为心情也很沉重。他在电话那头如实告诉张毓强，眼下，政企尚未脱钩，国家建材局管理着全国上百家建材企业，这些企业从钢筋水泥到玻璃沙子，几乎什么都有。林林总总、五花八门、大小不等、良莠不齐。多数企业不盈利，资产负债率高，历史包袱沉重，一部分企业甚至濒临倒闭破产边缘。国家抽出一些钱来支持建材行业发展，只是杯水车薪，国家建材局现在真的是泥菩萨过河，自顾不暇，哪里会有余钱支持巨石集团？再说，根据国企民企的政策界限，即使有钱也不能投向民企，即使能投也轮不到你巨石集团啊！

张人为说的是实话。

对张人为的处境和态度，张毓强完全理解，张人为局长是心有余而力不足啊！

但，谁来理解他张毓强呢？

也有人指点"迷津"，让张毓强不妨去问问巨石集团有无上市的可能性？那时，中国股市刚开张不久，上市指标实行国家配给制，也就是由国家有关部门分配给中央各部门各单位。这个后来被人广泛诟病的做法，却是当时中国股市的无奈之举。张毓强还真的去打听了一圈。人们告诉他，指标数极少，每个中央部门一个，各省区市三至五个。全国多少企业排着队，撞破头皮往前拱，轮得到你巨石集团吗？

也是。张毓强心想，人们常说，蜀道难，难于上青天。现在是上市难，难于登蜀道！一打听，张毓强就对此路死了心。

回过头来，面对现实。张毓强面对的是四面楚歌、八方埋伏。

如果美方真的能兑现他们的方案，注入一大笔资金，他张毓强或许可盘活全部资产，还贷还债，购买材料，救活巨石集团。那样的话，或许，巨石集团还有一线生机？作为一家企业主要负责人，先得把这家企业保住，让它生存下去吧？

既然如此，张毓强无奈表态，那就谈谈看吧，走一步算一步！

美国公司就等着张毓强这句话哩。于是，双方草签了合资意向书，迈出了第一步。

美方说干就干，投入几百万美元，先后派出156人次前来巨石集团考察，邀请国际上著名的会计事务所和律师事务所，对巨石集团的资产进行评估、论证、合规性审核。什么土地、厂房、原料、人力资源、工商登记、税务注册都查了个遍，还延伸到港口码头、交通干线、地理水质、环境空气等。美国人不厌其烦，专门请了勘探公司，钻探到地表50米以下，检测有无放射性污染源。

别看那些老外牛高马大，平时大大咧咧，做事的这股认真劲儿，你还真不能不佩服。

这些做法同时让人感觉出，美国公司想与巨石集团合资，不是权宜之计，而是的确作了极其长远的打算。这既让张毓强满意，也让张毓强担心，感觉自己正一步步走进人家设定的圈套。

一次次陪同外方考察，一场场讨价还价谈判，双方条件逐步接近，协议文本主要条款已起草完毕。

细心的人们发现，越接近完成，张毓强的步履愈显得沉重，脸色愈显得难看。笔者见过一张张毓强与美方企业代表谈判的照片。在照片上，张毓强双眉紧锁、表情凝重，并无喜色。

时间已近年底，美国公司认为双方合资基本已成定局，遂邀请张毓强，还有桐乡市委书记和开发区主任到美国匹兹堡总部考察。外方作这样安排，人们用脚指头想想都能猜得出，目的是想通过这种考察，进一步展示美国公司的实力和影响，进一步坚定对方合资合作的信心。

在匹兹堡总部，还是那位资深副总裁请访问团成员吃西餐。但物是人非、时过境迁。席间，那位副总裁滔滔不绝、侃侃而谈，似乎打胜了一场大仗，与前几年见面聚餐时完全不同，言语间流露出洋洋自得和对中国企业的轻蔑。这让细心敏感的张毓强马上产生不快。企业尚未易主，美方就变了嘴脸。如果巨石集团真的变成他们的控股公司，还不是由他们说了算？

从美国考察返回后，双方继续就一些细节问题进行商谈。

最终，所有条款和文字敲定，就等着择日正式签约。

某天夜里，忽然间电闪雷鸣、风狂雨骤。人们先是看见半空中滚动着一团团火球，人参模样的巨大光线撕破浓密的云层，接着听到一阵阵闷雷滚过地面，雨水犹如千百万从天而降的伞兵，整个开发区被风声雨声所吞没。

那天，张毓强照例在办公室加班。办公室地处桐乡开发区崇福大道边上。内外两间，外间居中放置着一圈沙发、一张玻璃茶几，平时用来接待客人。里间内侧，摆放着一张老板桌、老板椅，靠墙书柜内，排列着一些企业管理和玻纤专业的书籍。

张毓强斜靠在老板椅上，用手摩挲自己宽阔的前额，一根接一根地抽烟，眼睛茫然地盯着办公桌上那台银灰色的戴尔电脑。照理说，与外方合资的事情已经敲定，文本也已定稿，张毓强应可放松一下。但不知什么缘故，今晚，他的心情反而显得有点焦躁。

突然，玻纤工厂值班人员打来电话报告：工厂停电！

工厂停电？这罕见的消息让张毓强心底一震一颤：自从张毓强走上玻纤之路以来，这是从来没有过的情况呀！众所周知，玻纤产品必须连续生产，停电即意味着企业停产。而且，令人惊讶的是，这电早不停、晚不停，恰恰是在即将签约之时停电。这是为什么？难道是天意，不让他张毓强签订这份协议？难道是老天爷在提醒他不要把巨石集团卖给洋人？从不迷信的张毓强，此刻却在心里敲起了鼓。

张毓强当然知道，这面鼓一直在他心里七上八下地敲着。在他的内心深处，他就没有真正认可或愿意过这样的合资。这样的合资，其实就是拱手相让，说得严重点，简直是"开门揖盗"啊！

在安排处理好停电一事后，张毓强在自己办公室内来回踱步，心里开始翻江倒海。

他走到窗前，推开玻璃窗，任雨点和凉风窜进室内，顺手扯下脖子上那根红底白点的领带。他需要让自己的头脑冷静下来，清醒地彻底地理一理思绪。

此时此刻，张毓强宛若一个在风雨之夜跌跌撞撞的行人，一时辨不清方位；也恍若一位久在海上漂泊的航海家，遭遇前所未有的海况；还像一位攀岩登高的运动员，感觉有点疲惫乏力。但他始终在问自己：从哪里来？到哪里去？石门东风布厂边上那个狭小松动的石埠头，连续几十个小时饥渴难耐的九江之行，和尚桥埂夜晚满巴掌的蚊子血渍。还有"318工程"，还有股份制试点时众人殷切的眼神。还有，带有母亲体温的300元钱，张人为局长关于中国建材发展愿景的描述，当然，也包括匹兹堡外方那轻蔑的一瞥，似乎齐刷刷地涌上来，在脑海里，犹如电影胶片般一帧一帧地移动、闪过，再倒回来。

中外合资的好处明显摆在那里。巨石集团可因此救活，生存下去。但，之后呢？之后，就是人家主导，人家说了算。人为刀俎，我为鱼肉啊！这就是外方公司竭力想控股巨石集团的根本原因。只要他张毓强一签字画押，人家就成了巨石集团的主人。自己的事业在哪里？方向又朝着何处？他们完全可以凭借实力，按照自己的意图和构想发展，甚至会以子之矛攻子之盾，很快甚至会很轻松地抢滩并占领中国玻纤市场。那时，中国民族玻纤工业的状况又会如何？是不是会被自己辛辛苦苦培育起来而后成了外企的巨石玻纤集团打得七零八落、溃不成军？如果真是那样，人们又会怎么看待他张毓强？他的那些穿着开裆裤一起长大的小伙伴，那些一直以来与他同甘共苦的同事，还有已在九泉之下的妈妈，又会怎么评价他？他张毓强到底是民族玻纤工业的功臣还是罪人？在事关民族玻纤工业兴衰成败这样重大的抉择面前，在国家兴亡匹夫有责的古训面前，8万美元年薪、100万美元奖金，又算得了什么？他张毓强少年时上班当工人，自然是为了赚钱补贴家用。但自从他带着团队走进桐乡开发区那天起，他就已经把自己人生的目标定在"世界玻纤希望在巨石"的高度上。虽然这个目标有点高大上，但人活着总是要有点理想和梦想，万一实现了呢？！

想到这里，张毓强感觉自己出了一身汗。不知是因天气闷热，还是心里焦躁？或许，两者兼而有之吧？

为了中国民族玻纤工业，最好不要走合资被兼并的道路。张毓强的思路开始厘清，方向逐渐清晰。

笔者在这里啰嗦上几句。作为一个企业家，首要的是谋求企业的生存发展。因为，一个企业如果连自身生存都有困难，还能奢谈什么情怀、责任？但当企业发展到一定阶段、一定规模后，作为企业掌门人，能把企业发展与民族工业、国家战略、国际竞争力等联系在一起，实现无缝对接、完美结合，这个企业或企业家，就开始具备家国情怀。

要找到一条既能发展民族玻纤产业，又能保住巨石集团生存的道路。张毓强的思考朝着这一点聚焦。

出路在哪里？靠山，当然是国家。

在这个风雨雷电交加、思绪汹涌翻滚的夜晚，张毓强再次拨通国家建材局局长张人为的电话，将自己与外方谈判合资的过程和自己的思考打算，简要地向张人为作了汇报。

电话那头，张人为耐心地倾听着。听完张毓强的话，张人为在电话那头稍作沉吟，最后说了句：你刚才讲的事很重要。怎么样，你们来趟北京吧？我们当面商量商量！

第三天清晨，张毓强和桐乡市委书记准时出现在张人为办公室。

像竹筒倒豆子一般，张毓强把与美方洽谈合资的前因后果、具体细节，还有就是前晚下的决心，一股脑儿向张人为作了倾诉。

市委书记在旁帮衬着、补充着。

张局长，您能理解我此刻的心情吧？就好像做父母的，含辛茹苦，好不容易把子女拉扯大，现在却要被迫送给一户陌生人家，而且，今后是死是活，亲生父母还不得过问。我不愿意，也不甘心呀！特别是，我们国家不能没有自己的玻纤工业，否则，我们肯定会受制于人，肯定会呀！

见状，张人为走向茶几，拿起热水瓶，给张毓强和市委书记的茶杯里分别续上水。他的眼里也滚动着泪花，他被这位年轻企业家的一番表白所感染，尤其是被那份强烈的家国情怀所感动。一个民营企业家，竟然有这样的胸襟和眼光，不容易啊！但张人为竭力控制住自己的情感，缓缓地说：小张别急，小张别急！先喝口茶，我们再慢慢商量！

此时此刻的张人为，内心其实也焦急万分。但面对着一脸期待的张毓强，他不能把自己的焦虑完全流露出来，那会让张毓强彻底失望。事缓则圆，事缓则圆。他在内心告诫自己。再说，国家正在擘画一盘建材行业发展的大棋局，山东泰安刚刚建成万吨级无碱玻纤池窑，说不定巨石集团也会有转机？

想到此处，张人为面对市委书记和张毓强，和颜悦色地说：书记，小张，巨石集团的情况我清楚了，你们先回去。相信天无绝人之路。国家建材局也不是一点办法都没有。让我们来想想办法吧！只是，只是，我们也需要商量一下，还要向上面请示。一有什么消息，我会马上与你们联系的！

他俩起身与张人为告别，张人为将他俩送到电梯口。张毓强再次揖手拜托，张人为会意地点着头。

后来才知道，就在他俩离开之后，张人为立即召集有关司局领导和专家开会商量，形成一些初步意向。第二天，张人为把自己关在办公室，给国务院领导同志写了一份数据翔实、言辞恳切的报告。报告中，张人为概要汇报了全国建材行业的现状和困境，提出了大力发展中国建材行业的构想及建议。报告中专门有一段文字，陈述浙江桐乡一位搞玻纤产品的民营企业家，为立志发展中国民族玻纤产业，愿意放弃年薪 8 万美元的待遇和 100 万美元的一次性奖励，坚持走民族玻纤工业道路。但他所在的玻纤集团面临巨大困难，亟须国家政策扶持，云云。

国务院领导同志后来如何批示这份报告，张毓强和笔者均不得而知。但从张人为事后打给市委书记和张毓强的电话中，张毓强听到了国家给的一些政策，包括国家证监会专门分配给国家建材局一个上市名额。张人为请专家们帮助设计了一个国家建材系统"拼盘上市"的方案，可以将民营企业巨石集团包含其中，同时对产权进行混合所有制改造。

山穷水尽疑无路，柳暗花明又一村。这是张毓强接听张人为电话后的直觉反应。

张毓强立即召开巨石集团董事会。会上，他向各位董事介绍了国家建材局设想的"拼盘上市"方案，详细分析了与外方合资和国内"拼盘上市"的利弊，明确表达自己坚持发展中国民族玻纤工业的热切心情。他让各位董事畅所欲言，各抒己见，最后投票决定。大家听张毓强这么一介绍、一分析，眼前豁然开朗，大家也被张毓强慷慨激昂的情怀所感动。投票结果，一致赞同放弃与外方合资的做法，接受国家建材局设计的"拼盘上市"方案。

市委书记几乎同时召开了市委领导班子和有关部门负责人会议，转达国家建材局的意见和设计的"拼盘上市"方案，介绍巨石集团董事会关于退出合资的决定。希望大家跳出桐乡，从发展壮大民族玻纤工业高度，统一认识，大力支持巨石集团进行混合所有制改造，走上市发展之路。

上下同欲者胜。

在送别美方的宴会上，张毓强悲喜交集、感慨万千。他满怀真诚地向美方客人敬酒，感谢对方所做的工作和表现出来的敬业精神。一些美方人员耸耸肩，表示不太理解张毓强终止合资一事。

不太理解此事的人不少。据说，匹兹堡总部为此还多次责怪负责合资谈判事宜的亚太区总经理，怪他办事机械，不会随机应变。既然中国人贪财，为什么不在关键阶段提高酬薪呢？

这些匹兹堡总部的人还真的错怪这位亚太区总经理了。因为，他遇到了一个爱国家爱玻纤且不贪财的中国企业家。面对这样的人，你能用成捆的美金或人民币打动他吗？

第三章
一帖混改良方助推巨石跃上珠穆朗玛

梅须逊雪三分白，雪却输梅一段香。

——卢梅坡

机制犹如一个五彩斑斓的魔方

拼盘上市，顾名思义，就是由不同行业、不同区域、不同所有制混合而成作为发起人，组建股份公司，而后谋求上市。这在当时背景下，实属罕见。对于国家建材局而言，拼盘上市方案，既是一个天才的设计，也是一个不得已而为之的"大杂烩"。

既然上市指标是给国家建材局的，理所当然应由国家建材局直属央企实行控股。国家建材局推荐直属的中国新型建材集团作为主发起人，并成为控股股东。同时吸纳振石控股集团控股的巨石集团参加，然后再联合一批大大小小的钢筋水泥砖瓦等建材企业，取名为中国化建。

作为拼盘方之一的振石控股集团，却要经历脱胎换骨般的改造，有时甚至削足适履。首先需要与央企形成某种"关联"，以巨石集团名义，引入中国新型建材集团10%的股份，使自己蝶变为央企参股的混合所有制企业，获得联合发起人资格。在评估巨石集团资产时，因为上市"盘子"本身不大，而巨石集团现有资产较多，"盘子"容纳不下，张毓强只得忍痛割爱、挑肥拣瘦，把巨石集团最优质的经营性资产剥离出来，装进"盘子"里，成为"盘"上最好的那道菜。而把一些不良资产或不易流动的资产留在了振石控股集团。后来有个数字颇能说明问题：巨石集团放进去的那块资产仅占中国化建总资产的30%，却创造了中国化建总利润 90% 以上；22 年后，国有资本保值增值率高达 300 倍。

这是张毓强的"舍得观"，有舍才有得。

整个拼盘上市的过程极其复杂，三天三夜也未必说得清爽，不说也罢！

唯一清晰的日子是 1999 年 3 月 5 日，中国化建在上海证券交易所主板成功上市，共募集到 2.1 亿元资金。

民企巨石集团，趁着上市机会，华丽转身为央企控股的混合所有制企业，张毓强也因而成为中国化建公司副总经理，主导巨石玻纤的生产经营。一年后，张毓强去"副"转"正"，担任总经理，负责全面工作。这一去一留，既说明张毓强干得不错，也说明国家建材局和中国建材集团领导层非常开明和高明，始终让张毓强在巨石集团经营决策中处于主导位置，至今没有委派过任何人参与管理或监督。彼时，国家对央企混改后如何运行还没有明确政策，国家建材局起草了一个文稿，请张毓强进行修改。后来，国资委居然一字不改下发，遂成为混改央企的管理规定，张毓强直呼这近于奇迹。借此确立了"规范运作、互利共赢、互相尊重、长期合作"的 16 字混合原则。采访中，张毓强深有体会地告诉笔者，混改也罢，合作也罢，说到底，是跟人的交往与合作，是怎么处理好人际关系。而处理人际关系，张毓强既不缺智商，更不缺情商，还不缺自信与幽默。

从彼时开始，张毓强开始成为一个"双面人"。一面，他是混合所有制的央企中国巨石总裁；一面，他仍是民营股份制企业振石控股集团董事长，通俗地说，是老板。一人两制，一公一私，全国企业界恐也不多见。

混合所有制犹如一个五彩斑斓的魔方，不同的人会玩出不同的花样和色彩。

张毓强自然是个玩魔方的高手。

央企所有制混改是个大课题，且鲜有成功案例。第一家大型央企中国联通的混改始于2017年，时至今日，仍处于探索之中。而央企中国建材集团与民企振石控股集团的混改早在1998年，那种敢为人先精神和拓荒者勇气，实在令人佩服。而作为实际操刀者张毓强，无先例可循、无模式可套，其间的风险与艰辛，局外人难以想象。

张毓强在两种体制间来回穿越，逢山开路、遇水架桥，长袖善舞、游刃有余，"混"出了活力、合力、竞争力，成为"国民共进"的一个亮丽样板。

在22年后的2021年1月，张毓强在振石控股集团工作年会上对此作过概括性总结。张毓强的体会是，央企与民企，双方各有优势。巨石集团为什么能够发展得那么快，得益于体制和机制资源的有效利用。寸有所长，尺有所短。无论央企或民企，都有长处和短处。关键是取长补短、求同存异。"央企实力＋民企活力＝企业竞争力"。譬如，央企在长远战略规划、人才资源战略、战略基础等方面优于民企。央企管理运作规范，但决策周期长，有的会错过时机。而民企经营方式灵活，有比较适应市场的决策机制，在战术、具体操作上，比央企更快捷。张毓强寻求的是一种既规范又灵活、既科学又高效的体制机制。

接受笔者第一次采访时，张毓强也曾谈及央企和民企的各自特点，打着比方。从法律上和理论上说，央企和民企应当一视同仁，但客观现实中，两者还是有不同的。他张毓强同一个人，同一张面孔，最有体会。当他作为央企巨石集团法人代表出现时，银行会找上门来给他贷款；当他作为民企振石控股集团法人代表出现时，他要去跑银行，且贷款平均利率要比央企巨石集团高得多。这就是因为央企实力和名气摆在那里，是巨石集团成为混改央企后带来的溢出效应。但如果没有振石控股集团先天性的民企血液，不是因为他张毓强系民企老板出身，巨石集团近30年发展也不会这么快、这么好！张毓强举例说，巨石集团大多数项目，从酝酿、立项，到建设、投产，一般都控制在1年以内。

2000年，机缘再次走近张毓强，他果断推出201工程。

201，寓意为21世纪第一项工程，张毓强和他的团队开始新世纪筑梦之旅。

多少年来，张毓强一直揣着一个绚丽梦想，建造一座完全现代化的大型无碱玻纤池窑。什么才算现代化？在彼时张毓强眼中，就是玻纤池窑技术要达到90年代国际先进水平。什么才算大型？年产必须超过1万吨。因为他知道，国家已在山东泰安投资建设了一座万吨级玻纤池窑。张毓强要超越它。他不想重复别人，也不想重复自己。

采访中人们告诉笔者，在巨石集团或振石控股集团，没有一个项目或一条生产线是同型复制的，只要是后来者，就会有增加、改进、完善、提高、创新。换句话说，在张毓强的辞典中，没有"复制"这个词组。

开始于新世纪之初的201工程，就是一个有说服力的例证。

兵马未动，粮草先行。建设工程项目，首先要有钱。

争取中国化建在201工程上多投入，是张毓强的第一策略。在董事会上，张毓强观点鲜明、思路清晰，一一阐述上马201工程的有利条件，譬如：符合国家产业政策。他当众翻开《当前国家重点鼓励发展的产业、产品和技术目录》，指出其中第18条建材类的"万吨玻璃纤维池窑拉丝类投资项目"，就是指201工程一类项目。这样，项目可争取国债专项资金支持，可充分利用巨石集团现有场地、公用设施，减少投资，缩短建设周期。巨石集团具备从筹建、现场施工、安装调试，到正常运行各个环节的技术管理人才和实践经验。本项目扩建后，可依靠规模效应降低生产成本，质量更具市场竞争力。产品出来后，可替代进口，扩大出口创汇。还有，当地政府非常支持，有关部门或承诺或表态。各供货商也都作了承诺。现在万事俱备只欠东风。这东风，就是各位口袋里的钱啊！

有董事问道：张总，这项目效益怎样？

张毓强胸有成竹地回答：测算过，项目建成后，最长 5.35 年即可收回全部投资。他所说的 5.35 年，还包括了建设期。也许，有人担心工程到期建不好，请大家想一想，他张毓强会允许这个项目拖到两年才建成吗？肯定不会！

对，肯定不会！大家被张毓强说服了，纷纷点头赞同。

于是，中国化建董事会调整投资方案，由最初 5000 万元，增至 1.1 亿元。

1.1 亿元资金，还是不够呀！张毓强力主新上规模为 1.6 万吨的池窑拉丝生产线，建设时间 8 个月。按照国外同类型池窑匡算，大概需要 4 亿至 5 亿。泰山玻纤池窑只有 1 万吨规模，就用去 4.5 个亿。当然，巨石集团有自己的做法和风格，自己能做的事都由自己做。但即便这样，恐怕 2.5 亿元是必需的。当地银行表态愿意贷款，但需要国家贷款额度。

张毓强开始转动混改央企的魔方。由国债贴息支付贷款利息，那样工程成本将大为降低，偿还贷款压力会明显减轻。这样的好事，何乐而不为呢？

于是，张毓强指定既能坚持原则，又能灵活办事，且见多识广的周森林专司此事。

2021 年盛夏某个上午，笔者走进周森林在巨石集团科技大楼的办公室，对他进行采访，由他还原当时跑部进京的情形。

周森林刚到龄退休，办公室内到处堆着准备搬移的物品和书籍。他穿着一件玫瑰红 T 恤，前额头发已有点稀疏，精干灵敏，说话中气十足，一边不停抽烟，一边回忆介绍，夹杂着朗声的笑。

巨石集团真正起跳，就靠这个 1.6 万吨工程。它是全国第一块牌子，是当时中国最大无碱玻纤池窑拉丝生产线。它的建成打破了国外技术垄断和封锁，成为中国玻纤工业发展史上的里程碑。周森林今天还是这么认为的。所以，当张毓强把这个跑国债贴息贷款的任务交给他时，周森林也有压力。不过，他自信地扳着指头数了数，巨石集团里也就他比较合适。他原先就是石门东风布厂临时工，做过陶土坩埚拉丝的活，对巨石集团老底子的事一清二楚。1979年当兵，干空军地勤，复员回到桐乡，进入银行系统工作，与各色人等打交道，善于公关。以前也跑过几趟北京，对审批程序略有所知。

人们常说，跑项目、跑工程，关键在跑，不跑什么都没有。周森林开始回忆时，说了一句俗语。这个201工程，是巨石集团自己鼓捣出来的，主管部门根本不了解。他就从桐乡开始跑，市里跑完了，跑省里；省里跑完了，再跑北京。要争取到国债贴息，需要经过国家建材局、国家经贸委、财政部、国家环保总局，最后，才到国家发改委。一听这些大牌子名字，心里就会发怵，是吧？人家问你，巨石集团在哪里呀？在桐乡呀！桐乡是个乡吗？不呀，桐乡是个县级市哩！哦，县级市，我怎么没有听说过，在哪呢？在杭州边上。哦，那是杭州郊区啰！桐乡怎么成了杭州郊区啦？但为不得罪那些处长司长们，周森林含糊其词地嗯嗯着。

与其他人跑部进京不同，周森林有一套自己的理论和绝活。他说要让那些处长们、司长们相信这个项目好，首先要让他们了解这个项目的独特之处，并讲究点技巧，自信、诚实、细心。他发现有的跑项目的人很黏人，一天到晚缠着那些处长司长们转。周森林不这么做。他从来不给处长司长们添麻烦。他每天到这些处长司长办公室报个到，跟他们打个招呼，然后就走，回到宾馆里耐心等待。到了吃饭时间，自己溜出宾馆，去买点香肠面包充饥。有段时间，周森林一直看不见一位主管处长，一打听，人家告诉他，处长患了脚踝炎，住着院呢！问住在哪个医院，人家不肯说。周森林千方百计打听到这位处长住的医院，买了鲜花水果去医院探望。那位处长十分惊讶，也很感动。

周森林的做法和耐心渐渐有了效果。再说，这个201工程项目本身就符合国家产业导向，那就照章办事。于是，到了一定时候，他们会告诉周森林，哪个地方需要修改，哪个地方需要补充，还有哪些手续需要补办。行，只要你们开口，他周森林一律照办。办完后，继续在宾馆等待。

周森林花了一年多时间、一大沓飞机票，最终从国家发改委拿到了201工程项目国债贴息贷款的批文。国债贴息1370余万元，还有，与之相匹配的贷款额度。

周森林说完这些，开心地笑出声来。罢罢罢，现在退休啰，历史任务完成啰！

在周森林从桐乡跑北京时，赵军却被中国化建派驻桐乡，监管201工程，做了彼时的"逆行者"。且一住就是20余年，他把自己的青春尾巴、人生壮年和那头浓密头发中所有黑色素都留在了桐乡。由此成为新桐乡人，更成为张毓强"骨灰级粉丝"。

此刻，赵军正坐在笔者前面，坐在振石控股集团大楼第27层一间办公室里。笔者看到，赵军这间桐乡办公室，比北京那些司局长们的办公室更显宽敞明亮。窗外就是桐乡美丽的凤凰湖，赵军透过办公室落地玻璃窗，可以俯瞰凤凰湖周边的景色。此日，天上多云，云彩投映在湖面上，给人一种云天一色的感觉。绕湖一圈圈葱葱郁郁的树影，更是北方一般地方所见不到的。

赵军现在振石控股集团担任顾问，眼下受张毓强委托，正在牵头制定振石控股集团"十四五"规划。他身材瘦削，文质彬彬，白发闪烁着银光，说着一口标准普通话。平时轻声细语，只有讲到那些特别的事情或者小酌几杯后，赵军的声音才会提高十几个分贝，显出这个年龄段人少有的激情。

事情还得从赵军本人说起。

赵军原本在中国建材集团下属的北京玻璃钢研究院工作，研制复合材料，用于军工生产。中国化建公司成立后，赵军被抽调到公司搞投资。巨石玻纤利润占到中国化建公司的绝大部分，中国化建总部迁移到桐乡。赵军干脆跟着跑到桐乡，开始另一种意义上的"下乡插队"，因而参与了201工程设计建设的全过程。

酝酿工程设计之初，就遇到一大难题。按照当时体制，但凡是国家部委，包括地方政府批复的工程项目，只能找具有相应国家资质的研究院。这就意味着，只有南玻院才有资格设计，并撰写可行性研究报告。张毓强坚决不干。在赵军看来，彼时张总已萌生玻纤生产知识产权意识，虽然后来政府看到知识产权保护的重要性，取消了这一限制。但在当时，巨石集团主张自主设计、自己编写可行性研究报告的举动，多少有些超前。

中国化建公司领导赞同张毓强的想法和做法，赵军就代表中国化建公司与相关部门进行沟通，虽然一波三折，上级主管部门改革意识强，也十分开明，最后总算圆满解决，皆大欢喜。

由此开端，巨石集团和振石控股集团在改革开放初期，就建立起自主知识产权体系。

解决了体制纠结后，工程设计才正式开始。201工程到底搞成多大？开始时并没有定论。泰山玻纤厂已建成1万吨池窑拉丝生产线，巨石集团要超过泰山玻纤1万吨规模，这在张毓强心里是既定的。但超过多少为宜？一时未有定论。

据说，最后确定池窑规模与方贤柏有关。

方贤柏曾是南玻院总工程师，也是泰山玻纤池窑工程的技术主持人。那年，方贤柏刚到退休年龄，准备离开。泰山玻纤厂出面挽留他，并在企业所在地为方贤柏买了房子，可谓诚心满满。但方贤柏在与张毓强交往中，感觉其人生价值在巨石集团能更好得到体现，其技术积累可在201工程中发挥更大作用。作为一名视事业为生命的老知识分子，他义无反顾地加盟巨石集团。泰山玻纤厂见挽留不成，便按照惯例，与方贤柏签订了一份离职保密协议，约定方贤柏离开泰山玻纤厂后，不得负责指导 1.5 万吨以下玻纤池窑的生产技术。

这 1.5 万吨，成为横亘在方贤柏眼前的一道杠杠。

1.5 万吨以下不行？那，巨石集团就上 1.6 万吨！张毓强为了争这口气，似乎也为方贤柏避嫌，气势如虹地作出这一决策。

彼时国外已有 5 万吨池窑的成套设备，但人家肯定不会卖给中国人。国内只有泰山玻纤 1 万吨工艺技术，方贤柏很清楚。但 1 万吨与 1.6 万吨，并不是同比例放大即可。玻纤拉丝生产线核心是窑炉。赵军比喻说，就像小水壶与大水壶烧水，完全不一样。窑炉越大越难控制。而且要提高热能，降低成本。

张毓强对玻纤生产已非常熟悉，对生产线有了一整套自己的想法。他天天与方贤柏、赵军等人泡在一起，开神仙会，开诸葛亮会，搞脑筋急转弯，天马行空，脑洞大开。既然股权可以拼盘上市，池窑为什么不可以"拼盘组合"呢？可以呀！一套后来被方贤柏命名为"点菜拼盘法"的设备制作方案脱颖而出。

"点菜拼盘"自然是一种比喻，一种形象说法。操作要点是，用点菜方式购买国际上最先进的生产零部件，融合进巨石集团自己的想法和做法，再加上方贤柏的技术经验，组合成玻纤池窑拉丝生产线。OK？OK！张毓强认为这思路新颖、实用、省钱，且具有自主知识产权。

方贤柏、赵军，还有担任工程办公室主任的顾桂江等人，开始国际大采购。他们走出国门，到有关国家和企业考察，找国际上著名的玻纤生产厂家和玻纤供应商，了解信息，探讨性能，洽谈价格，货比三家，择优而用。

窑炉是重中之重，巨石集团找的是一家德国公司。这家公司是个家族企业，已有百余年历史，专门生产汽车玻璃。虽说玻纤非玻璃，但池窑原理相通，该公司池窑技术在全球领先。巨石集团把技术要求跟对方说清楚，对方答应全力配合。

拉丝机选了另一家德国公司。这是一家纺织设备厂商，专业做棉纺机械，并没有做过玻纤设备。棉纺有弹性，相对比较容易；玻纤没有弹性，容易断丝。巨石作为需方，德国公司作为供方，两家一起按照需方的生产要求共同进行研发改进，直到完全适合 201 工程标准为止。

供需双方的合作，后来成为巨石集团与振石控股集团的传统，包括巨石集团与振石控股集团成为供方，向国内外客户提供产品时，也始终遵循着与客户共同研发、改进、创新的原则，实现共赢的发展。

后来，张毓强又把一部分零部件设备也交由这家德国公司试制，使用方与制造商一起研究探讨，彼此合作愉快。

让顾桂江印象深刻的还有一件事。窑炉设备到厂后，德国公司派出技术人员来巨石集团帮助安装调试。当时，国内员工月薪大概六七百元人民币，而那些德国工程师每天 600 美金，相当于国内员工日薪的 180 倍。这让顾桂江惊愕得闭不上嘴。但回过头来看，这些德国工程师似乎也真值那么多钱。他们很敬业，做工程精益求精。

张毓强抓工程的狠劲，在 201 工程中展现得淋漓尽致。当初确定 201 工程建设时限为 8 个月，从 2000 年 3 月 5 日正式开工算起，张毓强与中国化建公司领导签订了责任协议。说实在的，中国化建公司领导当时并没有当真。在常人心目中，工程建设时间超期，工程建设费用超预算，是个普遍现象。时间超个把月，合理；费用超 15% 以内，合法。

但张毓强就是张毓强，他与别人不一样。军令如山，令出必行。说到就要做到，做不到坚决不说。201 工程尚未开始，他就在工地上竖起一块大大的 201 工程点火倒计时牌，每日更新。他根本不回家不歇工，白天在工地查看，深夜回去睡个囫囵觉，第二天一大早又出现在工地上。

某天夜里 10 点多钟，张毓强带着工程建设人员在工地上巡查。走着走着，张毓强来到一处空地上，眯着眼仔细一望，一摇头，转身问跟着的基建人员：哎，你们这里好像缺堵墙吧？

啊，不会吧？张总！那位基建人员想，都是按照图纸施工，怎么可能会漏掉一堵墙呢？也许，是张总觉得大家疲惫不堪，跟他开个玩笑吧？

你们拿图纸来！张毓强坚持着。

图纸拿来后，那位基建人员在昏暗的灯光下细细对照，脸色立马泛红。

真的，真的少了一堵墙！基建人员嗫嚅着，显得非常不好意思。

自然，少不了张毓强一顿暴风骤雨般的批评。

挨了批评，基建人员连忙补课，当夜把这堵遗漏的墙砌了起来。

这件事被人传开了。人们觉得张毓强这人太神奇了，他居然能把庞大复杂的 201 工程的每个位置、每个设备都装在自己脑袋里。需要时，就像摁下网络的搜索功能一般，一一调出来。这已不是一般的记忆力所能解释，而是张毓强敬业到近乎痴迷，凡事追求完美、臻于极致的品格起着主导作用。

201 工程进入最后冲刺阶段。张毓强干脆住到工地，与员工们一起熬夜鏖战。

榜样的力量是无穷的。张毓强的行动促使众人向他看齐，包括那些有着与中国人截然不同生活理念和习惯的德国工程师。

张毓强确定 12 月 20 日为 201 工程点火日时，那些德国工程师把头摇得像中国的拨浪鼓似的。但随着工程环节一个个准时实现，他们开始信服。眼看西方人雷打不动的圣诞节临近，在 201 工程现场的德国工程师们，被张毓强和巨石集团员工们的精神所感动，被 201 工程现场的气氛所感染，主动提出今年圣诞节不回德国，而与巨石集团员工们一起奋战。张毓强的细心之处在于，他悄悄找人，出钱把这些德国工程师的夫人小孩接到桐乡，让他们共度佳节。这一举动，让那些刻板固执的德国工程师流出了热泪。

最后几天，安装 11 万千伏高压变电器。从 318 工程的 350 千伏到 11 万千伏，这是多大的一个跨越呀！张毓强忍不住手痒痒，干脆与员工们一起安装。到 12 月 19 日子夜，变压器安装调试完毕，整个工程宣告结束。张毓强说要庆祝庆祝，他让食堂蒸了好多包子，拿到工地现场。他与职工们狼吞虎咽，吃得那叫一个香啊！张毓强一生中吃过不少山珍海味，但他觉得 2000 年 12 月 19 日半夜的那顿包子，特别好吃！

顾桂江告诉笔者，201 工程的价值在于，玻纤原料粉料由自己工厂供应，池窑由自己设计组装，自己制作漏板，玻璃配方也由自己研发，至此，巨石玻纤形成了自己的一套生产工艺体系和核心知识产权，走到了国内玻纤行业前头，与世界玻纤生产先进水平越发接近。

这，也许就是张毓强觉得那顿包子特别香的内在原委。

2000 年 12 月 20 日下午 2 时 58 分，"让我发"的时间谐音。张毓强在众人注视中，从桐乡市政府领导手中接过点火枪，伸进点火孔。"噗"的一声，蓝色火苗犹如一个变幻着的精灵，瞬间点燃了窑炉火道。只见一股蔚蓝色的火焰升腾起来，蔓延开去，带着张毓强和众人充满希冀的眼神，进入池窑内部。

中国第一座 1.6 万吨玻纤池窑拉丝生产线在辞旧迎新之际诞生。

别出心裁的张毓强，让人在厂区门口修筑了一个工业废水养鱼池，池中养上十几尾金鱼。后来，参观 1.6 万吨玻纤生产线的人络绎不绝。每当人们走过这个养鱼池时，总是惊叹这个设计富有创意，同时心里也就明白了这家企业废水处理的纯净度。

三十年河东，三十年河西

人世间有两句相当流行的俗语：三十年河东，三十年河西。风水轮流转，今日到我家。

张毓强真的下决心收购九江玻纤厂啦！

这是 2000 年 12 月，距 1972 年 12 月张毓强背回第一台玻纤拉丝机，差不多 28 年时间。难道冥冥之中，真的有所谓风水轮流转的规律吗？

巨石集团承债式收购的缘起，有点偶然，也有点突兀。

故事发生的起点时间在 2000 年国庆长假。九江玻纤厂厂长邵伙军接到巨石集团销售副总李秋明一个电话。李秋明在电话中向邵厂长问候节日好，并询问邵伙军，九玻厂愿不愿意为巨石集团加工 4000 吨玻纤，每吨价格 6000 元。

邵伙军任职厂长的九玻厂，就是 28 年前张毓强背回第一台拉丝机的企业，后来两家常有业务往来，邵伙军与李秋明一起开过会，彼此认识，所以才有李秋明主动联系业务一事。

如前所述，九玻厂曾是国家建材部所属大型玻纤厂。在计划经济年代，生产计划由国家下达，产品由国家包销，用于生产军品。不愁吃不愁穿，着实过了几十年风风光光、逍遥自在的日子。在九江一带，提起九玻厂，没有人不知道，没有人不跷起大拇指。但随着市场经济逐步占据主导地位，九玻厂与其他十几家国有玻纤厂一般，犹如一台多年没有大修的老爷机器，日渐运转不灵，濒临停业破产边缘。从团政委转业担任九玻厂厂长的邵伙军，开始不信，在九玻厂大刀阔斧进行改革，或辞退或下岗 1300 多人，占全厂员工总数近三分之一，力度不可谓不大。但因为体制机制原有的痼疾和包袱，邵伙军回天乏力，最终还是以失败告终。企业陷入邵伙军概括的"四无"境地：无钱购买原材料，无钱支付水电费，无钱归还银行利息，无钱交纳职工"三金"。企业摇摇欲坠，职工人心浮动。

这时，听说巨石集团主动送业务上门，且数量不小，感觉就像一个人即将淹没之际，眼前却出现了一根救命稻草，自然求之不得。

邵伙军也顾不得休假，立即把厂部领导班子召集起来，商量此事，计算价格。

可大家算来算去，却觉得这笔买卖做不下来。根据他们测算。这批玻纤产品每吨生产成本要超过 6000 元，哪里有钱可赚？做吧，亏本；不做吧，人家送上门来的业务，丢掉实在太可惜！

会议开到 10 月 3 日，大家还是拿不定主意。邵伙军一看急了，这位军人出身的厂长一拍桌子，会议不开啦！然后用手一招，上车，我们干脆去桐乡巨石集团，看一看，算算账。

真是百闻不如一见呀！邵伙军一行在李秋明陪同下，到巨石集团几个分厂转了一圈。那个生产规模和技术水平，把多年搞玻纤的九玻人给镇住啦！他们看到了自己的差距。邵伙军提出，希望见一见大名鼎鼎的张毓强。

李秋明告诉张毓强，九玻厂邵厂长非常想与张总见个面，跟张总当面算算账。

那是 10 月 4 日。201 工程倒计时牌提醒巨石人，离点火仅剩 76 天，工程进入白刃战阶段，张毓强的时间以分钟计算。但他想起自己 28 年前的九玻厂之行，还是抽出时间接待远道而来的邵伙军一行。

邵伙军搞玻纤也已十来年，平时听玻纤业界说张毓强这个人有点傲慢，瞧不起人。但一接触、一交谈，邵伙军觉得张毓强并不像传闻中那般可怖。得知张毓强至今还念念不忘那台拉丝机，对九玻厂怀有深厚的感激之情，他还有点感动，觉得张毓强这个人有情有义。

两人谈得甚是投机，甚至有点相见恨晚。

到了算账环节，邵伙军实话实说：张总，你们开的价，我们做不来呀。

为什么？我给你们算过账。每吨价格 6000 元，扣除成本 5800 元，每吨可盈利 200 元。4000 吨，就是 80 万元哩。张毓强计算这类账，似乎数据全部储存在脑子里，随口就来。

邵伙军诉苦道，真神面前不说假话：九玻厂实际成本需要 6500 元，如果做这笔生意，我们要亏空 120 多万元。

怎么会？你这账怎么算的？张毓强一时不解。

是这样。邵伙军把他们反复核算过的成本账，一五一十地向张毓强报了一遍。

哦，张毓强明白了，作为国有企业，承担了许多社会功能，还要发放离退休人员的工资医疗费用，怪不得成本下不来。

那，你们打算怎么办？张毓强问道。

邵伙军一时没有回答，他用目光扫视了一下同行者，然后，将目光落在张毓强身上，出其不意地说：张总，我有个不情之请，我们不谈这个价格了，来谈谈你们怎么兼并九玻厂吧！

兼并？不要说张毓强没有思想准备，就连跟着邵伙军一起来的同事们一时也反应不过来。

但张毓强闻听此言，心里一震，眼睛一亮。他正在谋划巨石集团如何开展资本运营和区域扩张。瞌睡时有人送上个枕头，巧啦！九玻厂，或许会成为巨石集团东进西扩的桥梁？

想到此，张毓强盯住邵伙军：邵厂长，是不是真的？你在开玩笑吧？

邵伙军斩钉截铁地回答：我是军人出身。君子一言，驷马难追。这几天，我反反复复地思考，各种方案都比较过了，觉得只有让巨石集团兼并九玻厂，才能使九玻厂真正走出困境。

随后，邵伙军客观如实地向张毓强介绍了九玻厂的现状，以及企业改革的过程及结果。他真心希望重组求生存，联手谋发展。

不知什么时候，这位行伍者，居然说出了一副对联。后来，他还以这副对联作为题目，在九玻厂职代会上作了一个激动人心的报告。

直到此时，众人才明白邵伙军带着大家到巨石集团考察的真实意图。

在张毓强眼里心里，九玻厂似乎还是当年那个庞然大物般的企业，还是那个让他需要仰视的企业。听完邵伙军介绍的情况，内心涌起一种复杂而微妙的心理。他既可惜九玻厂如今走了下坡路，又庆幸巨石集团今天拥有的实力和市场，还衷心认为，巨石集团能有今天，与28年前九玻厂那3台拉丝机有着直接关联。古人云，滴水之恩，当涌泉相报。如今九玻厂面临困境，他张毓强于公于私都要帮一把！

兹事体大，不是一次见面就可决断的，且涉及一大笔国有资产的转属，需要报请政府主管部门批准，需要办理一系列手续。

当下两人约定，双方立即向各自领导部门汇报沟通，争取尽早进入实际操作阶段。

握手道别。

说干就干。

这边，张毓强当即用电话向中国化建公司领导层汇报了兼并九玻厂的意向。中国化建公司刚刚上市，正在积极增资扩股，对此事极为赞成。同意以中国化建公司名义兼并九玻厂，实际兼并操作和兼并后的管理由巨石集团负责。

邵伙军的车辆刚开上苏州高速公路，张毓强的电话就追到了，说他已向中国化建公司领导层作了汇报，并征得同意。现在就看你邵厂长的啦！

这个张总，效率居然那么高！邵伙军不得不佩服。然而，九玻厂情况不一样，他得向市政府汇报，取得市里支持。

时任九江市长也是军人出身，很有能力和魄力，敢作敢为、勇于担当。听了邵伙军电话汇报后，市长认为，这是一件好事。九江市国有老企业较多，市里压力很大。柴油机厂、动力机厂已先后倒闭。九玻厂如果能蹚出一条新路，就可为市里其他企业作出样子。

市长事情多，那是自然。邵伙军有点不管不顾、紧追不舍。按照邵伙军的说法，他又不是为自己要官要利，有什么好顾忌？颇为有趣的一次是，市长刚从北京返回九江，下午两点会见一个日本代表团，午间要整理一下头发，只有这个空隙。市长问邵伙军，在这个理发时间汇报行不行？邵伙军说了一句后来被传为"名言"的话：只要市长同意，别说理发，就是您上厕所，我也可以汇报。

邵伙军的汇报引起市长高度重视。市长第二天下午就主持召开市长办公会议专题研究此事。会上，自然是七嘴八舌、莫衷一是。邵伙军实在忍不住了，他在火里，人家在水里，感受不一样。他也不管在座领导的大小，直言不讳地说：兼并是有风险，但那是50%的可能性；

不走这条路，就是百分百死亡。九江就会多一个破产企业，银行就会多一笔死账，市政府门口就会多一批上访群众。邵伙军这番话把在座领导说动了。尤其是市政府门口多一批上访群众这句话，直击领导的软肋，乖乖，谁愿意每天早上看到市政府门口一片黑压压的上访人员呀？

市长拍板同意九玻厂被兼并的思路。

消息很快反馈到桐乡。10月24日，张毓强和中新集团总经理、中国化建董事长亲赴九江，与九江市有关部门和邵伙军洽谈兼并事宜。

第二天一大早，张毓强先到九玻厂考察。

28年过去，弹指一挥间。站在昔日让他仰视许久的九玻厂，张毓强一时思绪万千、感慨唏嘘。

张毓强想起28年前的那个清晨，当他第一次站在九玻厂门口时的震撼：这世界上怎么有那么大的工厂呀？而此刻，与巨石集团1.6万吨池窑拉丝生产线相比，眼前的九玻厂显得那么落后与破旧、那么臃肿与懒散。他远远望见有员工在树荫下、墙角边聊闲天、打扑克。这样的企业岂有不被淘汰之理？

遐思腾云驾雾，不可遏制。张毓强想起故乡那个中学操场。小时候，他觉得那操场好大好大，怎么也跑不到头，而现在去看，这操场其实不大。还有家门口的石门湾，在张毓强幼小时，觉得它好宽呀，宽得犹如汪洋大海，而现在再去看，简直像一条小溪。

事物本身并没有发生变化，变化的是他张毓强自身。他的站位高了，视野开阔了。他已从过去的仰视，到了后来的平视，现在某个时候甚至可以俯视了。这是自己进步了吗？应当说有所进步。这种进步，归结于这么多年来走南闯北，归结于与业界高手同场竞技，归结于与领导和高人的交流沟通，还有从大量书刊和互联网中的获取。诚然，进步中也包括了张毓强那种无师自通、立地成佛的悟性。没有悟性的人，就不能点石成金，而只会变成一块石头。

10 月金秋，正是九江最美的季节。张毓强没有一丝观光游玩的心情，一头扎进会议中，谈判紧锣密鼓地展开。

巨石集团与九江方商定，巨石集团以中国化建公司名义实行承债式兼并。所谓承债式，就是巨石集团在取得九玻厂生产性资产同时，负责偿还全部债务。根据当时评估，巨石集团将为此承担 3347 万元银行债务。

洽商期间，自然有讨价还价、你进我退，也有矛盾和分歧，甚至还有争执和冲突。

核心问题，是员工人数。彼时，九玻厂实际年产玻纤不到 5000 吨，按照巨石集团管理标准，千人足矣。而九玻厂光在职员工就有 2400 名之多。

邵厂长，九玻厂员工人数能否压减一些？人数实在太多了。张毓强试探着问。

谁知，脾性耿直的邵伙军霍地拍案而起，说着说着就激动起来。张总，接受九玻厂全部在职员工，这是兼并九玻厂的前提，也是我邵伙军对全厂员工的承诺！如果你张总坚持要减人，那我们就不谈兼并啦！

哦哦，邵厂长别发火，我们一起商量，一起商量！张毓强体谅一个国有老厂的难处，便作了让步。

还有一个细节是关于厂名。巨石集团有人提出，将兼并后的九玻厂取名为巨石集团九江分厂，以便与集团其他分厂相统一。

邵伙军不认同这个厂名。不管怎么说，九玻厂是家老牌国有企业，过去还属县团级单位，怎么转瞬间就变成一个分厂，不要说职工不接受，自己心里也通不过呀！

张毓强理解邵伙军的心情，大家商量来商量去，最后定名为巨石九江工厂。

眼看难题在逐一化解，具体事项在一一落实，人们觉得成功就在眼前。

谁知有一天，邵伙军找到张毓强，态度明朗地说：张总，现在兼并事情已谈得差不多了，协议草稿也已形成。作为九玻厂老厂长的我，尽到了责任，也尝够了九玻厂的酸甜苦辣。您另请高明，来管理兼并后的巨石九江工厂吧！

张毓强深感意外，同时也感觉到邵伙军的光明磊落、心胸坦荡。邵伙军向巨石集团争取的所有一切，都不是为他个人。这样的人值得信任。再说，在这个节骨眼上，去哪里物色一个合适的管理者？

我们就因为看中你邵厂长是军人出身，为人正直，有能力，才决定兼并九玻厂。如果邵厂长坚持要走，那我们巨石集团就不想兼并啦！这回，轮到张毓强来说这句话。

邵伙军被张毓强的真诚挽留所感动，九江市有关领导也出面做邵伙军的工作，邵伙军才勉强答应任"留守厂长"。一俟有合适人选，他即刻让位。事实上，后来这位"留守"厂长变为巨石九江公司总经理，干得非常出色，一直干到退休。

12月初，双方洽谈基本结束，九玻厂召开职代会。这是必经程序，九玻厂被收购，要征得多数职工同意。

面对着顾虑重重、忧心忡忡的职工代表，邵伙军准备了一份21页的报告稿，加上临场发挥，把九玻厂为什么要被兼并、怎样兼并、兼并后企业和职工将得到什么和失去什么，差不多讲了个把钟头，应当说把一些大问题讲清楚了。但职工代表们仍是将信将疑、犹犹豫豫。第一次投票，没有通过。不得已，会议破例延长一天，参会的市劳动局、总工会、建材局有关领导就大家关注的一些问题，又反复作了解释和承诺。几经周折，进行第二次投票，兼并方案才勉强通过。

很快，邵伙军向张毓强及时通报了职代会情况。张毓强表示理解。职工们有点担心、有点顾虑，都属正常。他要用事实证明，巨石集团说话算数，九玻厂选择走兼并之路没有错！

针对九玻厂干部员工的担忧和顾虑，张毓强明确提出"六带一不带"原则：带观念、管理、技术、市场、资金、品牌，不带人。然后迅速组建九玻厂兼并工作小组，派出巨石集团副总等10来名技术骨干进驻九玻厂。同时，立即抽调4000万元资金，建设"202工程"，对九玻厂原有代铂炉生产线进行全面改造，将200孔漏板换成400孔漏板，使九玻厂年产达到2.5万吨。

如果一切顺利的话，九玻厂至年底可以打个漂亮的翻身仗。

此时，真用得着那句老话：树欲静而风不止。传统的理念和习惯势力不可能因管理者的改变而迅速土崩瓦解、烟消云散。

春节过后，围绕着职工身份问题发生了争执。一批员工认为九玻厂被中国化建公司兼并只是幌子，实际是被巨石集团收购了。巨石集团是家民营企业，他们不愿意与民营企业签订劳动合同。一线员工因受不了巨石集团的管理模式而口出怨言。还有传闻说，厂长邵伙军把买断职工工龄的钱据为己有。疑虑和怨言逐渐发酵，口口相传，最终引发罢工事件。约有一百多名拉丝车间员工拒绝上班，并冲进邵伙军办公室，讨要说法。邵伙军被围困在办公室内，饿着肚子。事件延续到晚上，人群拥向九玻厂广场，一些担心自己退休金的老职工也参与进来。围得里三层外三层，人数最多时，约有五六百人。玻纤生产线空转，代铂炉流出的玻纤乱成一团。

此时，张毓强正在法国巴黎参加国际复合材料展览会。接到电话后，张毓强当即决定提前回国。飞机中转时，恰遇机场附近火山喷发，所有航班都被取消。张毓强住在机场酒店，急得团团转。他过一会儿跑一趟机场，终于在机场恢复正常后，乘坐第一趟航班返回国内。

回到桐乡，张毓强自己动手写了情况和建议，用传真件发给九江市政府。九江市政府非常重视，凌晨，一位副市长带着市级有关部门领导赶赴九玻厂，把罢工员工请到九玻厂大礼堂，逐一解答员工们的问题。邵伙军也向员工们作了保证，还找人座谈，风波才渐渐平息下去，拉丝生产第二天即恢复正常。

经此一役，巨石集团有人开始怀疑兼并九玻厂的正确性。与众不同的是，张毓强认为，九玻厂出现人心浮动和罢工事件，说到底还是广大员工没有看到九玻厂发展的前景，没有享受到发展将带来的好处。巨石集团对九玻厂应当有更多的付出，通过这种付出，通过实实在在的改变，让九玻人感觉巨石集团是真心诚意去帮助他们的，从而让他们受感染乃至受感动。

2001年5月4日，兼并签字仪式在九江市举行。

张毓强带着巨石集团领导班子成员和中层以上干部，赶赴九江。一路上，新购买的米色别克车穿越春光。张毓强身上的咖啡色无领夹克衫和新潮墨镜，使他的形象显得颇为时尚。

与九江市政府的会谈顺畅而友好。张毓强特意从北京请来中国化建公司董事长朱祖华女士，那样让九江市领导感觉更隆重些、规格更高些。对这些细枝末节的事，张毓强一向考虑得比较周全。所谓世事洞明皆学问、人情练达即文章嘛。张毓强自然是这方面的行家里手。

九江市长彼时正年富力强、精力充沛，无论讲话还是工作，都是一把好手。那时，还没有八项规定，再说此类事属于招商引资，在公共场合，大家都需要一些面子。市政府把签约仪式选在九江市最好的饭店，璀璨的欧式灯具，漂亮的花纹软包，嘉宾云集、西装革履。张毓强、邵伙军代表双方签字，然后握手。鼓乐齐鸣、觥筹交错。从当年现场留下的照片看，那晚，张毓强喝得脸色酡红，笑得格外开心。

辛丑盛夏，在已明显偏西的夏阳中，笔者坐上杭州至九江的D3397次旅游动车，一路向西。

银车似箭，苍山如黛。车窗外，满眼是夏季的墨绿与鲜活。别墅群般的农舍，高低起伏的高压输电线，倏忽而过的工业区，构成今日浙赣线两边的主景。

笔者眼前，似乎总是晃动着拥挤的人群，还有拥挤人群中的一个身影：中等而瘦削的身材，方脸盘，又开双腿勉强立住，胯下是一台电动机，电动机上压着一纸箱肥皂，随着火车的节奏，身体不由自主地摇晃着……

这不就是 49 年前只身坐车前往九江玻纤厂换取拉丝机的张毓强吗？

时间过得好快啊！快得人们都来不及眨眼，快得笔者都来不及叙述。现在的年轻人，肯定无法切身感受当年张毓强面对的艰辛与困难，但不知能否理解他的执着与坚韧？

为寻觅张毓强当年的足迹，更想亲眼目睹今日九玻厂的模样，笔者决意去一趟九江。

山河面貌虽改，空间距离犹在。

在高铁时代，人们已嫌每小时 240 多公里的动车速度太慢，假如跟 49 年前张毓强乘坐的每小时 60 公里的绿皮火车相比，真不可同日而语。车厢内整洁明亮的环境，凉爽宜人的清风从两侧轻轻吹拂过来，不时路过座位边推销新鲜水果的靓女，坐在软布靠椅上衣着光鲜亮丽的男男女女、老老小小。年轻人大多用手机屏欣赏着电视剧，一对同胞小男孩，把升升降降的车厢窗帘当作玩具，比赛着彼此的快慢，快乐的童稚声引发车内人们的注目。笔者不由得想起早年与张毓强同期经历过的"坐"车往事：一票难求，一椅难得，心里真的无限感慨，似乎觉得有话要跟车厢里的旅客说，人们，满足吧！

杭州，富阳，桐庐，建德，绩溪北，歙县北，黄山北，婺源，景德镇北，九江。沿途名山大川，一路诗韵文脉。

晚上近 9 点，到达九江车站，九江公司李师傅接我。上车一问，方知他是"玻二代"，父母亲均是老九江玻纤厂职工，因此，对过去的故事有所了解。

九玻厂老人说，张总从一个镇办小作坊出来，背着一箱肥皂到九玻厂换拉丝机，现在搞得这么大。大家怎么也想不通，这个人真是有本事！

李师傅还告诉笔者，张总几乎每年都来九江。他给张总开过几次车，张总很威严。

笔者向李师傅打探老火车站和老厂址。他说，都在长江边上，老厂在十里铺，差不多4公里。看来张毓强的记性真好！

九玻厂现在叫巨石集团九江公司，坐落在庐山脚下。从匡庐高峰流淌下来的云雾，漫到山根。站在公司门口，只见蓝天白云下，3根旗杆上翻飞着旗帜。门前区宽敞开阔，建有喷泉花坛，新行政楼、新厂房为绿树环绕。厂区道路笔直平坦，放眼望去，给人一种强烈的现代感。

除了参观九江公司现场，笔者采访了几位公司领导，还开了一个老职工座谈会，了解历史上的九玻厂和现实中的九江公司，还在一家饭店影墙上幸运地找到上世纪70年代初九江火车站的旧照片。当年张毓强就从那个老火车站走出来，步行到地处十里铺的九江饭店。

历史和现实交织，回忆与梦幻替换，令人唏嘘不已。

采访邵伙军，显然是一种忆旧。他已到龄退休，住在九江市区，我俩的交谈选在他住处附近一家宾馆大堂。

邵伙军用带着浓重九江口音的普通话回忆起那些刻骨铭心的往事。他说与张总打了10年交道，可谓不打不相识。他总体评价张毓强是个"三有"企业家：有能力、有魄力、有魅力。邵伙军说话声音洪亮、状态高亢，说到激动处，会站起来，涨红着脸，打着手势，在大堂里来回走动，依稀可见当年团政委的做派。

夏日清晨，在九江公司办公楼，笔者与现任总经理杨伟忠作一席长谈。

杨伟忠是"70后"，身材精瘦，一副黑框眼镜架在高高的鼻梁上，一头短发，显得蛮精干。说话时，偶尔闭一下眼，抽上一口烟。他自述1998年进入巨石，先在石门工厂。2008年上挂下派，被外派到九江公司。谁知一直挂到现在，还不知派到何时？他一开口自我介绍，嘻嘻哈哈地笑个不停。

2008年6、7月间，张总找他谈话，希望他出任九江公司副总兼厂长，协助邵伙军。他明白张总在培养自己，二话不说就来到九江。彼时，九江公司正在整体搬迁。邵伙军告诉他，2007年九江市政府号召"退城进园",九江公司面临何去何从问题。张毓强征求邵伙军意见,邵伙军主张腾笼换鸟,整体搬迁。张毓强拍板同意,并列入2008年巨石集团发展规划。巨石集团在九江贷款20亿元,买了613亩土地,计划建设35万吨玻纤生产线,一期新建3万吨池窑玻纤拉丝生产线。他来后不久,搬迁工程就开始上马,2010年上半年建成投产,形成年产14万吨规模。其间,邵伙军退休,杨伟忠接任,无缝衔接。2018年2月,再上二期工程,建设12万吨池窑拉丝生产线,同时对一期工程进行智能化改造,扩建为20万吨,形成双子窑生产线。还建设了一个专门用于废丝回收的3万吨窑炉,于是,九江公司35万吨生产基地宣告建成。目前,生产经营两旺,公司负债率极低。陈老师,你问低到什么程度?我可以告诉你,低到几乎可以忽略不计。我们在银行有点贷款,但同时,我们也有钱借给总部,一进一出,基本持平。现在,我有点怕银行的人上门,为啥呢?因为银行的人一天到晚向九江公司推介贷款。陈老师,你说,我们自己有钱,干吗还去贷款,当这个还本付息的冤大头呀?是不是?

问起玻纤产品和质量,杨伟忠信心爆棚。当下,九江公司生产粗纱E6、E7玻璃配方的都有,与桐乡总部和其他兄弟公司比,技术水准上没有任何差距,效益可能最高,成本可能最低,除桐乡本部外规模最大。还有,九江公司3万吨级车间,已成为巨石集团玻璃配方的试验基地,一系列配方都在这里进行工厂化试验,目前已在研制E9。巨石文化已被九江公司员工所接纳,并融入平时工作和日常生活中。在发展共享方面,员工薪酬增幅超过集团平均数和九江地区平均数,在九江地区制造业中处于领先地位。在当地九江人心目中,巨石九江公司就是高收入、好工作的代名词。有意思的是,九江公司员工买房,与当地公务员享受一样贷款待遇。因而,一听九江公司招工,青年人会排着队报名。这样,他们就可以择优录用、好中选优啊!

展望九江公司前景,这位年轻的总经理眼里闪烁着亮光。

沿着"一带一路"走近金字塔

2011年，巨石集团真正走向世界的标志性之年。

后来有人评价说，张毓强真有先见之明，那么早就走在"一带一路"上。

而张毓强却实话实说，那是被逼出来的！他还告诉笔者，那些自诩为有先见之明、未卜先知的企业家，说的大多是假话，世界上哪有那样的事？

笔者后来在采访中了解到，人们都赞同张毓强的观点，异口同声地告诉笔者：的确是被逼出来的，是被欧盟反倾销调查逼出来的！

欧盟为啥要对地处遥远的桐乡巨石集团进行反倾销调查？那，说来话可长啦！

2004年至2008年的巨石集团，说是"跨越式""爆发式""膨胀式"发展，一点也不过分。

笔者曾首提"超常规发展"一词。那是1992年，笔者任职浙江西部县委书记时，思考不发达地区如何赶超发达地区，独创了一种观点，认为某个地区某个单位在某个阶段，因为各种特殊资源的汇聚，可以用超常规的理念、超常规的思路、超常规的政策、超常规的举措，实现超常规发展。后来，因媒体推介，这个超常规发展观点被人们广泛接受，成为出现频率较高的一个新词。

笔者以为，那个时期的巨石集团，完全可用超常规发展来描述。

有人形容近年来中国海军像下饺子一般下海舰艇。笔者感觉，那几年巨石集团像母鸡生蛋般建设玻纤生产线。

在一个骄阳似火的下午，笔者采访巨石集团总裁杨国明，请他回忆那段超常规发展、令人血脉偾张的峥嵘岁月。

杨国明是乌镇人，大学毕业后入职巨石集团，参加了318工程后期建设，经过基层多个岗位历练，于2014年担任巨石集团总裁。他个子不高、圆脸圆眼，戴一副极其普通的眼镜，显得敦实淳朴。但一接触，笔者立马感觉出，他朴实的身材里透射出一种精干作风，微笑的目光中闪烁着一种灵动的睿智。

张总在 2004 年确定要将巨石集团打造成全球第一的玻纤生产企业。杨国明回忆道：2003 年下半年，张总看到巨石集团在开发区一期土地即将用完，最多只能允许再上一条生产线，没有发展余地。一天，他在晨跑中萌生了巨石集团整厂搬迁的念头。彼时，受重庆玻纤厂上 3 万吨规模生产线的刺激，张总就和他一起搞了个新规划。新规划明确提出，第一步拿下开发区三期区域 1 平方公里土地，上 5 条生产线，每条 6 万吨，合计 30 万吨，实现巨石集团玻纤生产规模亚洲第一。按照新规划，2004 年 2 月 1 日，第一条 6 万吨生产线在桐乡开工建设，至同年 9 月 16 日，建成点火。

杨国明至今对这条 6 万吨生产线记忆深刻，真的非常艰苦。第二天就要点火，头天晚上还没有通电。没有电，就没法照明。大家在四周点起蜡烛，就着烛光干活，直到 16 日凌晨通上电。

同年，巨石集团响应中央关于西部大开发的号召，张总率队考察成都，选定在青白江投资建设巨石集团西部生产基地。3 月，举行奠基仪式。张总在仪式上提出，巨石集团已跻身"亚洲三强"，到 2006 年要实现"亚洲第一"，2007 年进入"世界五强"，2010 年争取成为"世界三强"。随后，杨国明被调往成都公司，担任总经理。第一条生产线仅用 158 天时间建成点火。巨石集团和青白江区政府联合举行"巨石集团成都公司开业暨 3 万吨玻纤池窑拉丝生产线点火仪式"。那天，张总显得特别精神，一条玫瑰红色花格领带配着黑色西装，胸口插着嘉宾鲜花，声调铿锵地宣布点火开始。

之后，巨石集团玻纤生产线就跳上 10 万吨台阶。2005 年 11 月 11 日，桐乡基地 10 万吨无碱玻纤池窑拉丝生产线胜利锁砖。这条当时世界上单体规模最大的生产线，采用世界一流技术装备，应用国际玻纤前沿技术，突破了世界玻纤行业不少难题。在锁砖仪式上，杨国明看见张总用力举起用红绸花衬托的最后一块砖，嵌入砖缝中，一击槌落，圆满锁砖。第二年 2 月，顺利投产。

2006 年至 2008 年，是巨石集团发展史上最繁忙的 3 年。桐乡本部、九江、成都，10 多条生产线开工建设或点火投产，整个巨石集团像个工程指挥部。随着这些项目陆续建成投产，巨石集团体量增加许多，犹如瞬间发酵膨胀的面包团。

2008 年 7 月 28 日，是一个值得所有巨石人乃至每个中国人记住的日子。这一天，中国人在世界细分领域的玻纤行业夺得了全球第一。

那天，"中国巨石桐乡 60 万吨玻纤工业基地落成暨玻纤规模全球第一"大型庆典活动隆重举行。领导光临、嘉宾云集。张总特意设计参观车队经东西大道、南北大道绕工业基地一圈，让领导和来宾巡视玻纤基地全貌。杨国明沉静温和地向媒体介绍着巨石集团的变迁：2003 年，张总决定巨石集团整厂搬迁，建设世界上规模最大的玻纤生产基地。经过 4 年拼搏，60 万吨达产。巨石玻纤终于实现了生产规模全球第一，一举打破美国人垄断 70 年的行业第一地位，这是中国民族玻纤工业扬眉吐气的一天。

说到这里，这位轻易不动情感的中年人，眼神中流露出掩饰不住的兴奋和自豪。

张毓强事后总结道，在 1997 年亚洲金融危机和 2008 年全球金融危机中，巨石集团靠规模、靠技术、靠创新、靠资本、靠实力，最终靠竞争力，始终坚持坚守，战胜各种困难，实现逆势上扬、逆境成长，才成为玻纤生产规模全球第一。

尤其是创新。张毓强在采访中回忆起自己在复旦大学讲课的往事，对创新作了精辟阐述：必须用创新的思想对待创新，这就是关于创新的创新。如果用陈旧的理念去对待创新，显然不行。以前，创业就是创新；现在，创新就是创业，企业的成功离不开创新。不要以为创新高不可攀、神秘莫测，创新就在大家身边。更重要的是，创新不是一部分人的事，创新是所有人的事；创新不光是领导的事，每个人都要有创新意识；创新不是今天的事，创新是个永恒的主题。创新有"拿来"创新、学习创新、交流创新、自主创新。在所有创新中，自主创新是最高境界、至高无上。

上述，可否简称为"张毓强之创新观"？

也许这个世界，永远是有人欢喜有人愁。

随着巨石玻纤的崛起和拓展，全球玻纤格局发生重大变化，玻纤生产与销售版图被重新描绘，巨石玻纤在国际市场的话语权明显增强。巨石品牌的玻纤宛若潮水般漫过原先行业设置的堤坝，快速而低廉地进入欧美市场，占领了一大批欧美玻纤用户。一家著名的法国玻纤公司直接被巨石集团打趴下，最后被兼并。张毓强在采访中回忆道，他早期向外商推介巨石玻纤时，外商会问他：我们为什么要买巨石产品？巨石人没有因此气馁，而是一路做下来。后来，越来越多的外商会相互询问：购买中国玻纤，为什么不买巨石产品？这是一个根本性转折。有些美国玻纤商家心里七上八下，羡慕嫉妒恨。他们对张毓强说：为了世界玻纤工业要祝贺你，也羡慕你有这个世界第一的荣耀。但我们真的嫉妒你，也真的讨厌你。想想也是。人家坐了70年世界第一的交椅，你把人家拉下来，人家能舒服吗？尤其是美国人，非常在意这个"第一"，他们把"第一"这两个字看得比什么都重。如果用这个观点看待当今中美关系，就会比较容易理解。

张毓强的分析已提升到当今地缘政治、大国博弈的高度。

巨石集团的崛起，显然成为欧美一些玻纤企业的噩梦。但开展生产较量或市场竞争，他们已不是巨石集团的对手。于是，一些欧洲企业开始祭起所谓反倾销的"法宝"，向欧盟委员会提出申诉。欧盟随之开始向中国玻纤行业进行反倾销调查，企图借用非市场经济手段抵御巨石集团的攻城略地。

这是一场全新的战争。莫斯科不相信眼泪，玻纤市场也不相信眼泪。

巨石集团被迫奋起自卫反击，应对欧盟反倾销调查，争取最好结果。

欧盟反倾销告一段落，结果在意料之中。欧盟裁定，今后输往欧盟的中国玻纤产品，加税35%。比第一次提出的税率低一些。张毓强没有惊喜，当然，也没有惊慌。

35%税率，就意味着巨石玻纤不可能再销往欧洲地区。

人们总说，上帝在关上一扇门时，会给你打开另一扇门。

那一扇门在哪里？怎么打开？

作为巨石集团掌舵人的张毓强，没有陷入应对反倾销调查的具体事务中，开始更高站位、更广领域、更深层次地思考与琢磨。

张毓强这才强烈意识到，巨石集团虽然产能已是全球第一，但还不是世界级公司，也算不上跨国公司，产品太单一，且都在中国。所以，这场反倾销冲突或曰风暴迟早是要来的，它是由国际竞争的大环境大气候决定的，此消彼长、日出日落。与其正面较量，碰得头破血流，还不如避其锋芒，另辟蹊径。中国古代三十六计中，不是还有明修栈道、暗度陈仓之计嘛！对，要跳出玻纤看玻纤，跳出中国看玻纤。干脆，将玻纤企业建到国外去，那样，不但能规避所谓的反倾销，还能为玻纤产业发展开辟一片新天地，使巨石集团成为名副其实的国际化集团。

对！"走出去"是一个必然选择。巨石集团国际化战略在张毓强头脑中逐步成形。

走出去，到哪里去？选择题搁在巨石集团决策者面前。

第一个目标选择欧洲。道理很简单，玻纤工业在欧洲，工艺技术现成且成熟。玻纤市场也在欧洲，欧洲不少国家大量使用玻纤产品。但出去一考察，才发现欧洲并不适合新建玻纤制造业。

根据欧洲考察结果，张毓强提出"地理上靠近欧盟而不是欧盟、不受反倾销影响"的总体思路，引导考察人员将目光转向东南亚、中东。听说法国有一家玻纤企业计划在突尼斯设厂，巨石集团是否也可以呀？一打听，突尼斯土地价格便宜，也有原料，产品可直接销往欧盟各国。但深入一了解，突尼斯毕竟国土面积太小，有点腾挪不开。

那，与突尼斯条件类似的还有哪？埃及呀！对呀，对呀！我们怎么没有想到埃及呢？

于是，人们的视线和思路逐渐集中到埃及。张毓强派出曹国荣、顾桂江等人，作为第一批"野外勘探队员"，赴埃及考察选址。

关于第一次埃及考察组的情况，顾桂江随手记下一些文字，从中可窥见彼时若干情景：

> 我们乘坐的EK923航班于17：30准时抵达开罗国际机场。大概埃及劳动力富余，酒店前来接站的有两人。一人开车，一人接送引导。
>
> 开罗的特点是街上车多，打的很方便。我们在街上一站，随便一招手，马上就有一辆黑色出租车开到身边。因对方只会说阿拉伯语而不懂英语，无法直接沟通。这时，令人惊奇的事发生了，路人都围上来询问，他们中大部分人也不会讲英语。于是，再一个个找人，直到找到会英语的路人，帮我们讲定价格。等我们坐上出租车，他们才离开。
>
> 有一次，我们要去中国驻埃及大使馆拜访，听说中国使馆离饭店不远，我们几人就步行。谁知不熟悉路，走了相反方向。问了好多埃及人，都不知道，后来在一家银行门口，找到一位正在取款的年轻人。这位年轻人立即停止取款，开车送我们去中国大使馆，然后自己再返回银行办事。

埃及人对中国人的热情和友好，令曹国荣他们甚为感佩，也成为投资埃及项目的一个因素。

当然，这些都是生活中的小事。曹国荣一行的目的是选定建厂地方。经过考察，他们初步确定将埃及工厂建在苏伊士经贸合作区内。

苏伊士经贸合作区位于埃及苏伊士省苏赫奈泉港，距开罗 120 公里。它是中国政府批准设立的第二批国家级境外经贸合作区，面积 7.23 平方公里，开建于 2008 年，由中非泰达公司投资及运营。它是中国"一带一路"项目之一，被誉为"沙漠中的经济引擎"。

曹国荣等人与埃及有关方面联系洽商，那些人什么都答应，似乎什么都没有问题。

考察回来，他们几个人一起分析比较选址埃及的优势：埃及地理位置优越，靠近欧洲，紧邻苏伊士运河，距离欧洲不远；原材料充足，劳动力资源丰富；天然气和工业用电价格相对便宜。然后，大家还比较埃及与欧盟的关税税率、劳动力成本、运输价格，结论是：埃及不是欧盟，近似欧盟，胜似欧盟。大家越想越开心，越算越兴奋，觉得到埃及投资思路对头、大有赚头。

张毓强听取汇报，提出了一些让考察组没有想到的问题。他问：有没有考虑埃及缺水问题，如何保证水资源的供应，如何与政府谈判，增加供水量？还有电力供应，如何保证，需要不需要拉专线？还有外地员工，从几十公里外前来工作，怎么办？住房怎么配套，来回交通工具怎么解决？又比如玻纤产品运输，是走陆路还是水路，旺季与淡季，不同的港口，运费怎么比较？以后如果做好了，量大了，欧洲市场容纳不下，准备销往哪里？所以，港口吞吐量不能仅仅考虑欧洲市场。还有，埃及员工普遍信仰伊斯兰教，怎么解决他们做祷告问题。张毓强告诉考察组，不要忽视这个祷告问题，你们计划将祷告室设计在卫生间旁边，不行。卫生间的水会渗漏出来，必须把祷告室安排在厂区最干净的地方，还要增加数量，让那些信仰伊斯兰教的员工觉得受尊重，又方便。

这些细节，真的细得不能再细。笔者在采访曹国荣和赵军等人时，他俩从内心佩服张总虑事之细、之深，自叹弗如。

于是，考察组一次次返回埃及考察，了解、沟通，再一次次向张毓强汇报。每次，张毓强总是能提出一些考察组没有想到，或想得不够细致的问题。

正当项目往前推进时，2011年1月14日，突尼斯爆发"茉莉花革命"，很快波及埃及。2月中旬，埃及总统被迫辞职，全国局势一下子陷入混乱，有的外资企业一看情况不妙，纷纷准备撤退回国。

这在法律用语上，叫作"不可抗力"。意思是某个个体或某个团体无力抗衡或改变。

埃及项目还要不要、能不能按照原计划继续推进？考察组请示张毓强。张毓强一度也感觉心中没底。他指示曹国荣带领考察组，再去一趟埃及，务必了解到"革命"的真实情况，提供参考，最终下决心。

曹国荣、顾桂江等人根据张毓强的意见，再次返回埃及。为掌握第一手材料，曹国荣带着大家跑到埃及著名的"解放广场"，实地考察"革命"。

广场四周有警察在维持秩序。进入广场的埃及人，要看证件；如是外国人，要查看护照。曹国荣等人先在广场边沿观看，然后一步步走向广场中心位置。不看不知道，一看才明了。原来，埃及式"革命"是这样的呀！曹国荣心想。只见广场上人山人海，这边搭个台，台上有人哇啦哇啦地说着，台下不少人跟着呼喊口号。那边也搭个台，同样有人哇啦哇啦地讲话，同样也有一帮人在呼喊口号。翻译告诉曹国荣，两边讲的、喊的观点完全相反。曹国荣再仔细观察，发现没有人携带武器，广场上还有小摊小贩在吆喝买卖。曹国荣正在仔细观察，有埃及人跑来，要与曹国荣等人合影留念。曹国荣的政治敏感性立时凸显，这可不行！万一被登上埃及报纸，不明就里的人还以为中国人参与了"埃及广场革命"呢！那可就麻烦了。曹国荣下意识拉起顾桂江，小跑着离开"解放广场"。

这是哪门子"革命"呀？这与曹国荣所理解的"革命"完全是两回事。革命嘛，就是暴力行动，就是武装夺取政权呀！

回到国内，曹国荣把他所见所闻的"埃及革命"向张毓强作了绘声绘色的描述，并认为这样的"革命"，不会影响巨石集团在埃及投资项目。

张毓强听了曹国荣所说的情况，反复作了思考与推演，赞同曹国荣的主张，指令曹国荣团队，抓紧埃及项目的审批和前期工作。

真正进入实际操作阶段，曹国荣才发现并不像预想的那般顺畅。

主管公司登记注册的埃及投资部说这也不行，那也不行。巨石集团希望公司经营范围广一些，写上"玻纤及制品"，但埃及方面不同意。玻纤就是玻纤，制品就是制品，不能出现在一张营业执照上。于是，开始扯皮。曹国荣专门指派两位员工跑执照。他俩遵命从2011年7月开始一场类似于马拉松式的长跑。

时间一个月一个月过去，转眼间，元旦已过，春节将临。埃及公司审批手续尚无确信。

在桐乡，一年一度的巨石集团经济工作会议于新年1月9日如期召开。

张毓强在报告中重点谈到埃及工程。他面对巨石集团全体骨干，阐述了巨石埃及项目的意义。他说，该项目是集团公司在国门之外筹备建设的第一条池窑拉丝生产线，也是中国玻纤第一条成套生产线正式向外输出。项目实施效果的好坏，将决定集团参与国际竞争力的高低，对集团未来发展起着至关重要的作用。

稍后，张毓强话锋一转，明确提出，各单位、各部门要与集团国际化战略保持高度一致，参与好、配合好、服从好、执行好集团国际化战略要求。思想上高度重视，认识上足够充分，执行上保持一致，全力保障埃及项目建设，争取2013年6月之前实现项目投产。

这等于给曹国荣下了死命令！

曹国荣赶快把会议消息和张毓强的要求告诉在埃及跑手续的同事。曹国荣也给他俩下了死命令：如果跑不下来，就别回国过年啦！

谢天谢地！2012年1月15日，他俩终于把巨石埃及公司的商业注册证和税卡批了下来，此日离2012年春节只剩一个星期。他俩带着哭腔把消息告诉已在国内的曹国荣：曹总，总算跑下来啦！曹国荣说：跑下来好事嘛，为什么说话带着哭声呀？他俩说：普通舱机票没了，我们回不了家，过不上年啦！曹总，您可答应跑下来让我们回家过年的哦！是啊，是啊！还有什么办法吗？曹国荣问他俩。他俩嗫嚅了半天，才吞吞吐吐地说：头等舱机票还有，只是……只是什么呀？买！我特批了！

除夕前夜，曹国荣带着两位跑手续的员工来到张毓强办公室，把已办妥的营业执照递到张毓强手中。曹国荣看见张总脸上现出一丝难得的笑容。

春节一过，巨石集团召开了"挥师埃及"誓师大会。

张毓强在会上作了动员，他的话清醒冷静、提纲挈领。要求大家深刻认识巨石国际化的现实意义和深远的战略意义，深刻认识巨石国际化的优势和劣势。坚定信心、知难而进，务必确保国际化首战告捷。只许成功，不许失败。全面动员，重在参与，重在服从，重在执行。做到顾大家、舍小家，顾大局、舍小局。高度重视，加强领导。努力实现巨石文化和埃及文化在碰撞中融合。如果两种文化经过磨合融合，各自都能接受，这是企业成功走出去的一个突出表现。

曹国荣在埃及工程动员大会上，慷慨激昂地表态：让"318精神"的熊熊之火点亮红海之滨，让"318精神"在金字塔下继续传承，让巨石文化在文明古国生根发芽！

阳关三叠，五岭逶迤。相当于古时的西出阳关、立军令状。在场每个人热血沸腾，自知退无可退。

曹国荣带领团队开赴埃及，启动建设。他们在开罗老城区租了一套旧房。房间破破烂烂，几个人挤住在一起。楼上是一家不怎么样的设计公司，楼板和墙沿整天滴滴答答地漏水，仿佛每天下着小雨。他们自己买菜烧饭。有点受不了的是，开罗市场上只有4种蔬菜：白菜、西红柿、黄瓜、茄子，每餐轮换着吃，单调乏味得要命。一次，曹国荣开车路过一个村子，见到几畦韭菜，就停车与菜农商量，把这几畦韭菜全买下来。这才使蔬菜品种增加到5个。

与建设中的麻烦和难题相比，这些生活上的艰苦事儿根本不值一提。

曹国荣与泰达工业园商定，由泰达工业园负责申报土地，巨石埃及公司负责基建。为加快进度，有点不管三七二十一，曹国荣先让建筑工程队建设厂房。等工程队甩开膀子干活后，曹国荣才发现土地审批手续一直下不来，心里开始打鼓：万一土地批不下了，这厂房岂不要拆掉？

一等再等，泰达工业园好不容易把土地手续办完。曹国荣才把半颗心放回肚子里。

还有半颗心悬着。因为曹国荣不久即被告知，巨石埃及公司所需的水电气等不归工业园管，也不属批准注册的埃及国家投资部管，得全部另办手续。

最难办的是电。埃及严重缺电，主管电力的部门就成了香饽饽，牛得很。曹国荣每天带着人，从开罗老城区住地开车去新城区，坐在电力部门等候。也不知过了几天，似乎终于感动了那位值班人员，有位处长出面接待了曹国荣。一听曹国荣说的情况，那位埃及处长马上把头一摇，说不行。再三请他通融，找局长说一说。局长与曹国荣匆匆见了一面，也说这事没办法。

正面强攻无果，曹国荣开始迂回包抄，到处打听，还有哪个部门哪个人可办这事。泰达工业园有人指点曹国荣，说埃及国际合作部可能会管这事，部长是个女强人，蛮厉害。曹国荣真的找上门去，见到了那位女部长。一问一听，那位女部长果真当着曹国荣的面拿起电话，打给电力局长。说有一家中国公司需要 15 兆瓦电力，你马上给他们解决。电力局长说只有 12 兆瓦的，要不要呀？那位女部长用手捂住电话筒，转身问曹国荣，局长说他们只有 12 兆瓦的，你们要不要呀？

要呀，要呀！有总比没有好啊！曹国荣退而求其次。

那好！我与局长说定了，你们明天就去办手续！女部长干脆利落。

曹国荣不由得对这位埃及女部长刮目相看，心想，这个难题看来有解啦？

第二天一大早，曹国荣带人跑到电力局，准备办理用电手续。那位局长说他一个人定不了此事，得把处长们找来商量商量。谁知，处长们一开会，众说纷纭，有的同意，说埃及这种情况下，中国人来投资，非常难得，应当支持。但更多的处长说，这是突破法律的事。因为埃及有部法律规定，离苏伊士运河200公里范围内，不准建设化工类项目。再说，这个中国项目用电量太大。那位局长见此把双手一摊，表示他也无能为力。

曹国荣一下子被打回原形，回到起点。

但曹国荣还是一天天坚持上门。一位好心的局长助理实在觉得过意不去，就偷偷给他透露了一个门路：只有通过正规渠道，由政府总理召集12个部长开会，联合审批。

政府总理办公会议？天哪！要上那么高的层次？在中国人曹国荣眼里，这是根本不可能的呀！

自古华山一条路，死马当作活马医吧！曹国荣走投无路之际，抱着试一试心理，开始又一次马拉松长跑：进埃及总理府，找总理审批！

开始时，曹国荣连总理府在哪里也不知道。这也不难理解，曹国荣是代表巨石集团去投资的，管他总理府总统府呀？

第一道门岗就被拦住，费了半天口舌，门卫才听清楚是怎么回事，放曹国荣等人进去。然后，他们在总理府办事机构候着，一连四五天，毫无效果。直到有一天，总理办公室的工作人员见了曹国荣等人，问到底有什么事。曹国荣再次简要地将巨石集团投资建设埃及项目的事说了一遍。曹国荣已经说过无数遍，直觉自己有点像鲁迅小说《祝福》中的祥林嫂一般。陪同的翻译也都不用曹国荣再介绍什么，就能把此事说得清清楚楚、明明白白。

那位工作人员态度还算不错。要曹国荣写一份说明材料，由他转交给总理办公室主任。

又过了一个星期，时间已进入 2012 年 10 月。总理办公室主任真的接见了曹国荣等人。主任说，看了曹国荣写的材料，并向总理作了汇报。前几天，总理曾因疲劳过度住院。他对中国人在他们国家动荡时期前来投资建设埃及很重视，认为也很难得。但他是临时过渡政府总理，明天就要卸任。总理已决定，今晚再加开一个总理办公会议，专题研究你们的项目。

这下轮到曹国荣惊讶了！天底下居然还真有这样的事、这样的总理？！

曹国荣回忆到这里，似乎被自己讲述的故事感动了。这位 1995 年从杭州电子工学院毕业即进入巨石集团的高管，舒展开方脸盘，中年人的眼眶内有点湿润。他不断地抽着烟，思绪似乎还沉浸在往事之中。最后，他还不忘补充一事：这位临时总理卸任后，曹国荣曾专程去拜访过他，对他表示衷心感谢。

最难一关已越过。此后，埃及工程不能说顺风顺水，但在磕磕绊绊中没有遇到比电力更难办的事。再加上埃及政局趋于稳定，生活逐渐恢复常态。

工程生活区建设先行启动。所谓安居才能乐业，张毓强自然深谙此理。他指示曹国荣在招收员工之前先建设好生活区。在开工建设厂房前，已建好员工、大学生、专家公寓 4 幢，能容纳近千人，宿舍内生活设施一应俱全、让人感觉分外舒适温馨。职工食堂分为上下两层，一层为埃及员工食堂，二层为中餐厅。考虑到埃及人信奉伊斯兰教，公司对餐饮实行严格管理，所有菜肴和厨具分开使用。

开罗时间 2012 年 4 月 17 日下午 3 时 18 分。这是巨石人特意选择的一个时刻。

苏伊士运河上空，一片湛蓝，万里无云。古老非洲春日的灿烂阳光，洒在人们脸上，也照射进人们心里。在埃及苏伊士泰达工业园 3 号地块上，巨石埃及公司一期工程奠基仪式顺利举行，苏伊士经贸合作区终于迎来第一位世界玻纤行业龙头老大的落户。

主持人宣布巨石埃及工程正式开工建设。烟花和礼炮顿时响彻苏伊士湾上空。身着阿拉伯服饰和西装的人们，棕色皮肤和黄色皮肤的人们，共同为一期工程奠基培土。人们载歌载舞、欢呼雀跃，并按照中国和埃及传统，举行宰牛祈福仪式。

2012 年 11 月 21 日，埃及工程正在紧张施工之中，张毓强第一次亲临泰达工业园埃及工程现场，实地考察项目建设情况。

放眼望去，在一片黄色沙土之上，被张毓强命名为"301 工程"的巨石埃及工程正在如火如荼展开，联合厂房逐渐从沙土上冒出来，并拔节增高。一大批埃及建筑工人在紧张忙碌地施工，棕色皮肤在强烈的非洲阳光下泛着光泽。他们用友好的眼神和动作礼敬张毓强，张毓强则关切地向他们询问工程进展情况和生活情况，嘱咐他们要按时保质完成工程建设。

一幢幢崭新的大学生公寓已落成，员工餐厅也提前开张。张毓强欣然走进员工餐厅，与正在就餐的埃及员工随意交谈。来自哪里，在这里工作感觉如何？生活习惯吗？埃及员工回答张毓强，他们大多来自开罗大学或亚历山大大学。张毓强知道，这两所大学很有名，相当于中国的北大清华。张毓强问他们愿意到巨石埃及公司工作吗？这些年轻人笑笑，有些腼腆地说，他们都是两所大学的高材生。之所以愿意到巨石埃及公司工作，一是因为中国国际影响力越来越大，他们非常向往中国，想到中国去；二是认为玻纤行业很有前途，巨石埃及公司员工的薪酬会很高。张毓强听这些年轻人这么说，脸上漾开微笑。他与年轻员工们开着小玩笑，餐厅里荡漾着欢声笑语。

在临走前的汇报会上，张毓强听取曹国荣的工作汇报，并与各工程专业组、支持组人员交谈交流。他就埃及项目进度和考察中发现的情况，谈了 15 条意见和要求。指出埃及工程是巨石集团第一个真正意义上的国际化项目，投资高达 2.3 亿美金。在座的人有幸参与这个项目，在经历过程中品尝各种滋味，多年以后会有更多感想。项目的好坏，将决定巨石集团国际化步伐的快慢。目前最重要的是建立一支国际化水平的团队。

不久，一个由埃及人组成的员工培训团抵达桐乡总部，开始技术和管理工作培训。

在张毓强关于交叉施工的指点下，埃及工程骤然加快了建设速度。

开罗时间 2013 年 6 月 19 日，巨石埃及年产 8 万吨池窑拉丝生产线顺利锁砖。11 月 27 日，池窑成功点火。中国驻埃及大使欣然光临现场。

2014 年 5 月 18 日 11 时，巨石集团埃及公司年产 8 万吨池窑拉丝生产线正式投产，张毓强主持庆祝典礼。一向很少激动的张毓强，面对着这座沙漠上涌现出来的建筑，情不自禁地说出这样一番话：埃及工程建设质量之高，厂区环境之优，员工精神状态之饱满，让人印象深刻，来访者无不为之动容、为之惊叹。在埃及严重的政局动荡中，在没有资源可利用的条件下，在建设物资异常匮乏的环境里，硬是在一片沙漠中建设了一个世界级现代化工厂，打造出一支充满激情和活力的员工队伍，让巨石的标志在红海之滨熠熠生辉，让五星红旗在非洲大陆高高飘扬！

《人民日报》和新华网等国家级主流媒体，对此作了大篇幅报道，将巨石埃及公司誉为中国企业成功走上"一带一路"的先行者。

巨石集团在国际化道路上，迈出了扎实的第一步。

开罗时间 2016 年 6 月 18 日，巨石埃及公司二期年产 8 万吨池窑拉丝生产线成功点火，7 月 8 日顺利投产。

至 2020 年，巨石埃及项目规模已达至 20 万吨，员工本土化率提升至 97%。

笔者无缘亲赴巨石埃及公司采访，但看到了一张巨石埃及公司照片。公司大门非常独特，以巨石 LOGO 造型形成门墙，蓝白相间，边上用英文和阿拉伯文书写着公司名称，宽长的自动门颇有气派。厂区居中飘扬着中国国旗和公司司旗，一圈高耸入云的柳树簇拥着旗座，引人遐思。

埃及项目极大地增强了巨石人和振石人走向世界、实现国际化的自信。巨石人自此后，自觉主动地走进美国南卡罗来纳州里奇兰县设厂，投资 3 亿美元。

这说明，作为全球玻纤行业领军者的巨石集团，已具备在全球任何国家建设世界一流玻纤生产线的自信、实力和能力。据说，一位美国同行跟张毓强开玩笑说：密斯特张，您居然把玻纤公司开到我家门口，真是咄咄逼人啊！张毓强幽默地回应道：彼此彼此啊！既然您能把玻纤生产线设在我们邻近的地方，我们为什么就不可以到您家门口设厂呢？

在巨石国际化迅猛发展的同时，振石控股集团也不断加快国际化步伐，先后走进埃及、土耳其，还踏上万岛之国印尼，闯出一条国际化新路。

初始虽谓被迫，结果却是精彩。

出入高山之巅的绚丽迷宫

在化学家们看来，这个每天公转加自转的地球，其实由 118 种化学元素组成。

在张毓强心里，却只有一种玻璃配方，它由数十种元素组成，决定着巨石玻纤的品种、品质、品位、高度、硬度、纯度。

玻璃配方，大概可以视作张毓强的"心肝宝贝"和"秘密武器"，也是他引以为豪的一件事。在巨石集团有个玻璃配方研发中心。张毓强一而再再而三地精简企业机构，但这个机构不但继续存在，而且人数不断增加。由此可以看出张毓强的"偏爱"。

在巨石集团，玻璃配方属高度机密，有着一套严格周密的管理和防范程序，至今没有发生泄密现象。

张毓强对自主知识产权管理之"严"之"细"，由此可见一斑。

笔者有幸把这个中心主事者请到笔下。

巨石玻璃研究中心主任邢文忠，是位中等个儿中年人。身材不胖不瘦，留着一个现在人们少见的二分头，眼镜片后的眼神透出一种科研人员才有的灵光。他坐在巨石科技大楼办公室内，文静而沉稳，说话不慌不忙、不紧不慢。

邢文忠是山西人，就读于太原理工大学工业分析专业，2001年毕业。他自述投简历时，稀里糊涂地投到了巨石集团。面试时，答应先干两年再说。干了一年多，发现自己所学的知识在这里派不上用场，待在这里也没有什么可学的，就打算辞职。此事被张毓强知道了，专门约了一个时间与邢文忠谈话。张毓强询问邢文忠为什么要离开。邢文忠坦率地回答，他觉得在这里，没有什么事可干。张毓强就跟他谈巨石集团现在面临的技术难题，问了邢文忠一些关于玻璃配方之类的问题。邢文忠一问三不知，场面很窘，才意识到自己有点自大、有点焦急。于是，邢文忠答应留下来，并转过身来开始研究玻璃配方。

那天，笔者坐在邢文忠对面，听他解读神秘的玻璃配方奥秘。犹如一位好奇的旅行者，跟随一位熟悉的导游，穿行于迷宫之中。

邢文忠告诉笔者，把玻璃配方比作一座迷宫，很合适，很形象。只是他同时告诉笔者，这座绚丽的迷宫不是建构在平地，而是在一座山峰上。旅者若要进入迷宫，首先必须攀登上这座知识的高峰。

对外行的笔者或一些普通读者而言，邢文忠首先要做的是玻纤常识的科普工作。

生产玻纤的主要原料是石英石、氧化铝和叶蜡石、石灰石、白云石、硼酸、纯碱、芒硝、萤石等。所谓玻璃配方，就是将这些原料按照最科学最合理最经济的方式把它们组合起来，形成性能优良的玻璃液。然后，加上各种浸润剂，形成不同品质的玻纤丝。而研制配方的过程，就是将这些原料按照不同比例进行组合，找出最佳比例。这种配比可以有几百种，甚至几千种。把这些研制配方的人说成调酒师，还是贬低他们。其实犹如大海捞针，千百次试错，挫败感、失落感、迷茫感，反正什么"感"都有。偶尔一次成功，也就是瞬间的狂喜。之后，一切从头再来。

邢文忠所在的中心，现有 12 个人，专职研究玻璃配方。他们的研究与别的科研机构不同，不仅要提出配方，而且要在大规模的生产线上实现配方。如果实现不了，那配方就是废纸一张。张毓强是这么要求的，邢文忠也是这么认为的。戏法人人会变，各有巧妙不同。笔者认为，邢文忠他们都是变戏法的人，个个都像高明的调酒师，将各种各样的酒掺杂在一起，就可调制出极高品位的鸡尾酒。

巨石集团的玻纤由石门东风布厂陶土坩埚、振石公司代铂炉衍变而来，直到巨石集团 318 工程 8000 吨中碱池窑生产线，再到 201 工程 1.6 万吨无碱玻纤池窑拉丝生产线，巨石人对玻璃配方基本没有什么概念。以前使用的都是传统的玻纤配方，也就是人们常说的 E 配方。那是人家美国欧文斯科宁公司于 1938 年研制出来的，60 年一贯制。而彼时欧美公司已使用 E6 配方，差距之大，可想而知。传统玻璃配方主要原料是硼钙石，而中国恰恰不产这种硼钙石，公司只好源源不断从美国、土耳其进口。1 吨石头要 400 多美元，跟当时粮价差不多，因而玻纤生产成本较高。

蓦然回首，张毓强才发现，中国玻璃配方被国外远远抛在后面。国外早已停用 E 配方，开始使用新一代配方，有人将它简称为 E6。这种编序，是业内约定俗成。仿若苹果手机的代际命名一样。

邢文忠他们最早开始研发的是 E1、E2 玻璃配方。E1 是中碱配方，E2 是引进的配方，E3 是 1938 年欧文斯科宁公司发明的配方。然后，慢慢试制 E4、E5 玻璃配方，这些配方因专利权已过期，巨石集团可采取拿来主义，改改弄弄，勉强可满足生产。

长期受制于人，肯定不行。张毓强下决心带着大家攻关，走进玻璃配方这个迷宫。

横亘在玻璃配方面前的天堑是专利技术。有关 E6 型玻璃配方的大多数专利已被欧美玻纤公司占有，留下的缝隙少之又少。

张毓强执着地认为，只要留有缝隙，巨石人就有办法钻进去。世界上不是有些号称"一线天"的缝隙，人们最终走了进去，还走了出来吗？

不打无准备之仗，不打无把握之仗。为了解玻璃配方的专利问题，张毓强带着曹国荣、邢文忠等人到美国，请美国专门负责配方专利的资深律师讲解涉及玻璃配方的几千个专利，让大家从专利缝隙中找出具有可能性的方案。回国后，张毓强在巨石科技大楼开了个诸葛亮会，让邢文忠等人根据自己的理解，结合巨石集团自身实践经验，写出不同的玻璃配方。之后，张毓强无数次召开会议，与大家反复讨论，综合各人配方的优点，进行整合完善改进。

如果说世界上真有迷宫的话，玻璃配方必定是其中之一。邢文忠形容说，配方犹如一个建立在高山之巅，既引人入胜、又变化多端的迷宫。攀登上去不易，找到入宫口很难；走进迷宫不易，走出迷宫更难。前者需要勇气，后者需要智慧。迷宫中，歧路、悬崖、沼泽、山野。向左，还是向右？向前，还是向后？时时都成为问题。有的陡峭，有的平坦，有的还有鲜花绿植的点缀，蜂鸣蝶舞的陪伴，充满着诱惑。他们顺着走过去了，走了很久很久，蓦然发现前面是一条走不通的断头路，于是，再按照原路折返回来，另觅新径。有时走着走着，忽然黑云压城、风雨大作，他们没有准备，被淋得瑟瑟发抖。更多时候，走过了千山万水，以为即将抵达终点，他们准备收拾行装，打道回府。谁知最后发现，他们竟然又回到原点。此时，有人在边上呼喊他们，绕过来，绕过来，出口就在前面。等他们真绕过去，才发现这是别人有意设下的陷阱。他们也是普通人，有七情六欲、妻儿老小，免不了人疲马乏、稍事休憩。此时，张毓强严厉而冷峻的催促声会在迷宫上面响起。于是，他们只得强打起精神，重新校正方向，开始千百次寻觅。最终，峰回路转、柳暗花明，迷宫出口豁然洞开。

2008年12月28日深夜，一个无硼无氟无碱的玻璃配方形成。这就是后来被广泛推介使用的巨石E6玻璃配方。从此，巨石集团拥有了属于自己的玻璃配方。

形成玻璃配方，并在实验室获得验证，并不意味着成功。邢文忠告诉笔者，玻璃配方成功与否，在于它的实践性，也就是能否上池窑生产线，能否在最终产品端取得预期成效。而这，不光是配方本身问题，还涉及窑炉、漏板、浸润剂、拉丝机等一系列后道工序。恰恰在后面这些环节上，E6玻璃配方承受了严峻考验与巨大压力。

刚在生产线上试制时，原料稳定性很难控制。究其原因，其实不难理解，池窑还是那座池窑，但配方已不是那个配方。诚如流行歌曲《篱笆墙的影子》中唱的："星星咋不像那颗星星哟，月亮也不像那个月亮。河也不是那条河哟，房也不是那座房。骡子下了个小马驹哟，乌鸡变成了彩凤凰……"正常情况下，拉丝机开机率得保持在95%以上，但新配方上池窑一试，拉丝机开机率只有百分之四五十。漏板对新配方也不适应，极易产生"析晶"现象。"析晶"是行业术语，通俗地说，就是漏板会产生玻纤杂质。一有杂质，玻璃液就漏不下来，即使漏下来，也是断断续续，像极瘫痪患者的口水。

一时间，众人对新配方的质疑、埋怨和抗拒自然而然产生。有些一线操作员工，面对着乱纷纷掉落的拉丝，先是一句国骂，然后就嘀嘀咕咕开了：什么破配方？还不如原先的配方好用呢！班组长们、车间主任们，直至分厂厂长们，因为都有考核指标压在他们身上，逐渐也不淡定了。牢骚、担忧、抱怨之声，犹如古时攻城略地的箭镞，纷纷发射出来。这些箭镞最后自然集中到张毓强身上。张毓强仿佛成了诸葛亮制造的那些草船，船上满满当当的全是箭镞。

那种压力，不是当事人、不是亲历者，实在很难体会到。邢文忠如斯说。

与其背后议论纷纷，不如亮出来说个明白。紧要关头，张毓强主持召开了一个论辩会，让玻璃配方攻关小组与车间一线员工及管理者，当面锣鼓对面敲，讨论抉择是继续试制E6配方，还是退回去使用老配方。

会议在巨石科技楼 19 层召开。明明是凉爽季节，但与会者却觉得异常燥热。那种燥热，自然是众人心中之火。

双方你来我往、唇枪舌剑，一方摆事实、讲道理，一方讲原理、谈愿景，一时争得不可开交，捎带着擦出了火药味。最后，双方仍沿用惯例：请张总拍板定夺！

其实，张毓强心中有数，他心中的天平一直倾向于推广新的玻璃配方。之所以开这个会，是期望借此让攻关小组给一线员工和管理者上上课。张毓强用冷峻的目光扫视了一遍会场，只抛出一个问题：大家是喜欢舒舒服服让巨石玻纤走向死亡，还是咬紧牙关、坚持试制，闯出新天地？

这句话把大家问住了，也问醒啦！会场上瞬间静止下来，此时若有一根针掉下去，也会被大家听见。

见大家默不作声，张毓强缓和了一下口气，态度明朗地说：退回去没有出路嘛！现在问题不是玻璃配方不行，不是产品不行，而是整个配套集成创新不行。所以，他的意见很明确，E6 玻璃配方试制不仅要继续做下去，而且要在所有生产线上全面推开。不获全胜，绝不收兵！这最后一句话，似乎是张毓强小时候喊过的一句口号，此刻他把它用在 E6 玻璃配方试制工程上，觉得还蛮能表达心情。

巨石集团这台庞大机器，在张毓强强力推动下，迅速高效运转起来。集团成立配套攻关小组，分成若干个专班。邢文忠他们负责继续优化玻璃配方，后道工序改不了的，由他们改配方。同步进行窑炉纯氧燃烧改造、顶烧工艺改进、燃烧新原料开发、漏板拉丝改造、冷却系统改造。总之，统统按照 E6 玻璃配方的要求，对所有程序、环节、细节反复进行改装改造。

借用邢文忠的说法，那段时间，他和同事们天天盯在第一线，根本没有休息天、节假日概念。不是这条线出问题，就是那条线有故障。车间里，到处都是呼叫试制组人员的声音，邢文忠等人似乎成为遍地爬行的蜗牛，不停地来回打转。

大概是 2009 年下半年某天上午吧？邢文忠回忆说。那天，他在观察三分厂丝饼纱生产线中发现一种现象，随着玻璃原料性能的变化，窑炉内玻璃液的温度会升高或下降。蓦地，邢文忠像发现新大陆一般。

有时，科学发现与发明，仿若一张窗户纸，捅破了，觉得并不神秘；但在没有捅破前，窗户外面的情景对众人而言，始终是个谜。

E6 配方这层窗户纸，终于被邢文忠们用智慧和坚韧的金手指捅破。

之后，一遍遍试验、调整、完善，生产逐步趋于稳定。经过一年多时间，E6 配方玻纤开机率终于达到预期，实现大规模生产，在市场上受到用户欢迎。

2009 年年底，巨石集团 E6 玻璃配方技术向美国有关专利机构递交了专利申请，后成功获得授权。据说，这是中国玻纤行业在美国获得的第一个玻璃配方专利，有点类似于奥运会上中国体育健儿许海峰"零"的突破。

张毓强自然不会满足，邢文忠也没有满足。

还未等邢文忠等人从 E6 配方的疲惫中恢复过来，张毓强又下达了研制 E7 配方、筹备 E8 配方的任务。

那次，当介绍到这里时，邢文忠对笔者又进行了一番科普：在玻璃配方领域，大家习惯以 E+ 序数来命名配方的等级。序数越大，意味着等级越高。而这种等级，体现在玻纤质量上，往往用"模量"这个词来衡量和表达。所谓"模量"，是指材料在受力状态下应力与应变力之比。通俗地说，就是材料在受到外力作用时，它所表现出来的刚度、硬度、柔软度的总和。专业人员一般用英文"GPa"来表达。对玻纤，主要是衡量其拉伸模量。这样讲，对业外人士来说，可能还是太抽象。具体直观点说，如果将玻纤用作风电叶片的话，E6 配方的玻纤可制作 60 至 70 米长的叶片，E7 配方的玻纤可制作 80 米长的叶片，E8 配方的玻纤可制作 85 米长的叶片，E9 配方的玻纤则可制作 90

米及以上的叶片。风电叶片越长，意味着发电效率越高，发电成本越低。这对于风电行业的性价比来说，极为重要，某种意义上，甚至决定着风电行业的存在价值和发展前景。

研制 E7 玻璃配方是从 2010 年开始的吧？邢文忠回忆着说。相对而言，因为有研制 E6 配方的基础和经验，似乎并没有碰到多少曲折。

曲折是在 E7 玻纤推向市场以后。市场反馈回来的信息告诉他们，巨石 E7 玻璃配方出来后，市场上早已有类似于巨石 E7 配方玻纤。相比较，巨石 E7 配方还落后于对手两三年。市场往往先入为主，巨石 E7 玻纤在国内外市场销售中，遇到了强劲的竞争对手。

张毓强自然不甘心，就找曹国荣、邢文忠等人商量，确定加快研制 E8 玻璃配方，全面超越对手。

从 2015 年开始，巨石集团全力以赴研制 E8 玻璃配方。邢文忠他们展开了一场艰苦卓绝的鏖战。元素表上就那么一百多个元素，怎么选？选什么？不选什么？是个问题。原料价格太贵的，不能选，造价一上去，就等于自我宣布退场。质量太重的，也不能选，选了窑炉也不行。只能慢慢试验。玻璃研制中心有 6 只试验小炉，每天每只小炉做 2 次不同原料的试验。这样，每天 12 个配方，一年 730 个配方。一天不落地做，一年到头地做，一直做完几千个配方，然后好中选优、优中汰劣，真正的笨办法。但曹国荣说，在没有办法的情况下，"笨办法"也是好办法。邢文忠他们将小炉中试验出来的配方，移植到九江公司生产车间，一个个再试错。皇天不负有心人，他们最终从中遴选出 E8 玻璃配方。试制成功后，市场告诉巨石人，他们领先对方两至三年啦。

马不停蹄，研制 E9 玻璃配方的课题，紧接着在巨石九江公司悄悄展开。

邢文忠记得，E9 配方攻坚阶段试验失败时，研发团队自我感觉非常沮丧和迷茫。张毓强为此把研发团队的人找去，专门开了一次会。会上，张毓强只字未提这次 E9 配方研制损失了多少钱，反而表扬科研人员。他说，从 E6 到 E7 用了 5 年，从 E7 到 E8 用了 3 年，而从 E8 到 E9，只用了 2 年。说明研发周期在缩短，研发效率在加速。他还和研发团队一起，分析下游客户的迫切需求，勉励大家继续攻关。

这一次会，仿佛一场及时雨，驱散了研发团队人员的心理雾霾。

笔者去九江公司采访时，恰巧碰见正在那里进行 E9 配方第三代工厂化试验的邢文忠。熟人相见，分外开心，笔者顺便问了问 E9 配方试制的有关情况。邢文忠兴致勃勃地介绍说，之所以选择九江公司，是因为这里有条 3 万吨生产线，属于不大不小，非常适合生产化试验。邢文忠的口吻显得轻描淡写，但却引发了笔者一番感慨。是啊，这就是现在巨石人的口气。3 万吨，不大不小。想一想当年张毓强带人第一次筹建 8000 吨和 1.6 万吨玻纤拉丝生产线时，3 万吨该是一个什么概念？

眼下，由邢文忠他们自主研制的 E9 玻璃配方，正在九江公司 3 万吨级车间顺利进行试产，邢文忠显得很兴奋。他"谦虚"地说，巨石集团 E9 玻璃配方至少领先玻纤同行 5 年。眼下，巨石集团玻璃配方研制已进入化境，渐臻于炉火纯青的状态。什么叫炉火纯青呢？就是他们开始进入自由王国，已跳出传统理念、思维定式的框框。譬如说，他们已开始在玻璃配方中采用人们传统认知上不认为是玻璃原料的原料，这该是多大的突破与跳跃哦！至于有哪些？那是绝对保密的，无可奉告，无可奉告啊！

而与此同时，邢文忠又告诉笔者，自 E9 玻璃配方第二代研制成功后，张总又像以前一样，不再跟他谈及有关 E9 的任何话题。更多提及的是别的行业别的配方，询问邢文忠有没有新的想法，邢文忠知道，张总在构想 E10 甚至是 E11 玻璃配方。

邢文忠介绍到此，笔者忍不住笑起来。这太符合张毓强的个性啦！就像世人在求索圆周率"π"小数点后的数字一样，永远不会完结。张毓强就是这样一个永不满足、始终向前看的人。

虽已一骑绝尘，但仍快马加鞭。

领先对手 5 年，玻纤智能制造的目标

2016 年 5 月 28 日下午，桐乡市梧桐街道。

初夏季节，水乡闷热潮湿，天空浓云翻滚，下着倾盆大雨。满街的梧桐叶被瓢泼似的雨水清洗了一遍又一遍，有的仿佛忍受不住多次击打，竟摇摇晃晃地从树枝上坠落。街上来往车辆明显减少，匆匆穿行在雨幕中。哗哗的雨声似乎淹没了一切噪音。桐乡，一时成了风雨世界。

在桐乡开发区巨石科技大楼贵宾厅门口，张毓强迎候着一拨拨领导和来宾。

今天是巨石集团桐乡智能制造基地奠基仪式。桐乡市委市政府主要领导和巨石集团股东们应邀前来庆贺。

领导和来宾从车上走下来，张毓强迎上前去，与他们握手寒暄。

一些领导和来宾一边与张毓强握着手，表示祝贺，一边用疑惑的眼神询问：张总，这个天气，恐怕奠基仪式搞不成了吧？

张毓强也在担心，还真难说！

建设桐乡玻纤智能制造基地，是张毓强思考筹划很久的事。2003 年，张毓强看到一期工程已无发展余地，便果断决策，将巨石集团玻纤整厂搬迁至新区。初始时，规划年产玻纤 30 万吨规模，但在建设过程中不断调整加码，变成年产玻纤 60 万吨。后又不断扩建，到 2015 年时，已达到年产 100 万吨规模。2016 年，巨石集团高性能玻璃纤维低成本大规模生产技术与成套装备开发项目，获得国家科技进步二等奖。这是 2016 年度唯一由单个企业独立完成的科技成果项目，在世界玻纤行业中，唯此一家。

获奖之后、百万吨之后，别人都在庆祝，感觉轻松。而张毓强却开始寻找新的发展方向，谋划下一步路该怎么走？面对新的市场、新的要求，张毓强作了新一轮调研与论证。他看到了想到了新的时代，还有互联网、大数据、智能化、新材料、机器人等，脑海中逐渐孕化

出玻纤智能化制造基地的雏形。他和盘托出这个雏形，与杨国明等人商议，与科技人员商量，征求市里领导和有关部门意见，最终形成建设桐乡玻纤智能制造基地规划，以提升玻纤行业智能化。

今天，就是桐乡玻纤智能制造基地奠基仪式。张毓强想利用这个仪式，正式向全球玻纤行业，向社会各界宣布自己这一雄心勃勃的规划。

谁知，天公不作美，似乎偏偏与他张毓强过不去呀？

张毓强安慰着领导和来宾们，同时也在安慰自己：等下再说吧？

也许，会出现奇迹？张毓强心有不甘，他不想放弃或改变这个仪式。整个仪式，只要半个小时就足够了。对此，他抱着一丝丝希冀。

客人越聚越多。大家在贵宾室内相互寒暄着，大声说笑着。

时间，在等待中嘀嘀嗒嗒地过去。

雨，仍在啪啦啪啦地下着。

张毓强一次次踱出贵宾室，来到门廊下，手搭凉棚，观望天色。只见天空中乌黑的云团被风追逐着狂奔，雨珠成帘幕式垂下，且有越来越密之势。

时间指针很快指向下午4点，张毓强焦急得干脆走出门廊外望天。老天爷似乎并不理解张毓强此刻焦急期盼的心理，雨水继续倾倒着，毫无收敛的意思。

又有嘉宾在催问：张总，我们到底还去不去现场呀？

张毓强心里也犯开了嘀咕：这种天气，还能去现场开吗？不去现场，这个奠基仪式该怎么搞？

但他命令自己，再等一等，再看一看！不到最后关头，绝不轻言放弃。

正在进退维谷之间，4点15分，现场工作人员打来电话说：张总，现场不下雨啦，出太阳啦！你们可以过来啦！

出太阳？真是一个好消息！张毓强还未接完电话，连忙转身对贵宾室里的人们大喊：现场不下雨了，大家赶快上车！

科技大楼离奠基仪式现场只有区区 1.5 公里，不一会儿即到。

说来真是神奇。张毓强下车抬头一看，天空四周仍是乌云密布，只有开发区头顶上的天空裂开一圈薄雾般的天空，微弱的夕照光线穿过薄薄的云层，投射到即将奠基的土地上，犹如划出一道道金线。

张毓强心想：真是出奇迹啦！不过，看着天气，老天大概只会给我 25 分钟时间，必须抓紧！

礼仪主持人附耳轻声说：张总，现在离原定开始时间还有 5 分钟。

好像有人提示似的，张毓强当机立断：不等啦，再等时间不够啦！马上开始！言毕，他迅捷站到主持人位置上，宣布奠基仪式开始。

领导讲话，来宾致辞……一系列议程，在张毓强清晰而紧凑的主持下，有条不紊地进行着。

"为奠基仪式剪彩"！彩色丝带，一把把剪刀，"咔嚓""咔嚓"声响起。

"为奠基仪式培土！"众人被张毓强的主持词催着，迅速走向奠基碑座。

"嚓""嚓"……"哗啦"……市委书记的第一锹泥土被抛进事先挖好的碑座坑内。他扭头对张毓强说：张总，还好呀，真的没有下雨！

"滴答……"说时迟，那时快。市委书记话音未落，第一颗雨滴紧跟着他的第一锹泥土倏忽而至，在土坑内溅起一粒小小泥泡。

众人一抬头，天空又见乌云追逐，一道雨帘洒下大地。

张毓强宣布奠基仪式圆满结束……

"真是神奇呀！"当此事已过去 6 年后的 2021 年 8 月 12 日下午，张毓强坐在振石办公大楼第 39 层会议室里，第三次接受笔者采访，说到此处，忍不住连连惊叹，哈哈哈地笑出声来，引得笔者和旁听采访的 10 多个年轻人，一齐大笑起来。

真是神奇呀！张毓强又重复了一句。然后他对笔者说，你如果把它写进书里，读者会认为你是瞎编。但事实就是这样。当时不止他张毓强一个人，还有那么多人在场，桐乡市委书记、市长等都在现场，可请他们作证！

作证自然不必。半个世纪的时间及创业实绩，已证明张毓强不是一个说虚话、编故事的企业家；而笔者作为一位以事实为依据的报告文学作家，也不具备这种想象和虚构能力。那么，这件事是真的，但同时的确略带点传奇性。

不过，这个故事给笔者留下极其深刻的印象。吉人自有天相，仁者或获天助？古有诸葛亮借东风的传说，还有唐朝诗人李贺在《金铜仙人辞汉歌》中写的"天若有情天亦老"。1949 年 4 月，当百万雄师渡过长江天堑、解放南京时，作为领袖和诗人的毛泽东兴致勃勃地引用此诗句，连接"人间正道是沧桑"一句，使其成为社会发展规律的诗意概括。从本质上说，就是符合天时、顺应大势、抓住机遇哦！

张毓强顺着自己的思路继续说下去。起先他设想规划的智能制造基地，并没有现在那么大。他准备上 5 条生产线，其中 2 条 15 万吨、3 条 6 万吨，加起来 48 万吨，对外号称 50 万吨。后来做着做着，觉得还可以做得更大些，于是，就做到了 70 万吨。同时，还上马了 6 条电子布生产线。现在回过头来看看，觉得 70 万吨也还不够。

量大，并不能说明什么。巨石集团智能制造基地的价值，在于它实现了真正意义上的自动化，它的质量和成本控制体系，它的工艺流程高度现代化。还有一点是，巨石集团实现了玻纤粗纱、细纱规模均为全球第一，年产细纱规模达到 26.5 万吨。这才是真正的世界第一，或者叫"全能冠军"。这些，可请有关人员介绍，他就不展开啦。

好吧。笔者为此找了巨石集团总裁杨国明、副总裁丁成车、销售研发总监张志坚博士等采访，了解到大量数据和事例。

巨石集团科技部总经理顾桂江还专门陪同笔者到智能制造基地六分厂和四分厂，进行现场考察与讲解。

今年第 6 号台风"烟花"中心终究移出浙江地界，恋恋不舍地北上了。这位"烟花姑娘"真是奇特，她在舟山、平湖两度登陆，撒泼撒娇。以行人踱步般的速度，赖在浙江境内长达 16 个小时，老是不想离开。今天好了，老天和人们仿佛都如释重负。天空偶尔播洒些零星雨滴，夏风穿过桐乡满街的梧桐，吹拂到行人身上，使得人们感受到盛夏季节难得的丝丝清凉。这情形大概造成浙江人对台风的矛盾心理和两种态度：既恨又爱，既抗御又享受。

顾桂江，个子瘦小，一脸络腮胡被刮得干干净净，泛着青光。他思维敏捷、语速极快，一串串数据脱口而出。1995 年他从南京理工大学自动化专业毕业后进入巨石集团工作，经历了此后巨石集团所有工程项目。他随身带着的笔记本电脑，记载着巨石集团系列工程项目的详细资料，可谓巨石集团工程情况的活字典。顾桂江举例说：到现在为止，巨石集团投资超亿元的工程项目共 36 个，够厉害吧？

厂区很大，一眼望不到头。笔者与顾桂江乘坐电梯，进入生产区。一色的玻璃幕墙，醒目的"浙江省第一批未来工厂"红色字样映入眼帘。置身其间，除了宏阔与壮观外，的确有穿越时空、进入未来工厂的那种感觉，甚至一时有点恍惚，不知今夕何夕？

顾桂江在边上介绍着。六分厂是巨石集团智能制造基地的样板工厂。张总定的目标是在 5 年时间内，投入 140 亿元，建成年产 60 万吨规模。实施纵向到底、横向到边的全方位智能化建设。目前，4 条15 万吨生产线已全部建成投产，已形成年产 60 万吨的生产能力。这些生产线整合现有新技术，充分利用大数据，将生产过程各个要素、原始数据都采集起来，实现智能化生产。规模扩大后，熔化率明显提高，比他们原先预想的结果还要好。譬如，对温度的控制，过去只能精确到正负 2℃，现在参数增加到一二十个，温度控制的精准度更高。

啊，真好！听顾桂江介绍完这些，笔者禁不住赞叹一声。

陈老师，你看！这是立体式厂房设计。顾桂江用手指着眼前的厂房对笔者说。

真的，顺着顾桂江的手指看去，笔者见到了一个立体式布局的新厂房。在这个立体式空间内，精心设计的生产线、物流线、人流线科学分布、合理走向，既互相交叉、充分利用，又各行其道、互不影响，恍若一个高密度、封闭式的立交系统。细如面粉般的玻璃原料，通过密封管道，用压缩空气吹送进窑炉。玻纤工厂可以如此洁净，真的令人叹为观止。

说到玻璃原料，顾桂江有点小小的得意。他告诉笔者，这些原料，一般有七八种之多，从张总老家石门镇上的磊石公司，通过运河运送过来。巨石集团的玻璃原料与众不同，人家不能用的，他们能用；人家扔掉的废料，在巨石集团成了宝贝。譬如说，钢铁废渣，也被作为玻璃原料使用。巨石玻纤原料成本比同行低百分之二三十，这在市场上就更具竞争力。

窑炉是玻纤制造关键中的关键，这是张毓强告诉笔者的。因而，笔者对窑炉充满了神秘感和好奇心。

笔者希望顾桂江给讲讲智能制造基地中的玻纤窑炉。

顾桂江频频点着头，镜片后射出兴奋的目光，一时眉飞色舞。窑炉是关键。陈老师，你看到的这个窑炉，就代表了目前世界上窑炉最新最高水平。巨石智能制造基地的所有窑炉实现了百分百国产化，全部工艺技术拥有自主知识产权，这是巨石人最值得自豪的一件事。从窑炉外形上，你看不出什么特殊性，但这种窑炉可达到1600℃燃烧点，连续使用10年，仍能保持结构稳定，不会倒坍。目前，国外最大玻纤窑炉没有超过12万吨的，而巨石集团的窑炉已达到15万吨。

笔者忍不住问：巨石有没有"葵花宝典"之类的独家秘笈？

顾桂江笑了起来，说：有啊！他们现在采用软件设计，先模拟各种条件和标准，设计出8个或10个备选方案，然后，发动专家和管理团队遴选论证，择优而从。窑炉用特殊材料和特殊工艺建筑。耐火材料由巨石集团与有关研究院共同研制，但研究院并不了解整个窑炉设计。他们在窑炉不同部位用不同耐火材料砌就，专业分工非常细。建设窑炉工程分为窑炉组、结构技术组、配方组等，每个组的执掌者，都是全球最顶尖的窑炉专家，但没有一个人通晓全部技术流程，这样可从制度和机制上确保不出现窑炉技术外泄现象。

这个张毓强，真是思虑缜密呀！笔者不由得在心底点一个赞！

横卧着的窑炉粗壮、高大，恍若一节放大若干倍的火车车厢，外表裹着钢铁壳子，略显笨重。这家伙，里面究竟是个什么样子？笔者想探个究竟。再说，采访写作一部有关玻纤的报告文学，没有看到窑炉内的真实情状，毕竟是件遗憾的事。

笔者向顾桂江提出想看看窑炉内的情景。顾桂江一开始似乎有点顾虑，说：陈老师可到监控室内看，效果是一样的呀。

不一样，笔者坚持要打开窑炉。从电脑屏幕上看图像，与"亲眼目睹"能一样吗？

经不住笔者的执拗，顾桂江与管理窑炉的师傅商量了一下，并递给笔者一副护目镜。那就算表示同意啦！

一位师傅领着笔者走到窑炉边上，并用眼神示意笔者注意。笔者点点头，表示已准备好。只见那位师傅用工具干净利索地钩开窑炉体上一扇窗口。猛地，一道光束夹裹着一股热流扑向笔者。

这热流的源头温度为1600℃，足以熔化钢铁和玻璃。只一下，笔者觉得浑身上下一热，汗珠开始沁出。

笔者用手举起护目镜，先遮挡住眼睛，然后透过护目镜，朝窑炉炉膛看去。只见巨大的炉膛内，上下左右的氧气枪炽烈地燃烧着，喷吐出一束束紫光。窑炉底部，强大的电流通过电极释放出高温。氧气枪与电极一起，形成一个高温高热高光的小世界。窑炉入口处，粉状的原料被迅速熔化，500吨容量的玻璃液，犹如钢水般沸腾、潮水般涌动、漩涡般翻卷。一时尚未被完全熔化的玻璃液，漂浮在最上层，接受又一轮氧气枪的喷焰，直到完全融为一体。然后，玻璃液似乎被人牵扯着，缓慢地推移至出口处，涌向漏板。

呵呵，真是壮观啊！此景只应天上有，人间难得几回见！笔者想起了《西游记》中太上老君的炼丹炉和唐僧师徒路过的火焰山。

离开窑炉，走几步，拉开门，进入俗称的拉丝工段。现在有个文绉绉的名称，叫纤维成型区。

一股凉爽之气迎面扑来。气温显然比窑炉区要低不少。顾桂江解释道，玻纤其实比较娇气，对温度和气流的要求比较高，千万不能乱。一乱，就会影响玻纤质量。不同区域有不同要求，即使同一区域，也有不同要求。顾桂江解释道：譬如，我俩所在的纤维成型区，就分为漏板区、站人区、公共区，各个区域温度都不同，做到人性化，让人感觉舒适。

这个工区布满了拉丝炉位。笔者一眼望去，一台台拉丝炉，宛若一个个钢铁侠。从每个钢铁侠口中源源不断地喷吐出数千根玻纤丝，犹如一个个小型瀑布在飞泻。在玻纤丝完成冷却后，被涂抹上浸润剂，然后通过分束器，变为两束，顾桂江称之为"两分拉"。车间内，基本见不到人。一打听，说一名工人照看16台拉丝炉位，照这么一算，整个车间也就十多人，分散在偌大区间，看不见人也就不奇怪了。

拉丝后的工序，就是打包装运。笔者看到，一个个黄颜色机器人，正探头探脑，伸胳膊伸腿，不慌不忙地工作着。1个机器人一把抓过4个玻纤团，将它们装上底盘，然后由输送带送到打包处，自动打包。打包完毕，乘坐电梯，进入高架仓库。整个过程连贯有序、整齐划一。笔者没有从那些机器人"脸部"看出什么表情，自然也不知它们的喜怒哀乐。但从它们灵活转动的身躯和不知疲倦的工作态度上，感觉到它们似乎还是乐意的。

顾桂江被笔者逗笑了。他笑着说，这些"黄人"，都由巨石集团自己研发。

转眼间，笔者与顾桂江转到四分厂。这里是玻纤电子布生产厂区。

出现在笔者眼前的场景，真是令人震撼。759台喷纱织机横横竖竖、整整齐齐排列着，恍如一片滚动着雪浪花的海滩，一眼望不到边。前面似流水般奔来的玻纤丝，后面是逶迤伸展的白练。压缩空气梭以每分钟800梭的速度，穿越于约为头发丝十分之一的玻纤经纬之间，那种迅捷、稳定、精准，让人目不暇给。富有节奏感的"嘀嘀嘀"声，像快速击打的乐器，也像迅疾倾泻的雨点。车间四周墙壁，用的是吸音装饰材料，使得织机转动和梭子穿梭的声音分贝明显降低，也显得分外清晰。

顾桂江继续介绍说，张总给四分厂定位为主产玻纤电子布。四分厂现有 3 条玻纤电子布生产线，一条为 10 万吨，另两条各为 6 万吨。主要生产玻纤细纱。巨石集团生产的玻纤布产量占全球总量的 10%。陈老师，你知道吗？玻纤电子布是生产电子板的重要原材料，中国经济复苏很快，世界各国对电子板需求量大增，所以今年市场特别好，产品紧俏得很，去年，供不应求啊！我看，银行印钞票，都不如巨石生产玻纤电子布来得快呢！

说到这里，顾桂江幽默地一笑，笔者也忍俊不禁。看来，这世界上还真有比印钞票还赚钱的行业？

笔者行走在巨石集团智能制造基地现场之时，或在日常采访座谈之中，一直在思考和探求一个问题：张毓强到底给中国和世界玻纤行业带来了什么？

2018 年 12 月 9 日，巨石集团荣获"中国工业大奖"，系全国玻纤行业第一次斩获该奖。人们称誉该奖项是"中国工业奥斯卡奖"。

张毓强自己曾作过这样概括：一个小行业，做了一篇大文章；一个小城市，办了一家大公司；一个小人物，做成了一件大事情。

人们则用不同的形容词评价他，用不同版本的故事介绍他，用不同的神色表情形容他，用不同的视野角度概括他。人们实事求是地说，张毓强在世界玻纤行业中，并没有颠覆性的重大发明，也没有惊天动地的英雄壮举。但张毓强带领振石、巨石团队，用半个世纪时间，把全球玻纤行业提升到一个前所未有的发展高度，把生产成本降低到一个前所未有的极限程度，普及到一个前所未有的使用广度，呈现出一个前所未有的美好前途，真正实现了玻纤产业的规模化、智能化、普及化和绿色化。而且，他让中国玻纤团队走在世界玻纤行业前列，使得中国玻纤团队成为全球玻纤行业的先行者、领军者、主导者。

因此，当笔者置身在巨石集团宏阔的生产厂区，俯瞰着那一条条如巨舰般前行、似巨浪般涌动的生产线，注目眼前这位世界玻纤行业领军人物张毓强时，会思接千古、浮想联翩，形成一个新颖类比：在中华民族抗御外敌、追求独立、解放国家的战争中，曾出现过无数冒着枪林弹雨、冲锋陷阵、攻城略地的先锋队或曰敢死队，终于打下了人民的江山，使得中华民族傲然屹立于世界民族之林。今天，在建设中国特色社会主义现代化国家、实现中华民族伟大复兴中国梦的世纪之役中，也有无数先锋队、敢死队。他们挺直民族脊梁，瞄准世界经济科技前沿阵地，不崇洋、不媚外、不排外，脚踏实地、砥砺前行。或呼啸着，或默默地，去占领一个个制高点，把那些外国人长久据有的产品冠军、产业冠军、科技城堡夺回来，插上中国人的旗帜或标识。任正非的华为团队如斯；张毓强的巨石团队、振石团队，亦是如斯。

　　这，大概就是张毓强半个世纪的贡献所在，是他大半生奋斗的价值和意义所在，也是人们敬佩张毓强的理由所在！

第四章
恒心者，石竟成

> 海到无边天作岸，山登绝顶我为峰。
>
> ——林则徐

接盘，缘于一段真挚的友情

混改央企巨石集团以专业化的魄力和韧劲，摘下玻纤王国桂冠。此时，作为其母体公司的民营企业振石控股集团掀起第二波创业浪潮，开始探索二三产业并举、多元化发展之路。

张毓强认为，振石控股集团走上这条道路，是个自然而然的过程。既有"有意栽花花不发"的痛楚，也有"无心插柳柳成荫"的意外。

譬如，现为振石控股集团主业之一、世界风电基材"隐形冠军"恒石公司，就是典型一例。

"隐形冠军"概念的提出者赫尔曼·西蒙认为，一个"隐形冠军"，必须满足这样的标准：在其全球市场上排名前三，同时在公众中知名度不高。

对照赫尔曼·西蒙的标尺，恒石公司显然符合。恒石公司现在全球风电基材行业中排名第一，占世界风电基材总量 30% 以上，但社会公众显然并不太知晓恒石公司。在采访振石控股集团之前，笔者也不知恒石公司为何方神圣？

但这个"隐形冠军"，最早并不由振石控股集团投资注册，而是源于张毓强与美籍华人唐兴华的真挚友情。

2003年春节后不久，人们脸上还保留着佳节的笑颜，平时不苟言笑的张毓强，脸色也显得平和许多。

唐兴华推门而入，愁容满面、眉头紧蹙。那神情与窗外明媚的春光显得极不协调。

怎么回事呀，唐先生？张毓强一时有点丈二和尚摸不着头脑。

请张总帮我个忙吧！唐兴华突兀地冒出一句。

帮忙？你是巨石集团股东，需要帮我张毓强的忙啊！张毓强难得地与老友开了个小玩笑。

唐兴华显然没有心情开玩笑。在张毓强一再催促下，他详详细细地说明了来意。

2000年9月，唐兴华独资560万美元在桐乡办了个小型玻纤织布厂，取名为桐乡恒石纤维基业公司，聘用六七十名工人，织造玻纤布，专供美国人制造豪华游艇用。按照唐兴华自己的说法，他们是"德国买设备、美国请专家、中国买原料、美国卖产品"。谁知这几年，美国经济表现不景气，中产阶级收入锐减，游艇购买量随之下降，直接影响到恒石公司的涉美生意。公司产品单一，无法适应变化的市场，每年销售额徘徊在700万元上下。唐兴华中国美国两头跑，有时免不了顾此失彼，又加上他对管理不在行，生产成本居高不下，企业连年出现亏损，眼前账上趴着40多万元赤字。看着扭亏无望、不死不活、不上不下，像煞一锅"温吞水"，唐兴华觉得分外心烦。无奈之下，他想到张毓强，想把恒石公司盘给振石。他今天跑到办公室，就专为此事而来。从唐兴华的陈述和态度来看，他说请张毓强帮帮忙，并非虚言。

面对着唐兴华充满求助的眼神，张毓强一支接一支地抽着烟，一时陷入沉思之中。一圈一圈的烟雾萦绕在张毓强和唐兴华的头顶，很快将办公室空间填满。

往事并不如烟，而恰似一部电视连续剧。此刻张毓强脑海中，开始播放有关唐兴华的电视剧。

电视剧似乎得从早年的唐兴华开始播映。

唐兴华是中国台湾省人，比张毓强大一岁。他大学毕业后，先在台湾地区干了几年，觉得不是太顺心。1984 年便到美国洛杉矶谋生。在亲友帮衬下，不久涉足房地产业，逐渐小有收获。时间一长，唐兴华发现，在号称遍地都是黄金的洛杉矶，其实赚钱并不容易。于是，他萌生了到中国寻求发展的想法。上世纪 90 年代初，中国在邓小平南方谈话精神激励下，一片大干快上、热气腾腾的景象。唐兴华受到鼓舞，以美籍华人身份回到长三角一带，寻觅机会投资房地产，顺风顺水，赚了一些钱。

也许是机缘凑巧，也许是命中注定，唐兴华与张毓强一定会成为好友。

唐兴华因一个高档房地产项目涉及使用玻纤材料，经商界友人介绍前往桐乡，结识了张毓强。

那是 1995 年 5 月 23 日吧？对，是 5 月 23 日。一次普通的商界朋友聚餐，唐兴华与张毓强相遇，并作了一番深入交谈。其间，当然谈到了张毓强和唐兴华关注的玻纤材料生意，但更多谈及的是对产业、行业以及人生、社会、友谊的看法。高个清瘦的唐兴华，那时身体十分健朗，谈兴极浓。张毓强喜欢交朋友，动机很纯粹，愿意把心交给别人。在酒桌上又是个热情豪爽之人，频频举杯、笑话连篇。他介绍了巨石公司刚刚建成的 8000 吨中碱池窑玻纤拉丝线，袒露了自己想将玻纤产品卖到国际市场最好是美国市场的想法。

张毓强的热情和话语，很快打动了唐兴华。唐兴华自述颇为热爱中国传统文化，还喜欢那些面相、手纹一类的玄学。他静神注视了一下张毓强，发现此人个子不高，但双肩宽厚、双臂强壮，充满力量，为人处世豪爽、大气、果断，有魄力、有能力，给人很踏实的感觉。

这一注视和判断，似乎奠定了张毓强与唐兴华的终生友谊。

那段时间，全球玻纤行业十分火爆，特别是玻纤使用量占全球总量近半的美国，玻纤产品成为抢手的"香饽饽"。唐兴华回美国仔细一了解，才明白就里。原来，3家美国玻纤制造商几乎同时停产检修，美国玻纤市场暂时出现"空窗期"。这对于张毓强和唐兴华而言，显然是个好消息。张毓强正需要美国市场，唐兴华正需要优质货源。双方一拍即合，开始第一轮合作。

唐兴华在美国成立了专门推销巨石玻纤产品的吉普森公司，将总部设在洛杉矶，并在美国一些大州设立几个分公司，招募了六七十名营销人员。

与此同时，唐兴华通过浙江一家中介公司，与巨石集团签订了一笔大额供销合同，准备甩开膀子大干一场。

开始一段时间还算顺利，一些产自巨石集团的玻纤产品陆续进入美国航天、交通、建筑、石化、日用家居、造船等领域。

天有不测风云，人有旦夕祸福。美国几家玻纤厂家很快轮修完毕，加足马力生产，重新占领市场，并开始竭力打压中国玻纤产品。唐兴华寄予厚望的美国玻纤市场彻底变天，国内市场也随之疲软，那真叫哀鸿遍野，把唐兴华打了个措手不及。

巨石集团按合同规定数量发出的玻纤产品，被积压在太平洋彼岸，最多时积压5000余吨，似乎压得太平洋岸线都有点摇摇晃晃。国内仓库内，巨石集团滞销的玻纤产品也已把几十个仓库堆得水泄不通。

唐兴华和张毓强同时面临着严峻考验。

面对此种窘境，唐兴华表现出一个商人难得的承担与责任。他拿出自己所有的资金垫付货款，直到他身上再没有余钱。他转而找张毓强商量，让张毓强想办法把积压在大洋彼岸的玻纤再返销回国内，赔本卖出。

不打不相识，患难见真情。这个曲曲折折、坎坎坷坷的经历，反而促成了两个人的相识相知。

后来，市场阴转多云乃至晴天，张毓强和唐兴华度过了艰难岁月，开始新的合作，唐兴华在美国开设的吉普森公司成为巨石集团股东之一。

本世纪初，唐兴华打探到美国市场需要一种制作游艇的玻纤材料，跟张毓强商量，购买巨石玻纤，创办一家专门制作游艇玻纤的桐乡恒石纤维基业有限公司。张毓强自然赞同。

谁知好景不长，到2003年，恒石公司产品滞销，企业处于半停产状态。这才迫使唐兴华产生转让念头，跑来请张毓强接盘。

此刻，张毓强从电视剧般的回忆中回过神来，看着眼前这位老朋友，见唐兴华略显清瘦的面庞更为瘦削，眼睛中布满血丝，神情有点郁郁寡欢。

平时，张毓强也从别的渠道听闻过恒石公司一些事，毕竟是老朋友的企业，他不可能一点不关注，但也不可能太关注。眼下，朋友有难处，他张毓强焉能袖手旁观、不管不顾？他承认自己是个比较精明的企业家，但更是一个讲情义、敢担当的男子汉。他知道现在生产游艇玻纤的生意不太好，但他更相信事在人为，或许能从夹缝中走出一条生路来。

张毓强表示可以考虑，并希望老朋友给他一段时间过渡。

这是情理之中的事。唐兴华一看张毓强松了口，满心欢喜地答应下来。

第一件事，找人。张毓强知道，要搞好恒石公司，光靠股权转让不行，光靠他张毓强不够。他毕竟是两个集团公司主要负责人，对恒石公司，不可能事事亲力亲为。

世上也真有这样的巧事。说曹操，曹操到。有人告诉张毓强，说沈培璋提前退休了，正闲着呢，何不让他发挥发挥"余热"？

沈培璋？张毓强熟悉得很啊！他也是石门人，上世纪80年代初，两人一起在石门布厂工作。一个在织布车间，一个在毛纺车间。后来，沈培璋上大学、进单位、当领导。张毓强觉得沈培璋有管理经验，在桐乡又有人脉关系，是恒石公司总经理的最佳人选。他立刻把沈培璋找来。三说两说，把沈培璋给说动了。闲着也是闲着，那就试试看吧！

那是2003年初春，后来肆虐一时的非典疫情还未为国人所知，桐乡城乡仍浸润在烂漫绚丽的春色之中。晴雨相间，草木葳蕤，令人心旷神怡。

沈培璋跟着张毓强到恒石公司，开始接手过渡。

一进恒石公司厂区，眼前情景完全出乎沈培璋预料。

厂区约有40来亩地，用低矮的围墙围着。进得厂区，眼前是块草地。西边围墙跟前，有一幢小办公楼，靠南边围墙建着一幢简易厂房。说是一幢楼，其实只有一个车间，里面摆放着三五台机器。看上去像个小作坊。这倒也罢了，最令沈培璋吃惊的是，工厂没有生产，三四十个工人正在草地上有一搭没一搭地拔草。暖洋洋的春阳照在懒懒散散的人群身上，那情形简直像在公园内玩耍的游客一般。

沈培璋一问，那些正在拔草的工人告诉他，工厂没活干，但又不能放假，所以找点活干。这不，草地上杂草长得厉害，他们正按厂里要求在拔除呢！

真是让沈培璋哭笑不得。如此企业面貌和工人状态，要改变何其难也！只得先维持着吧！

征得张毓强首肯，唐兴华于2004年春节前召开恒石公司董事会，作出向振石控股集团转让60%股权、仍保留40%股权的决定。

按照小说《红楼梦》的说法，这叫一损俱损、一荣俱荣。按照张毓强的说法，则叫绑在一起、风险共担。

等一切手续办完，已至2004年春夏之交。转眼下半年过去，企业仍没有什么起色，沈培璋心急如焚，一趟趟跑张毓强办公室，盯着张毓强想办法。张毓强对沈培璋说：没有亮点要创造亮点，没有优势要创造优势，没有特色要创造特色，没有市场要创造市场。你别着急，看准了再干。

在还未接手恒石公司前，张毓强已意识到，恒石公司仅靠游艇玻纤难以生存。虽说游艇玻纤获利不薄，但毕竟是小众产品，销量有限。再加上游艇制造业起起伏伏、时好时坏，企业一会儿冲上浪尖，一会儿跌入谷底，终究不是长远之计。恒石公司要发展，必须转型。

意识到问题，并不等于解决问题。转型？转什么？怎么转？转成什么样？张毓强在碰到困难时，会习惯性地给自己提出系列问题。

之后，张毓强带着沈培璋等人先后参加法国、美国和国内的玻纤展销会，考察玻纤市场。在令人眼花缭乱的展台上，在嘈杂的南腔北调中，张毓强捕捉到了两个重要信息：一是世界各国都在大力提倡使用清洁能源，国内风电行业已经崭露头角。二是国内"三桶油"（中国石化、中国石油、中国海油）正在筹划进行全国油气骨干网建设，中东地区也在大量铺设输油管道，眼前建设管道的关键材料十分紧俏。哪家企业如果能研制出这种关键材料，就算捡到了聚宝盆。

从展销会回来，张毓强与沈培璋商量，确定把生产风电基材和石油管道布作为恒石公司发展的主攻方向。

对普通石油管道所用的玻纤布，张毓强自然十分熟悉，甚至可以说就像熟悉自己手掌上的纹路一样。他从上世纪70年代初就开始与之打交道，生产那种粗糙的玻纤布，并因此为振石控股集团和巨石集团积累起原始资金与人才队伍。

不过，眼下市场急需的这种管道玻纤布则完全不同。

特殊在什么地方呢？张毓强了解后才知道，这种管道布叫玻纤缝编复合毡，能生产这种复合毡的是一种新型设备，叫多性能玻纤复合制品编织机组，人们习惯上称它为多轴向编织机。传统的织布机便宜简单，就是经纬线，或者0度，或者90度，只是密度和厚薄不一。多轴向，顾名思义，它可以从不同角度进行编织，30度、40度、50度、60度、80度，人们希望是什么角度就可以是什么角度。为什么要这样不同角度交叉？道理很浅显：不同角度的织物，能从不同角度承受外力，从而增强玻纤布的张力与韧性，延长玻纤布的使用寿命，使玻纤布更适应超高温、超低温等各种复杂恶劣的自然环境。

一打听，这种多轴向编织机由德国制造，每台超百万欧元。

是欧元，不是人民币，更不是泰铢哦！

那是 2004 年 8 月，欧元与人民币的比值大概在 1：10。换句话说，一台多轴向编织机大概需要 1000 多万元人民币。据说那一年，振石控股集团总利润才几千万元。

张毓强决定新上一条年产 2000 吨玻纤复合制品生产线。他说服唐兴华，共同向恒石公司增资 120 万美元，并咬着牙齿，与德国卡尔迈耶公司签下第一份购买多轴向编织机合同，为此花去振石控股集团全年利润的 1/8。

斯年 10 月，第一台多轴向编织机运到恒石公司。几乎与这台编织机同时进入恒石公司的大学毕业生余万平在采访中告诉笔者，这台多轴向编织机是当时世界上最先进的编织机，它完全颠覆了这位大学生对织布机的概念。据他后来了解，当时除恒石公司外，全国仅国防科工委直属 703 所和泰山玻纤公司各有 1 台。这台多轴向编织机到岗，一下子将恒石公司的编织技术提升到世界前沿水平，并为与丹麦维斯塔斯公司合作提供了设备基础。

此后，张毓强又接连下单，订购了 2 台同型的编织机设备，惊掉了一些人的下巴。

从这件事上，可以看出张毓强超乎常人的杀伐决断。

设备陆续到位，沈培璋组织人员在风电玻纤基材和输油管道玻纤产品两个方向上同时发力。

玻纤缝编复合毡的研制还算比较顺利。沈培璋等人发现，这种输油管道技术难点在它的转弯处，关键是焊接。这种焊接对玻纤织物要求非常高。传统做法是用电热丝加热，焊接均匀度不够，效率不高。沈培璋找到另一家德国公司，邀请对方技术人员过来，联合进行技术攻关，并承诺研发成功后，购买对方设备。不过，有言在先，研发成本各自分摊，获得对方赞同。沈培璋曾上过电信学校，自学过多门知识。静下心牵头攻关小组，很快进入角色。他受国外一位工程师的启发，提出一个新的工艺方案，采用更先进的焊接法，即用红外线替代原先的电热丝，一次成型成功。

第一次成功，给沈培璋等人带来了喜悦，也增强了自信，不过，他们没有满足。为进一步增强玻纤缝编复合毡的强度、厚度、稳定性和舒适度，沈培璋等人在玻纤缝编一次成型的基础上，继续探索"二次成型"工艺。他们试着将第一次成型的产品，放入机器中，进行再次造型。这种二次造型必须保证门幅及米长能达到设计预期，难点在于如何将第一次成型的玻纤布摆布得准确和平整，以利于二次成型达到一次性成型的外观要求。试验过程繁琐而漫长，无法统计次数。在试验三四个月后的某一天，沈培璋忽然从机械拉伸原理中获得灵感，研制出一个专用机架，一举攻克了这一难题。

恒石公司研发的"远程输油管道专用玻璃纤维缝编复合毡"顺利通过有关部门验收。此种复合毡，在高强度机械性能、织物稳定性、厚度、舒适度诸方面，均优于同类产品，一炮打响，逐渐占领国内外市场。

恒石公司的转型，迈出了艰难的第一步。

而研制风电基材，却遭遇了未曾想到的困难。

早在 2002 年，张毓强就注意到国家出台风力发电行业税收优惠政策，实行减半征收。这是国家鉴于当时风电行业投入大、风险多、发电成本高的情况采取的扶持政策。彼时，风电 1 度电的发电成本超过 6 毛，远高于煤电、水电、核电成本。国家实行税收优惠，每度风电成本可下降 5 分到 6 分。一向敏锐的张毓强，还有另一方面思考：国家对风电实行税收优惠，说明国家正在大力扶持风电行业，说明风电是个有前途的行业。如果有一天风电成本低到足可与煤电、水电、核电同价竞争，风电行业的优势就会凸显出来。

正如人们所言，理想是美好的，而现实总是骨感的。

初始，市场对恒石公司研制的风电基材产品反响不是非常强烈。

作为一名风电行业默默无闻的新兵，这种待遇其实也在情理之中：人家凭什么追捧你？

恒石公司现任总经理潘春红，一位中等个子、闪着灵活眼珠的中年人。自誉恒石公司是"振石控股集团的长子"，调侃自己是振石控股集团的"矮子"。矮子其实并不矮，只是采访中喜欢不时捎带上一两句玩笑，以显示他的幽默。

潘春红介绍说，一台风电机，价值1500万元左右，而他们生产的风电基材只占5%，是小头里的小头。风电机寿命大约20年，其间要经历雨雪、冰雹、海水的侵袭，会遭遇寒流、台风等各种恶劣天气。如果风电叶片经受不住这种考验，特别是因为你的风电基材出问题，导致整个风电机出问题，那损失就大了去了！所以，在风电领域，一索赔，不是就事论事、就部分论部分，而是整体性索赔。那就会砸进去几百万，甚至上千万。假如他是客户，也要慎重考虑呢！

难道，恒石公司的风电之路就此止步？

风片，那个转动着的风片

转机，出现在2005年春天。

春风又绿江南岸。自然也绿了运河桐乡两岸，绿了桐乡开发区。经过几年发展，桐乡开发区已初具规模，显得生气勃勃。几番春风春雨，把开发区新种植的绿化景观滋润得像少女般丰润和俏丽。

那段时间，恒石公司员工发现，厂区内多了一位老外。此人30来岁，1.7米左右个子，典型北欧人长相，头发卷曲得像一蓬乱草。他早出晚归，整天用那双鹰隼般的眼睛扫视着车间的角角落落，与陌生员工们打着招呼，还把一沓沓资料摊开在会议室桌上，认真地研究着，一坐就是半天。有时竟忘了就餐时间，直到有人叫他到职工食堂就餐，他才缓过神，双肩一耸，两手一摊，说声："I'm sorry!"（对不起）

这是谁呀？员工们好奇地相互打探着。不久，大家都知道了，此人叫迈克尔，博士生，是丹麦维斯塔斯公司派来考察的专家。迈克尔实在太年轻了，按照中国人的习惯，叫他小迈克尔。在桐乡人嘴中，这"尔"字不太容易发出声音，往往简略为小迈克。

维斯塔斯？是那个世界上最著名的风电设备制造商吗？这下人们更惊奇了。维斯塔斯会与恒石公司有什么关联？小迈克又来做什么？

也难怪人们惊讶。维斯塔斯全称为维斯塔斯风力技术集团，是世界排名第一的风力发电设备生产商，约占全球涡轮市场份额的 20%。

据说，维斯塔斯公司最早由铁匠铺起家，成立于 1945 年。1978 年，中东石油危机爆发，他们敏锐地察觉到风力作为替代能源的潜力，在全球率先进军风电行业。上世纪 80 年代初，第一批风机研制成功，并批量销往海外。随后，破冰中国市场，在中国一些沿海省份安装了一批风机设备，成为中国风电行业的先行者。

大概，维斯塔斯公司的高管们也看到了中国政府对风电行业实行税收优惠的文件，从中敏锐地捕捉到了中国风电发展的巨大商机。是啊，中国多大呀，960 万平方公里呢，又正处于急速发展的黄金期，对能源的巨大需求怎么估计也不过分。在维斯塔斯人眼里，中国 3.2 万公里长度的海岸线、几百万平方公里的高山区域，都是未来发展风电的黄金带。那该是一个多大的市场呀！维斯塔斯公司绝对不会放弃这一良机。他们不缺技术、不缺设备，但缺少价廉物美的原材料。为此，他们组织上百人，到中国各地考察、遴选风电基材制造厂家。几乎跑遍了长城内外、大江南北，将中国大大小小的玻纤厂和玻纤制品厂，作了一次地毯式搜寻。

但是，很遗憾，丹麦人没有找到符合他们理想标准的风电基材厂。

最终，他们将目光锁定在恒石公司，寄希望于张毓强。

坦率地说，彼时恒石公司的设备、技术、管理和人员素质等，与维斯塔斯公司的标准相比，差距不是一两个等级。按照眼下流行的网络语言说，可以甩你好几条街。所以，听说丹麦维斯塔斯公司前来寻求合作，连公司里的人都不自信地摇着头。

张毓强却不这么认为。他在采访中承认，当时与维斯塔斯公司开展合作，自己并没有什么"理论依据"或"市场调研报告"，但他所具备的商业直觉和敏锐洞察力告诉自己，这是老外送上门来的机遇，是恒石公司前所未有的机会！必须抓住它，用好它！丹麦维斯塔斯是全球做风电设备最具影响力的企业。恒石公司完全可以借船出海、借梯登高，让客户，尤其是像维斯塔斯这样的高端客户把恒石风电基材带入高端市场。当时，恒石公司的风电基材在国内不太好销，有时人家都不理睬你。形容得难听点，销售推介犹如拿热脸孔去贴冷屁股。那是因为产品本身知名度不够，客户对产品信任度不够。如果能够率先在国外打响恒石风电基材的品牌，然后让知名度"出口转内销"，势必会带火国内市场。作为一个长年累月跑市场、里里外外懂市场的人，张毓强对国内客户的心理把握得十分清晰而精准。

张毓强主导着恒石公司与维斯塔斯公司的洽谈进程，并与迈克尔保持着密切联系和沟通。张毓强也称年轻的迈克尔为"小迈克"，迈克尔则叫张毓强为"密司特张"（张先生）。

恒石公司所有的设备、技术、资料、空间都向小迈克开放，接受他全面、认真、专业甚至是苛刻的考察、审核、盘问、质询。余万平给笔者介绍说，彼时，恒石公司员工只知道维斯塔斯公司要生产一种新产品，但新产品什么样，连他这个号称工程师的人也没有见过。不久，在小迈克指导下，恒石公司生产出第一块样品布。大家这才知道，哦，原来新产品是这样的呀！之后，开始照猫画虎，学着操作起来。

在小迈克考察一事过去十七八年后，已担任恒石公司副总的余万平回忆，彼时小迈克主要考察三个方面：一是设备性能测试。恒石公司使用世界顶尖级的德国卡尔迈耶公司多轴向编织机，自然没有问题。通过。二是产品质量论证。这个比较费时。恒石公司还没有建立自己的测量中心，仪器设备也不全，有些指标需要拿到丹麦维斯塔斯公司总部去测试。特别是耐疲劳测试，一试几个月。小迈克来来回回，费了不少时间，也给丹麦航空公司增加了不少收入。三是检验形成批量生产能力。本来，这不应该成为难题，只要增添设备就是。但维斯塔斯公司有特殊要求，小迈克提出，每个月产量不得少于200吨，每卷筒玻纤长度为2500米。这些指标，努力一下都可以达到，余万平觉得没有问题。

谁想到，问题出在编织机分幅上，且并不轻松。

编织机宽度为2.54米，意味着玻纤布幅宽也是2.54米，这本来没什么。绝的是，小迈克提出另一个要求，将2.54米宽的玻纤布均分成8片，每片为31.75厘米。因为他说，这样宽度的玻纤布拿到风机制造厂，可直接使用，不必再行裁剪。理由是如此光明正大、合情合理，小迈克也说得振振有词、理直气壮。但在余万平等人看来，这标准也未免太苛刻了吧？苛刻得有点不近人情。你想，玻纤布卷筒直径那么大，长度那么长，编织机又处在快速运转中，要在编织机末端，用8把类似于切刀工具，将运动中的玻纤布齐刷刷分为8等份，且不允许有丝毫分差。稍有不慎，就会"塌筒"。"塌筒"是术语，通俗点讲就是卷筒物品出现高低错落。这技术含量，明显高于冰上舞蹈，近似于微雕工艺。

照小迈克说的做！沈培璋等人向张毓强汇报，张毓强态度明朗决绝，没有商量余地，不容置疑。

这下，具体负责技术工作的余万平感觉有点为难。但再难也得硬着头皮做呀！张总下了死命令，必须攻克这个难关。如果攻不下，前功尽弃，维斯塔斯公司将转身而去，甚至都不会跟你打个招呼。这使人想起辽沈战役中死守塔山一役，有我无敌、有敌无我。

余万平当时全部心思都在那台要命的卡尔迈耶编织机身上。编织机末端本来有块挡板，似乎可以安装切刀？余万平带人试了一下，结果发现不行。那就再转换技术路线吧，自己动手开发安装了一个切割装置，玻纤布是被切割开了，但不是歪，就是斜，总是稳定不下来，达不到小迈克的标准。

一遍遍试验、调整。不达标，"咔嚓""咔嚓"，把废布剪掉，几天下来，周边形成了高高的废布堆。半个月下来，废布竟有50吨之多，占到当时全厂产量的5%。这，本来都是白花花的真金白银呀！看得余万平都有点心疼。

将废布数量汇报给张毓强，张毓强连眼也不眨一下，依然用生冷的语气说：继续。张毓强惜字如金，但硬度等同于钢铁。

再试，终于成功了！小迈克满意了，验收通过。

还有些标准和做法，连见多识广的沈培璋也感觉怪异与"出格"。

一个星期天，小迈克提出，专为维斯塔斯提供的风机基材，必须在玻纤布两边边沿上涂抹上标识线，以区别于其他风电制造商。小迈克轻飘飘一句话，却把沈培璋难住了。卡尔迈耶编织机是通用设备，并没有涂抹标识线的功能。一问，市场上也很少看到类似设备。但既然维斯塔斯公司提出来了，沈培璋必须做到。沈培璋心里完全明了张毓强的态度，因而，他都没有向张毓强汇报，自己转身去找桐乡当地一家化纤厂了解，终于打听到上海有家化纤厂可以提供这种设备。沈培璋喜出望外，立马让这家化纤厂派人到上海购买。

那天恰巧是周日，公司开不出支票，沈培璋毫不犹豫地自己拿钱垫付。

这笔钱到现在还没有向张总报销呢！沈培璋在接受视频采访时说到此，忍不住笑出声来。

好在桐乡距上海不远，采购人员于傍晚赶回。一直等候着的沈培璋，当晚组织人员安装调试，试制成功。

第二天一大早，小迈克上班看到已涂抹上标识线的玻纤布，咧开嘴，竖起大拇指，表示非常满意，并借用中国一个成语说，你们真够"雷厉风行"！

本来，小迈克考察审核到此该结束了，恒石公司已开始筹备签字仪式。

却没有想到因一件在常人眼里的"小事"，差点让恒石公司前功尽弃。

那天，小迈克一脸不高兴地找到沈培璋，说恒石公司车间的厕所不符合标准。他刚才特意去那些厕所转了转，发现男女厕所比例不对，女性蹲位太少。沈培璋开始没有意识到这是什么问题，随口反问了一句：你为什么管这个蹲位？小迈克神情严肃地回答：人都要大小便，如果解决不好，会影响员工工作。沈培璋听小迈克这么一说，觉得虽有道理，但一时又很难改变。谁知小迈克毫不让步，声称如果恒石公司不改厕所，他将建议维斯塔斯公司放弃与恒石公司的合作。沈培璋听小迈克如此一说，才意识到问题的严重性。这种事，坐在办公室内永远不可能想到。他当即向张毓强作了报告。张毓强听后，明确答复，人家讲得有道理，是我们自己考虑不周。如果连个厕所也管不好，还管什么企业？他让沈培璋立刻、马上、现在就对厂区厕所进行改建。

厕所风波化解，恒石公司与维斯塔斯公司的合作由此拉开序幕。

2005年6月3日，维斯塔斯公司正式向恒石公司投下订单，试制价值总额为2万美金的风电基材玻纤布样品。在采访振石控股集团财务会计部总经理刘俊贤时，他向笔者出示了这张记载着恒石公司与维斯塔斯"处女之吻"的原始票据。

从北欧反馈回来的信息告诉张毓强，恒石公司风电基材样品合格，他们将马上下批量订单，希望恒石公司准备批量生产。

果真，维斯塔斯公司没有任何拖延，订单从每月200吨，逐步升到500吨、1000吨，直至飙升到3000吨。

后来，维斯塔斯公司全球工厂百分之七八十的风电基材均由恒石公司供应。

打开维斯塔斯公司城堡大门后，张毓强恍若打开了通向欧洲所有城堡的大道，进入一个色彩绚丽的风电世界，开始领略高山之巅独特的风景。

接下来，目标是西门子公司。2010年，沈培璋去丹麦维斯塔斯公司总部考察，听销售人员说，西门子公司收购了丹麦一家风电制造商，准备进军风电行业。沈培璋立刻将此情况报告给张毓强，张毓强指令沈培璋抓紧去这家公司了解虚实。

沈培璋遵令而行，登门拜访。西门子公司老总听说中国最大风电基材企业老总光临，显得十分热情，亲自接待沈培璋。沈培璋介绍了恒石公司情况，表达了合作意愿。西门子公司老总也介绍了公司情况。沈培璋听了对方介绍才明白，西门子公司虽说也是做风电机，但与维斯塔斯公司风电产品不一样，材料要求也不一样，可以错位发展，而不会相互排斥，双方很快达成合作意向。沈培璋当即向张毓强作了汇报，得到张毓强赞同。

事情看上去很圆满，沈培璋心情愉悦，一路上与同行人员有说有笑。却没有想到旅途中出了一件糗事，让他遗憾至今。这，或许就是人们常说的乐极生悲或甜中生苦？

事情发生在旅途后半程。沈培璋与另一位同事回到丹麦首都哥本哈根，准备在哥本哈根住上一宿，然后前往法国巴黎转机回国。他俩走进哥本哈根一家宾馆，他从手提箱中取出护照，随手将手提箱丢在大堂沙发上，走向前台，登记住宿。完毕，转身，才突然发现，手提箱已不翼而飞。天哪！那么富裕的丹麦社会，居然会发生这样的事件？要命的是，他的钱包、飞机票等都在手提箱内。沈培璋顿时变得身无分文，且会因丢失机票而回不了国。万幸的是，西门子公司提供的几个风电基材样品还在另一个包里。他赶紧用宾馆电话向当地警方报了警，之后在大堂上坐等。那警讯恰如石沉大海。唯一的安慰是，这家宾馆出于人道主义，为他"免费"提供了一顿晚餐。

视频至此，沈培璋哈哈大笑出声，现已全白的头发在视频中轻轻抖动起伏。

不过，与西门子风电公司合作事宜，似乎并没有受失窃事件影响。沈培璋把从西门子公司带回来的样品交给余万平等人研制。前前后后，用了近一年时间，方方面面达到了西门子公司的要求，西门子公司也成为恒石公司长久的大客户。

自然，中间不会没有矛盾和波折，但只要双方建立起信任和信誉，什么问题都可以商量。这是张毓强的理念，也是张毓强的信念。

在恒石公司与西门子公司合作过程中，曾发生过一件不大不小的事。

一次，一批风电基材产品发往西门子风电公司。反馈回来的消息令沈培璋百思不得其解。对方说，产品本身没有问题，但运输车司机却拒载。拒载？为什么？继续问下去，才知道事情不在产品身上。原来，这批产品用三夹板做包装箱，经过长途运输，三夹板散发出气味，一些司机认为这包装箱有毒，因此拒绝运输。天哪！外国人鼻子长，就是灵敏啊！沈培璋暗暗叫苦，决定再也不用有气味的三夹板做包装。

此类事情，非亲历，如何知道？如何防范？

恒石公司就这样一次次与国外著名公司、著名品牌，磨合、磨砺、磨炼，逐渐成长、成熟、强大起来，慢慢使自己变得无可挑剔、百毒不侵，到最后独孤求败。

恒石风电基材品牌在国外声誉日隆，这种声誉必然随着地中海、太平洋的波涛声传回国内，并随着一个个国际年会、一次次展销会形成的信息涟漪，从桐乡扩散到四面八方。

中国风电产业，在政府倡导下，在市场规律推动下，开始迅猛发展，一时云蒸霞蔚。

国内第一家大型风电制造商找上门来，主动寻求合作。

一批风电企业趋之若鹜、接踵而至。

恒石公司风电基材一时声名鹊起、门庭若市。

作为振石控股集团掌门人，张毓强没有被眼前火爆的市场所迷惑。一连几天，他站在恒石公司门口观察，发现越来越多的运输车辆进进出出，偶尔已出现车辆掉不了头、只能等候的现象。他又走进车间，忙忙碌碌的人们穿梭在逼仄的空间里，明显是螺蛳壳里做道场嘛。根据目前销量，沈培璋建议增加设备。但新设备安装在哪里？加塞？弄得车间密不通风？肯定不是从根本上解决问题的办法！

那，从根本上解决问题的办法是什么？张毓强猛地想到巨石集团2004年的整厂搬迁，不是很成功吗？对呀！恒石公司也可以这样做！于是，恒石公司整厂搬迁方案，在张毓强多日考察和酝酿后，逐渐成形成熟。

2007年，恒石公司实行整厂搬迁，腾笼换鸟。

搬迁和增添设备同步进行，在这些问题上，张毓强表现出前所未有的"大方"。沈培璋回忆，有一次，他们从国外考察风电市场回来，向张总汇报，提出要增加14台组合式设备。提出时，沈培璋自己心里也打鼓，觉得没有把握。谁知张总连头也不抬、眼也不眨，只问了句：多少钱？沈培璋答道：大概680多万吧？好！只见张毓强拿过报告，刷刷刷，干脆利落地签上名，随手把报告丢给沈培璋。沈培璋还没有反应过来：张总，这，这就成啦？张毓强眉头一皱，反问沈培璋：那，还要怎么样？

搬迁到新址后，恒石公司实现了超常规发展。

据沈培璋测算，恒石公司在他管理的10年期内，除第一年刚接手亏损外，其余年份，复合增长率和利润率年均递增60%以上。

作为一家半途杀入风电基材行业的新企业，这样的业绩，也算得上一个小小的奇迹。

那天采访中，余万平陪着笔者到恒石公司车间转了转，所见所闻，完全颠覆笔者对传统织布厂的印象。

华美公司刚于年前整体搬迁，恒石公司厂区再次得以拓展，新建起一个大型车间，安装上最新型的多轴向编织机。车间内恒温恒湿，恰如春末时节。巡行其间，竟有一种天朗气清、惠风和畅之感。一台台大型编织机机身上方，搭建着三四层纱架平台，恍若一个个高层立体建筑物，一道道玻纤纱从不同高度、不同角度喷吐出来，形似纵横交错的小型瀑布群，经多轴向机几个层面几个角度的快速编织后，成为有一定厚度、但平展如玻璃的布面，由着卷轴卷成布团。

余万平边走边介绍说：恒石公司现有 100 多台编织机，已能做到不同方向玻纤线 4 层叠加，然后用涤纶丝缝织起来。陈老师，你问为什么用涤纶丝而不用玻纤丝？因为玻纤丝弹性差一些，不适宜做编织线。

转着转着，来到一车间工区，余万平在一台稍显老旧的编织机前停住步，似见到老朋友一般，用手指着它对笔者说：陈老师，这就是恒石公司第一台编织机，编号 1—E6。

哦，是它呀？笔者有点惊奇。那么多年，它还能用呀？

余万平满含深情地答道，是的。当年，就是他亲手调试它的。双轴向、正负 45 度。整整 16 年啦，可见卡尔迈耶公司设备质量之好！当然，也有他们平时维护保养的原因。

这话比较朴实客观。

几家欢乐几家愁。恒石公司迅速发展壮大，特别是大量风电基材产品销往欧洲市场，直接导致市场蛋糕的重新分配。一些欧洲风电基材企业急剧萎缩，有的甚至破产倒闭。几家欧洲风电基材企业不干了，他们以欧洲玻纤织物防卫联盟的名义，向欧盟提起申诉，控告中国玻纤织物存在倾销行为。

欧盟出于维护欧洲企业利益的考量，自然而然站在欧洲企业一边。2011 年 7 月 28 日，欧盟正式立案，对中国玻纤织物进行反倾销调查，恒石公司被列为重点调查对象。

这是恒石公司第一次面对实力如此强大、火力如此猛烈的反倾销调查，据说也是中国风电基材类企业第一次面临这样的反倾销调查。

接到欧盟反倾销调查的公文，张毓强并没有慌乱。2010 年，巨石集团已经历过一次反倾销调查。所谓吃一堑长一智，兵来将挡水来土掩呗。张毓强迅速召集会议，进行动员布置。要求大家充分认识这次应对反倾销调查的重大意义，既展示振石控股集团面对危机团结一致、积极应对的态度，也展示振石控股集团作为大型企业的实力和勇气。会上，宣布成立应对调查工作组，聘请高水准的律师事务所进行有关反倾销调查法律知识的辅导，让有关人员认真填写调查问卷，准备现场核实材料。

同年11月23日至12月14日，欧盟反倾销官员一行5人来到恒石公司和振石控股集团及关联公司，进行反倾销现场核查。张毓强亲自出面接待，并实事求是地介绍恒石公司风电基材产品情况，消除对方疑虑。

沈培璋对此次欧盟官员进行反倾销现场核查是这样介绍的：这些欧盟官员到恒石公司，查阅翻看各种原始档案资料和财务报表数据，到车间仓库踏看现场，请有关人员答题。他们重点关注恒石公司是不是国有企业，政府管不管生产？有没有政府财政补贴或奖励？国家有没有控制产品价格？还有劳动用工、企业利润分配等。调查问题几百个，涉及企业生产、技术、管理、销售的方方面面。仅向沈培璋提问就有几十个，从下午上班问起，一直问到晚上9点半。他们问沈培璋，董事会是怎么决定事情的，总经理有没有责任制，产品经销合同是不是国家调拨。有的问题提得十分刁钻，显然是有备而来。有官员询问沈培璋：政府为什么为恒石公司减税？沈培璋据实回答：恒石公司是高新企业，政府给这类企业减税，目的是倡导更多企业应用高新技术，这样做，对全人类有好处。再说，这也是国际通行规则呀，你们欧洲也如此吧？看得出，这些欧盟官员似乎比较认同这样的理念，对高新企业减税问题也就不再纠缠。

在本次现场核查中，相关部门和工作人员准备充分、应答得当，进展顺利。振石控股集团和恒石公司员工的工作态度、工作效率给欧盟反倾销调查官员留下良好印象，并获得他们赞扬。

与此同时，张毓强深知恒石公司主要客户维斯塔斯公司、西门子公司在欧洲的影响力，要调动一切力量为我所用呀！他转身做起这些欧洲大客户的工作，指出市场竞争现象始终会存在，恒石公司向欧洲企业供货，不属于倾销。现在欧盟展开的这种反倾销调查对他们也不利，如果调查结果成立，将会直接损害他们的商业利益。

维斯塔斯公司、西门子公司把张毓强的话听进去了。这些下游风能企业从自身利益出发，找到欧盟反倾销调查官员，说明他们为什么要从中国恒石公司采购风电基材的真实原因，认为这种优势互补的销售模式，对欧洲产业发展有利。这些企业对欧盟有关机构施加影响力，形成强大的反对声浪。

成功，是各种因素综合作用的结果。中方政府、企业、律师团以及行业组织的力量汇合在一起，最终迫使欧盟终止针对中国玻纤织物反倾销调查，并以无税结案。

一场箭在弦上的战争戛然而止。那天，是2012年4月5日，清明节后一天，周四。

清明时节雨纷纷。桐乡上空偶尔响起几声沉闷的春雷，江南小城被细细密密的雨丝缠绕着包裹着，已经长成巴掌大的梧桐叶，伸展开自己的手掌，忘情地沐浴在春雨中。

张毓强坐在办公室内，望着窗外的春雨。内心恰似故乡石门湾的运河水一般，涌动着、翻卷着，久久不能平静。他看到了国际贸易摩擦正在日益加剧，贸易保护主义日渐抬头。古人云，一叶知秋，见微知著。恒石公司以至整个振石控股集团，都要从这次欧盟反倾销调查中看到危机、获得启迪，着手调整市场结构，在巩固现有欧洲市场的同时，加快走出去步伐，尽快拓展其他市场，以外供外。把鸡蛋分开放在几个篮子里，东方不亮西方亮、黑了北方有南方。只有那样，才能让恒石公司及振石控股集团立于不败之地。国际化，是对一家企业最大的褒奖，也是衡量一家企业成长的最重要指标。用外国人、外国资源，最后还让外国人佩服你，这才是张毓强心中的国际化。

一个振石控股集团走出去的想法，在张毓强脑海中慢慢浮现、逐渐成形。他适时提出了恒石风电基材板块"国际化330目标"：海外产能、资产、收益，占比均达到 30%。

2014 年，振石控股集团开始在埃及布局建厂。

2016 年 7 月，恒石埃及公司迎来维斯塔斯公司的现场审查，顺利通过，维斯塔斯公司下达 096485 号生产订单，进入批量供货阶段。

采访中，笔者看到维斯塔斯公司一位副总裁在振石控股集团国际年会上有个致辞，他说，维斯塔斯风力技术公司与振石控股集团已有 10 余年长久合作关系，振石控股集团为他们提供原料。振石控股集团的大力支持对他们的成功起到了至关重要的作用。恒石公司产品质量卓越、性能出众、交付能力强，同时具备很强竞争力。这为维斯塔斯公司提供了广阔的技术发展平台和战略执行力。维斯塔斯公司对恒石公司的良好合作关系和表现一直非常满意，在维斯塔斯公司全球 15000 名供应商中，恒石公司被授予最高奖项"金牌供应商"。

这位副总裁还颇为自得地说道，维斯塔斯公司的供应商，也是维斯塔斯品牌和产品利益的共享者，与振石控股集团的合作很好地证明了这一点。

自觉接受高端客户引导，与全球客户共同成长。张毓强率领着振石团队，用实践和业绩证明了这一点。

2021 年盛夏，笔者与恒石埃及公司负责人视频连线，采访了解恒石埃及公司近况。

这位负责人告诉笔者，恒石埃及公司就在巨石埃及公司边上，两家企业相距 1 公里左右，彼此经常来往。恒石埃及公司产品主要销往欧美市场。眼前，生产比较稳定，销售渠道也比较畅通。全厂管理团队中，埃及人 12 名，逐步实现"本土化"。公司比较尊重埃及人的宗教信仰和风俗习惯，节假日期全部按照埃及政府的规定确定，还设立专门的祷告室。伊斯兰开斋日、中国春节等大节日，公司邀请埃及员工参加活动，大家相处得比较融洽。

笔者又问道：恒石埃及公司目前存在的主要问题是什么？他稍作思考，回答道：还是张总点出的管理问题吧？相比较而言，恒石埃及公司生产成本比较高。前段时间，恒石公司总部派张伟副总专门到埃及公司驻点几个月，帮助我们改进海外公司管理，降本成效比较显著。

哦，还有这做法？这事引发了笔者浓厚兴趣。

张伟这个名字实在太多了。百度告诉笔者，全国共有 294282 人。如果将这些同名同姓的"张伟"集聚起来，可以在中国建立一个不大不小的"张伟县"。如果放在地球上，则是一个小型国家，可排在 181 位，它的身后还有 52 个国家和地区。

可笔者眼前的张伟，却是特征鲜明的"独一个"。个子不高，称不上齐鲁大汉，皮肤黝黑，语速极快，淳朴中透着精明，开朗里藏着机智。

良禽择木而栖。之前，张伟在几家企业干过。直到认准张毓强、选择恒石公司，他才确认自己此生是振石人啦！

事情得从去年年底恒石公司制订 2021 年工作计划时说起。振石控股集团有个传统，也是张毓强管理企业的一把利剑，叫"增节降"法，内容就是增收节支降本。要求所属企业每年在制订企业生产销售计划时，提出"增节降"目标和措施。在常人看来，这个"增节降"开头效果好，到后来肯定会逐年递减。譬如一块海绵，开头时带水多，慢慢就挤干了，最后到极限了，就挤不出水啦。恒石公司领导班子在考虑 2021 年"增节降"目标时，也是循着这个思路，反复盘算，提出 2021 年降本 1 亿元。他们自己认为已经千方百计、穷尽了所有办法。

当他们信心满满地向张毓强汇报时，张毓强一张口就把 1 个亿给否了，还批评了他们几句。张毓强质问恒石公司的人：你们就这样了？没有空间啦？恒石公司几个人面面相觑，小心翼翼地回答，他们实在想不出来啦！

张毓强不肯放过，进一步追问：是的确没有了，还是没有深入去想？好，你们算的，我不再重复，我给你们提提另外几桩事。接着，他来了个一二三：包装，物流，管理……

天哪，这一下子降本指标要增加5000万元，上升至1.5亿元。但潘春红们冷静下来想想，又不得不叹服张毓强的账算得不错。

恒石公司分管海外业务的张伟被派去恒石埃及公司，兼顾恒石土耳其公司，盖缘起于此。

张伟一到恒石埃及公司，深入了解，的确发现不少问题。欧盟对埃及的反倾销调查也在逐步升级，恒石埃及公司越来越感受到压力。好在张总有先见之明，实行机动战略，提前在土耳其布局风电基材工厂。土耳其横跨欧亚两洲，没有关税，也不存在反倾销调查之类，可以放心大胆发展。张伟在向张毓强、潘春红等人请示汇报后，砍出第一板斧：将恒石埃及公司的部分生产设备逐渐转移至恒石土耳其公司。目前，恒石土耳其公司已有数十台多轴向编织机、几百名员工，形成年产6万吨玻纤布规模，并为今后扩产打下基础。

第二板斧，张伟砍向用工机制。企业本身产量已在逐步减少，但原有员工却不减一人，明显人浮于事。张伟采用中埃双方同步减员的举措，逐步减少中方外派人员，发现培养埃及当地人参与管理，提拔4名埃及人做高级管理人员，实行"以埃管埃"。

张伟第三板斧砍向工作效率。国内一名员工管理一台编织机，但在埃及公司，却是3人共同管理一台编织机，彼此差距就那么大。以前产量大，把人力成本掩盖掉了。现在产量一减少，人力成本就凸显出来。张伟下决心解决这个问题，逐步推行2人1台、1人1台操作制。开始时，有些埃及员工强烈反对。通过薪酬设计，向1人1台操作法倾斜，让多劳者多得。于是，赞成1人1台管理法的埃及员工慢慢多了起来。最后，1人操作法在恒石埃及公司全面推开，人力成本大幅下降。

也许，这种下降幅度超过了张毓强的预期？

"上帝们"生活在海洋上

在振石控股集团、巨石集团有个蛮有趣的现象：销售一直以来由张毓强自己分管，恒石公司自然没有例外。

人们把市场比作一片大海。张毓强说他喜欢这片蔚蓝色的大海，因为，企业的"上帝们"都生活在这片大海之上。

如果把产品销售比作是一项水上运动，那张毓强就是这项运动的老手、高手、多面手，简直可称为十项全能冠军。

在这片蔚蓝色水面上，张毓强能驾驶航船，顺着潮流，将船平稳地开抵目的地。张毓强能玩帆板，不断调整方位，借着风势，走在竞赛队伍前面。张毓强能高台跳水，并选择一个难度系数极大的跳水动作。刹那间，他在空中表演各种惊险漂亮的翻滚动作，然后接近水平面，运气压水，悄无声息地插入水中，甚至不溅起一丝水花。张毓强更会游泳，仰泳、蛙泳、潜泳、自由泳，甚至是花样游泳，在水中劈波斩浪、潇洒自如。

当然，以上这些，都是类比和形容，是文学的夸张。因为，笔者实在不知该怎样描写张毓强在商海中的英姿和过程。

笔者希望张毓强讲讲自己几十年在商海中探索搏击、与人斗智斗勇的精彩故事，特别是发生在恒石公司的商战。张毓强说没有什么精彩故事，精彩故事都在书里，那是人们编的。

谁也没有想到，他给笔者讲的居然是一个不算成功、也不属失败的故事：恒石公司股票在香港联交所上市的前前后后和台前幕后。

2015年12月21日，恒石股票在香港联交所正式上市。

恒石公司上市项目于2014年11月27日在桐乡启动。彼时，张毓强考虑，香港这个资本市场比较成熟，恒石公司如能在香港联交所主板上市是件好事。为此，他组建了上市团队，经历1年零24天的筹备、磨合和坎坷，终于圆梦于维多利亚港湾。

那天，当时针指向9时30分时，张毓强拿起香港联交所那个裹着红绸的锣槌，敲向那面巨大的铜锣。彼时，自然是信心满满。在场的人感觉张毓强敲的那一记锣声似乎特别响亮，在香港联交所大厅久久回旋。

是啊，恒石公司已是全球风电基材行业的一匹黑马，今天又成为全球第一家在香港上市的风机叶片用材织物制造商。今后，乘着国家对风电行业扶持政策的东风，前途不可限量。张毓强向海内外来宾表示，恒石公司将以香港主板上市为契机，抓住发展机遇，以更加优良的经营业绩，回馈广大投资者的信任与厚爱，打造一个更加优秀和生机勃发的恒石！

张毓强和恒石人没有食言，更没有让股民失望。香港联交所锣声刚落，潘春红被调到恒石公司任执行总经理，担负起管理责任。2016年后，恒石公司发展迅猛。

但香港股民却似乎有点辜负恒石公司的努力。恒石股票上市一年多时间，竟纹丝不动，仿若香港联交所交易牌上恒石股票的定价已用钢铁焊死，而不是能上下自由浮动的电子数字。张毓强分析发现，香港股民非常相信那些股票投资分析师，这些分析师怎么分析、怎么引导，香港股民就买什么股票。张毓强再进而研究那个专门点评恒石股票的分析师，发现他对中国内地发展不太了解，尤其是对风电行业发展速度和态势的判断，与张毓强存在巨大差异。他认为未来风电行业发展不会很快，更不会像张毓强预测的那么好。而基于这种判断，他对恒石公司发展前景也并不看好，有时甚至戴着有色眼镜看恒石股票。

为此，张毓强在香港面对面，以及在电话中没少跟这位分析师辩论，但那位分析师似乎是花岗岩脑袋，顽固得很，居然听不进去。

说到后来，张毓强也火了。他直截了当地对那位分析师说：你对风电行业不懂，我现在不跟你争论。若干年后你再看吧，到底谁正确！

对方不肯让步，反驳张毓强，说他是专家，只相信专业。大家不看好恒石这只股票，明年也不会看好！

张毓强忍不住又回了对方一句：如果把你这个专家放到市场上去，什么家也不是！市场不认什么专家不专家，市场只认现实！否则，市场经济就变成专家经济啦！

道不同不相为谋，双方渐行渐远。

恒石股票还是一动不动。但维持一年的费用却需要七八百万元。什么审计师审计费、中介律师费、中英文材料印刷费、写字楼租赁费等，不一而足。

这不是优质资源浪费吗？简直是把钱丢到大海洋里啦！张毓强不干了，他果断决定恒石股票从香港联交所退市。而且，为尽快收回股票，减少麻烦，他同意溢价。

就在全部收回香港联交所恒石股票的2018年，恒石公司经营业绩创新高。当然，在张毓强的通盘规划中，恒石公司还是准备择机上市，只不过选择在合适的时间、合适的地点，做合适的事。这大概是张毓强从恒石股票在香港上市退市中悟出的一条原则。

有趣的是，退市两年后，张毓强在杭州邂逅那位分析师。只见对方脸上红一阵白一阵，说起话来显得底气不足。他承认自己对中国经济看不懂，对恒石风电基材更没有看懂。

见对方已有窘态，张毓强只说了一句话：我对你这个人也看不懂啊！哈哈，哈哈……然后，大度地握手辞别。

张毓强介绍恒石公司在香港上市退市的故事，使人联想到后梁契此和尚写的一首哲理诗："手把青秧插满田，低头便见水中天。六根清净方为道，退步原来是向前。"

2018年11月1日，国家工信部和中国工业经联会通告第三批制造业单项冠军企业和单项冠军产品名单，恒石公司荣登制造业单项冠军示范企业名单。

全国制造业单项冠军，是细分领域的行业制高点，是中国制造核心竞争力的体现。

恒石公司用15年时间，攀登上了这一高山之巅。

会当凌绝顶，一览众山小。

张毓强有关恒石公司的商战故事，不少是由振石控股集团全球销售部总经理黄钧筠和恒石公司总经理潘春红向笔者介绍的。

黄钧筠是位具备鲜明个性的女性，外表俏丽精致，高高的鼻子、灰色的眼珠让人联想到俄罗斯姑娘，但其实她是地地道道的湖北十堰人。她喜欢打扮，漂亮的时装，闪光的耳钉，每天领导着振石控股集团女性时尚新潮流。说话语速快得像机关枪，唱歌时的高音区令那些女高音歌者自叹弗如。她回忆自己在巨石集团曾有一段"蹉跎岁月"，后来调到振石控股集团，跟着张毓强学销售，开发振石控股集团所属恒石公司、东方特钢、华美公司的全球销售业务，与张毓强接触较多，看到的、想到的、学到的，自然就多一些。

采访时，黄钧筠坦言自己是张总的铁杆粉丝。她首先像背诵名人警句一般，张口给你背上一段段张毓强的名言：先建市场，后建工厂。以外供外。勇敢地走出去，坚定地走下去，成功地走回来。千方百计增强客户黏合度。客户苛刻要求是我们进步的动力。帮助别人是一种快乐，善待部下是一种胸怀，接受部下批评是一种境界，理解部下是一种品质……从这些背诵里，你不难感受到黄钧筠对张毓强的崇敬和膜拜。

回忆起自己第一次单独走访客户，黄钧筠坦言心中十分忐忑。不去吧，张总明确说了，自己也已与人家约定；去吧，又觉得自己没有把握，这么大一家客户，万一砸在自己手里怎么办？在上海虹桥机场，她徘徊踯躅了好一阵，最后还是想打退堂鼓。她给张毓强发出一条短信，说自己没有信心。张毓强很快回复她：要相信自己。走出去，就成功了一半。黄钧筠被张毓强这么一鼓励、一激励，只得硬着头皮飞往北京。走到北京那家大客户门口，心里犹豫再三，才敲开了对方的大门。当一旦大门打开，黄钧筠忽觉有一种自信回到身上，自己仿佛变了个人，一点惧怕感都没有，非常顺畅地完成了拜访和洽谈事宜。

应该说，黄钧筠的"悟性"比较高，慢慢地，她成为张毓强进行商业谈判的得力助手。每次大的谈判前，张毓强会与黄钧筠一起分析，帮助她加深对市场的了解，增加对客户的熟悉程度，还教她在谈判现场如何察言观色，注意客户反应。如何在双方感觉厌倦甚至绝望时，保持耐心。谈判，从某种意义上讲，就是一场心理战。谁能摸到对方的底牌，谁就是胜利者；谁先失去耐心，谁就会失败。

有一次，海外一家风电公司来振石控股集团，洽谈恒石公司风电基材销售协议。因是全年销售协议，数额又较大，张毓强和黄钧筠都参加。

黄钧筠原以为双方比较熟悉，谈判会比较顺利。

谁知一开始，对方就提出全年销售价下降10%。否则，他们可能无法与振石控股集团达成协议。猛听之下，黄钧筠有点激动，甚至有点气愤，觉得对方太过分了。

此时，张毓强用眼神示意黄钧筠冷静下来，耐住性子，与对方一笔一笔算成本账。但对方还是坚持降价。一招一式，你推我挡，谈判一时陷入僵局。

只见张毓强缓缓站起，说：你们这么做，我就没法谈了。你们谈吧！说完，他真的转身就走，把黄钧筠留在谈判现场。

黄钧筠一时也有点发愣：这么大一笔买卖，张总真的不要啦？不会的，她坚信这一点，执意不让客户走。

客户见张总拂袖而去，也有点发蒙，觉得这降价也许真的超越了成本底线？于是，对方又转过身，与黄钧筠算起账来。

黄钧筠把控住整体利益，该坚持处坚决守住，可让步时则适当让步。尽量把总量提上去，在单价上降几个百分点，再在资金回收上争取提前，做到总体有利。对方见黄钧筠言之有理、算之有据，也作了必要妥协。

账越算越明白，黄钧筠与客户的认同点在增多。

看看谈得差不多，黄钧筠找个借口溜出来，准备请张毓强出场来拍板。

黄钧筠走进张毓强办公室，还未开口汇报。张毓强稍稍抬头，谈成了？

这……张总，您怎么知道？

张毓强充满自信地回了一句：我就不相信他们舍得放弃恒石风电基材！

哦，原来如此！黄钧筠这才恍然大悟。张总刚才是故意离开，目的是想刺激和提醒一下客户。黄钧筠不由得暗暗点头，张总真是"胸有成竹"呀！

给黄钧筠留下更深印象的，是张毓强对大客户的尊重和守信，并同时也获得了客户的尊敬，风电基材行业集中度高，恒石公司在全球也就十多家大客户。对这些大客户，张毓强每年都会去走访，直接听取意见，进行沟通。

黄钧筠向笔者讲述了张毓强走访大客户的小故事。

2019 年，黄钧筠接到欧洲一家客商的大订单，对方很诚恳地邀请张毓强去面谈。张毓强很重视，带上黄钧筠等人飞赴欧洲。

这家公司在欧洲一个小镇上，中途还要转机。张毓强一行抵达客户所在小镇后，连房间也没有开，就在酒店大堂咖啡座，谈了两三个小时。双方都很有诚意，尤其是对方被张毓强这种不顾长途奔波的精神所感动，协议谈得异常顺利。

一谈完，张毓强就带着大家返回中国。转机过海关时，黄钧筠把几个人的机票递给值守的海关人员检验。一位年轻的海关警员，盯着他们几个人的机票，看了半天。黄钧筠被对方看毛了，还以为机票出了什么问题。只见那位警员抬起头来，用疑惑的口吻问黄钧筠：您确定吗？需要回程吗？有没有搞错？黄钧筠用确凿无疑的英文回答他：Yes，没有搞错，我们就是当天返程回中国！那位年轻的警员见情况确实如此，一耸肩，表示惊讶至极。同时，从口中嘟噜出一句英语：

疯狂的中国人！

当黄钧筠把这句话翻译给张毓强听时，他忍不住重复了一遍：疯狂的中国人！重复完后，忍不住笑出声来。

还有一个小故事，就发生在笔者采访黄钧筠几天前。

恒石风电基材在南方有家大客户，因今年业务比较多，黄钧筠已先后跑过4趟。前不久，该客户邀请张毓强南下，希望与张毓强当面交流交流。经黄钧筠居中联络，双方约定了见面时间。

谁知天公不作美，从杭州出发那天，恰遇南方上空雷暴天气，杭州机场的飞机无法准时起飞。机场广播一遍遍播送着航班推迟的消息，甜美而标准的航空腔撞入人们的耳膜："各位旅客，我们抱歉地通知您，因天气原因，您乘坐的××航班不能准时起飞，请您耐心等待我们的广播通知。"

通知，通知，都通知多少回了，已推迟了五六个小时，还要延误到什么时候呀？黄钧筠坐在候机楼里，急得像热锅上的蚂蚁。她开始动员张毓强别再等下去，还是回家吧！这是因为天气的缘故，对方公司老总能理解。

张毓强摇摇头，稳坐钓鱼船，显得一点也不焦急。也许，他内心也焦急着，但人们从他脸上看不出来。这是张毓强半个世纪商海沉浮练出来的真功夫。

说好了的事情，怎么能变呢？这是张毓强的口头禅。此时，他就这么回答黄钧筠。

张毓强坚持等候，黄钧筠也没有办法，大家只好耐心等待。直到午夜1点，飞机才起飞。抵达广州白云国际机场时，已是凌晨3点，又用了近1个小时才进城住下。第二天一大早，张毓强一行准时出现在该公司会议室里，把对方公司老总感动得不知说什么好。

笔者采访张毓强时，他曾就此事说过一番颇有见地的话。作为一个销售人员，有很多工作要做，需要具备多种素质。但有个核心的东西，就是"信用"二字。销售人员代表着公司，也体现着公司的形象。客户通过销售人员来看一个公司，你说话算不算数，你对客户尊重不尊重，几次下来，人家心里一清二楚。不能因为年龄大了，就原谅自己；不能因为企业大了，就看不起别人。

对张毓强和恒石公司团队的严峻考验，发生在2020年。

网络上有句名言：站在风口上，猪都会飞。

恒石公司自然不是猪，而是鸟。或者如庄子《逍遥游》中形容的大鹏，有风可以扶摇直上九万里。

2020年的风口，显然是国家扶持风电行业政策到了最后一年。一年之内，优惠、扶持；一年之后，对不起，按照市场价格来。这就倒逼中国风电市场只争朝夕，大家都想抢在这政策利好最后"窗口期"，赶紧生产、赶紧安装、赶紧发电。从风电叶片厂家，到风电制造商，乃至整个行业有点乱套，甚至有点疯狂，一度造成风电行业"暴饮暴食"现象。

所谓"春江水暖鸭先知"，订单和客户开始向恒石公司集结。站在销售市场第一线的张毓强立刻敏感地意识到了，他把集团销售部黄钧筠和恒石公司潘春红找到办公室，提前商议、提前布局。

不过，实事求是地说，那时张毓强虽意识到了，但没有意识到后来居然会那样。诚如人们所说的，晓得你会疯狂，但不晓得你会那么疯狂。

当张毓强作出准确判断时，已到了2019年12月。在一次会上，张毓强明确提出：利用这个风口期，再造一个恒石！

再造一个恒石，意味着恒石公司现有规模、产量、销售、利润、税收等几项主要指标要翻一番！

立刻启动订设备！这是张毓强采取的第一招。很显然，巧妇难为无米之炊呀！要扩产，必须先扩设备。2019年11月，张毓强就向潘春红下达指令，先订10台设备。然后，逐月增加。潘春红一时有点期期艾艾：这卡尔迈耶公司的设备不好订呀。一般从下订单到设备进厂，需要7个月。7个月？不行！黄花菜都凉了。张毓强直截了当地否决。最好 2 个月，至多 3 个月。怎么订？我不管，你潘春红负责，3 个月设备不进厂，我就找你潘春红算账！要快，要快，要快！张毓强一连说了三个"快"字！

潘春红被张毓强逼到悬崖边上，没有退路，只好软硬兼施，好话说尽，办法用尽。国外的实在来不及，就先用国内合资厂家生产的设备。一年时间里，潘春红将恒石公司的生产设备增加了 50%。为了让这些设备尽快运转起来，大年三十只放半天假，吃完年夜饭，继续加班。对国外来的安装调试专家，算是例外，增加到两天：年三十和正月初一。

张毓强采用的第二招是，让华美公司整体搬迁出去，把厂房留给恒石公司。原先两个厂房之间有 35 米空隙，潘春红建议把这 35 米空地连接起来，可建成一个约 3500 平方米新车间。张毓强一眯眼，一思考，觉得潘春红这个建议可行，点头同意，并要求在 15 天内拆迁完毕，初七让巨成房产公司进场，开始建设装修。

正当恒石公司上下绷紧琴弦、准备倾情演出时，一场前所未有的新冠疫情不期而至。武汉"封城"，全国摁下"暂停键"，桐乡同样紧急刹车！根据新冠疫情防疫规定，人员流动停止，交通运输停止，原料成品进出停止。那时人们理解，停止就少一分风险，因此最好连空气也不要流动，连云朵也不要飘移。

恒石公司犹似一个百米决赛中的运动员，突然被勒令在原地休息。

猝不及防。

从正月初一到初七，恒石公司每天召开会议，研究怎么办。有时，张毓强自己到会，一脸严肃，他一会儿看看这个，一会儿望望窗外。然后，对大家说：这也许是我们一辈子才有一次的机遇！用不好，我们会后悔一辈子！因此，防疫措施要到位，一条不落；恒石公司改建和扩产，一天也不能停！

张毓强用目光盯住潘春红，几乎是下了死命令！

这，等于是把潘春红逼上了梁山。在采访中，说到此事，能说会道、带点小幽默的潘春红一脸苦相，形容那段时间的自己是"一把鼻涕一把泪"。

也不能说潘春红在故意叫苦吧？困难实实在在摆在他面前。

新建 3500 平方米连接房，需要办理各种各样手续，你找谁？当时，政府行政中心窗口办理人员戴着厚厚的口罩，见到生人都留着神、做好各种防备，人家不愿跟你作沟通。场地上，还好巧不巧有一根 270 米长的天然气管道，需要移动。这活自己又不能干或曰不准干，需求助于专业公司。也不知潘春红用了什么魔法，反正把这些事都搞定啦。

拆迁华美公司，得顾及华美公司的生产和有序搬迁，不能一夜之间全拆全搬，而只能采用"波浪式"：华美公司一截一截地搬，恒石公司一截一截地接，一排一排地安装设备。这种"波浪式"就是边买设备、边改造、边安装、边调试、边搬迁、边生产。说得专业点，叫"交叉施工"。

尤其是人手严重不足。全公司千把人，有将近 400 人返乡过年。原以为春节假期也就 7 天，熬一熬就过去了。谁知，这要命的新冠疫情居然如此厉害。人员不让流动，这怎么办？眼看着设备进来了，眼看着厂房扩建了，眼看着华美公司搬走了。但如果没有人，还不是空忙碌一场？潘春红首先动员能回来的员工尽早返岗，并且试着让 1 名员工看管两台设备。同时，他把公司行政和技术人员组织起来，下沉到一线，临时当班。但即使这样，人员还是不够。潘春红又想出一个"高招"，开展"云招聘"，把恒石公司需要大量临时人员的信息通过手机和互联网发布出去，动员因故留在桐乡过年的外地人，可到恒石公司短期应聘"救急"，待遇从优。这一招还真管用，信息一发布，一下子呼啦啦来了 1100 多人应聘，全年先后聘用 2800 人次，恒石公司因此度过了特定时期的"用工荒"。公司内部创造了"倒班不停机、吃饭交接班不停机"的生产模式，还开展了百日劳动竞赛，调动员工生产积极性。

2020 年 3 月，当全国各地响应政府号召，陆续开始复工复产，恒石公司已开始满负荷，甚至是超负荷运转。

到 4 月，生产规模进一步扩大，急需中层管理人员。张毓强特意从集团借调了 6 名中层骨干，到恒石公司担任车间一级管理者，极大缓解了恒石公司"干部荒"状况。

一个个难题在解决，但新的矛盾又出现了，且使得张毓强大为恼火。潘春红说，这是他这半辈子中受张总最严厉的一次批评。

事情其实也不难理解。随着恒石公司生产量扩大，市场的胃口似乎也越来越大，因而，前来恒石公司订货运货送货的人和车越来越多。恒石公司原有仓库不够用，潘春红在外面租用了近 3 万平方米仓库。但那些仓库仍沿用原先的管理制度，按部就班，哪里跟得上恒石公司的节奏？结果，一些急需出库的产品被压在底层，一些稍后出库的产品，却堆积在门口。这样一来，急需运走的车辆就拿不到产品，有的迟运的车辆堵在仓库门口。现场人喊车叫，乱得一塌糊涂。后来，不仅仅影响仓库发货进货，还开始拖生产的后腿。有的商家就径自跑到张毓强那边"告状"。

那天，张毓强直接跑到恒石公司，把潘春红找到仓库前，对着一片乱糟糟的景象，狠狠地批评了他一通。潘春红至今清晰地记得，张毓强用手指着潘春红的鼻子说：你再这样下去，看我怎么拍你！从今天起，每天向我报告仓库发货情况。不发完货，你们谁也不准回家！

这时，潘春红才意识到问题严重性。他按照生产、出货顺序重新编排仓库计划，调整仓库组织架构，并抽调得力人员加强仓库管理和调度，很快厘清职责、明确顺序、理顺关系。然后，自己每天下班后先到仓库巡查，直至确认最后一拨产品运出，他才用微信如实向张毓强报告：张总，今天的货已发完，我们回家！

天天如此，夜夜如此。直至张毓强那里再也没有客户"告状"

为止。

2020 年，是恒石公司的"黄金年"，利润超 10 亿元。

一家企业利润超过 10 个亿，无论如何是一件值得庆贺的事。更何况，这是振石控股集团下属企业中第一家利润超 10 亿元的企业。这是一个标志，也是一个台阶。

第五章
用东方智慧炼成东方特钢

> 何意百炼钢，化为绕指柔。
>
> ——刘琨

翻过山，寻觅另一片天地

俗话说，隔行如隔山。

张毓强认同此话，但他同时补上一句：隔山可以翻山。

这句话，针对振石控股集团收购嘉兴钢铁厂而言。

请允许笔者将时间指针拨回到 2007 年，那个特殊而微妙的时间节点。

说这一年特殊而微妙，是因为：这一年，中共十六大胜利召开，提出全面建设小康社会目标。这一年同时是北京奥运会、汶川大地震、全球金融危机的前夜。这些重大事件直接或间接地对振石控股集团收购嘉兴钢铁厂产生了影响。

当然，收购起因并没有那般宏大。

嘉兴钢铁厂成立于 1995 年，是一家全资国有企业，年产普通碳钢 30 万吨，有 1000 来名工人。随着中国钢铁业新建、兼并、重组，钢铁行业重新洗牌，嘉兴钢铁厂经受不住市场冲击，渐显疲态。继续办下去，肯定没有前途，但破产倒闭，已化为炼钢炉和水泥墙的大额投资怎么办？还有，1000来名工人呢，都下岗？显然不是办法。时任嘉兴市主要领导，原本出身于钢铁企业，对钢铁业颇具情怀，但又有点恨铁不成钢、恨钢不成器。他想到当时社会上兼并重组的做法，在会议上一商量，决定将嘉兴钢铁厂整体出让。

整体出让是个委婉说法。说白了，就是卖，将嘉兴钢铁厂卖掉！

虽然市里已作出决定，但嘉兴钢铁厂并不是皇帝的女儿，也不是CBD商圈中的旺铺，看上它的人并不多。

彼时，张毓强也没有动心，甚至没有太关注这一信息。

好在市委主要领导熟人多，辗转搭线，地处温州的青山控股集团表示出收购意向。

不过，青山控股集团老总也未必觉得有十分把握，因而又拉上一家合作伙伴，准备两家出钱，把这个铁疙瘩盘下来。

这就巧了。青山控股集团老总找的这个江苏三房巷集团老总，恰恰是张毓强生意上的伙伴、人生中的朋友。这位老总极有个性又十分低调，但与张毓强却很投缘，口口声声称张毓强为大哥，不熟悉的人还真以为张毓强是对方的亲兄弟哩。

三房巷集团老总对嘉兴不太熟悉，但熟悉并敬佩张毓强呀！于是他就转身向张毓强讨教，并请张毓强参与收购事项的洽商。一来二去，张毓强居然成了每次商洽时必到的座上客。张毓强慢慢熟悉了嘉兴钢铁厂情况，对收购一事表现出一定程度的热心和兴趣。青山控股集团和三房巷集团老总就提议振石控股集团也参与收购。市委主要领导一听这个提议十分赞同，希望张毓强转变角色，由"作战参谋"转身为"作战司令"，成为收购方之一。

见几方都有此意愿，张毓强有点心动、跃跃欲试。不管怎么说，振石控股集团是嘉兴小有名气的企业，市里领导那么看得起自己，盛情难却啊！再说，从玻纤行业到钢铁行业，虽说跨度有点大，但万一跨越过去，不就进入一个新的领域了吗？对新事物新领域始终保持着热情和兴趣的张毓强，想尝试一下。

不过，张毓强有着自己的主意，振石控股集团要么不参与，要参与就得控股，那样才有发言权和主导权。

见张毓强愿意控股，市里和另外几家合作单位求之不得。这事，似乎就在说说笑笑之间确定下来。

一听说张毓强要收购嘉兴钢铁厂，议论立时像开了锅的沸水，质疑声一片。人们搬出的依据主要就是那句"隔行如隔山"的老话。说张总一直搞玻纤，在振石控股集团搞的也是玻纤的衍生物或延伸品。现在要去碰钢铁，不是擅长的领域啊！呵呵，搞不好会砸锅卖铁。

但张毓强已下了决心的事，就是10头牛也拉不回来。

不能说张毓强没有算过账，在振石控股集团一些人眼里，张毓强的精明和会算账，略等于犹太人。在这个世界上，人们公认犹太人最会算账和做生意。

收购嘉兴钢铁厂，继续生产普通碳钢，肯定不行，必须转型生产不锈钢，这是张毓强在多次参与洽谈并作了些市场调研后，慢慢形成的想法。众人对此几乎异口同声，形成高度共识。

依据这个思路，张毓强算了一笔账：收购费用2.2亿元，总计投资22亿元。原先生产30万吨碳钢，按当时市场价每吨4000至5000元算，销售额总计也就十几个亿。而当时不锈钢市场行情很好，每吨售价近4万元。如果新上50万吨不锈钢生产线，销售总额将达200亿元。再说，附近嘉善有个废旧不锈钢市场，企业可从那里回购废旧不锈钢，重新加工，那样也可节省点成本。

应该说，张毓强把方方面面都想到了、算到了。

如果说当时张毓强还有什么疑虑的话，就是让谁来管理这个钢厂。

张毓强在与合作方一次次沟通、洽商时，总能遇到一位高个子中年人。热情、直率、坦诚，把喜怒哀乐写在脸上。他对国内外钢铁行业，尤其是对不锈钢技术的熟悉程度，令见多识广的张毓强也为之惊讶。

合作方向张毓强介绍，此人叫刘晓亚，毕业于瑞典皇家理工学院，著名钢铁专家。

刘晓亚就以这样的特殊身份、特殊方式出现在张毓强视野里，后来成为东方特钢公司总经理的不二人选。

笔者第一次见到刘晓亚，是旁听振石控股集团5月份总裁例会。只见一个瘦瘦高高、头发灰白，穿着随意、喜欢笑着发表意见的人。小陆秘书指着他，悄悄告诉笔者，这位就是东方特钢刘总，刘晓亚。

哦，这就是人们传说中的不锈钢专家？有点不太像呀！在人们日常印象中，所谓大专家，都是些高寒带人物，戴着厚厚玻璃片，文质彬彬、不苟言笑，说话慢条斯理，甚至拿腔拿调。

刘晓亚显然是另一种类型。

2021年暮春的一个上午，笔者与刘晓亚约定采访时间，作了一次长谈，对刘晓亚本身和东方特钢公司的来龙去脉有了轮廓式了解。

刘晓亚自述，他在中国科学院攻读冶金专业硕士。毕业后，想更快提升自己，便与号称瑞典工程师摇篮的瑞典皇家理工学院联系，申请选读"瑞典冶金之父"的博士生，没想到真的被录取。1989年4月，刘晓亚飞赴斯德哥尔摩，开始他的海外求学生涯。瑞典博士制时间很长，刘晓亚读了4年半。之后，遵师嘱，又读了2年冶金博士后，天天听课、做笔记、搞实验。博士后出站，刘晓亚又到瑞典钢铁厂。20余年时间，刘晓亚天天与钢铁打交道，几乎把自己也变成了一块钢铁。

就在刘晓亚快变成一块钢铁时，中国酒泉钢铁集团老总去瑞典钢铁厂考察，刘晓亚参与接待介绍。酒钢老总慧眼识珠，从各色人等中发现了禀赋独具的刘晓亚，邀请他回国创业。酒钢老总告诉刘晓亚，在西方搞钢铁，已没有发展潜力。而酒钢要上一个很大的不锈钢项目。这一下，真的挠到了刘晓亚的痒痒处，他正在忧虑此事，觉得自己颇像当年被困在柴大官人家里的武松，十八般武艺无处施展、无人赏识。如果有个不锈钢项目能让他施展拳脚，也不枉了这一身本事。刘晓亚回忆到此处，笔者就想到，不管中国知识分子如何现代，那种

"天下兴亡，匹夫有责"的使命意识，那种"学成文武艺，货与帝王家"的理念，还是深植脑海、根深蒂固。

经不住酒钢老总三说两说，刘晓亚真的放弃在瑞典的优厚待遇，把妻女安顿于老家马鞍山后，毅然决然地飞赴中国大西北，一头扎进酒钢集团不锈钢项目之中。

干了3年半时间，刘晓亚把酒钢集团的不锈钢项目搞成了，关系理顺了，刘晓亚觉得自己回来对了。那位当年"忽悠"他回来的老总，对刘晓亚也是一百个满意！

但是，有人感觉不太满意。这个不满意的人，是别人倒也罢了，可她是刘晓亚的宝贝女儿呀。女儿觉得老爸这个地方实在太偏远了，偏远得几乎与世隔绝，一片戈壁滩，都到古嘉峪关了。古嘉峪关就是古人诗中说的那个"春风不度玉门关"的"关"呀！春风都不度，羌笛都怨恨，何况她年纪轻轻的，能喜欢吗？去了几趟，她向老爸宣布，以后她再也不去了。

女儿的"威胁"，自然只是一个方面，还有另一方面是酒钢集团领导层发生变化，刘晓亚在一些人眼中有点"贬值"。这种"贬值"的感觉特别不好，刘晓亚开始考虑离开。

说来也真是凑巧。此时，地处温州的青山控股集团开始商谈购买嘉兴钢铁厂，青山控股集团老总对刘晓亚说：刘工，你到我们这里来吧，我们一起搞个不锈钢项目。

不锈钢，对刘晓亚真的有吸引力，比磁铁还有吸引力。于是，刘晓亚答应了。

当刘晓亚真的要走，那些人才"意识"到刘晓亚真是个难得的人才。"九爷不能走！"这是现代京剧《智取威虎山》中的桥段，被这些人用来挽留刘晓亚。千万不能放刘晓亚走呀，谁放走谁负责！谁也不敢答应，谁也不敢签字。刘晓亚一跺脚、一咬牙，干脆不要那个人事关系啦！

这是2006年9月，一个秋草丰茂的时节。

张毓强把刘晓亚约到办公室，两人坦诚相见，作了一次长谈。

就这样，刘晓亚走进了张毓强的视野，走上了收购改制后的东方特钢公司总经理的位置，找到了真正能发挥自己作用和特长的平台。

听完刘晓亚的自我介绍，笔者忍不住一阵唏嘘。没有想到，真的没有想到，刘晓亚与东方特钢还有那么一段曲折复杂的经历。

2007年8月1日，建军节。张毓强主持召开东方特钢公司临时股东大会。大会正式聘任从海外归来、又从酒钢集团前来的刘晓亚博士后为公司总经理。股东们特别真诚地要求刘晓亚，至少在东方特钢公司干满5年。可谁会想到，刘晓亚居然一干15年，且现在仍执意干下去呢？

临时股东会重点讨论了东方特钢公司的发展，并作出决议。

笔者从振石控股集团一大堆泛黄的档案堆里，找到了决议文稿。

文稿写明，振石控股集团此次收购具体操作方式为：先收购，再增资。振石控股集团与另外几家企业先出资收购，振石控股集团持有51%股权，取得绝对控股权；其余几家企业占股49%。收购完成后，各方再按股权比例对东方特钢公司进行增资。收购资金大约4亿元，加上新增投资和铺底流动资金等，共需14亿元人民币。建设周期约为18至20个月，在现有资产基础上进行投资改造，设备主要从国内采购，有些自动控制系统从国外购买，要求2007年年底完成主要设计及主要设备采购工作，2008年年初开始土建，2008年6月安装设备，力争2008年年底投产。

股东们认真分析了该项目前景，认为该项目主要涉及不锈钢领域，而不锈钢产品门类繁多，行业容量巨大，且国内主要生产厂家均为国有企业，民营企业与其竞争有多方面优势。以目前每吨不锈钢3万元左右分析，年产50万吨不锈钢可带来销售额150亿元。按每吨税后利润1500元计算，则每年税后利润可达7.5亿元。顺利的话，投产后两年即可收回全部投资。

决议还讨论了原料来源和产品销售事项，指出东方特钢公司主要将采用废旧钢，附近嘉善县有一大型废旧钢交易市场。因此，原料购买十分便利。在销售上，嘉兴周边均为用钢发达区域。仅嘉善县便可消化 1 万多吨不锈钢。人员可以外招，不成问题。

从上述摘录文字中不难看出，当时筹备东方特钢公司的临时股东们，对于收购、改制、生产、销售、用工等，均抱着乐观态度。

但，天有不测风云。而且，这个不测风云恰恰出现在东方特钢改制转型的关键时刻。

2008 年，美国次贷危机引发的金融风暴席卷全球，黑天鹅事件、灰犀牛事件接连出现，一时哀鸿遍野、草木皆兵。金融界首当其冲，银行信贷立马收紧，只还不贷，部分行业、产业应声落马。不锈钢从最高时每吨近 4 万元，一路狂跌，最低时跌至每吨 9000 多元，不到预测值的 1/4。

张毓强在采访中回忆说，振石控股集团大多数投资项目，都是在低位时进入，唯有这个东方特钢项目，是在最高位时进入，预测投资与实际需要投资落差极大。有人总以为他张毓强事先考虑好了的。其实，没有早就想好的东西，他张毓强又不是神。哪个企业家跟你说他早就考虑好了的，都是吹牛。因为市场变化无穷，有些事情不像想象中那么简单。任何人最拿捏不准的就是市场。你想把控市场，有这个能力吗？不可能的事嘛！

张毓强还慨叹说，如果不买这个嘉兴钢铁厂，振石控股集团当时的日子不会太差。但他会不时买企业，也会卖企业、创造企业，始终没完没了。实际情况往往是，企业好的时候，作为企业家未必能享受得到；而当企业不好时，企业家却必须承受。这大概就是企业家的宿命。

在 2007 年 11 月 24 日召开的股东会上，张毓强坦诚而详细地陈述了面临的诸多困难：对振石控股集团而言，钢铁行业是个全新领域。俗话说，隔行如隔山，出现许多新情况，而却无现成经验可借鉴，只能摸着石头过河。工期紧、任务重、人员极度匮乏，原嘉兴钢铁厂员工良莠不齐，外部一时招聘不到合适人才，新老员工磨合需要时间。计划建设的一条年产 50 万吨不锈钢生产线，按照眼下价格分析测算，至少需要 19 亿元，比原先估算多出 6 亿元。投产后，铺底流动资金需要 30 亿元以上，但是贷款仍无从谈起。且目前外部环境非常不利，在国家宏观调控大背景下，不锈钢项目很可能无法取得银行支持，所有建设资金均要几家股东自己出。按股比，振石控股集团需拿出近 8 亿元。现在看来，原定 2008 年 10 月投产的目标肯定难以实现，最早也得到 2009 年 3 月。

最后，张毓强向股东们说，特钢作为一个特大型项目，前景固然十分美好，但目前面临的风险及对振石控股集团的压力显而易见，希望引起股东们高度重视，一起采取相应对策。

若将张毓强的陈述概括起来，就是两句话：问题多多，压力山大。

股东会的气氛沉闷而压抑，大家显得有点忧心忡忡。

此刻，张毓强平时累积起来的信誉和权威发挥了作用。股东们将目光集中在张毓强身上，希望他拿主意，各家股东照办。三房巷集团老总说得更明朗：我相信张大哥。张大哥说咋办，就咋办。

企业已经买下，改造已在进行，退无可退。张毓强提出的对策之一，东方特钢项目增资扩股，各家股东按股比分摊。

振石控股集团是控股股东，占比最大。为筹集资金，张毓强与董事们商量，忍痛割爱、壮士断腕，卖掉几家盈利能力很强的关联企业，筹措到一大笔资金。

与此同时，几家股东单位增加的资金陆续到位，资金难关勉强渡过。

然后，抽调精兵强将做文件、跑审批。嘉兴市委市政府给予有力支持，有关部门大开绿灯。

东方特钢工程终于露出一丝充满希望的曙光。

开辟攀登高峰的东方路径

差异化，是张毓强给刘晓亚建厂管厂确立的主要原则。

张毓强告诉刘晓亚，走老路，生产普通碳钢，固然没有前途；但生产普通不锈钢，同样没有前途。东方特钢就是东方特钢。人无我有，人有我优，人优我特，走"高、精、稀"之路。

这一点拨，刘晓亚如醍醐灌顶、豁然开朗。

刘晓亚知道，正如张总所言，在不锈钢领域，大鳄大咖多的是，无论生产规模，还是资金实力、抑或专门人才，东方特钢均无法与那些航空母舰般的企业集团争锋。一定要找出独特的"这一个"，从强手如林、四面埋伏的夹缝中寻觅到一条新路。

大些，小些；长些，短些；宽些，窄些；更薄些，更厚些，更宽些……

东方智慧与创新思维，在抉择东方特钢公司主导产品时，频频闪现出灵感。

刘晓亚最终与张毓强商定，东方特钢公司上马中宽板卷不锈钢项目。宽幅 1600 毫米、厚度 3—16 毫米，这种不锈钢产品是市场上的主流产品，也是紧俏、前景看好的产品。

后来东方特钢发展实践证明，这个选择正确。它为东方特钢公司跻身全国三大不锈钢基地奠定了设备基础和工艺基础。

开始安装 50 万吨不锈钢主体设备时，已进入 2008 年春夏之交。

记忆中，那年初夏很特别、很闷热、很悲伤。电视中滚动播送着汶川抗震救灾的现场，东方特钢公司员工们在电视机前看得涕泗交流，然后，转身擦干眼泪，回到工作岗位拼命干活。

新购买的大型设备陆续到位，原有留下来的只有康斯迪电炉和 LF 炉，其他的都拆了。厂房重新布局、生产流程重新设计。

这一切，对长期浸润在钢铁行业中的刘晓亚而言，并不是难事。

时间很快进入 2009 年年初，全球金融危机的影响日益显露，刚刚上马的东方特钢，面临着下马危机。

振石控股集团召开年度工作会议。针对东方特钢和其他企业面临的困境，张毓强说了一番既使人沉重、又令人鼓舞的话。他提出要清醒认识这场危机对企业发展的影响，充分做好过"紧日子"的思想准备。看到经济危机正以不可阻挡的势头向实体企业蔓延，同时看到，"危机"本身就包含两个方面含义，一是"危险"，一是"机遇"。张毓强举例古代打仗，讲究"置之死地而后生"，有时会"背水一战"。困境是懦弱者的坟墓，也是勇敢者脱颖而出的最佳时机。顺境时体现的是实力，困境时体现的是耐力。张毓强要求各企业反向操作，利用好这个时机，进行逆向投资、人才抄底。

对于东方特钢需要的大额度投资，张毓强希望"寒凝大地发春华"，顶住巨大压力，一分钱不少、一个人不裁。

2009 年 8 月 8 日下午 3 时，东方特钢一期工程现场挤满了兴高采烈的人群，嘉兴市委主要领导兴致勃勃来到现场。

那天，进行电路—LF 炉—板坯连铸机热负荷试车。

张毓强一声令下，主控室员工开始操纵，3 柱形同炮筒的电炉电极缓缓下降，伸进炉膛。伴随着"轰隆"一声巨响，炼钢炉内火花四溅，年产 50 万吨宽板不锈钢项目成功点火。至下午 5 时许，第一块钢坯终于诞生。炽热的、玫瑰红色的钢坯，带着初生儿般的骄傲与羞涩，缓缓地从人们眼前滚动而过。

现场被新出炉的钢坯和四溅的钢花映照得通红闪亮，人们群情激昂、欢声笑语。张毓强戴着一顶蓝色安全帽，帽檐下那张平时紧绷着的方脸，此刻也流露出笑容，而刘晓亚更是喜形于色。一个毕生追求不锈钢事业的科技专家，终于在振石控股集团这个舞台上，在江南水乡南湖边，实现了独立筹建一家不锈钢厂的梦想。

这是一个永载振石控股集团发展史的日子。

投产喜悦瞬间过去，问题却接踵出现。据刘晓亚回忆，50 万吨不锈钢生产线最初投产时，产品含磷量较高，质量不达标，市场销售受影响。东方特钢公司产品每吨售价比宝钢低 1200 元左右。恰恰此时，市场价格如高山瀑布般狂跌。这样，生产 1 吨亏 1 吨，生产比不生产亏损还严重。到年底，亏了个底朝天。

有人开始说风凉话，说东方特钢是赔本赚吆喝。

刘晓亚找到张毓强，请示张毓强考虑考虑，要不要停产几个月？

张毓强没有正面回答刘晓亚：你自己决定吧！

刘晓亚于是决定停产一段时间，直至不锈钢价格止跌回升。他请示张毓强，可否考虑复工复产？

这次，张毓强回答得很干脆：有什么好考虑的？！企业已经买下来了，生产线也已经上马，还考虑什么？你必须把它搞成赚钱的，事情就那么简单！

话是这么说，但做起来蛮难。

2009 年 9 月 16 日，AOD 炉设备组合顺利投产。刘晓亚告诉笔者，所谓 AOD 炉，是氩氧精炼法中的一套精炼设备，外形与转炉近似。炉体安放在一个可以前后倾倒的托圈上，人们也许从影视作品中看到过。设备组合中还有一台 LF 炉。这 LF 炉，俗称精炼炉，主要功能是脱硫，改善钢水纯净度，提高不锈钢质量。

刘晓亚在实践中感觉到，前期用普通碳钢做试验可以，但生产正规不锈钢产品显然不行。用废旧不锈钢生产，远远不能满足规模需要。怎么办？他提出用镍铁作原料，生产不锈钢。一来镍铁原料多，价格比较便宜；二来正可发挥这套装备的长处，避免不足。

正是这一技术思路，改变了东方特钢产品的走向，使得东方特钢设备跃居国内同行业领先地位，可生产奥氏体、超级奥氏体、耐热不锈钢、双相不锈钢等 10 余种不锈钢。

全国不锈钢行业群起仿效，改用镍铁作为不锈钢原料。而且，为后来振石控股集团登上万岛之国印尼，开拓镍铁产业埋下伏笔。

当然，那是后话。

彼时，在钢铁专家刘晓亚看来，这样还是不行。要让 50 万吨不锈钢生产线生产出真正高品位的不锈钢，必须配套上马一条退火酸洗生产线。

退火酸洗，是钢铁行业的说法。实际上是对钢材进行一次热处理，退火、正火、淬火、回火等，使钢材达到最佳性能。初始阶段，东方特钢生产的不锈钢表面呈现黑色，拉到外地去酸洗加工，既费钱费时，又不由自主，还影响交货期。如果东方特钢公司自己能上一条酸洗线，生产出来的产品就地进行退火酸洗工序，那就可成为下游厂家接纳的成材。不过，这样一条线，至少投资 6 亿元。

刘晓亚不是不知道，当下集团资金紧张到什么程度。振石控股集团两家盈利企业因关联问题无奈出售，原先合作的几家企业因故先后转让股份，正在紧锣密鼓建设中的振石大酒店，犹如嗷嗷待哺的雏鸟，需要大笔投资。张总能抽得出那么多钱吗？即使有，张总舍得投入到这个成本高、见效慢的退火酸洗项目上来吗？万一不成功，他以何面目见张总？刘晓亚心中也在嘀咕。

张毓强似乎看出了刘晓亚的心思。这样不行！就像打仗一样，主将没有信心，焉能战而胜之？

为此，张毓强把刘晓亚找来，讨论上不上这条 60 万吨退火酸洗生产线。

刘晓亚毕竟是搞科技的，不会藏着掖着。最终，刘晓亚还是曲里拐弯地把他的设想、方案、顾虑，统统告诉了张毓强，请张毓强定夺！

张毓强用锐利的眼光逼视着刘晓亚：晓亚，你对这条生产线到底有没有信心？

刘晓亚没有回避张毓强那道目光，口吻坚决地答道：我有信心。但关键是你张总要有信心！刘晓亚知道张毓强此时肩上的压力，了解集团现在处处需要投入用钱。

张毓强马上接口道：我要的就是这句话！只要你晓亚有信心，我就有信心！

刘晓亚闻言，转过身，悄悄抹去眼角溢出的泪花。

逆向投资。张毓强在振石控股集团资金十分紧张的情况下，决策上马年产 60 万吨退火酸洗生产线，总投资 6 亿元！

2009 年 9 月，项目获嘉兴市发改委批准。第二年 5 月 23 日，60 万吨退火酸洗线在众人瞩目中开工建设，张毓强三天两头跑到施工现场，询问情况，督促进度。

最艰难的处境，就是青黄不接时。

2010 年，全国不锈钢市场仍处于低迷之中，东方特钢品牌尚未形成，退火酸洗线还在建设之中，不知什么时候方能见效？企业每个月亏损几千万元。换句话说，差不多等于每月投进去一个中型企业。

刘晓亚一时觉得压力山大，大到晚上睡不着觉，经济上也受不了。市场价格还在一个劲地往下走，根本没有理睬刘晓亚的承受能力。

张毓强看得很远。他没有批评刘晓亚。他知道此时的刘晓亚需要的不是批评，而是鼓劲。他耐心地点拨刘晓亚，一个企业，一个产品，总有一个培育过程。在这个过程中，不要怕赔钱。降低生产成本，也有个过程，提升品牌，更有个过程。过程，就是时间，就是积累经验。东方特钢要在困难中找希望，在劣势中找优势，在逆境中找出路，在竞争中找机会。以时间换空间，以亏损换利润。

面对着巨额亏损，张毓强仍要求刘晓亚抓紧建设、开足马力生产。刘晓亚在采访中说，那时真担心建着建着没钱了，怎么办？但他又不敢对张总明说，只能自己在心里嘀咕着，硬着头皮顶住，咬着牙齿坚持。

2011 年 10 月，退火酸洗线仿若母亲"十月怀胎、一朝分娩"般，在阵痛之后，崭露头角。那天，刘晓亚看着由轧钢分厂轧制的黑色钢卷，通过入口开卷机，再经过焊机焊接，经历退火炉的"磨炼"，最后接受酸洗段的"洗礼"，顿时蜕变，全身闪着银色亮光，像个经过隆重化妆的美少女，袅袅婷婷地走下生产线，形成第一卷不锈钢。

之后不久，刘晓亚带着东方特钢团队，通过技术攻关，成功研制出 2507 双相不锈钢产品。为什么叫 2507，笔者不懂，以为是不锈钢产品的编号或编序。刘晓亚告诉笔者，2507 是不锈钢组合代码。25 是铬含量，07 是镍含量。这是一款双相不锈钢，是在第二代双相不锈钢 2505 基础上发展出来的，它综合了许多钢材的长处和优点，铬和钼的含量比较高，因而具有高强度、高抗疲劳强度、低温高韧性等性能，被广泛应用于石油化工、海上及海岸设施、油田设备、造纸、造船、环境保护等领域。

东方特钢公司因 2507 型不锈钢，获得特种设备制造许可证。这是继宝山钢铁集团、太原钢铁集团、酒泉钢铁集团之后，第一家民营企业取得该证，为东方特钢产品进军特种设备领域打开了大门、铺平了道路。

前面，一马平川。

2012 年，东方特钢在全行业普遍亏损情况下，利润首次突破亿元，终于从亏损大户变为盈利企业。

对于东方特钢而言，这是具有转折意义的一步。

全国最大的不锈钢交易市场就在邻近地区无锡市。刘晓亚派出销售员，驻点收集信息，每天反馈，及时了解市场需要什么类型、品种、规格的不锈钢。每天销售员的信息报到刘晓亚这里，刘晓亚马上将市场短缺的不锈钢材列入新产品开发目录。然后，他带领团队，动用自己专业技能，很快开发出这款新产品。一般周期不会超过一个月，速度快得令人咋舌，东方特钢成为无锡不锈钢市场的一匹黑马。

那是 2017 年 2 月间，中远船坞公司有艘化学品船往南方运货。途中，因船员误操作，将船上的化学品存储罐砸了个洞，被迫临时改道，开到沪东造船厂进行修理。偌大的沪东造船厂修理一个洞口，自然一点问题也没有。但有问题的是，沪东造船厂储备仓库里，一时找不到修补漏洞的 316LN 型不锈钢材。此时，正用得上巧妇难为无米之炊这句俗话。

沪东造船厂只能一边寻找，一边等待。这可把船东给急坏了。那船东的心情也可以理解。破船停泊在修理区，每天需要付钱。这还不算什么，关键是运期延后，船东要向货主交纳滞期费。一艘大货轮每天的滞期费，少说也得十几万美元。船东频频告急，船厂无可奈何。

船东如何等待得起？他们自己跑到无锡不锈钢市场找供应商，到处打听，哪家企业能做这款不锈钢产品？一些不锈钢企业闻讯也有兴趣，但一了解，说这种不锈钢材比较特殊，这是一种高碳钢，要求耐腐蚀性能极高，一般不锈钢企业根本做不了。也有企业能做这种不锈钢材，但需花费很长时间。

某天，船东找到东方特钢公司驻点销售处，市场信息员立马把这个信息反馈给刘晓亚。同时有点顾虑的是，这笔生意总额不大，全部售价也就 50 来万元。但刘晓亚一听，当即表态说，东方特钢能做这款不锈钢，他在瑞典时曾做过，而且必须要做，让市场知道东方特钢公司能做人家不能做的产品，这不是几个钱能换来的。

说干就干，经过几天时间研发，刘晓亚很快把这种特需的 316LN 型不锈钢研制出来，送到沪东造船厂，船东和船厂千恩万谢。现任宇石国际物流公司董事长寿丹平，当时在东方特钢公司负责销售，他告诉笔者一个数据，彼时市场上，普通不锈钢产品每吨才 2 万元左右，而这款不锈钢产品卖到每吨 6 万元，客户还千恩万谢。这样名利双收的事情，何乐而不为耶？！

张毓强也忍不住表扬了东方特钢公司，说没有想到东方特钢质量上得那么快，品种上得那么多，做到了差异化。

说到这里，刘晓亚有点小小的"自豪"。目前，东方特钢公司产品十分齐全，长度可做到 18.5 米，宽度可做到 3.5 米，能做出这种品种规格的，全国业内也就两三家。不锈钢市场上，现以东方特钢的价格作为基准哩。其中 1.5 米宽中厚板不锈钢，全国唯此一家、别无分店啊！

刘晓亚在采访中对笔者说，他对张总讲的每句话都会认真地听，仔细琢磨,慢慢理解,然后照着去做。

也许,张毓强说的所有话里,坚持差别化原则,开发附加值高的产品,是刘晓亚记得最牢、实践得最好的。

刘晓亚的思维是跳跃式的,习惯于短句、简句,用语自然非常专业,不是业内的人,颇难听懂。

但他讲的关于东方特钢公司为何选择做中厚板不锈钢的故事,笔者算是听懂啦。

大概在2019年4、5月份,刘晓亚从网上获悉江苏一家专门生产中厚板不锈钢的企业停产。一了解,原来是政府出手关停一些环保和质量问题严重的钢铁企业。这家公司就是采用中频炉生产中厚板不锈钢,污染大、能耗高、质量差,因而被责令关停。刘晓亚看到这个消息,马上一激灵:他们一关停,不是空出中厚板不锈钢市场份额了吗?我们可以替补呀!刘晓亚知道中厚板不锈钢利润率较高,市场容量大,全国眼下只有太原钢铁集团和酒泉钢铁集团能够生产。如果中频炉生产线退出该领域,东方特钢公司完全可以低成本参与竞争。

想到此,刘晓亚马上向张毓强作了报告,建议利用现有轧钢流水线,新上一条中厚板酸洗线,生产中厚板不锈钢。张毓强态度明朗:你先作个测算,马上!

测算方案很快出来,总投资2.5亿元。不算多!

说上就上。2020年4月,一条崭新的中厚板不锈钢酸洗线在东方特钢公司闪亮登场,正式投产。市场反馈回来,中厚板不锈钢产品销路不错,效益更不错!

东方特钢设备基本到位,技术工艺基本理顺后,刘晓亚开始跟着张毓强学习企业管理。

刘晓亚搞了一辈子钢铁,不吹牛地说,对于钢铁技术,刘晓亚是个大专家。他只要一看产品外表颜色,就知道它的成色与质量,他甚至能听懂钢铁的声音,闻到它们的呼吸。但对企业管理,真的是外行。而作为企业总管,他不能不管。于是,80岁学跌打,一切从头开始。

刘晓亚对张毓强的企业管理经验完全信服，甚至带有一点小崇拜。振石控股集团管理的理念、制度、方法，带着鲜明的张毓强个人风格。它不是从大部头企业管理书籍或秘笈之类转抄过来，而是张毓强自己在长期企业管理的实践中发现、领悟、总结、概括出来的。宛若是自家田地里长出来的作物，健壮茂盛，带着泥土和露水，冒着热气和体温。即使要移植一下，也能很快适应，不久即可开枝散叶。按照张毓强的说法，企业管理并不深奥，说到底就是2个词、4个字：质量、成本。他告诉刘晓亚抓住质量、成本做文章，就抓住了企业管理的关键。

刘晓亚对张毓强的"市场经"是口服心服，但对张毓强的生态观、环保观，有个理解和接纳过程。

采访中，刘晓亚坦率地回忆起东方特钢公司在环保问题上他与张毓强之间曾经产生的分歧。

张毓强在企业环保方面有不少经典名言。譬如说，不是企业消灭污染，就是污染消灭企业。譬如说，环保不是压力，而是核心竞争力。譬如说，给节能减排找出路，就是给企业找活路。对这些理念和口号，刘晓亚原则上认同。但在一些具体事项上，刘晓亚承认自己做得不太好，让张总不满意。

第一件事是固废的利用和回收。张毓强对东方特钢公司的固废回收要求很高。要求一次性搞好，搞到位。固废中含有镍和铬，要全部回收，环境要彻底美化绿化，弄得漂漂亮亮，像一家振石控股集团的企业。而刘晓亚则认为，东方特钢公司由旧厂改造过来，不可能推倒重来，不可能像振石控股集团其他新企业整齐洁净，过得去就行，能利用尽量利用。因而前几年，刘晓亚在固废回收改造的投入上，总是抠抠搜搜，犹如切香肠一般，每年投一点，每年迈一步，没有从根本上解决问题。为此，刘晓亚没少受张毓强批评。

几次批评下来，刘晓亚才意识到自己标尺不够高。于是，他开始按照张毓强的要求，对公司全貌进行重新规划，该净化的净化，该绿化的绿化，该美化的美化。几年之后，东方特钢公司脱胎换骨、焕然一新。

第二件事是煤气改天然气。东方特钢公司开始改建时，国家煤气供应量不足，公司便自建了煤气站，自制煤气。煤气站面积2000多平方米，建筑耐火等级为二级，消防设施、煤气检测仪、安全阀、压力表等一应俱全，运行那么多年，没有出现任何问题。作为一家民营企业，有这样的煤气站已很好了。刘晓亚心满意足。对这么好的煤气站，还需要投入巨资进行改建吗？国家并没有提出要求，张总的标准也太高了吧？而且，当时自制煤气比天然气便宜，张总这是钱多得没处用了吗？实事求是地说，刘晓亚一时有点想不通。这是采访刘晓亚时，他亲口告诉笔者的。

在这件事上，张毓强盯住不放，几乎是逼着刘晓亚干的。他告诉刘晓亚，你难道看不出来吗？中国向俄罗斯等周边邻国买了那么多天然气，就是要从根本上彻底解决生产生活使用天然气问题。今后，整个国家都要那样，更何况你一个小小钢铁厂啊！你刘晓亚难道没有看到，自制煤气有尾气废气？早动手早主动，迟动手就被动。

虽说刘晓亚当时有点想不通，但他对张毓强的超前意识一向敬佩。2016年，在情愿与不情愿之间，刘晓亚将东方特钢公司的煤气站拆除，改用天然气。刚等刘晓亚改建完，国家便明令禁止使用自制煤气，提倡用天然气。刘晓亚偷偷地算了一笔账，发现使用天然气的确比自制煤气便宜许多。张总真神啊！

前不久，省发改委、北京钢铁规划院一些领导和专家到东方特钢公司考察，刘晓亚作了专题汇报，受到领导和专家们点赞。他们表扬东方特钢公司环境保护工作，尤其是煤气改天然气工作做得早、做得好。张毓强不失时机地发问：你刘晓亚炼钢铁那么多年，哪个说过你好呀？刘晓亚据实回答，没有。那，人家现在说你好了，为什么呢？

可能是东方特钢公司的环境保护工作做得还可以吧？刘晓亚笑呵

呵地回应。

不是可能，而是一定！张毓强斩钉截铁地说。

从此，刘晓亚更信服张毓强的远见卓识。逢人便说，听张总的，没错！那情景，颇有点像古时"到处逢人说项斯"的佳话。

第三件事是职工餐厅。刘晓亚说自己在吃喝穿着上是个马马虎虎、大大咧咧的人，一向不太讲究。因而开始时，他并没有太在意公司职工食堂的事儿。张毓强专门到东方特钢公司职工食堂检查过几次、吃过几次，每次都会批评刘晓亚，东方特钢公司职工食堂搞得太差，告诉他这样会影响员工积极性。有时甚至说，连个食堂都管不好，还怎么管企业呀？话很尖锐，让人有点受不了。

刘晓亚开始重视食堂管理，自己也曾花了一番功夫，但收效甚微。一个小小食堂，弄得这个钢铁专家团团转。刘晓亚只好承认自己不是管食堂的料。他找到张毓强，实话实说、直言相告：张总，你饶了我吧！我真的管不了这个食堂。

那好，你刘晓亚管不了，我就让别人管！从此，张毓强指定东方特钢公司一位副总主抓职工食堂管理，还时不时过来"品尝"。一段时间下来，东方特钢公司职工食堂伙食质量明显改善。据说，现在振石控股集团所属企业中，东方特钢公司职工食堂算是好的啦！

三件事，说大不大，说小不小。让技术型专家刘晓亚越来越体会到企业管理的难度和窍门，慢慢转型为一个复合型的管理者。

在采访中，张毓强对此作了客观分析：刘总原先是个纯技术型的人，从大学起念的就是钢铁专业。后来，他又在国外待了18年，而且只做炼钢这一专业，因为国外分工很细，相互之间不掺和。我每个月去开会，经常跟他碰头讨论。人家是位大专家，自然不能用指导的方式、培训学生的方式，而是采用讨论的方式、商量的方式，讲一些企业管理的理念、思想、方法、实例，让他自己慢慢体会。他体会到了，找到管理模式了，自然会去做好。现在看来，刘总在管理上有了非常大的进步。

炼钢，也是炼人。笔者从刘晓亚与东方特钢公司的关系中，再次验证了这一富含哲理的命题。

让水花在不锈钢上翩翩起舞

创新，为各行各业之必需。

东方特钢公司最为人们津津乐道的创新成果是：不锈钢中厚板在线固溶处理技术。

这没有什么呀？当笔者向刘晓亚询问此事，刘晓亚显得举重若轻，一副无所谓的神情。他告诉笔者，东方特钢公司都没有宣传，还是合作单位东北大学作了申报，才传开的呢！

天哪，这么大的一项科技创新成果，后来被《世界金属导报》评选为"2020年世界钢铁工业十大技术要闻"的"要闻"，刘晓亚居然这么淡然淡定？

为大体弄懂"在线固溶处理技术"，笔者找了些资料学习。

固溶技术是一种热处理工艺。在生产过程中，先将合金加温到高温区，在一定时间内保持恒温状态。然后，进行快速冷却，获得过饱和固溶体。以前传统处理方式是，奥氏体不锈钢中厚板固溶处理均采用离线方式，即必须等待钢板冷却到室温后，再重新加热至固溶温度。轧制及热处理环节，通常要花去24小时以上，能源消耗大，生产周期长。

东方特钢公司联合东北大学，优化加热和轧制工艺，攻克奥氏体不锈钢中厚板在线冷却工艺下性能超标及板形不良等技术难题，成功开发出国际首台套不锈钢中厚板免加热在线固溶处理工艺技术，可充分利用轧制余热，中厚板在1050℃以上高温终轧后，直接进入在线固溶冷却设备，冷却至150℃以下。与传统在线固溶处理工艺相比，新的在线固溶工艺，节能60%以上，生产周期由过去24小时缩短至5小时以内。

专家们点评道，不锈钢中厚板在线固溶处理工艺装备的成功研发，改变了延续多年的传统热处理生产流程，在环境保护问题日益突出的当今时代，不锈钢中厚板免加热在线固溶热处理工艺装备的研发，适应钢铁业绿色低碳发展的时代要求，对促进我国不锈钢中厚板行业生产技术进步及绿色发展将发挥重要的引领示范作用。

笔者知道，上述引用和介绍，未免过于专业和枯燥，但读者还是可从中体会出这项新工艺的特征及价值。

自然，作为一部报告文学作品，仅有这些专业术语和评价远远不够。笔者一再缠着刘晓亚，让他讲述隐藏在这一大堆术语中间的故事。

在线固溶的课题，由不锈钢中厚板引发。

不锈钢质量很大程度上取决于碳化铬的多寡。碳化铬含量高，不锈钢质量就差。因此，在不锈钢生产中，要尽量降低碳化铬的含量。而这个"碳"和"铬"，像一对悖论的恋人，在高温下分离，一降温，却很容易聚集到一起。因此，在不锈钢加热压轧过程中，要快速降温，不让"碳"和"铬"这对恋人走到一起，而将它俩固定在各自位置，这个环节，就叫"固溶"。我这样讲，陈老师能听懂吧？刘晓亚介绍中间，不忘问一下笔者。

笔者点点头，希望他继续。

东方特钢公司刚生产不锈钢中厚板时，还没有在线固溶设备，而附近南京钢铁厂有快速冷却设备。这样，他们就把自己生产出来的不锈钢毛坯拉到南京钢铁厂去试轧。试了几回，结果不行，南京钢铁厂快速冷却装置与东方特钢不锈钢产品性能不合。

刘晓亚有点不服气、不甘心。难道就没有其他路可走了吗？到了1050℃，为什么还要继续加热，不能直接降温吗？

疑问越积越多，刘晓亚的脑袋成了问题仓库。再这样下去，他快成那个发出《天问》的屈诗人啦！

一次，刘晓亚与几位外国钢铁专家讨论，提出了这个课题。能不能把用在普通碳钢上的快速冷却法，应用到不锈钢上来？那几位外国专家把脑袋摇得像拨浪鼓似的，异口同声地予以否决，那不可能！用在不锈钢上与用在普碳钢上不一样。对普碳钢而言，其实是一种快速冷却；而不锈钢材需要快速固溶。根本是两回事，就像猴子与狐狸那样不同。

你们说不可能，我倒偏要试试。刘晓亚不信这个邪。

与钢铁打了大半辈子交道的刘晓亚，知道快速冷却的原理肯定成立，只是眼前没有相应设备。他又让人把不锈钢板拉到南京钢铁厂，试着把自己的设想告诉对方。开始时，对方认为这个刘总简直疯了，多么原始的土办法，闻所未闻、见所未见呀！但既然刘总坚持要试，那就试试呗！

第一次，没有成功；第二次，还是没有成功。

刘晓亚仍不肯放弃。他坚持认为，自己这个思路是对的。南京钢铁厂的试验之所以没有成功，是因为他们设定的温度太低，冷却速度不够快。使得"碳"和"铬"这对恋人利用时间空当，又快速走到一起，形成一个共同体碳化铬。

回到东方特钢公司，刘晓亚干脆自己动手，与工人们一起试验，反反复复，一次又一次。刘晓亚终于找到了解决办法，使不锈钢板从高温区骤降下来，达到预期值。

固溶的目标值达到了，但终因人工倒水，不均匀，不锈钢板形凹凸不平。在刘晓亚眼里，一块块固溶后的不锈钢板材，仿佛一张张已衰老的人脸，满是皱纹疙瘩，难看，太难看啦！必须要给产品整容或美容。东方特钢产品，必须光鲜亮丽、人见人爱啊！

说到这里，刘晓亚自己先笑了出来。一笑，他的脸上出现了一些皱褶，瞬间如同没有整理过的钢板。

听说东北大学有个专门研究快速冷却的教授，刘晓亚马上向张毓强作了汇报，谈了自己的设想。张毓强十分赞同，催促他赶紧行动。

迅即，刘晓亚遵令发出邀请，让那位教授尽快加盟，联合攻关这个项目。

专门用于中厚板不锈钢在线固溶的设备很快研发出来，产品合格率达到80%左右。然后，一天天提升，85%，90%，95%……直到100%。

至此，由东方特钢与东北大学联合研制的不锈钢中厚板在线固溶处理技术取得突破，装备研制同步成功。

这是振石控股集团在推出优质不锈钢产品同时，对全球不锈钢产业在工艺技术上作出的贡献。

得去生产现场看看啦！笔者向刘晓亚提出这个请求，他欣然应允，并让人陪同笔者到处转一转。

笔者首先来到炼钢分厂，年轻的小吴在厂门口示意图前，头头是道地给笔者恶补炼钢流程。首先介绍原材料镍铁。现在供应东方特钢公司的镍铁来自印尼，由振石控股集团自己开采冶炼运输过来。每炼一炉钢，大概需要65吨镍铁。他们会将镍铁送入电弧炉中化掉，接着转入氩氧脱碳炉中进行脱碳，再放入钢包内，调节温度，微调成分。之后，将钢包中的钢水倾倒出来，浇铸成板坯。最后，经过修磨机打理，形成钢材毛坯。

炼钢流程大同小异，笔者参观过多家大中型钢厂，也是这般。在钢铁行业中，东方特钢公司并不算大，与宝武钢铁公司那样的超级航空母舰没办法相提并论，所以，他们走"高、精、稀"之路，作为办厂策略，无疑是对的。

笔者随小吴来到原料堆场。堆场很大，一辆辆进进出出的卡车正在运送镍铁。小吴说，该堆场一次性可堆两三万吨。说话之间，只见一辆卡车"哗啦啦"一声卸完货，然后转身开走。另一辆铲车忙不迭地开始操作，将不同品种、颜色的镍铁装上运送带，直接送进电弧炉内。小吴介绍说，每一种镍铁含量不一样，需要在此重新配置，形成最佳配比。

看完原料堆场，就正式进入生产环节。小吴指着3个大功率电极介绍说，这就是用于燃烧的电极，工人师傅习惯称之为"吹氧枪"。隔着一段距离望去，3根吹氧枪在炉膛里熊熊燃烧，钢水在剧烈沸腾，呈现出一种玫红色。漂浮在炉膛上面的钢渣，如泥石流般地从炉膛开设的口子中源源不断地流出。氩氧炉在燃烧，蹿起十几米高的火焰，钢包也在燃烧，包内钢水如煮沸的水，一串串钢花散发成一颗颗金色星星，裹挟着热腾腾的水雾，企图奔涌而出。一阵阵震耳欲聋的桥架轰鸣声似从高空中传来。笔者仿佛置身于钢田火海之中，全身上下被涂抹上一层金黄色。

笔者和小吴站的位置，显然与这些炼钢炉有一段距离，但亮晃晃的炉火映照着笔者脸庞，笔者感受到强烈的灼热，滚滚热浪扑面而来。不一会儿，笔者身上的T恤宛若从水中捞出一般。

一小时一炉钢，一炉钢65吨。

笔者难得如此近距离观察出钢，便在边上死等。

出炉啦！只见炉前工用手中钢钎捅开炉底，一道金色瀑布飞流直下。那金色的躯体把周边世界映照得一片金碧辉煌。仿佛这空间除了金黄色，别无他物。然后，飞流扎一个猛子，冲进连轧线。

几分壮观、几分震撼。笔者不忘用手机拍下这场景。

同时拍下的，还有炉前工辛劳的身影与汗水。

"这就是陈老师你特别想了解的在线固溶生产线。"在轧钢分厂，轧钢厂的小查把笔者领到高大宽敞的车间内介绍道，不锈钢轧钢分为4个阶段：加热、初轧、精轧、横切剪。陈老师请看，你面前正在进行不锈钢在线固溶处理。每块钢板长度47米，要在两三分钟内，由1050℃快速降至300℃以下，使不锈钢组织结构发生变化，然后，再切割成1.5米宽、12米长的坯板材。

顺着小查手势看过去，笔者见到一道几十米长、几米宽的紫褐色卧槽，槽面大部分被覆盖着，一团团蒸腾的水雾穿过槽面缝隙，由远而近弥漫过来，耳膜同时接听到"嘶嘶嘶"的水流冲击声。稍微靠近卧槽开口处，只见卧槽底部，一块已经成型的不锈钢板被快速移动着通过。卧槽两旁，几支高压水枪双向交叉，向着不锈钢板喷射，形成一个急速滚动的水面，炽热的不锈钢板上飞溅起一串串水珠，宛若一位位技艺精湛的芭蕾舞演员在舞台上忘情演出。

笔者猜想，当刘晓亚站在这里时，他一定会入迷出神、陶醉其中。

第六章
信息和汗水是复合材料之两要素

看似寻常最奇崛，成如容易却艰辛。

——王安石

在复合材料的沼泽地里艰难跋涉

探寻人类使用复合材料的历史过程，眼前会浮现出一些有趣现象。

有人说，地球上最早"制造"复合材料的，并不是人类，而是昆虫、鸟类和蝙蝠等，它们对复合材料的领悟和使用要远远早于人类。这些虫鸟将复合材料的原理应用于筑巢之中，构建起"坚固的城堡"，防止天敌侵袭。

原始人类茹毛饮血、胼手胝足。他们也许从身边异类身上得到启示，模仿着用动物粪便、黏土、稻草、树枝之类，建设起原始复合材料结构，以保护自身安全，并圈养牲畜。历史学家们认为，这是人类将复合材料应用到生活中具有历史意义的一步。传说中的诺亚方舟就是由煤沥青和稻草混合而成，坚固到可以在宇宙间行驶。当然，这仅仅是传说而已。现实中，中国的长城，由石块、灰浆、糯米汁水混合筑就，蜿蜒万里。埃及的金字塔，用石灰、火山灰等作黏合剂，至今巍然矗立。

这些，自然只能算是古代自然形态的复合材料。

不过，从中，人们已可以定义，复合材料是指两种以上不同物质以不同方式组合而成的材料。它可以发挥各种材料的优点，克服单一材料的缺陷，扩大材料的应用范围，增强材料的功能与价值。

人们从这个角度说，复合材料既是一种新型材料，也是一种古老材料。

之后，历经几千年。

第二次复合材料革命浪潮席卷西欧。木质层压板、合金和钢筋混凝土开始应用于工业领域。

1847年，一名瑞典化学家在实验室里首次发明了饱和聚酯。1922年，首个聚酯树脂研发成功。

1935年，欧文斯科宁公司首次引入玻璃纤维。

从此，一种玻纤与树脂结合的复合材料出现在地球上，俗称玻璃钢，成为最基本、应用最广泛的新型复合材料之一。

上世纪50年代后，陆续出现高强度、高模量的碳纤维、石墨纤维、硼纤维、芳纶纤维、碳化硅纤维等，与各种树脂结合，构成各具特色、琳琅满目的复合材料大家族。

现在，复合材料被广泛应用于国民经济、国防工业和社会生活各领域，其发展速度和规模，已成为衡量一个国家科技先进水平的重要标志之一。进入21世纪以来，全球复合材料发展迅猛，中国在其中尤为抢眼。2003年至2008年间，年均递增15%。

振石集团华美新材料公司，就诞生于此时。

事情同样缘起于美籍华人唐兴华。

唐兴华根据自己在美国市场的观察分析，向张毓强建议振石控股集团进入复合材料领域，并愿意出资合办。

张毓强稍作斟酌，觉得唐兴华这个设想不错，便欣然同意。

2005年7月2日，双方签署合资协议，宣布成立中美合资华美新材料公司。

张毓强对"华美"名称的诠释是：华而有实、美而不耀。很显然，寄寓了张毓强对华美公司的期许。当然，也蕴含了中华与美利坚的意思。

对于"新"字，张毓强也有自己的理解和要求。今天的新，不是明天的新。不进步就是倒退。所以，希望华美公司以创新为动力，以新能源、新材料为切入点，形成具有自己知识产权的新成果，构建技术领先、装备优良、产品配套的复合材料技术新体系。一连7个"新"字，可见张毓强对华美新材料公司定位明确。

7月14日上报桐乡开发区。7月19日，开发区管委会即批复同意。

开发区同意向华美公司出让土地120亩，支持华美公司建设世界一流的SMC制品生产线。

可见桐乡开发区行政效率真高。

2006年6月13日，华美公司打下第一根桩，到10月18日土建工程全面竣工，不到半年时间，建成2万余平方米厂房及配套设施。

华美公司建设速度不可谓不快。

彼时合资双方决意要将华美公司打造成中国复合材料行业的领军企业，使之成为生产规模最大、技术装备最全、发展后劲最强、成长性最好的企业。

这，其实是张毓强的雄心和目标。这个雄心和目标直到2021年才得以逐步实现。

其间，风雨坎坷16年。

华美公司成立之前，曾有过可行性研究报告。报告预测：该项目年投资利润率近30%，4年半即可收回全部投资。

由此可见，当时双方对这个中美合资项目寄予多大希望。

起步时的华美公司，决定制造仿木SMC玻璃钢门。

长期生活在美国的唐兴华，向华美公司董事会介绍说，SMC玻璃钢门是上世纪80年代美国人研发的新型门。由于这种玻璃钢门造型美观、保温和隔音效果良好、日常保养简单，且在温度作用下不易变形，深受美国消费者欢迎，发展很快。目前还处在增长阶段，市场潜力很大。美国人预测，SMC 玻璃钢门是未来建筑的代表，将来会超过木门和金属门，成为门类的主导产品。

唐兴华还说，这种玻璃钢门可喷涂出各种颜色，且色彩绚丽，既适合炎热的南方，也可用于严寒的北方。据初步测算，全国门的市场需求量每年应在 6000 万扇以上。其中，户门应在 1000 万扇以上。如果 SMC 玻璃钢门占到 10%，就是 100 万扇；如果占到 20%，就是 200 万扇。乖乖！200 万扇，那是一个多大的数字呀？足够华美公司做上几十年啦！

公司董事会被唐兴华描绘的愿景吸引住了。有这么好的产品，那该多好呀！华美公司就生产它了！将来，全国各地高档的宾馆、写字楼、住宅小区、别墅等等，都可用华美公司制作的玻璃钢门来装修装饰啦！

现在回过头来，当时华美公司对产品前景的预测偏于乐观。不过，大方向和大数据并没有错。

如果说有什么错的话，在于实际操作。

彼时，双方商定，唐兴华以现有生产设备折价 200 万美元入股，振石控股集团以现金入股。后来才知，那批价值 200 万美元的 SMC 设备，并不是唐兴华新购的设备，而是别人抵债给他的。这倒也罢了，设备功能没有多少差别。关键是，要将这套设备从美国拆卸下来，运到中国口岸，再运到桐乡，中间环节之多之繁、时间之长，的确超出了张毓强的预料，也超过了唐兴华自己的预料。两国海关，视同机械设备进出口，加征了很多关税。中间还隔着遥遥迢迢的太平洋，运费也不是一笔小数。因为拖延时间长，风吹日晒、辗转运输，免不了设备出现断胳膊缺腿等情况。有人大略估算，等这批设备安装到位、调试成功时，大概已花费 5000 余万元，约等于原价的 3 倍。

这样，投资数额大大超过预期，财务成本自然大增。

对此，唐兴华曾几次向华美公司董事会表达歉意。

但木已成舟，生米已煮成熟饭。奈何？

先天不足，出师未捷。

生产SMC门的工艺技术并不复杂，笔者听过一遍，也就大体了解。它以树脂、玻璃纤维和填充料为主要原料，将熟料截断，剥离薄膜，进行模压加热成型。后期进行整修等工序，制成SMC玻璃钢门面板，再用这种面板组合成各种仿木的SMC产品。

玻纤和树脂，由集团作强大后盾。华美公司没用多长时间，就掌握了这套工艺技术。

关节点在市场。中国SMC门市场尚未发育成熟。

长年在市场海洋中游泳的张毓强很清楚这一点。

2008年9月中旬，第14届中国国际复合材料工业技术展览会在北京国家会议中心举行。该展览会广邀政府、行业及社会各方面专业观众莅临，是中国乃至亚洲地区规模最大、最具影响力的展会，名列世界前三，被业内称为"复合材料行业的风向标"。张毓强把它作为推销华美公司SMC门的平台。他自己到会，亲自向客户推介SMC门，效果不错。

不过，局面并未根本改观。

笔者查阅了华美公司的投资记录，发现前3年，振石控股集团共计投资1.5亿元，结果亏损900多万元。

2008年年底，张毓强派他的老搭档、刚从集团领导层退下来的一位老将到华美公司任职，冀望他改变局面、扭亏为盈。

这位老将拼命发挥余热，全心全意、兢兢业业，拳打脚踢、左右开弓。

2011年11月29日下午，由华美公司出资组建的浙江美石新材料公司举行投产仪式。美石公司从意大利引进水槽成型技术和相关设备，采用德国进口特种石英砂为主要原材料，打造专业厨房用高档石英石水槽。这种水槽外观典雅高贵，环保性能优良，张毓强一时觉得也许华美公司有了希望。

但，奇迹并没有出现。2011年，华美公司仍亏损1000余万元。

第二年，华美公司亏损额超过 2000 万元。

这位老将自知回天乏术，向张毓强请辞。

换将之后，情况并未好转。2015 年，华美公司亏损额创新高，竟高达 5000 余万元。

这样下去显然不行。张毓强指导华美公司从 2016 年开始研发热塑性复合材料。这款热塑性复合材料强度高、重量轻，主要用于汽车箱盖。它还能拆解，表面有膜，擦洗方便，耐高温，可重复使用，最适宜用于方舱医院和临时性抗灾救灾。

向市场推出后，一段时间受到热捧。

华美公司利润随之上升。

但是 3 年时间里，华美公司宛若一位疟疾患者。时冷时热，冷冷热热；暴饮暴食，断水断炊；开开关关，停停歇歇。前两年盈利几百万元，到 2018 年，又被打回原形，全年亏损 2000 万元，成为振石控股集团的"扶贫对象"。

2017 年，唐兴华因病退出合资公司，华美公司重新成为振石控股集团全资子公司。换句话说，此后华美公司亏损的每一分钱，都由张毓强独自支付。

张毓强承认每个企业都有一个培育过程，这道理就像养母鸡生蛋一样。但，养了 10 多年的母鸡不但不生蛋，反而每年要倒贴进去几千万元，这是张毓强无论如何接受不了的事实。经济是一个方面，声誉也是一个方面。被人誉为"没有办不好企业"的张毓强，就是办不好这家小小的华美公司吗？

张毓强不信！他坚信，华美公司行进在希望的道路上，只是机缘未到。

于是，张毓强开始果断行动。3 位关键性人物先后向华美公司报到。

2017 年下半年，被称为"机械怪才"的张岩被张毓强请进振石控股集团，为华美公司研发新产品。

在振石控股集团，张岩是个特别的人物，业界和江湖上盛传着不少他的故事。人们说，张岩一天只吃一餐，一餐 5 大碗，有时可连续工作几十个钟头。人们还说，张岩只要看一眼设备图片，哪怕是很模糊的照片，他就能算出这设备多长多高多宽，就能知道布幅宽度。口口相传，越传越神。笔者曾当面问过张岩，他略带狡黠地微微一笑：哪有那么神呀？但，的确大体可以估算出来。张岩怕笔者不信，还特意举了个例子。那次华智研究院研发一种设备，就是他从一张照片的几个细节中估算出来的。

张岩生于伟大祖国首都北京，从小就有航空报国的理想。高考时，他报考北京航空航天大学发动机专业，后来赴美国留学深造，攻读机械制造专业硕士、博士、博士后，把自己的肚子和脑袋都改造成了机械零部件。谁知，在偌大的美国，机械专业博士后居然找不到工作。他于是降贵纡尊，再去报考当时最热门的 IT 专业硕士生。毕业后，很快找到了工作。他擅长做数据方案设计，给不少保险公司、银行单位做数据设计，一时风生水起，也赚了不少美金。

干了一段时间，张岩觉得自己似乎看到了人生的"天花板"。虽然，在美国很舒服、很赚钱，但人家还是看不起你，张岩觉得自己没有人的尊严。想做什么事，没有多少机会。环顾周边，美国大公司里，极少由中国人担任 CEO。作为曾经的热血青年，他是多么在意"尊严"这个词哦！

后来，他学着做玻纤生意，开始与振石控股集团打交道。2005 年回国，在连云港创办了一家玻纤布厂，生产单向布，通过设备改造成功地将国产高模玻纤用于叶片大梁，曾经在业界小有名气。2006年，参加集团年会，自然而然结识了张毓强。张毓强几次去走访客户，提出收购张岩的企业，被张岩婉言拒绝。在张岩看来，企业家是艺术家，讲究感情。虽然办企业中，有过曲折，甚至屈辱。但敝帚自珍，自家的儿女自己疼，不到万不得已，他绝不会卖掉自己一手创办的企业。

然而，形势比人强。张岩也承认这一点。张毓强是一位战略家，善于打大战役；自己是位主攻手，只合适打小仗。在企业管理中，不太懂得成本核算，不太能应付人际关系。一段时间，自己被胜利冲昏头脑，自我感觉良好。最终，与自己联营的一家国有企业破产，拖欠了几百万元拿不回来，企业一时陷入困境。所谓一分钱逼死英雄汉。任凭张岩有多少如花般的灵感，没有钱，一事也办不成。在残酷现实面前，张岩选择了承认。

　　2017 年 3 月，张毓强向张岩伸出了橄榄枝。一边说，"月明星稀，乌鹊南飞；绕树三匝，何枝可依"；一边说，"呦呦鹿鸣，食野之萍；我有嘉宾，鼓瑟吹笙"。

　　于是，一拍即合，一锤定音！

　　张岩欣然加盟振石控股集团，2020 年 5 月下旬，振石集团华智研究院成立，张岩任院长（总经理），人称"岩总"。

　　张岩到位后，张毓强派给他的第一个任务是研制光固化项目。所谓光固化，是指物质在光诱导下发生固化成膜，被人们视为节能、清洁、环保、绿色型技术。

　　经过研究和考察，张岩很快悟出了光固化的原理：用强紫外线照射，使树脂瞬间产生反应。他用三四个月时间，研制成功光固化设备，并投入生产。

　　真是一个奇人！人们不得不承认张岩的天赋异禀。

　　返回桐乡后，张岩向张毓强谈了自己设想的方案。张毓强自然全力支持，让他放开手脚，大胆创新。

　　那天，张岩将笔者领到华美公司光固化生产车间，指指点点地向笔者介绍着。这就是光固化车间，这些设备都由我们自己设计制造。它的生产机理是强紫外线烘热。看，用的是美国产 UV 灯，紫外线就是这些灯发射的。一般企业每分钟生产 12 米，而我们华美公司现在每分钟能生产 60 米。

　　每分钟 60 米，不就是每秒钟 1 米吗？这点幼儿大班的数学题，笔者还是算明白了。

对呀！基本上是每秒钟 1 米，比他们快了 5 倍。张岩快速回应。

还有令张岩引以为豪的是那几台涂胶条设备。

在普通玻纤布上，等距离喷涂上蓝色横条，这是一家外国客户的特殊要求，且要玻纤布与蓝色条纹一次成型，不允许二次加工。这类产品，华美公司从未做过，恒石公司也没有做过。过去碰到类似要求，都是先把玻纤布运往国外，二次加工后再运回来发货。费钱费时明显，客户还不满意。这次，国外客户等于给华美公司出了一个不大不小的难题。

从来没有做过，就不能从你们这里开始做吗？张毓强反问华美公司领导。

最早的方案是买设备来做。但一圈询问下来，国外类似设备很贵，且难买到。

是呀，想想也对！那，让谁做呢？自然是张岩。

那天开研讨会，张毓强主持。张岩和华美公司老总们都参加。大家七嘴八舌、议论纷纷。张毓强用手指轻轻一击会议桌面，说：你们都别管了，让张岩来做！

开头，张岩也有点掉以轻心，根本不把这个"小设备"放在眼里，认为没有什么难点。当那天会上张毓强问张岩能不能自己做时，他大包大揽地说，没问题。他喜欢说"没问题"这个词。

谁知越试验越难。那支悬挂在移动架子上喷涂蓝色的笔，在最初接近玻纤布的触点处，颜色显得很重，张岩称之为"大头"，与后面喷涂的横纹深浅不一致，这样就不能算达到标准。张岩后来采用"不锈钢弹性网"，才解决了这一难题。

最难缠的是污染。喷涂颜色时，笔架上容易掉下油烟来，一点一滴，涂在漂亮的玻纤布上，像煞一个俏丽少女脸上的麻点，真是要多难看有多难看。张岩反反复复做了多个技术方案，一时还解决不了。后来，灵感突现，增加了吸烟管道，同时减少树脂挥发量，美丽少女脸上就再也没有出现"麻点"。

2018年年底，赵峰被调任华美公司执行董事长。

赵峰时任集团董事长特别助理兼秘书。

这个任命，是赵峰人生途中至今"三个没想到"之一。

记得2018年12月4日，赵峰刚过完34岁生日。那天晚上，赵峰照例在跑步，途中收到张毓强发来的一则微信。微信告诉赵峰，明天早上与美国公司路易斯开会，4个人，作记录。这类事太多了，赵峰习以为常，当时也没有十分在意。

会议如期召开，赵峰在旁记录，偶尔插问一两句。

张毓强与路易斯的讨论渐渐深入，涉及市场和华美公司新产品开发。张毓强告诉路易斯，华美公司决定在埃及筹建公司，生产热塑性材料。路易斯对此很赞成，同时，他说到华美公司存在的一些问题，请张总引起重视。张毓强说，他已在考虑，准备派赵峰过去。这完全是"突然袭击"！在旁边作着记录的赵峰，听到张毓强这么说，笔头不由得稍一停顿。表面上若无其事，因为不能让路易斯看出任何破绽，但心里不免"咯噔"一下，一时翻江倒海。张总送的这份"生日礼物"，赵峰真的没有想到，他一点思想准备也没有。这么一步到位，且事先没有任何透露和商量。事后，有人提及赵峰的任职，张毓强快言快语地答复，他用人就是这样，从不磨磨唧唧、扭扭捏捏。

赵峰到位后重点抓的一项工作，是根据张毓强的全球布局决策，筹建华美埃及公司。此事从2018年年底开始酝酿，到2020年年初公司成立，首台设备即投产，用时仅3个月。华美公司在埃及买下6幢标准厂房、2个仓库，总面积超过25000多平方米，为华美公司在海外的发展奠定了基础。

客观地说，2019年，赵峰在华美公司干得还算顺利。

那年，虽说华美公司发展仍不温不火，但到年底扭亏为盈，账上有了几百万元利润。

关于赵峰的故事，容后再叙。

最后一个到位的是王逸波，一个长着娃娃脸的中年人，和善到没有脾气。他曾在中国航空工业公司所属一家企业任职，后来，那家企业因质量不好，破产倒闭。王逸波一直来仰慕振石控股集团、仰慕张毓强，便与张毓强联系，希望到振石控股集团工作。张毓强欢迎王逸波加盟，提出 3 个单位由他自选，王逸波选择到振石控股集团控股的新疆公司工作。干了 3 年多，2019 年年底离开新疆，被调到九江鑫石公司抓工程，干了半年，完成任务。2020 年 6 月，被张毓强调到华美公司担任总经理。

2020 年，华美公司经受住了新冠疫情突如其来的袭击，仅用时 7 个多月，建成近 11 万平方米新厂房，实现整厂搬迁，并破天荒地盈利 1 亿多元，进入振石控股集团"亿元俱乐部"。

张毓强调兵遣将，完成布局，开始在华美公司组织重大战役。

他要打一场彻底的翻身仗，真正找到华美公司的主导产品，打造振石控股集团的另一张金名片。

大漠孤烟、长河落日，更上层楼。

车辚辚、马萧萧，沙场秋点兵。

契机，来自一次峰会的"头脑风暴"

对于风电，张毓强似乎有着一种特殊的敏感与偏好。

在一些人还懵懵懂懂之时，张毓强就在一次会议上提出，风能已成为清洁能源的主力军，正引领全球从化石能源逐步转型为新能源，风能前景非常广阔。面临的挑战是，如何与传统化石能源取得成本竞争优势？如何通过技术创新提高发电效率？如何解决弃风限电的难题？如何完善电力配套建设、解决用电供求结构平衡？如何创新和提高风能新材料的推广和使用？

从这些问号中，人们不难看出，张毓强对风电思考之广、之深、之远、之细。

一个现实问题摆在风电行业之前：风电整机厂商需要提供更大的发电效率和可靠性，要求风电叶片更长、重量更轻、质量更高，在复杂地区更易于运输和安装。

在2020年9月22日国家提出碳达峰、碳中和目标期限前，国人对此认识远未达成一致。

但张毓强认识到了。不仅认识到了，而且提前采取行动。

还在几年前，张毓强就敏锐地注意到了风电行业展露出的发展势头，预判华美公司和恒石公司将面临激烈的竞争。他让销售人员到市场调研，掌握信息，研究对策，抓住新兴行业勃发的机遇，确立振石集团在全球风电行业中的位置。

2020年7月23日，张毓强提议振石控股集团承办中国国际风电复合材料高峰论坛，并要求刚到任不久的华美公司总经理王逸波作主题报告，首次向行业介绍华美公司拉挤产品，以及振石控股集团对风电材料的思考与前瞻。

王逸波搞了几十年复合材料，有这方面的知识积累和实践经验。再加上张毓强的高位点拨，华美公司、华智研究院专家们的启发，还有华美公司已经展开的小范围试制风电拉挤板的数据，他完全可以把这个课题讲清楚。

果然，王逸波不负众望，在论坛上代表公司发表了一系列新见解。

富丽堂皇的振石大酒店会议厅，王逸波面对着同行，用他北方人标准的普通话，再加上笑微微的神态，滔滔不绝地阐述他对风电行业，尤其是用于风电的复合材料——拉挤板的看法、设想。他介绍说：根据全球风能理事会发布的《2017年全球风电发展报告》，2017年全球风电市场新增装机容量仍保持在50GW以上。其中，中国新增风电装机容量为19.7GW，并预测到2020年年底，累计风电装机容量将达840GW。我们行业内都知道，GW叫"吉瓦"，1吉瓦是10亿瓦，等于100万千瓦。19.7吉瓦，相当于1900多万千瓦，可见数量之大。

说到这里，王逸波稍作停顿，用目光扫视了一眼会场，见与会者都在聚精会神地听着，他便继续说下去。随着风电行业越来越快的发展，风电材料的高光时刻必然到来。风机叶片不断增长变大，最长的叶片已做到100余米。尤其是海上风电应用不断增多，叶片长度均趋向于70米以上。这就对复合材料强度提出新的更高要求。用拉挤工艺技术，将玻纤或碳纤制成型材，作为预制件，使用到叶片主梁或重点受力部位，能够明显增大风机叶片的强度和模量。大家都知道，拉挤成型材料由于纤维含量高、重量轻、模量大，天然就适合于风电行业。

最后，华美公司得出的结论是，玻纤拉挤板风电叶片具有非常广阔的市场前景。

在掌声中，王逸波完成了他的发言。

显然，与会者对玻纤拉挤板充满了兴趣。论坛结束后，国内风电行业主流企业，陆续到华美公司参观、交流、探讨，提出合作或销售意向，赵峰、王逸波他们也有重点地作了些回访。

不过，实事求是地说，赵峰和王逸波对国内外玻纤拉挤板需求量的预测，还是保守了。

他俩想到了玻纤拉挤板会发展，但没有想到会这么快发展；他们想到了2021年玻纤拉挤板的销量会提升，但没有想到会以这样的速度飙升。

2020年第三季度，华美公司按照振石控股集团的运行机制，开始编制2021年度预算目标。销售部负责人当时预测，2021年玻纤拉挤板销量为1000吨。后来，3人一合计，觉得1000吨可能少了些，便改为2000吨。在销售部看来，这2000吨已经是长子碰到天花板，再要提高难上加难啦。而且，觉得华美公司如果真的能达到2000吨，销售部就心满意足啦！

他仨都在看张毓强怎么定？是说他们多，还是少啦？

计划报到张毓强那里，张毓强就把他仨找去，问他们为什么定1000 吨和 2000 吨，太保守了吧？张毓强不愠不怒地问了一句。3 人就把各自的理由说了一遍。张毓强摇着头，一口价：至少 1 万吨！

1 万吨？张总，这怎么可能？3 人异口同声地问。

怎么不可能？张毓强给他仨分析情况，作出自己的判断。

一时，各说各有理，谁也说服不了谁。

那你们先按照年产 2000 吨计划安排生产，我保留意见。

不过。张毓强欲言又止。

不过，什么？3 人不解。

张毓强说：不过，我们今天打个赌。如果 2021 年拉挤板销量达不到 1 万吨，我请你们 3 位吃饭；如果达到 1 万吨，你们 3 人请我吃饭。

这个"赌注"不算大，3 人嘻嘻哈哈地答应下来。

最后，华美公司拉挤板的预算目标定在 11000 吨。

这边话音刚落，市场烽烟骤起。

客户和订单同时来到华美公司。

如果此处用"订单像雪片般飞来"，真的一点不夸张。用赵峰的话形容，则是"订单井喷式爆发"。

负责全球销售的黄钧筼首先受不了，立马向张毓强告急。紧跟着，赵峰也是一天一个消息，频频告急。

根据目前态势，不要说 1 万吨，恐怕 2 万吨都打不住。

他们急时，张毓强反而不急不躁。实际上，张毓强并没有放弃他的 1 万吨目标，而是在暗暗加码。

这种境地里的张毓强，最能显现出他足智多谋、未雨绸缪的思维特质。

张毓强指令采购部总经理邓华，让他们抓紧到全国各地预订采购拉挤板生产设备。

采购部门很快反馈回来，国内外拉挤板生产设备告罄。原先预订的一批设备，也有可能延迟交货。

哦，寰球同此凉热，张毓强猛然意识到。当天，把张岩叫到办公室，如此这般一说，决定自己生产拉挤板设备。

张岩，你告诉我，我们自己能做吗？张毓强用征询的目光问道。

没问题！张岩用的还是那个词组，答复得干干脆脆。那口气，仿佛是张毓强交代张岩去菜市场买回一篮青菜一般。

这里，似乎应该插叙一笔。其实，张岩心里已开始酝酿自制拉挤设备，并有了初步技术方案，只是没有对外宣布。现在听张毓强这么一说，真有英雄所见略同之感！

张岩这么回答，张毓强就不再问第二句。他相信这个机械奇才、怪才。只要张岩敢答应，就一定能做到。记得2015年，恒石公司的单向布织机老是出问题，一时找不出原因。张毓强听说张岩的本事，便把张岩请到现场"会诊"。那时，恒石公司与张岩的连云港企业还属于竞争对手，但张岩却像个局外人一样，认认真真查了两三天，终于发现玻纤布的张力与织布机纱架之间的距离有问题。接着，他提出方案，解决了这一难题。自此之后，张毓强对张岩的人品和能力深信不疑。

此次，关键时刻，亦是如斯。

然后，张毓强试探着问：第一批先生产30台，你需要多少时间？

您能给我多少时间？张岩反问道。

两个月，行不行？张毓强当然希望越快越好。

没问题。张岩又如此回答。

军中无戏言！那，我们就说定啰！到2020年2月28日，你张岩要交付华美公司30台拉挤板设备。张毓强明确了时间界限。

没问题。张岩又重复了一句。

对了，还有配套的树脂，也由你来牵头研制。

这个，我没有把握。不过，我也可以试一试。张岩实话实说。

不是试一试，必须成功，不能失败！张毓强说出了他的整体方案。

2021 年 6 月初，笔者用一天时间采访张岩，看着他随时处理工作、应对电话。

张岩一头短发，搭配着一副浓眉，皮肤白净。眼睛不算大，但显得特别鲜亮灵光，似乎所有的智慧都可以从目光中闪现出来，语速快得像一串串射出的子弹。他穿着一套工作服，不修边幅，一点不像大专家，倒蛮像施工现场监理员。

稍微有空时，张岩陪着笔者在华美公司生产车间和华智研究院里转悠。

研究院与生产车间的场地连在一起，你中有我，我中有你，不分彼此。张岩对此的解释是，生产车间就像战争时期的前线，研究院相当于作战指挥部。解放军打仗有条经验，就是指挥部要尽量前移、靠前指挥。他猜测，这可能是张总有意将华智研究院和华美公司放在一起的原因吧？

笔者认为，张岩这猜测，八九不离十。

穿行在车间内，张岩指点着正在安装或调试中的设备，向外行的笔者介绍着。华美公司本来就有拉挤板设备，有的是通过加拿大进口的美国设备，也有国产设备，但没有工艺技术资料。决定自己制造拉挤板设备后，华美公司买了一台拉挤板样机。运到后，张岩宛若庖丁解牛，把它大卸八块，拆解开来，进行分析研究。

拉挤板设备原理并不复杂。张岩有点自信地说。不过，毕竟从来没有做过整套设备，难度还是有的。张岩对自制拉挤板设备提出的要求是，牢靠耐用，方便维护，技术含量高，加工制作不能太复杂。

3 个星期，一个看似不可能克服的难题，被奇思妙想的张岩攻克。

2020 年 1 月 9 日，张岩试制的拉挤板设备启动运转。

张岩感叹道，一个人与机械打交道，要缝上 20 针，才能真正懂得它。

一边走，张岩一边数着手指。还有 17 天，就要再交出 28 台。

来得及吗？笔者有点为这位岩总担心。

谁知，张岩又是一句自信的"没问题"。他们从来没有不按时完成的，连一颗螺丝钉也不会少。

接着，张岩还不忘补充一句，他们打的是"闪电战"。

什么"闪电战"？笔者没有听懂张岩的形容。

"闪电战"就是快。张岩解释道。一般机器设备从设计到量产有个过程，是逐步放量。他们则是一步到位。图纸一设计好，"啪"，直接批量生产。这当然有风险，有的安装后还需要改进。需要改进的话，他们就边装边改嘛！这样可大大提高效率。比从图纸到小试，再到中试和量产要节省许多时间。在"闪电战"之后，完成"运动战"，在对手神不知鬼不觉中，把拉挤板规模搞大了，大到一般企业无法企及。

眼前这位技术专家，似乎像一个军事指挥员，借用军事术语描述着。他所讲述的这一切，大概都是张毓强的战略意图。

用人很重要。张岩说这句话时，我俩已走到华智研究院工作区。张岩说，这里叫技术管理部，平时不允许外人进入，对笔者算是"网开一面"。张岩介绍说，技术管理部有三大职能，前期研究项目可行性，中期对项目执行过程进行控制，后期进行项目总结。

笔者见到各个办公室雪白墙壁上，挂满各式各样表格。什么风险管理表、时间管理表、人员管理表等。一块块玻璃黑板上，写满各种数据符号。

张岩指点着正在办公室、实验室里工作的那些"80后""90后"说，一般说来，主意由他出，具体工作由这些年轻人去做。这里作战的最小单位是团队，奖惩也是团队。实行"连坐法"。有成绩，大家分享；有问题，大家共罚，谁也跑不了。平时，团队之间不准交流，以免泄密。

张岩一边说，一边微微笑着，一边用笔画着一些示意图，试图帮助外行的笔者理解他所解释的一切。笔者边记录，边望着眼前的张岩，心里不解：这个精瘦清秀甚至略带点腼腆的中年人脑袋里，怎么会有那么多奇思异想呀？

那天，我俩在恒石公司食堂午餐，还有潘春红、张伟等。

吃着聊着，不知怎么聊到十二生肖，聊到张岩养的狗。

张岩一脸认真地问一起午餐的人：生肖里有狗吗？

潘春红一听，差点喷饭，瞥一眼笔者后，赶忙忍住。还说是博士哩！连生肖里有没有狗都不知道？生肖里还有猫呢！

啊？真的有猫？张岩瞪大眼睛看着潘春红。

大家再也忍俊不禁，笑了起来。

张岩看到大家一脸坏笑的神情，似乎才明白过来。你们这些人！

笔者跟张岩开了个玩笑：有人说岩总像陈景润。你自己觉得呢？

张岩赶紧摇头，一脸严肃地说：不是，绝不是，我还是比较活跃的呢！接着，他就告诉笔者，他在恒石公司宿舍，找了一个单间，养了3条狗，漂亮极了，可爱极了。

养狗？在公司？笔者一时有点发蒙。

张岩似乎看出笔者的疑惑，解答道：这是经过张总特许的，也是我到振石控股集团工作的条件之一，允许我养狗。张总明里暗里向着我，有些人就有点羡慕嫉妒恨。呵呵，呵呵……

午餐后，是张岩"法定"的遛狗时间，他需要回一趟宿舍。笔者软磨硬泡，他才允许笔者同去。

张岩在恒石公司的宿舍，离华智研究院并不远。他开着车，几分钟就到。

远远就听到响亮的狗吠声，笔者见张岩的脸色立刻变得柔和温暖起来。他快速登上楼梯，走到房前，掏出钥匙，打开房门。立刻，3条大小不一的狗儿，欢叫着，齐齐扑向张岩。一只黄颜色大狗，拼命搭在张岩肩上，伸出舌头，舔他的脸，吻他的嘴。一只灰白相间的中型狗，则抱着张岩的腿，叫唤个不停。张岩先是俯身接应它们，接着，又蹲下来，用手搂住那只最小的棕色狗，任它们亲昵撒野。那情景，似乎比父子还亲呢，简直像热恋中的情人久别重逢那般。

然后，张岩将 3 只狗儿套上绳索，牵到楼边空地上，开始短暂遛狗。

明媚的初夏阳光铺洒在张岩和他的 3 只宝贝狗身上。浓郁的绿荫，衬托着活蹦乱跳的狗影，张岩边遛边笑，逗着 3 只狗儿。笔者看过去，感觉到中年人张岩的微笑纯净、明朗、天真，甚至带着某种童心，在同龄人中极为罕见。

出击，以狼和虎的姿势

从 2021 年元旦始，张毓强的身影每周一次甚至两次出现在华美公司拉挤板生产现场。

这已是振石人近年来很少见到的情景。人们清晰记得当年巨石集团一次、二次创业阶段，张毓强也是这样频频出现在现场。后来，他逐渐坐镇指挥，把第一线指挥权让渡给年轻高管们。

2021 年，似乎当年的张毓强又回到了人们视线中。

人们从张毓强再次频繁出现的身影中，读出了信息：张毓强对华美公司的拉挤板项目异常重视，重视到非同一般。

笔者在采访中，也试图探究张毓强这种做法背后的原因。显而易见，张毓强眼中看的、心中想的，绝不仅仅是为了赚几块钱。说实在的，在振石控股集团越来越庞大的产品结构、资产结构、利润结构中，华美公司所占的比例不大。仅就此而言，张毓强完全不必如此重视甚至亲力亲为。那么，张毓强到底为着什么？考虑着什么？后来，随着采访不断深入，笔者才逐渐明白：张毓强这次抓华美公司拉挤板工程，大有深意。

未来庞大的风电拉挤板市场，显然是张毓强考虑的第一要素。张毓强以他特殊敏锐的嗅觉，嗅到了市场潜力。虽说张毓强早已年逾花甲，正逐渐走向古稀，但他仍是一个看到机会就会兴奋和激动的人。犹如蹲伏在战壕里的战士，闻听冲锋号就会一跃而起、冲锋陷阵一般。他敏锐地意识到，这是华美公司千载难逢、实现弯道超车的机遇，是振石控股集团确立自己在新材料领域地位和角色的一次决战。如果一定要找个参照物，那就相当于当年巨石集团上马6万吨纯氧燃烧的无碱池窑工程一样，或像当年恒石公司决策多轴向玻纤编织机工程一样。他要在极其短暂的时间内，将华美公司拉挤板产能做到全国最大，甚至全球最大，做到别人一时无法超越，成为另一个细分行业的"隐形冠军"。一战而决胜负，一举而定乾坤。

这，自然也是张毓强又一次战略布局。作为具有战略眼光的张毓强，他睁开了那双善于捕捉战机的眼睛，并让自己的战略思维机器高速运转起来。他甚至有一种将士临战前的冲动和兴奋，急不可待地希望听到那激越嘹亮的冲锋号。这次布局，不仅仅是行业、产品、车间、规模，还有华智研究院。他要探索集团发展的一条新思路：科研与生产快速结合、高度融合的新模式，形成集团自主研发、自主生产，拥有自主知识产权的技术体系和运行体系。为此，他提出了玻纤自制、树脂自制、设备自制、辅料自制的"四自"目标。

当然，这也是一次练兵练将。张毓强要通过这次拉挤板战役，培养出振石控股集团的风电拉挤板管理团队、技术团队、销售团队。他要观察重点培养对象的统筹能力、应急能力、现场处置能力，看着他们怎么把不可能变成可能。在这一点上，与其说是在考验部属，还不如说是在反观张毓强自身，有没有看准人，有没有用对人？

还有，为完成老友的遗愿。前几年，友人唐兴华因病逝世，这让张毓强痛惜不已。他看到"华美"这两个字，就会想起与唐兴华风雨同舟、患难与共的岁月。他把拉挤板当作自己告慰友人的礼物。在没有生命和情感的拉挤板上，寄托着张毓强浓浓友情和深深缅怀。

这么多重的目的、含义、意蕴，集中在华美公司拉挤板项目上。张毓强以狼和虎的身姿猛扑上去。在战术上，张毓强只求一个字：快！快些！再快些！更快些！务求速胜、完胜！他像当年抓振石大酒店工程一般，盯住华美公司拉挤板项目不放，每周至少一趟，多则两三趟，到现场巡查、督办、协调，专门找问题、挑毛病。

当年的张毓强回来了。同时回来的，还有张毓强的急脾气和严厉劲。

对拉挤板生产设备，张毓强最早对张岩提出的数字是几十台。过完春节，这数字调高了。到了2021年2月底，张毓强又对数字作了修正。到了3月，最终确定的数量更多。对此，张岩曾为笔者算过一笔账：第一批张总给了两个月时间，第二批给的时间也是两个月，有点紧张；最后一批设备，张总只给了20天时间，简直让人喘不过气来。

张总有点像"拼命三郎"？

张岩仍是微微一笑，没问题。

感觉到问题的人还是有的，袁洪涛就是其中之一。

袁洪涛是振石集团巨成置业有限公司总经理。他受命承担华美公司新旧厂房的拆迁和重建任务。从张毓强给的时间算，只能完成一半：或者完成拆迁，或者完成新建。而张毓强则要求袁洪涛拆完建好。我不管你用什么办法，我只要最后结果。这就是张毓强的风格。

张毓强召集华美、恒石和巨成房地产3家公司负责人开会协调，明确把华美公司整体搬迁出来，把老厂房让给恒石公司，并让袁洪涛为华美公司新厂区备工备料。

有问题吗？张毓强最后还要追问袁洪涛一句。

当然有问题！袁洪涛在心里嘀咕着。

采访中，袁洪涛和项目经理阮圣大这样讲述整个拆迁新建过程。

去年春节后，新冠疫情日渐严重，项目审批和动工时间被迫推迟。3月2日，桐乡市政府开通工程建设项目"多合一"审批绿色通道，华美公司才在市政府审批中心与市建设局、国土局签订土地出让合同，一次性拿到4本证。当天拿证、当天开工，华美公司整厂搬迁项目成为桐乡市2020年第一个"拿地即开工"的项目。

占地108亩、10.5万平方米建筑。如果是正常项目、正常年景，这点建筑面积，对于巨成房地产公司来说，真是小菜一碟。但这次华美公司新建厂房和搬迁，真的不一样。

时间紧是一个方面。按照惯例，10余万平方米，怎么也得建设一年半时间，但张毓强下了死命令，要求3月5日打桩，10月底交付使用。袁洪涛他们早就习惯张毓强的风格和节奏，一边出图纸，一边搭脚手架。

要命的是建设单位工人回不来、上不去。建筑工人大多是外地人，春节一回去，疫情一暴发，一时无法返回桐乡。零零星星回来的，还要遵守防疫规定，隔离一段时间，把建筑公司老总急得嗷嗷叫。袁洪涛没办法，只得把原先安排在其他房地产工程上的员工，临时抽调到华美公司工程中，又让施工单位派出私家车到外地接员工返回，千方百计把基本员工人数凑够。然后，"两班倒""三班倒"。

进度开始上去，但新的矛盾又出现了。

矛盾因原有厂房设计与新产品工艺调整而产生。随着拉挤板设备逐步安装到位，有的进行试生产，发现原先设计的工艺流程不尽合理和科学。怎么办？在张毓强心里，生产的合理、科学、效率毫无疑问是第一位的，但凡不合适的，调整；调整后，发现还有不合适的，再调整。在袁洪涛印象里，半年多时间，大的调整就有四五次，有的甚至改得面目全非。譬如，把华智研究院实验室放到生产车间厂区，在空间安排上，让科研真正与生产融合在一起。譬如，办公楼原先设计了柱子，张毓强在施工现场想到，认为这会影响使用功能，便立刻下令把它们取消。还有那个热塑板材车间，净空13米、宽度近17米，没有一根柱梁。下面装上沉重的压机，顶部还要开叉车，需要设计安装超大型跨度支模架，技术要求极高。至于那些小调整，更是不计其数，每天都有，随时会有。因为，张毓强现场一转悠，准能发现不少问题。用王逸波的话来说，是"瞬息万变"。

这样一来，原本紧张的工期，显得更为紧张。

工期一紧张，只能交叉施工，一边建设厂房，一边安装设备，各方免不了会产生一些摩擦和纠葛，有时还高声大嗓地吵架。双方吵的问题非常高大上，甚至有点哲学家、科学家的味道。一方问：是先有鸡，还是先有蛋？另一方也反问：到底是先有鸡还是先有蛋？外面的人，被他们吵得莫名其妙。施工的，装设备的，讨论这样的哲学问题干吗？哲学家、科学家们争论了上千年，都还没有结论，你们争什么呀？稍微一了解，才发现误解他们啦。他们争论的问题其实是，先建厂房，还是先装设备？建筑方说：先要建厂房，才能安装设备，你们设备方要让道。安装方反驳：你们建厂房不就是为了安装设备嘛，因此，建厂房要服从设备安装。

遇到问题最大最多的人，自然是赵峰。

虽说赵峰在张毓强身边工作多年，看得多，听得多，也懂得多。但那毕竟是种种理念、观点、思路，换句话说都是纸面上的、语言上的东西，与实际操作不是一回事。再说，拉挤板是个新玩意儿，如果按部就班慢慢上，赵峰也许能适应，也许不至于这样手忙脚乱、左支右绌。但张毓强要求一口气上那么多套设备，一下子做成全国甚至全世界最大。作为到任不久的年轻董事长，赵峰真是想都不敢想呀。在赵峰眼里，张总仿佛要让一小疙瘩面团，一下子膨胀成一个硕大无比的面包，而发酵的时间又那么短，连个腾挪辗转的机会都没有。

当然，赵峰知道，张总下定决心的事，没有讨价还价这一说。能干，接令；干不了，走人！二者居其一。

于是，赵峰硬着头皮接受了任务。好在，他还有个帮手王逸波。

当时华美公司的那种乱象，其实用脚指头想想都能猜到。

华美公司原有旧厂房要腾退出来，让给恒石公司；新厂房还在边施工边装修之中，装修要与拉挤板设备进厂安装调试同步；安装好的设备有的需要返工回炉，又得乒乒乓乓拆掉重来；设备是分期分批到位安装调试，调试成功几台，几台就开始试生产；试生产又带来一系列问题，要把厂房按照不同使用功能区隔开来。还有什么模具啦，流程啦，温度啦，前后衔接啦。有时，为设备到位时间、零部件完整性等具体问题，彼此之间会产生一些小矛盾、小纠葛。最要命的是，没有操作这些设备的熟练工人。人们常说"巧妇难为无米之炊"，赵峰现在面临的问题是没有"巧妇"。要是诸葛亮，他一定会先储存起一批熟练工人，那该多好呀！可惜，他赵峰不是诸葛亮，没有未卜先知的本事。

险情不断、险象环生，一波未平、一波又起。这是赵峰对华美公司拉挤板项目前期情形的描述。那段时间，工程现场就是一个字：乱。除了乱，还是乱。

这种乱象，当然是张毓强不愿意看到的。于是，他频频出现在现场。

笔者几次到华美公司采访，均在现场碰上了张毓强。

5月25日上午，久雨初霁。初夏的阳光穿透稀薄的云层，投射到桐乡开发区，给建筑物镀上一层金箔般的薄膜，华美公司新厂区和华智研究院外立面散发出温暖的色泽。院内，不久前种植的绿化带、景观树，已显得郁郁葱葱、生机勃勃。观赏一眼绿植，会使人联想到脱胎换骨般重生的华美公司和新生的华智研究院。

赵峰、王逸波、郭正海和笔者等人，站在车间外空地上，等候张毓强。据说，张岩正在忙着处理一个技术问题，得过一会儿才能过来。

刚才，赵峰接到张毓强的电话，说他一会儿要到华美公司。

笔者赶紧中止对王逸波的采访，转为旁观张毓强的"现场办公"。

不一会儿，只见一辆黑色奔驰迅疾而至，驶进停车场。一个漂亮的转弯动作后，车子"嘎"的一声轻轻停住。也许考虑到张毓强经常到华美公司和华智研究院检查吧，华美公司停车场给他留着一个车位。

只见张毓强推开车门，戴着一副墨镜，身穿一件白条衬衫，一个人飘然而下。

"飘然而下"，绝对是笔者当时一瞥的感觉。那个瞬间，笔者觉得这位同龄人酷毙啦！

张毓强反背着手，边走边说，我昨晚一夜没睡，你们昨晚睡得着吗？一开口，气势有点咄咄逼人。

身边的人都不敢接口，只好默默跟着他走向正在施工中的车间。

众人穿行在玻纤纱架之间。现场有点紊乱，堆放着各种待装的零部件，施工人员正在安装调试设备。不远处，焊花飞溅，车间内充斥着嘈杂的对话声，还有焊接的气味。张毓强不管不顾。

笔者悄悄问了一下赵峰，这才明白，张毓强刚才说的是纱架布局。华美公司几个人的想法与张毓强有点不同。

如果你们坚持纱架保持不变，设备什么时候能开起来？

众人一时没有回答。

在问你们话呢！张毓强加重语气，追问了一句。

5 月底吧？王逸波小心翼翼地回答。

那就是 6 月 1 日设备能开？剩下的就是人的问题！军中无戏言！大家都听到了哦？！张毓强的口气仿佛真的在下达军令。

王逸波如实汇报。剩下 10 条线，共需 20 个工人，现在还缺 12 个人。如果招到人，就能提前一两天。

还提前一两天？你都拖后啦！张毓强仍不依不饶。

王逸波没有再回应。

众人走到纱架前。张毓强用手托起正在顺畅流动的玻纤线，试着宽松度。赵峰感觉张总看出了问题，悄悄对笔者说了一句。果不其然，张毓强开口说，这个纱有问题，两边张力太大。用久了，玻纤会起毛羽。

是的，张岩不知何时已出现在人群中，此时接茬道。

来到拉挤板浸胶环节。只见数百束玻纤穿过纱孔，收缩到 20 厘米宽的孔板内，被牵引着向前。喷管中涌动出黏树脂，流入浸胶槽。那些浸润了树脂的玻纤束，再被穿进加热模具里，拉挤成型，最终变成连续板材。

张毓强望着将近一半的空孔，扭过头问张岩：要那么多孔干吗？只要三分之一就足够啦！

张岩点点头。张总说得有道理。我们改。

张毓强并没有顺着张岩回答的思路说，而是用手指着身旁停着的一批设备问王逸波：那么多设备，为什么都停在这里？为什么没有开工？

王逸波回答道：正在修模具。

模具应该边修边拿过来的吧？现在拿过来多少套了？又不知道了吧？张毓强用目光一直盯着王逸波。王逸波似乎禁不住张毓强严厉的目光，不由得低垂下头。

转了一圈，回到会议室。众人表情严肃，态度凝重。

张毓强说：检查发现的问题，一是设备，一是人。所有设备什么时候能开齐？缺人，怎么办？我们等吗？天大的困难也要解决！客户在哇哇叫，在等着货。有些话，说得比较尖锐。他们说，印象中的振石控股集团不是这样子的。振石控股集团怎么还有华美公司这样的烂企业？我这一辈子，最受不了的就是人家的侮辱和看不起。

说到这里，张毓强真的有点生气。他用严厉的目光睃巡了一下会议室，接着说下去：你们要想一想，从战术上讲，今年是最辛苦、效益最差的一年；但从战略上讲，今年是最好的一年，今年不抓紧，明年就没有了机会。这就是我为什么一而再、再而三催促你们抓紧上马、快速上马的原因。作为华美公司来说，你们觉得压力太大，似乎一切情有可原。因为工厂是新的，设备是新的，产品是新的，技术是新的。一切都是新的，都在过程中。但丢了客户，丢了订单，谁来原谅我们？市场不会因为你新而原谅你，没有利用好市场，就是最大的无能。华美公司现在面临的局面就是这样！你们做事，完不成任务，总是在想别人的问题，为什么不反躬自省，换位思考，多找找自身原因呢？现在连工艺还不成熟，怎么做出成熟产品？

众人认真听着张毓强的分析，不住点头。

张毓强见大家这样，口气也有所缓和，扳着手指，与大家商量起存在的问题。他的思路很清晰，一串串数据脱口而出：玻纤、树脂、订单、设备、人员、管理等，你们要拿出一个严密、负责任、可操作的方案来。9月底前，这个拉挤板项目要全面验收。树脂不行，你们为什么不跟集团说？别以为你们解决不了的问题，全世界都解决不了。人的问题，一是引进外力，招工；二是内部挖潜；再一个是借人。

还有彼此之间的配合问题。说到此处，张毓强有意将目光转向张岩，说道：分工不分家，彼此都是一家人。我不听你们之间有什么、说什么，我也不管是谁，大家都得服从华美公司发展这一盘大棋。这就是振石控股集团的全局。知道不知道？如果做不成，设备就是废铁，投资就打了水漂。华智研究院的价值，眼前就是全力配合华美公司！

张岩边记边点头：知道啦，听张总的！

张毓强将头转向赵峰：华美公司还是要立足于依靠自己。你要懂得盯住最重要的问题，抓住主要矛盾！

讨论快结束时，张毓强接到一位友人的电话。他在通话中说着琐事，语气轻松、笑声真诚。很难想象，他就是刚从沉重话题和严肃批评的语境中走出来的张毓强。

笔者第二次去华美公司采访，是个周日。刚见到赵峰，就听他说，今天下午张总可能又要来华美公司检查。

啊？又来了？而且那么巧！两次都是不期而遇。也许，冥冥之中的确有一种缘分。

季节进入初夏末端，天气已显溽热，吹来的风流过身体，使人感觉到足够的热度。天穹湛蓝澄碧，偶尔有几片薄薄的白云飘过，四周天幕却涌动着云堆，呈现这个时节特有的天象。强烈的夏阳，似乎是专为遍地树木而生，那一片片、一丛丛的绿植，尽情展示出各自的浅绿、浓绿、墨绿。站在树荫下，感觉凉爽宜人。

张毓强从车上下来。今天，他穿着蓝细格短袖衬衫，显得蛮精神。

见到笔者，他略觉意外：你怎么在这里？

笔者有点得意地笑答：与张总有缘，你走到哪里，我跟到哪里。

张毓强没有笑，一脸严肃地直接走向车间。跟在他身后的，是华美公司几位负责人和张岩，还有比张毓强先到一步的黄钧筠。

车间内，一派紧张忙碌景象。工人们正在安装调试设备，一个个头上沁出细密的汗珠，空气中弥漫着浓烈的油气味。

张毓强看着生产线，检查纱架、模具，询问有关情况，王逸波在旁边汇报着、解释着。

还是有一连串问题，而且有些问题属于供应商方面。譬如这玻纤吸水问题，就应当由供应商来解决，为什么要由你们自己解决？这思路不对嘛！张毓强直截了当地指出。

穿行中，张毓强遇到一位熟悉的老员工，走上去拍拍他的肩膀说：你3年做了20年的事，了不起呀！

那位老员工脸上现出羞涩的表情，向张毓强笑了笑。

这时，张岩抓紧向张毓强汇报。今晚25条生产线全部进行冷测试，6月20日前保证30台没问题。

今天是29号吧？张岩用不敢肯定的眼神询问在边上的黄钧筠。

什么呀？今天已是30号了呢！

啊？已经30号了呀？说实在的，张岩已忙得忘记今天是几号，他希望今天是29号，哪怕多几个钟头也是好的。

黄钧筠见状就抒情道：最好用一匹马把时间拉住！

张岩把张毓强请到一台设备前，指着已改进的部位说：我已做了改进，你要给我加钱的吧？难得张岩在此刻还有心情开玩笑。

张毓强稍稍偏过头，对着张岩说：加你个头呀！要说加，你应该给我加。我第一次来看时，就给你指出来啦！

听张毓强这么回应，大家不由得一起笑起来。

车间内紧张的空气顿时松弛了许多。

但轻松没过几分钟。好像天气又是多云转阴，接着狂风暴雨。

走到赵峰办公室，张毓强阅看起《华美公司三车间拉挤板生产周报表》。

王逸波在边上作着解释。简短，明晰。

什么呀？开机率已105.6%？这数字不可信！满额也就是百分百，怎么可能？内退纱、外退纱，这两个数据根本无意义，为什么要统计？作为一个企业管理者，没有单产、合格率、停机率这些概念，就会一塌糊涂。统计表要抓住关键少数，成本，尤其是单机成本，一定要搞清楚。

张毓强一边说着，一边自己用计算器算出数字。废品也要统计进去，但凡客户不接受的，都是废品。单机成本要精确。生产管理要这么细，才行！

接着，张毓强将话题引到开机率上。要尽可能多尽可能快地把设备开动起来。现已到位设备的开机率才66%？太低了！为什么这么低？谁能告诉我是什么原因？

主要是模具出了点问题。边上一位管理人员答道。原来，模具供应商完不成订单，便将其中的20副模具转手外包，结果质量不合格，只好重新加工，延误了时间。

模具？你们觉得这是理由吗？要回答我这个问题！如果我提10个问题，你答不上几个，你这个人在我心中的分量就会下降。如果全部回答不了，那就说明你不适合坐在这个位置上！当我们的工艺技术还不够成熟时，管理就显得尤为重要。

室内的空气似乎凝固了，大家面面相觑，谁也不敢接话，总觉得思维跟不上张毓强的节奏。

瞬间，笔者想起前不久集团召开的一次会议，张毓强在会上明白而尖锐地告诉华美公司管理层，市场留给华美公司的时间不会太多，客户留给华美公司的时间不会太多。然后，张毓强稍作停顿，加重语气说：集团留给华美公司管理层的时间也不会太多！当张毓强说完这句话，全场怔住了。笔者稍稍抬头打量了一眼赵峰和王逸波，只见他俩脸上红一阵白一阵。很显然，张毓强的意思是告诉人们，如果华美公司管理层不能在集团计划的时间内，让拉挤板项目达产达效，将被换将。

此刻，张毓强再次提及这个问题，笔者不由得心里一震。

也许，张毓强自己也感觉到他的话有点过重，怕众人产生"抗拒心理"，便放缓了一些语气。我知道你们没有经验，坦率地说，现在谁都没有经验。这拉挤板项目本身就是全新的。你、我、他都不懂，那就一起讨论。如果拉挤板项目能如期完成，那就成为全国第一，甚至是世界第一了。大家都知道，农民有个"抢收抢种"，眼下就是华美公司的"双抢"季节。要加强考核，一定要让技术好的工人多劳多得，让别人看着羡慕。不要只讲空洞的理论。一线员工很现实，利益要看得见、摸得着。

还有，更重要的是成品率。张毓强进一步强调。光开机还不行，成品率太低，是个大问题。张毓强搞制造业半个世纪，什么样的波折、坎坷、磨难、关节没有经历过？他自然知道，一个从未生产过的新产品，从开发到成功，从初试到稳定，没有三五年根本不行。因而，有一句话，总是挂在他嘴边：搞制造业，没有 8 年 10 年功夫，想都不要想成功。但现在，时间就那么紧急，客户拿着现金支票在等货，有的甚至已有了抱怨声、指责声，而这正是张毓强最受不了的一点。

事后，赵峰告诉笔者，他虽然跟在张总身边，看过听过许多生产经营情况，但毕竟从未在第一线实际操刀过，完全是个新手。他压力山大，甚至有点委屈。要不是在张毓强身边工作十几年，经受过 N 次"破坏性试验"和"地震力度"的批评，由此增强了抗压力，说不准，他赵峰真的会变成"赵疯"呢！

不过，赵峰能理解张毓强的这种"急"，更能理解客户的那种"骂"。人家已与你订了供货合同，自然希望你早日供货。因为，这些风电叶片制造商早已与风电整机厂和业主定了日期，而业主使用方又与那些关注碳达峰、碳中和指标的各级领导拍了胸脯、打了包票。真是一环扣一环、一节连一节，这就是"产业链"。你轻轻松松说一句来不及，就完了？你这是把别人往绝路上逼呀！

在这场拉挤板战役中，赵峰、张岩、王逸波等人完全没有退路。而张毓强追求完美的性格特征和做事风格展现得淋漓尽致。不到 9 个月时间，张毓强先后 40 次到华美公司现场检查督查，平均每周一次。他犹如一位理智、严酷、专业的指挥家，演奏着这首多声部的大合唱。

笔者第一阶段采访结束后，暂离振石控股集团。

9 月 24 日，笔者给赵峰发微信，询问拉挤板项目开始验收没有。

第二天，赵峰给笔者回复微信。他介绍说，关于拉挤板项目验收，是个持续的过程。集团已根据张总意见，从 9 月 15 日开始每天跟踪拉挤板的开机率、合格品率、成品率、制造成本等数据了。至于最终验收日期，尚未确定。如果有了确讯，他会第一时间告诉笔者。

一段时间后，赵峰微信告诉笔者，9 月 29 日，设备开机率首次达到 100%，并通过了振石控股集团的全面验收。

笔者由衷地为华美公司感到高兴，祝贺他们通过了一次大考。微信文字后，还附上了 6 个表情包：3 个点赞，3 朵玫瑰花。

赵峰回复笔者说，这充其量属于"小升初"，后面任务更艰巨：质量压力、成本压力、效益压力。张总要求不仅把产品开发出来，做好、赚钱，而且要做出品牌，做出影响力。

笔者随后微信给赵峰一段话：良好的开端是成功的一半。相信在张总领导下，你这位"80 后"肯定能将华美拉挤板推向世界高台。期待着赵峰的大成功！

第七章
让三产与二产比翼齐飞

几处早莺争暖树，谁家新燕啄春泥。

——白居易

印制故乡的金名片

入秋啦！桐乡市梧桐街道上，显现出一片初秋景象。一行行枝叶繁茂的梧桐树，渐渐由墨绿转为浅黄色，偶尔有一两片桐叶掉落，似在向人们报告秋的到来。原本斑驳的树身此刻深沉了许多。街道两边的楼宇、公园、校园围墙上，一律采用漫画大师丰子恺的字体，书写着一些反映时代风貌的标语口号，给梧桐街道平添了一份风雅及历史感。这个在国家划定或专业机构研究中并未列入榜单的桐乡中心街道，却以自己蓬勃发展的经济和日新月异的建设，愈来愈显现出现代都市的相貌。

在高低错落的城市建筑群中，散落着振石大酒店、振石总部大楼、巨石科技大楼、柳莺花园、星湖湾、悦湖湾、星都会……它们或以高耸入云的雄姿俯瞰全城，或以造型独特的风貌展示个性，或以精美靓丽的布局吸引众人。总之，在桐乡市，人们总能从众多的楼群中分辨出，这是振石控股集团的，那是巨石集团的。因为，它们具备鲜明的辨识度，有着几分现代都市的气质和神韵，提升了整个桐乡市的档次，成为桐乡市的金名片。

而这，正是张毓强和他儿子张健侃的目标。

振石控股集团高级副总裁王源介绍说，张总很早就看到，中国第三产业会蓬勃发展。他对振石控股集团第三产业的发展有着清晰的考虑，在10多年前就提出，振石控股集团要在继续发展第二产业的同时，实现二三产业并重。

王源说得没错。从制造业到服务业，从二产到三产，张毓强对振石控股集团第三产业的发展有着自己的判断与布局。

2007年，张毓强赴台湾地区考察，用一个星期时间专门看了养老院、幼稚园、医院、农庄等。台湾一些朋友很奇怪，这些有什么好看的呀？但张毓强觉得看了很有启发。他比较看好三产服务业，认为服务业是国家未来发展的一个方向。他适时为振石控股集团确立了二三产业并重、多元化发展的方针。用时间换空间，摸着石头过河。

不过，客观地看，张毓强这些认识还是后来在实践中逐步形成的。2004年4月，他提起一脚踏入房地产领域时，还没有那么清晰。

振石控股集团涉足房地产行业时，中国第一波房地产开发热潮已过去，一些房地产大鳄赚得盆满钵满。第二波房地产热潮已见端倪。

而且，真的，张毓强搞房地产，并不是为了赚多少钱。

那是2003年，张毓强决定整厂搬迁巨石集团生产厂区，这样逐步空出一些土地。这些地干吗用？有人建议开设市场铺位。那时，濮院羊毛衫市场生意不错，似乎可以仿效。有人建议把土地卖掉，把钱拿回来投资建设新的玻纤厂区。有位熟人却建议张毓强，搞房地产开发。

张毓强略一思考，觉得第三种思路好，可以玩玩呀！真的，张毓强就是抱着玩一玩的心理，跨进房地产行业的。他指定由巨成经贸公司负责前期工作。到了2004年，张毓强感觉由经贸公司负责房地产开发，名不正言不顺。4月7日，他主持召开董事会，决定将巨成经贸公司变更为巨成房地产开发公司，并增资扩股，聘请专职人员，全面承接空地的开发利用。

这个工程项目，取名为"柳莺花园"。近似于西湖名胜"柳浪闻莺"，多有诗意呀！

同年 8 月 23 日，张毓强再次召开董事会，听取关于柳莺花园规划与建筑设计报告，对方案可行性、优势及风险、具体操作步骤作了详细论证，确立"跳出桐乡做柳莺、跳出产品做品牌、超越自我做事业、打破常规做巨成"的总体思路。同意根据实际情况，一次设计、一次报批、分步实施，在 2004 年年内完成手续报批并动工，2005 年上半年完成建设。

应该说，这次董事会确定的若干原则具有宏观性和前瞻性，成为巨成公司在房地产开发中始终遵循的思路。

本次董事会还提出了一个思路：先房产，后酒店。这就为后来建设振石大酒店埋下伏笔。当然，从中也可窥见张毓强的发展思路。

开发、建设、销售柳莺花园，其间并无多少波澜。先后 4 期工程，赚了多少钱，谁也没有统计过。

接下来，一个一个楼盘顺利开发，稳扎稳打、步步为营，做完一个，卖完，然后再考虑下一个。显得从从容容、有板有眼。

应当说，张毓强对房地产开发是节制的、内敛的，甚至有点抗拒。从一开始，他就给巨成房地产公司的投资划定了一个硬杠杠：房地产投资总额不得超过振石控股集团总资产的10%。张毓强在内心里，不想成为一个房地产开发商。在他看来，房地产是个资金密集型产业，相对比较简单，没有多高的技术含量，设计、建筑、监理、广告、销售等，都有别的专业团队打理。他甚至还担忧房地产开发赚钱太容易，助长人们的浮躁心理，会冲击和影响制造业员工队伍的稳定。

上述种种，在采访巨成房地产开发公司总经理袁洪涛时，得到了印证。

袁洪涛，湖北人，身材不高，极其精干。他年纪不大，正是年富力强之际，但头发已显稀疏，可见在振石控股集团搞房地产开发，压力之大。2000年，袁洪涛从武汉水电学院工民建专业毕业，招聘时，向公司投的简历。电话通知面试时，才知道公司在桐乡。既来之，则安之，干得踏踏实实、安安心心，2003年被提拔为部门副职。2009年，被张毓强调到振石大酒店工程项目指挥部。到现在为止，袁洪涛团队已开发了150多万平方米住宅、100多万平方米厂房，为振石控股集团创造了不少利润。

张毓强真的不在乎赚这个钱。在袁洪涛的经历里，张总对巨成房地产开发，就管三件事：第一，拍地价，用他的宏观预判评估；第二，确定设计方案的式样和风格；第三，确定销售价。其余的事，都由分管的张健侃与袁洪涛商量着办。

袁洪涛介绍说，张总找他的时候并不多，但凡找他，总是强调要做品牌，不要把赚钱放在第一位。他告诫袁洪涛：你们是在桐乡本地做房地产，我张毓强是桐乡人。不要若干年后，我张毓强开发的楼盘都出了问题，怎么向家乡父老乡亲们交待？你们开发楼盘，不仅有品牌问题，还牵涉到我张毓强的个人形象，绝对不能有差池。

对张毓强这些要求，袁洪涛自然牢记在心，时刻不忘。但在实际开发中，总有顾及不周的地方，白璧还有微瑕呢，更何况是一个个楼盘、一套套房。个别用户会向张毓强投诉。那时，是袁洪涛最要命的时刻。张毓强会把袁洪涛找去，劈头盖脸一顿批，容不得袁洪涛作半点解释。但转而一想，张总这样严格要求是对的。作为一个桐乡人，谁愿意在背后被故乡人戳着脊梁骨骂呢？

后来，巨成公司开发的楼盘越来越多，在桐乡凤凰湖周边的高档楼盘中，差不多占了80%。买家的投诉却越来越少，有时甚至找人托关系，想购买振石品牌的住宅。张毓强的批评逐渐少了下来，有时，还鼓励袁洪涛他们走出去，到外地、外省去开发。你不是顾虑只有10%吗？但眼下振石控股集团总资产已大大增加，同样10%的比例，可用于房地产投资的总额就是一个不小的数字。袁洪涛你这小子，有多少本事就施展出来吧！张毓强这么一说，袁洪涛的压力反而更大了，大到有时睡不着觉，大到每天掉头发。

说到振石大酒店，张毓强时时会露出难得的微笑。他把许多重要会议和活动，都放在振石大酒店。他满意振石大酒店的格调和服务。

提起振石大酒店，现任振石控股集团总裁张健侃也会掩饰不住内心的喜悦。这是他海外归来、入职公司后第一个主抓的工程，也是他与漂亮太太举行婚礼的酒店，那份记忆和情感，自然特别、特殊。

每个振石人几乎都可以讲出一两个有关振石大酒店的精彩故事。

如前所述，张毓强造酒店的念头，起始于 2004 年那次董事会。坦率地说，那时张毓强想造的，还不是五星级酒店。彼时，振石控股集团羽翼未丰，还没有这个实力。笔者看到过当年一份关于振石控股集团筹建大酒店的可行性研究报告，名为"巨成大酒店"，四星级。后来，董事会认为大酒店资金积压较多，建设商品住宅比建造酒店资金回收快得多。决定改弦更张，将原先准备建设巨成大酒店的地块改建为商品住宅。

世界上任何事物的演变发展总有一个触发点。据说，振石大酒店的触发点是时任桐乡市市长发的一通感慨。这位市长在一次与全市企业家座谈时，感慨地说：桐乡这几年发展很快，在外面名气也越来越大。但很遗憾的是，桐乡至今没有一家五星级酒店。有时贵客临门，真不知往哪里领。

市长发完感慨也就完了，他暂时对桐乡企业家没抱什么期望。因为，之前也有几家企业，嚷嚷着要建五星级酒店，市里给他们批了地，提供了政策，结果五星级酒店却连个影子也见不着。久而久之，领导上就有点灰心。

张毓强却把这位市长的感慨牢牢记住了，并在自己心里发出了感慨。振石控股集团现在发展得这么快，应该反哺社会，给家乡人一份回报。市领导屡屡提及这个五星级大酒店，看来是故乡急需的酒店。振石控股集团作为一家桐乡本土企业，来造这家酒店，不正好是回报社会、回报故乡的一个具体行动吗？这家酒店，应是家乡人的酒店，是品牌第一、盈利第二的酒店，是满足家乡人、回馈社会各界的酒店，也是提升振石控股集团影响力的酒店。

想到此，张毓强有点坐不住、睡不着。他找到市长，略显慷慨激昂地表态：市长说的这家五星级酒店，由振石控股集团来造，请市长相信，我张毓强说造五星级酒店，就肯定是五星级的！

振石控股集团要造五星级酒店的消息很快传开，一时成为桐乡街谈巷议的热门话题。

张毓强就是这样的脾性。说定要干的事，就一定干，而且必须干成。

振石控股集团从来没有管理过大型酒店，大酒店建好后，需要聘请专业酒店管理公司。张毓强在众多推荐名单中，选择了广州白天鹅饭店管理集团。

这一选择，中间藏着一个动人故事。

那是遥远的上世纪 80 年代初，张毓强还是个小伙子。

1984 年盛夏季节，张毓强一行去广州出差。那时出差的张毓强，身上并没带多少钱。他睡地下室、吃路边店，尽量节省着花。那天午间，天气酷热，张毓强人疲力乏，满头汗水顺着脸庞流下来。他强打起精神，穿行于街头。此刻，他多想休息一下，喝上一杯热茶，最好是一杯咖啡。说来也怪，想到咖啡时，他们的脚步正停在一家大酒店门口。这家大酒店叫白天鹅宾馆，是彼时中国境内第一家中外合资酒店，境外投资者就是鼎鼎大名的港商霍英东。

青年张毓强用眼神打量着这家富丽堂皇的大酒店。在当时张毓强眼里，这大酒店好得近乎天堂模样，中央空调犹如从天而降的气流，把室内的溽热消解得无影无踪。他们轻手轻脚地走进去，见到大堂边上有个咖啡座，觉得一下子口渴起来，便忍不住上前询问咖啡的价格。吧台服务员告诉他，一杯 7 元，4 杯总共 28 元。28 元？天哪！这得一个月工资呀，够他们在地下室住上一个星期呢。不喝了，太贵了，阿拉喝不起。张毓强一边在心里对自己说，一边不由自主地往后退，他尽量掩饰住自己的窘态，想赶快逃离这高级地方。

谁知这时，一位服务员大概看出了张毓强等人的尴尬，和气地说：其实咖啡根本不值这个价钱，只是酒店的房子贵哦。你们几位客人，不买咖啡也没有关系，可以到里面坐一坐！

轻柔的几句话、一张微笑的脸，让张毓强记住了白天鹅宾馆，记住了人间难得的温暖或凉爽。

2008年10月2日，振石大酒店委托管理合同签约仪式举行。张毓强在签约仪式上揭秘了自己选择白天鹅管理集团的特殊原因。

一个月后，振石大酒店奠基及开工仪式隆重举行。振石大酒店被列入桐乡市当年十大重点项目之一，建筑面积8.5万平方米，主楼38层，高169米，一期设有房间379间。

尽管秋雨绵绵，但现场气氛仍非常热烈。振石人乃至桐乡人期待已久的五星级酒店终于露出了希望的曙光。

张毓强在仪式上宣布，要用18个月时间，建成振石大酒店，开业接待集团国际年会，并为儿子举办婚礼。

18个月，建成一家五星级大酒店？不要说在中国，在世界酒店业也是闻所未闻、见所未见，张毓强不是在开什么玩笑吧？但从张毓强现场庄重的神情、坚定的语气中，似乎看不出开玩笑的成分。再说，张毓强那么理智认真，像个开玩笑的人吗？

这，大概是真的啦！张毓强铁了心，要创造大型酒店建设新纪录。

张毓强采取的一个举措是，让儿子张健侃牵头指挥振石大酒店工程。

彼时，张健侃从加拿大学成归国不久，刚刚在京城一家投资公司实习了一年。采访中，现在被叫作"侃总"的张健侃坦陈，说句内心话，他当时并不很愿意。原因之一是，他当时正与太太热恋中，而且热得不得了。郎才女貌、你情我愿、卿卿我我、甜甜蜜蜜。太太在昆山工作，平时两人靠IP电话"煲电话粥"。张健侃介绍说，那时，他一沓一沓买 IP 电话卡，但很快就用光。每个周末，他都会开着车去昆山找她。老爸让他来管这个项目，显然会影响他与女友联系的频率和热度。

但张毓强有张毓强的盘算。健侃是他唯一的儿子，从法律上就决定了他是未来振石控股集团资产的继承人。健侃以什么样的理念、思路、能力和风格去继承，将直接决定振石控股集团未来之路。作为健侃的老爸，张毓强不可能不考虑这个重大问题。健侃读的是加拿大温哥华卡普兰诺学院行政管理专业，接受的是西方式教育。虽说理论上学到不少，但与实际需要比，还有较大差距。如何给健侃补上实践课，是他这位老爸首先想到的问题。还有，健侃一直在外求学，生活自理能力很强，但团队意识和协调能力需要提高。如果让健侃直接去做制造业吧，没有 8 年 10 年，根本练不出来；如果让健侃去负责一个小单位，锻炼意义不大。张毓强思考再三，觉得筹建振石大酒店，是个好机会，也是个好平台。酒店建设，涉及方方面面，需要统筹协调，还有进度质量管理，对健侃来说蛮合适，于是，张毓强决定把这摊子交给张健侃。

张毓强给儿子布置事情，每每直截了当。没有铺垫，连个"战前动员"也没有。三言两语，就把张健侃推上了前线总指挥的岗位。

张健侃心里明白，老爸开始出题考验自己了。

那年，张健侃 25 岁，年轻得很。虽说在加拿大吃了几年洋面包，啃了几本洋教材，但书本上的东西毕竟是理论，而且是西方理论，与中国实践隔着几座山。张健侃在采访时实事求是地说，他一开始什么也不懂，从零开始，跟着袁洪涛学，开挖地基、至正负零，再一层一层地往上盖。他这位前线总指挥的主要职责是协调。因为工期紧，交叉作业，结构建筑、外墙贴面、内部装修几乎同步进行，要协调的事比较多。他承认自己脾气不太好，看到不顺眼的活，尤其是第一天说过的事还没有落实，他就会发火。

虽说张毓强把筹建酒店的职责交给了张健侃，但他晓得张健侃还年轻，历练不够、经验不多，他还不能完全撒手不管。

张健侃这样介绍他老爸：对振石大酒店建设，老爸其实还是全管，不过，他参与的方式蛮特别。每天上午，老爸一般先到公司，去处理事情。到下午两三点钟，老爸就会跑到酒店建设现场。然后，带上他和施工单位负责人，或从一层往上爬，或从顶层往下走，一层一层地看，检查问题。老爸看得很细，每天会发现不少问题。我就听老爸说，先记下来。然后，坐进施工现场会议室，一个问题一个问题分析研究。老爸一般不表态，而让他先拍板。第二天，老爸又来，又是一层一层地走，把第一天指出问题的地方再看一遍，改了没有，有没有改到位？之后，寻找新的问题，第三天再重复循环。

楼越建越高，爬与走都有了一定高度和难度。张健侃在采访中感慨地说：跟在老爸身后，一层层往上爬，看见老爸额头上汗珠渗出来，顺着灰白的鬓发流下来，有点心疼他。而老爸却似乎乐此不疲，天天如此，直到酒店建成。

振石大酒店从筹建至开业，经历的事情实在太多，张健侃一时有点说不完。但有两件事，使他终生难以忘怀。

第一件事，关于酒店大堂的装修风格。张健侃知道老爸喜欢建筑，但不知道老爸对建筑那么喜欢，并且那么在行。整个振石大酒店的设计理念、思路、风格都是老爸提出来的，设计师只是将老爸的想法技术化、具体化。从整体设计，到每张图纸，老爸都会仔细审阅，再与设计师探讨。那段时间，老爸几次去阿联酋迪拜洽谈商务，不知不觉间喜欢上了阿拉伯装修风格。老爸认为那些装修，初始并不显得特别奢华，但时间越长，越经得起看，多少年都不显得落伍。就像男人的白衬衫，一看是件白衬衫，并没有什么花头。但男人穿个 8 年 10 年，这白衬衫还是显得很庄重。老爸让随行人员把那些具有浓郁阿拉伯风格的建筑都拍下来，回来给那些设计师参考，然后再加上自己的意见，形成设计方案。一次，老爸在阿联酋首都阿布扎比看了几个皇室设计方案，选中了其中一个，毫不犹豫地让设计师移植到振石大酒店大堂中。用这个方案装修，很贵，仅是楼梯花岗岩和大堂穹顶，就有2700多张图纸。还有一个总统套房，设计方案做了无数个，老爸总感觉不满意。后来，老爸看到迪拜帆船酒店的总统套房，感觉眼前一亮。为了让设计师有切身感受，老爸特地出钱请设计师飞赴帆船酒店，实地参观，以激发设计灵感。做这些事，自然费钱费时。有的设计，几易其稿，但老爸就是这么一个追求完美、追求独特的人，没办法！

不过，过了十几年后，张健侃承认：老爸当年的选择和坚持是对的。今天，旅客走进振石大酒店，都会惊叹这造型奇特瑰丽、结构宏大空灵、色彩洁净淡雅的伊斯兰建筑。大家欣赏着作为装饰物的阿拉伯廊柱、图案和文字，宛若置身在遥远而神秘的阿拉伯世界。整个大堂，仿佛刚刚装修完毕。人们相信，再过若干年，振石大酒店大堂仍旧这样典雅而时尚。

这，大概就是老爸当年所希望达至的效果？张健侃说道。

第二件事，振石大酒店"开荒"。"开荒"，是行业术语。张健侃解释说，是指酒店开业前进行一次彻底的打扫卫生、布置环境。

就在那次"开荒"中，张健侃感受到了集团员工的执行力。

根据老爸排定的时间表，振石大酒店真的用18个月时间抢下来啦，装修基本告一段落，开业在即。家具要进场，大堂装饰灯尚未安装到位。老爸发动集团员工轮班帮忙"开荒"。自己则站在第一线，坐镇指挥、调度人员，有时亲自上阵，搬桌拿凳。大家按照老爸确定的分工方案，各负其责。装灯的装灯，运家具的运家具，现场一片紧张繁忙景象，但做到了忙而不乱、紧而有序。上万颗螺钉的吊灯、几千件大小不一的家具，都在预定时间内或安装或搬运到位。酒店上上下下、边边角角，都被擦拭得干干净净、明明亮亮。百花争艳，绿植吐翠。在张健侃眼里，几天几夜下来，振石大酒店顿时变成一位梳妆打扮完毕、等待出嫁的新娘，恰似他漂亮的太太一般。

真的，那种执行力，不是说说，换一个公司都无法想象。张健侃至今说起此事，还感慨良多。

其实还有一件事，张健侃没有说，那就是振石大酒店开业后的第一场大活动，是他的婚礼。

坊间因而传说，张毓强将振石大酒店作为贺礼，送给儿子儿媳。

那场婚礼，很隆重，也很成功。新娘子很满意，双方父母很满意，张健侃的喜悦之情更是无法用文字来形容。几年追求长跑，终于抱得美人归。洞房花烛夜，自然是人生之喜；另一方面，在自己亲手建成的酒店里，举行自己的婚礼，意义非同一般。这酒店的角角落落、一物一品，是那般熟稔，似乎都在向张健侃道喜致贺。回顾这18个月不同寻常的经历，盘点自己的收获与体会，年轻的张健侃在欣喜之余有点小感慨。在婚礼上，他找到了以前没有过的成就感，瞬间感悟自己长大了、成熟了。不仅仅是为人夫，也不仅仅是不久的将来为人父，而是作为一名管理者，他从老爸身上学到了许多做人做事的准则和经验，相信自己以后能胜任更多的工作、更重的担子。

就在这个酒宴上，兴致勃勃的张毓强作为家长发表寄语，说出了那番后来广为流传的"名言"：把儿子当朋友，把儿媳当女儿，把未来的孙子当宠物；同时希望儿子儿媳把父母当老板。

从滚滚物流中捕捉商机

说到办企业的经历和经验，张毓强口若悬河、滔滔不绝，能说出一大套来。在一次人数较多的采访活动中，他面对着笔者和旁听者，就曾谈过他对发展物流企业的思路和观点。

在振石控股集团成长过程中，作为集团掌门人，张毓强说自己主要强调发展，关键在于抓住新的增长点、新的亮点。没有增长点要创造增长点，没有亮点要创造亮点，没有优势要创造优势，没有特色要创造特色，没有市场要创造市场。亮点和特色越多，竞争力就越强，企业存在的价值就越大。

这显然是张毓强的经验之谈。

善于无中生有、有中变优，是振石控股集团发展壮大的一大诀窍。

振石控股集团物流业，是个成功案例。

巨石集团和振石控股集团主体是体量庞大的制造业，运输量可想而知。在早期，两大集团的运输业务主要委托别人做，直到 2004 年。

那一年，正是国内经历"非典"疫情后开始迅猛发展的年份，也是巨石集团整厂搬迁重新布局的一年。

张毓强开始意识到物流业的作用，看到了贸易物流和服务业物流的广阔前景，有点跃跃欲试。

此时，当地一位老同志找到张毓强，向他推荐嘉兴宇翔国际集装箱公司，问他想不想收购。

宇翔，名字那么好听，口气好大呀。一问，才知这家公司仅有 17 辆旧车，一年百来万营业额。张毓强听完就想笑。但那位老同志说，别看只有 17 辆破车，但这个集装箱公司资质很值钱，现在根本批不出来。

张毓强想想也对，就没有笑出来。自己正在酝酿发展物流业，这不是瞌睡碰上有人送枕头，刚好嘛！于是，他就答应买下来。

对于早期宇翔国际集装箱公司的情况，前不久刚卸任宇石国际物流公司总经理一职的寿燕军向笔者讲述过。

寿燕军祖籍在诸暨，出生于杭州。后来因家庭成分不好，全家被下放到嘉兴农村，吃过各种苦，学会了所有农活。改革开放后，寿燕军成为嘉兴市运输集团一名中层干部。2000 年，部分交通企业改制，他与人合作创办宇翔国际集装箱公司，成为公司实际负责人。寿燕军看到了上海港快速发展的机遇，心中萌生了梦想，要把国际集装箱运输业搞大。"宇翔"两字，即出自他之心：要让企业之舟在宇宙间飞翔。但理想与现实，中间隔着千里万里。限于财力物力人力，"宇翔"只是在嘉兴小范围、低空处飞行，每年百来万元营收，几十万元利润。做着做着，几位股东都有点灰心丧气，就琢磨着找个大企业做靠山。恰在此时，听说振石控股集团张毓强有意收购宇翔公司，股东们一碰头，异口同声地赞同。

2004年10月20日，这个日子寿燕军记得很清晰很准确。他认为这一天是他人生和宇翔公司转折之日。他被那位老同志带到张毓强办公室，双方商量具体事宜。张毓强很爽快，当场明确几条：收购价，增资额，土地价值折算，物流业务范围，公司管理层薪酬，绩效考核，等等。

明明白白、清清楚楚、通情达理。寿燕军觉得张毓强考虑得很合理、很周到，也很有人情味，他无话可说。

唯一不舍的是，张毓强提出将"宇翔"改名为"宇石"，宇宙之石嘛。寿燕军心中纵有万般不舍，但既然"宇翔"没有飞起来，现在已融入振石控股集团，成为"石"系列之一员，于情于理也应该。因此，他说服自己接受了这个名字。

在张毓强指挥和调度下，宇石国际物流公司很快驶上发展快车道。

张毓强激将寿燕军，说：寿总啊，你不是叫国际集装箱公司吗？要么不做，要做就要做大。第一批先买50辆车，到2010年，达到200辆车，有点小规模，像个国际公司的样子。

宇石国际物流朝着张毓强希望的方向前行。规模迅速扩大，业务范围逐步拓展，除集团本身业务外，第三方物流所占比重越来越大。

2010年，交通部开始在全国选点开展"甩挂运输"试验。所谓"甩挂"，顾名思义就是"甩掉挂车"、继续行驶，使得牵引车与挂车分离，改变过去一车拉到底的运输方式，提高牵引车的利用率。寿燕军敏锐地捕捉到这一机遇，成功登上这趟试验班车。2013年，宇石国际物流公司成为全国26个试点单位之一，在获得国家财政补贴同时，还将"甩挂运输"方式导入实际商业运作中，赢得沃尔玛超市等单位的大额业务。

在结束采访时，寿燕军深有体会地说：现在回过头来看，当时那个选择，选对了！一个想干事的人，就像一个想演好戏的演员一样，必须先要有舞台，才会有观众。否则，没有舞台，你演得再好，也不会有观众，而张总恰恰给了他寿燕军那么大的一个舞台，他这辈子感觉很满足。

说到宇石国际物流公司的变化，现任总经理俞大卫则用"三次搬家"的故事作了形象介绍。

俞大卫是位"80后"，但他自谓"老宇石人"，或者叫年轻的"老员工"。15年来，他在宇石物流公司各部门转了个遍，非常熟悉物流各个环节。说起宇石公司搬家史，一脸兴奋。

公司老员工告诉俞大卫，原先的宇翔公司被挤在嘉兴市区一角，10来亩场地，还没有硬化，员工们晴天一身灰、雨天一身泥。一幢两层办公楼，小且简陋。

"宇翔"变身为"宇石"后，公司第一次搬家，那是2007年1月17日，搬迁到桐乡开发区新场地。面积一下子扩大到49亩，一色水泥地，簇新办公楼。搬过来的员工一看就惊叹，啊！振石控股集团真有实力，物流公司造得那么漂亮！我们真是鸟枪换炮啦！谁知张毓强跟员工们说，大家好好干，争取换更大的！当时员工们心里都在嘀咕，这个张总，太夸张了！现在宇石公司场地已这么大了，怎么用得完呀？

谁知仅仅6年时间，2013年，宇石公司因原有场地容纳不下，再次搬家，就来到目前宇石公司所在地。这边场地250亩，面积之大，完全超出俞大卫的预期。初来时，站在场地一角，有点望不到边的感觉。那时，俞大卫和员工们一致认定，宇石公司就在此地安家落户，这下再也不用搬了吧？

转眼间过去7年，宇石公司像变魔术般地发展壮大起来，成为浙江北部数一数二的物流企业，并晋升成5A级，还建了专用内河港口。人们感觉现有宇石公司的场地和办公楼又有点捉襟见肘，发展实在太快了，需要更多空间，需要更先进设施。现任董事长寿丹平和俞大卫向张总提出，张毓强让他们选择新场地。他俩开始考虑分两期拿地，张毓强则力主一次性拿地、分期建设。并告诫他们，在选择新场地时，要有长远眼光，至少考虑七八年甚或更久。设计新办公楼，不仅要考虑实用性，还要考虑可看性，塑造企业形象。

俞大卫慨叹，张总眼光和气魄真的不一样，不一样啊！

在采访中，张毓强专门就宇石公司等搬迁现象，为笔者作过分析。了解振石控股集团、巨石集团企业后，你会发现一个规律，只要是搬迁过的，基本上都是好的。譬如，巨石集团整体搬迁，九江公司整厂搬迁，成都公司搬迁；还有振石控股集团总部搬迁，恒石公司搬迁，华美公司搬迁，宇石公司搬迁，等等，不都是那样嘛！因为你想搬迁，你敢搬迁，政府支持搬迁，一定是有个发展机会在后面等着。

听完这番话，读者就理解了张毓强带着两个集团一路搬迁、一路发展的战略思路。

对宇石公司的期望，张毓强远没有止步。他认为物流公司可以发展得更宽更广更高更远。

2021年元旦之后，张毓强邀请宁波舟山港董事长毛剑宏、副总经理蒋一鹏等人来振石控股集团交流，探讨振石控股集团与全球第一大港的合作事宜，宾主相谈甚欢。

辛丑暮春，张毓强带着张健侃、王源、寿丹平、俞大卫等人考察宁波舟山港，参观、考察、座谈。张毓强和毛剑宏对现代物流业形成高度共识，对彼此合作充满期待。之后，双方签署了振石控股集团与宁波舟山港集团、宇石公司与嘉兴港合作协议，搭建起双向通道，宇石物流准备借船出海。

有了这些，张毓强觉得还不够，他思考得很多很远。在一次会上，张毓强用启发式口吻问寿丹平和俞大卫：陆上的问题，你们解决了；水上的问题，你们只解决了一部分；空中的问题，你们压根儿就没有想过吧？你们不考虑考虑吗？你们不一定要考虑买飞机，真的买飞机，集团会出面，但你们至少要熟悉空中业务嘛！

振石控股集团物流业其实有两只翅膀，一在国内，就是宇石公司；一在海外，取名为海石公司。一内一外，比翼齐飞，构建成振石控股集团物流业的全球格局。

海石物流主要在海外运作，在国内物流界知名度并不高。即使振石控股集团员工，也未必说得出一二三四。

能真正说清楚的，非海石物流公司总经理李印庆莫属。

于是，笔者找到李印庆，与他视频连线，进行采访。

地球有时差。笔者这边是早晨 8 点半，视频那边美国洛杉矶时间是下午 5 点半。

视频质量良好，画面清晰、声音逼真。视频中的李印庆在洛杉矶家中，宽脸、一头黑发，神情开朗，看上去不像花甲之年的人。说话时，带着明显的港台腔。一交谈，便知道是个极容易交流沟通的人。

视频这玩意儿真好，天涯成咫尺。笔者由衷地赞叹了一句。

李印庆是中国台湾人。父母老家在河北，后来搬到天津塘沽一带居住，从小与港口有缘。新中国成立前，其父母跟着国民党败军迁居台湾。李印庆在台湾出生和长大，后在台湾读大学，专业是企业管理和国际贸易。他在视频中一再提及"中国台湾"，以表明他是个"统派"。

也许受父亲影响，李印庆自幼喜欢港口和海运，毕业后按台湾地区惯例，服完两年兵役，入职台湾一家国际海运公司，从事国际物流工作，主要经营集装箱及散杂件业务。1989 年，他被那家台湾公司派到美国洛杉矶，担任洛杉矶公司总经理。几年后，那家台湾公司因经营不善而歇业，李印庆干脆自己创业当起老板。干了七八年，公司被一家美国公司看中收购，李印庆有了点钱，但成了"待业中年"。

2010 年，在一个偶然场合结识了美国吉普森公司总经理唐兴华，两人很快成为好友，彼此经常聊起张毓强。唐兴华告诉李印庆，吉普森公司正与振石控股集团做生意，他建议李印庆加盟，与张毓强合作。李印庆告诉唐兴华，自己其实早在 1995 年就因业务关系认识了张毓强先生，只是没有深交。

这样，唐兴华就把李印庆隆重推荐给张毓强，张毓强竭诚欢迎，并商议成立振石控股集团海外物流公司，由振石控股集团控股，李印庆和其他人员入股。2010 年 6 月，振石控股集团海石公司在香港正式注册成立，主要从事中美、中加贸易。

不过，那段时间，他还在为别的公司打工，主要业务由唐兴华主管。直到 2013 年 7 月，他才正式出任海石公司总经理。

视频中的李印庆介绍到这里，附带着作了个说明。

李印庆正式接手后，以中国上海为货物中心、美国洛杉矶为财务管理中心、中国台湾地区为文档处理中心，开始全球布局。先后在中国的上海、深圳、厦门、宁波、青岛，美国的洛杉矶、纽约、亚特兰大及加拿大、埃及、土耳其、越南等国，设立了分公司，还在洛杉矶投资建设了 20 多万平方米仓储，购买了 1600 平方米写字楼。目前，公司员工有四五百人，管理团队占 10%，每个地方分公司都有总经理负责，用的都是当地人，实现了张总提出的"本土化"目标。

10 年来，海石公司发展很快，年物流量已达 12 万个货柜。什么家具、装饰品、电子玩具、汽车零配件，都在做，从内陆运输，到报关、海运，形成一条龙服务。现在海石公司业务中，中国货物约占 40%，美国货物约占 60%。这说明，海石公司已完全在海外站住了脚，经得起风浪，不会因本部业务的增减而起伏。

说到这里，只见视频中的李印庆踱步到自家阳台上，抽了一根烟，看着一圈圈烟雾散去，他的眼神中流露出一种自豪感。

然后，就开始聊到张毓强。李印庆说，他早就认识张总，现在彼此相互尊重，合作关系良好。在公开场合，张总是集团董事局主席；在私下，彼此亦师亦友。张总是企业管理的导师，宏观眼光、长远眼光很独到，是把握大方向、大战略的人。

在李印庆印象中，张总只对两件事发表过意见。一件是关于电商。因李印庆本身没有这方面经验，做得不是太成功。另一件是提醒李印庆注意拓展外围物流业务领域。李印庆承认，张总讲的这两件事是对的，他后来也努力那样做了，成效不错。他每年参加振石控股集团年会，也会不定期与张总开电话会议，平时由上海公司向张总报送经营情况。实事求是地说，张总对海石公司具体业务管得不多。你问为什么？李印庆分析：一个自然是因为海石公司散在世界各地，管起来不方便。毕竟见面机会不是太多，偶尔在电话中发点火，穿过那么大的太平洋，火气力度也就小多啦。一个可能是海石物流板块太小，张总不愿花很多精力管。张总很聪明，对我很信任，觉得不必要管那么多，恐怕更是主要原因。

说到这里，李印庆不由得笑起来。也许，他在为自己能找到那么多理由来说明一件事而自得吧？

我们聊聊海石公司的中美贸易吧？笔者向李印庆先生提出一个热门话题。

好呀！李印庆爽快答复。

美国目前疫情十分严重。李印庆说自己已打过美国辉瑞公司生产的新冠疫苗，现在居家办公。他对中美贸易走向还是乐观的，因为互补性很强，谁也离不开谁。美国人需要中国物品，国内出货也比较稳定。而东南亚现在疫情肆虐，货物不多，一柜难求，眼下是国际货柜最贵的时候。看来，这个趋势暂时不会改变。买高卖高，这是市场规则，对海石公司的利润率不会产生太大影响。

笔者采访李印庆总经理的视频时长 1 小时 17 分 15 秒，浓缩了海石公司 10 余年历史。

海石，海上之石、海外之石。它是振石控股集团物流业的强健一翼，更是振石控股集团面向海外开设的一扇靓窗。

试水那广阔的金融海洋

如果把市场比作海洋，那么，在所有市场中，金融板块也许是最令人神往、又最令人畏惧的一处海域。证券、股票、期货、风投、保险、公募基金、私募基金……在这里，风高浪急、波诡云谲，大鳄游弋、英雄逐鹿，五光十色、五彩缤纷，脑洞大开、双目放电，大进大出、大起大落，大块吃肉、大口吐血，孕育出高回报的巨大机会，暗藏着高风险的无底深渊。赢时，"仰天大笑出门去"；亏时，"凄凄惨惨戚戚"。

也许因为如此，靠制造业起家的张毓强，掌控振石控股集团进入金融投资市场是审慎的。

在采访中，张毓强并不讳言这一点。但他解释说，本来早就想做，但鉴于三个原因：一是机会，投资需要机会和机缘；二是资本，投资需要钱，他首先要顾及实体企业需求；三是人才，金融投资不是阿狗阿猫都可做的事，需要专业人才。而对于人才，张毓强一直倾向于自己培养，喜欢用实践中冒出来的人。固然，这样做，也许在时间上可能会慢半拍，但收效会更好些。

实际上，张毓强很早就开始储备金融投资方面的专门人才。

振石控股集团现任高级副总裁，分管金融、法务和对外交往工作的王源，便是张毓强早期延揽的金融人才之一。

王源，南京人，本科就读的是南京航空航天大学投资经济专业，后考入北京对外经贸大学，攻读硕士研究生，专修企业管理。这两所大学都是名校，时下流行的叫法是"211"，为王源奠定了坚实的专业基础。研究生毕业后，王源进入东方高圣公司，从事投融资工作。

也许是机缘凑巧，当时以巨石集团为主体的中国化建公司有些资本运作事项，由东方高圣公司负责，王源便陪着公司老总来桐乡考察。

那也是暮春时节，与笔者采访王源时的天气差不多。王源从上海来到桐乡。当晚，张毓强宴请他们，喝了一顿"大酒"。顺便说明一下，振石人所谓的"大酒"，是指喝酒比较多的意思，并不专指很多人参加。张毓强的热情、豪爽、霸气，给王源留下极其深刻的印象，他当时感觉好极啦！嗨得差不多时，张毓强对王源说：年轻人要做制造业，中国的未来在制造业。年轻人要选择一个好的行业、一个好的企业、一个好的企业带头人。我有个"野心"，要把巨石做成全球行业最大的、最好的企业。你愿不愿意跟着我一起干？

有道理！一个年轻人的激情和好胜心被张毓强撩拨起来，王源自觉周身血脉偾张、跃跃欲试。

公司领导闻讯后认为太可惜，整个儿浪费一人才。同事、朋友、家人还包括太太都不赞同，也不理解。家住浦东金融城，出门看得见东方明珠塔，你何苦跑到乡下去呢？在上海人眼里，除了上海和北京，都是乡下。更何况，桐乡，桐乡，确实带着个"乡"字嘛！

王源还是义无反顾地投奔张毓强来了。

说"义无反顾"也未必准确与真实。真实情况是，到桐乡的第二天，恰逢中秋节。王源独自一个人，在宿舍吃了一碗咸菜面。彼时，望着天上明晃晃的月亮，他心理上一时还是产生了落差。

不过，这种心理落差一晃也就过去了。王源全身心投入到企业管理中。随着公司迅猛发展壮大，王源肩上担子慢慢重了起来。

2007年，由于工作调动，王源担任振石集团总裁助理。王源真正大显身手是在2010年之后，他负责拓展印尼镍矿业务，为振石控股集团打造出另一片新天地，详情容笔者在下一章展开描写。

在印尼待了5年多，王源回到国内。张毓强放他回归本行，开始分管金融投资业务，并组建了一个团队，逐渐形成振石控股集团金融板块业务。

几年做下来，王源有了深刻体会。那天采访时，王源说了一句"名言"：人才专业化很重要。建一个市场不难，找一个专业总经理很难。

而尹航，就是张毓强和王源共同看中的金融投资板块的总经理。这个金融投资板块叫振石控股集团投资战略部。

与尹航同名同姓者众多。有著名音乐人、中国乒乓球运动员、演员、生物学家。而坐在笔者对面的高个子尹航，却是一位年轻的"85后"。他戴着一副精致的眼镜，理着一个冲顶头，看上去，甚至有点这个年龄段男人不应有的腼腆和羞涩。不过，一打开话匣子，他便用地道的北方普通话，娓娓道来，说上半天不打半个磕巴。

尹航高中时期就赴澳大利亚留学，后到美国主修金融专业，辅修市场营销，一读就是 7 年多。2008 年下半年学成回国，2009 年年初开始到上海找工作。可能是造化弄人。彼时，美国刮起的金融风暴传导到国内，各大金融公司和银行普遍不招新人。后来，尹航闻听巨石集团准备在上海设立海外销售公司办事处，专门招收有海外留学背景的人才，就兴冲冲地报了名，且毫无悬念地被录取。

根据招聘约定，之后不久，尹航与另外 10 名被录用的海归人员一起前赴桐乡，到巨石集团所属部门和企业实习半年，了解公司概况、产品及组织架构，为以后开展业务打基础。

这种"沉浸式实习"感觉蛮好，时间很快过去了一半，尹航和其他人都已开始憧憬办事处开张后的愿景。谁知，他们却被告知，巨石集团筹建海外销售办事处的计划因故取消。换言之，他们 12 人需要再次选择，而多数人选择了离开。

留，还是走？这个问题，摆在尹航夫妇面前。

张毓强显然对尹航夫妇格外重视，他亲自面试择人。那次面试的情景，虽时隔 10 余年，尹航至今记忆犹新。与其说是面试，还不如说是交流。张毓强与尹航足足聊了半个小时，讲述着创业的艰难历程和对生活的激情。张毓强告诉尹航，他最大的兴趣和激情来自工作，一天到晚沉醉在工作之中，每天只睡四五个钟头，睁着眼睛看天亮，希望早点上班。因为，有许多事要做。

这半个小时，决定了尹航的选择。尹航觉得这位老板不错，他选择留下。

留下来做什么？做张毓强的英文秘书。张毓强考虑让尹航在集团层面上了解熟悉全局、进行多种历练，为今后使用垫实基石。从此，尹航开始跟着张毓强满世界地跑。

干了一段时间，尹航觉得自己并不适合这种秘书工作。他脾性有点愣头愣脑，做事直来直去，长时间在国外留学，有点不谙国内的人情世故，对某些文化习俗觉得别扭。做秘书，一天到晚跑来跑去，感觉特别累，也没有什么专业性。长此以往，自己的武功可就全废啦！因此，尹航向张毓强提出，自己想到投资部工作。张毓强也正有此意。他看到了尹航的进步，认为可以给尹航压些实际担子。于是，爽快地答应，把尹航调到振石控股集团投资部。

当时并没有多少项目可做。尹航意识到，张总考虑的，也许是振石控股集团今后发展需要储备一些专业人才吧？

尹航的感觉无疑是对的。

一段时间下来，尹航慢慢领会了张毓强的投资原则和思路：走稳健路线，尽可能将风险降低到零。那样，投资人的心态会不一样，赚多赚少，不会影响集团全局。

待到王源从印尼归来，尹航逐渐成熟，又招了几个金融专业硕士生，张毓强开始谋篇布局，涉足金融投资领域。

振石控股集团试水金融海洋的一个成功案例是投资江苏利柏特公司。

事情简单，但过程有点复杂。

利柏特公司筹备上市，需要与一个境外公司共同发起。他们通过上海一家律师事务所找到王源和尹航，希望振石控股集团参与。王源第一时间向张毓强作了报告。张毓强对此颇感兴趣，便让他俩进行跟踪，先了解情况，再作决策。

张毓强专门交代王源、尹航，作为投资决策，与实业决策不一样。实业决策主要是看今天能看到的，投资决策关键是看未来。譬如说，利柏特公司的目标是争取 3 年后上市，能做到吗？上市后期望市值多少个亿，能达到吗？计划在资本市场募集到多少亿，能实现吗？这些，你们都要留意考察，去想。有些人想吸引投资，会给你描绘天上的彩虹、水边的别墅，但作为投资者一定要冷静分析。可能是真的，但你不信，你就失去了一次机会；有的是假的，但你当真了，你就被套进去啦。这就是资本市场的陷阱。

这，有点难哪！王源和尹航这样认为。

当然是难的。张毓强接着解释说：因为投资不是一个纯科学的东西。纯科学的东西可以验证，比较简单。专家们一算，说可以就可以。投资，尤其风险投资，算不准。即使你俩是博士、硕士，也算不出来。再伟大的人，对这种事的判断也是难的。唯一办法就是多看多问多思考。看看这家公司业务本身可不可以？是否可持续？有没有技术专利？公司掌门人人品能力怎样？同时学会预测，着眼未来。

王源和尹航领命，迅速带领团队展开调研。他们奔赴该公司张家港总部，了解到该公司主要从事高端工程模块制造，从大范围分类，仍属于制造业，与振石控股集团主业沾点边，99%以上客户是世界500强企业。在现场，团队看到该公司日常经营不错，产品有10层楼那么高，等于在帮助客户制造和组装工厂模块。团队还调阅该公司档案资料，发现管理比较规范，有一整套审核制度，与振石控股集团相差不多。其间，团队与公司掌门人多次深入交流，聊市场、聊未来、聊经营中的问题，对方的创业创新精神和专业知识，给团队留下深刻印象。在闲谈中，团队还了解到对方的真实想法。该公司并不是找不到共同发起人，而是想找一个像振石控股集团这样靠得住、有名气的合作伙伴。与此同时，团队走访了相关律师事务所、会计师事务所，咨询法律合规性和税负事项，并用两三个月时间进行跟踪研究和梳理分析，结论是基本可行。

考察团队再次向张毓强汇报。

张毓强说：你们已考察分析得很细，那你们就定了吧？

王源见此连忙说：我们还是想请张总去看一下！

为什么还要让我去看呀？张毓强明知故问。

因为您年龄比我们大。王源机智地回答。

这跟年龄有什么关系？张毓强继续装糊涂。

其实，张毓强心里蛮清楚。王源和尹航之所以这么说，首先肯定是吃不准，谁能一定有把握？其次是怕担责任，把最后决定权交给老板。最后一点是，他们也有点迷信张毓强，相信张毓强的战略意识和判断能力。

王源只得实话实说：您看过，我们心里才踏实，才能下最后结论。

这才是大实话。不就得啦！张毓强不禁微微一笑，接受了王源等人的建议，自己前往考察了解一番，最终作出决策。

尹航在采访中补充的一句话是：对方掌门人在与张总交谈后，感觉很震撼。说道，怪不得张总有那么好的口碑。

2021年8月17日下午，笔者再次采访尹航。他告诉笔者，利柏特公司已于7月26日上市。说着，他打开电脑股市界面，噼里啪啦敲击着键盘，飞快地报出一串串数据。

哦，真是大赚了呀！笔者不由得在心里惊叹一句。

在采访中，张毓强深有体会地说：你资本集中度越高，影响越大，成功案例越多，人家越愿意跟你合作；如果你失败得多，人家就不会再愿意跟你合作。你越有钱，人家就越会送钱上门。好事往往凑在一起，你就可以作选择，就有了主导权。

张毓强讲的，不就是社会学上的"马太效应"吗？的确，金融市场也有"马太效应"。

类似投资利柏特的事儿不少，也的确赚了不少钱。

笔者偏爱打破砂锅问到底。在采访中，几次提及振石控股集团金融投资板块的收益情况，张毓强有时就与笔者打起"太极拳"。他只告诉笔者，振石控股集团投资这条腿，现在已站起来了；每年投资带来的收益，在集团利润总额中已占到相当比例。你问到底赚了多少钱？这能告诉你吗？金融市场瞬息万变，谁也说不准、道不明。有的属于商业机密，有的属于投资技巧，有的合作方不愿意披露。譬如说股票，我今天告诉你已赚了多少钱。等你的书印出来，说不定股票市场成了熊市。人家会说，看看这个张毓强，就会吹牛、说大话。你看看，这能说吗？

面对着"张氏太极拳"和"张式幽默"，笔者只得在此处省略掉几千文字。

第八章
"一带一路"战略中的经典案例

海内存知己，天涯若比邻。

——王勃

面向世界：勇敢走出去

一连几天，张毓强把自己反锁在办公室内，大门不出，二门不迈，不见客人不开会，一天到晚坐在办公桌前冥思苦想，经历着他创业以来最为艰难的一次抉择。

这是农历兔年盛夏。小兔子年，本该是活泼可爱的年份呀，但今年的兔子似乎一点不活泼，一点也不可爱。桐乡的天气异常闷热，太阳变成一道道灼热的光波，直射建筑物和人身。满街梧桐树传出聒耳的知了声，连同一声声尖厉的汽车喇叭声，让人倍觉烦躁。

生存，还是毁灭？这是哈姆雷特提出的问题。眼下，张毓强也面临着类似问题，需要思考，需要回答。

停止，还是继续？这是个问题，而且是个大问题。

自然，张毓强并不研究英国大文豪莎士比亚，也不熟悉哈姆雷特是何许人。但他知道人们常说的，一百个人眼中，有一百个哈姆雷特。

张毓强在研究镍铁，就是那个黑乎乎、沉甸甸的铁家伙。

你问他张毓强为什么会对这东西感兴趣？不，你错了，张毓强感兴趣的东西不少，只是近期，他对镍铁产生了浓厚兴趣。

这个兴趣，来自刘晓亚和前几年收购后更名为东方特钢公司生产的不锈钢。

刘晓亚告诉他，不锈钢主要原料是镍，镍占了不锈钢成本的大头。不锈钢成本，主要取决于镍铁价格。镍铁价高，不锈钢价自然就高；反之亦然。刘晓亚这一说，本意是想对张毓强做点科普，便于沟通。但张毓强真是个特别的人，是个联想能力超常的人。听刘晓亚这么一说，他猛地想到一个问题：要是能把原料镍铁掌握在自己手里，那不就有了定价主导权了吗？不就不用担心不锈钢原材料价格波动甚至断货了吗？

张毓强把这个想法与王源、刘晓亚等人一沟通，大家形成高度共识。对，得找镍铁。

镍铁在哪里呢？刘晓亚又开始科普：中国是个贫镍国。贫镍国？张毓强还是第一次听说这名词。过去洋人们说中国是"贫油国""贫铀国"，后来，李四光、王进喜、钱学森、王大珩们不是把这两顶帽子统统都甩进太平洋了吗？现在冒出个"贫镍国"，是真的吗？刘晓亚告诉张毓强，这是真的，至少到目前是真的。镍，占地壳含量18‰，全世界已探明镍矿储量126亿吨。其中红土镍矿量占60%，主要分布在澳大利亚、印尼、菲律宾等国，尤其是印尼，占了全球红土镍矿资源的18.7%。

彼时，红土镍矿在中国市场供不应求。1吨含镍量在1.8%的红土矿，卖到1000元人民币，而成本不到一半。每吨500元利润，使得一大批企业对红土矿趋之若鹜，大批中国企业跑到万岛之国印尼淘金买矿。

到印尼找红土镍铁矿，亦随之成为经常盘旋于张毓强脑海中的一个问题。不锈钢产业链需要往上延伸，东方特钢未来需要提高竞争力。张毓强逐步形成了投资在外、资源在外、回报在内、发展在内的新思路。

其间，张毓强曾去过一趟雅加达，见过几位印尼人。

后来，经人介绍，王源他们终于找到了一位自称手中握有红土镍矿的人。他是个印尼籍华人医生，已在当地娶妻生子，太太出身于当地颇有实力和势力的家族。他自称在印尼北马鲁古省的格贝岛上有座850公顷的红土镍矿，可转让给振石控股集团。

世界上还真有这样的巧事？出于找镍铁的热望，2010年暮春，张毓强派王源等人，飞了一趟印尼北马鲁古省，打算考察收购红土镍矿。

王源考察回来后，向张毓强作了详细汇报。

当时汇报的情形和细节，张毓强记忆犹新、历历在目。

王源说，北马鲁古省在印尼东北部，他们一行坐了5个小时夜航飞机，抵达北马鲁古省塔达吉机场。因每周只有两三趟航班飞往格贝岛，他们在当地住了两天，才买到几张第三天早上飞往格贝岛的机票。飞机很小，只能乘坐11人，且年久失修，高度风险。飞了一个多小时，抵达格贝岛，又换坐汽车，最终来到矿区。

马不停蹄，王源先后考察了五六个矿区，才基本搞清楚印尼镍矿状况。印尼的优质红土镍矿早就被欧美国家垄断了，剩下不多的也归属印尼国有企业。留给私人的，都是些小矿和尾矿，有的甚至还没有真正勘探过。当地印尼人用手一比画：这里，那里，全是红土镍矿。有的虽做了初步勘探或开采，知道大体储量，但需要建设道路和发电厂，工程量不小。相比较而言，还是那位华人医生FBLN公司矿区靠谱些。矿区开采条件较好，成色也不错，现已有码头、电厂，且离小机场也不算远。如果张总一定要买矿，王源倾向于选这家。

王源汇报完毕，张毓强就用目光逼视着王源问：你怎么看？王源如实回答：这事没有把握，就是赌一把！

当时，张毓强听王源这么说，便在心里快速地作了一番比较和权衡，有了主意。他当即指示王源：好，我们就赌上一把，抓紧开展前期工作。

2010年12月，振石控股集团邀请那位华人医生带着太太来到桐乡，张毓强、王源、刘晓亚等人与他见面洽谈。那位印尼籍华人医生五十开外，身材适中，文质彬彬，留着一撇鲁迅式的八字胡，戴着金边眼镜，头发漆黑，闪着光泽。其太太是典型的印尼人脸型，一头金黄色长波浪发式，浑身散发出富贵女人的气息和商人特有的精明。

双方谈得不错，最终，董事局同意与华人医生签订 FBLN 公司即格贝岛红土镍矿的股权收购协议，支付 300 万美元定金。

当张毓强准备派人着手开发时，意想不到的情况出现。那位华人医生吞吞吐吐地告知振石控股集团，格贝岛红土镍矿借林证还没有拿到手。

什么？这不是开国际玩笑吧？当时，张毓强听了有点吃惊。

那位华人医生被迫披露了事情的来龙去脉。格贝岛上这个红土镍矿，1977 年起由印尼一家国有企业安塔姆公司负责开采。开采过程中，免不了与当地发生利益冲突。当地人想出一个绝招，向国家申请，将格贝岛划定为原始森林保护区，居然获得批准。印尼法律规定，但凡列为原始森林保护的地区，不准开采矿藏。当地人就以此为由，于1999 年赶跑了那家安塔姆公司。之后，当地实力人物又想开发利用这个红土镍矿，华人医生的岳父家族便是其中之一，他们让这位华人医生想办法，将这个矿区从原始森林控制区中剥离出来。而这个改变林地性质的"借林计划"，实际上八字还没有一撇哩。这位华人医生急于赚钱，就把设想当现实，把方案当真矿，注册了一家空壳的 FBLN公司，并与振石控股集团签订了股份转让协议。

王源根据张毓强的意见，专门跑到印尼林业部去查询，证实这个红土镍矿仍在国家森林保护区范围，所谓的开采证书纯属子虚乌有。

这就有点骗人了吧？但那位华人医生信誓旦旦地保证，他用 3 个月时间，一定把矿区借林证拿到手。而且，他还进一步说明，印尼是个神秘的国度，办事需要钱。希望振石控股集团多借他一点公关费，以后在转让价格中扣除。

看来合情合理，说得也不无道理，而且态度那么明朗。事已至此，那就再信他一回吧！张毓强咬牙作了决定，给他 3 个月期限，并又借给这位华人医生一笔美元。

3 个月，又是 3 个月，一年多过去了。那张让人望眼欲穿的借林证还在爪哇国吧？而那位华人医生从振石控股集团这里，一次又一次地借走所谓的"公关费"，累计起来，已超过 1300 万美元。每次借钱时，他都赌咒发誓：请相信，这是最后一次，这是最后一次！我保证，我保证！

张毓强和王源一次次地相信了他，也一次次从本就紧张的资金中抽出钱来借他。但一次次保证后，借林证还是杳如黄鹤；一次次说的"最后"，也就成了谎话。

前两天，这位华人医生又来到桐乡，态度极其坚定地说，这次真的可以搞定了，人家已答应把借林证给他，但还需要最后一笔钱。

华人医生还这么说，王源首先不干啦！这人说话从来言而无信，这次不过是重复以前的套路而已。

王源跑到张毓强办公室，态度明朗、口气坚决地跟张毓强说：张总，不能再借给他钱了。说不定，这人是在"钓鱼"。

张毓强自然明白王源所说的"钓鱼"是什么意思。到底借不借？涉及以后干不干？张毓强现在感到为难的，正是这件事。他需要综合思考，需要瞻前顾后，需要慎重决策。

不再借给他钱，这很容易做到。他张毓强一个指令下去，财务部门会很快"熔断"，对方一个子儿也拿不走。张毓强相信自己管理部门的执行力。但，不再借给他，也就意味着与此人断了关系。人家无所谓的呀，但振石控股集团以前借给对方的 1000 多万美元就打了水漂。你还能指望把这些钱追讨回来？更重要的是，振石控股集团的印尼之路就此止步、前功尽弃？原先设想的打通不锈钢生产上下游的方案，还要不要继续实施？继续借吧？还得借多少？如果此次借给他的钱又打了水漂呢？即使真的有希望，还需要多久才能抵达？连那么善良热心的王源都觉得希望不大，他张毓强凭什么再相信那个华人医生？是自己脑子出了毛病？

真是左右为难啊！他张毓强大半辈子作过无数次决策，但这次有关印尼投资的决策，的确是最难最难的哦。张毓强毕竟不是神啊！也就是比普通人多一点聪明、多一点实践经验、多一点风险胆魄而已。

此刻，张毓强环顾四周，发现办公室有点空空荡荡。他一向不喜欢把办公桌堆成文山般模样，靠墙书柜中也没有整套线装书、精装书。只有那幅浮雕《长城》，显得凹凸分明，泛着古铜色暗光。嶙峋的山势、连绵的长城、粗犷的烽火台，仿佛陪伴着张毓强的思索。进而，他感觉整座办公楼似乎也空空荡荡，竟没有一个人可与之商量，没有一个人可分担责任。众人的意见、助手的建议，都摆在那里，他们都表明了自己的态度，已尽到了自己的责任。最后拍板、最终决策只能由他张毓强一个人来定。张毓强曾自嘲自己这行当就是搞决策、做难人，他明白这是企业董事长真正的职责，是谁也替代不了的作用，退无可退。眼下，张毓强深深体会到"高处不胜寒"这句话的含义，体会到了"把栏杆拍遍，无人会、登临意"的那种孤独。

伟大的人都是孤独的。不知这句话是谁说的？他张毓强自然算不上伟大，但此刻的确亦有某种孤独感。

虽思绪纷乱，但有一点张毓强却异常清醒和理智。作为企业家，最重要的就是决策。一是经营决策，走对路；一是用人决策，用对人。否则，南辕北辙、事与愿违。别人可以感情用事，他绝对不可以。他要对企业长远利益、整体利益负责，要对全体员工负责。于是，境内海外、前因后果、上下进退、利弊得失，他反复思考、比较、权衡，做最坏的思想准备，争取最好的结果。

蓦然，一个关键因素提醒了自己：这位华人医生拿钱去干什么了？王源回答说，倒没有听说他大肆挥霍、花天酒地。

那就说明这个人的确在办事！只是在印尼，这事的确很难办！张毓强证实了自己的判断。

所有的成功都在磨难中产生，所有的坚强都是在脆弱里建立。没有自然而然的成功，没有与生俱来的坚强。张毓强的说法是，胆子都是吓出来的。

经历过数个白天黑夜，张毓强最终作出决定：继续借钱给华人医生，让他尽快把借林证办下来。

张毓强的决定，让大多数人愕然，包括王源。

不过，后来事实证明，张毓强的自信不是没有道理。他确有过人之处。

2012年9月底，在张毓强生日过后10天，那位华人医生报告说，这次真的搞定了。原来，2012年7月，印尼政府进行一次全国森林属性调整，格贝岛大部分区域从原始森林禁区中划出，从而获得开发权。随后，他把印尼政府林业部初步核准的借林批复拍照给张毓强看，作为补送给张毓强的生日礼物。

这也许是世界上比较奇特的生日礼物吧？但的确是张毓强翘首以盼的喜讯。

直到2012年12月26日，华人医生的FBLN公司才正式取得格贝岛红土镍矿借林证。从签约始，前后刚好800天。

这，令人心狂跳、血压高的800天啊！

张毓强这才把那颗悬着的心放回肚里，王源也才把额头的汗水轻轻抹去。

事后，人们评论说，这样的事，只有张毓强做得出来；要是换成别人，早就跑掉啦！

振石控股集团不仅没有跑，而且不久进入正式开发阶段。

王源被张毓强派到印尼格贝岛，担任"前线总指挥"，一住就是5年。

2021年4月的一个午间，在王源办公室，笔者请他介绍当年格贝岛上的生活和工作。

王源现任振石控股集团高级副总裁，40岁出头，身材胖乎乎的，一脸和善和气，开口就笑，爱讲点革命小故事，人缘颇佳。

坐下先是闲聊。王源说自己是南京人，婚后住在上海。因加盟振石控股集团，先是动员父母卖掉南京的住房来桐乡，接着又动员爱人卖掉上海的住房来桐乡。现在，上海、南京房价那么高，当年明显少卖了钱。一些同事就跟王源开玩笑，说王源总，你这些年在振石控股集团拿到的全部工资，恐怕还抵不上上海、南京两套房子涨价的钱多吧？

呵呵，笔者也被逗笑啦！

不能这么算，哪能这么算啊！王源边笑着边厘清同事们的玩笑话。

采访进入正题。王源开始绘声绘色、娓娓动听地叙述起他的格贝岛之恋。

记得正式去格贝岛创业时，时间已近年关。王源和同伴们照例从北马鲁古省塔达吉机场起飞。那天因为路途交通不畅，王源等人延误了十几分钟才到达塔达吉机场。谁知，飞机并没有起飞。一问飞行员，人家告诉王源，飞机就在等他们一行，刚要起飞时，突然发现发动机炸了。如果不是因为你们迟到十几分钟，可能就在空中完蛋了。妈呀！如果在空中爆炸，底下全是六七千米的深壑，还能活命吗？王源一听，脑门上立马渗出一头汗水。等了两个多小时，好不容易才修好起飞，飞行途中真是胆战心惊，担忧这架破飞机会不会掉下去。

谢天谢地，总算还好！小飞机平安抵达格贝岛。

格贝岛因盛产红土镍矿而闻名于世。如果从观光客视角看，格贝岛无疑也是个旅游胜地。全岛面积130余平方公里，长约30公里，最狭窄处两三公里，呈现虾米形。站在格贝岛上，天际线远得望不到边，海洋湛蓝得像一匹巨大的蓝色丝绸，真正的海天一色。雪白的浪花在海与沙滩连接处翻腾、变幻，金黄色沙滩与蓝色海水、白色浪花、金色阳光、热带植物相互映衬交融，美得无法形容。当时登岛后，王源的第一感觉是，如果不在海边沙滩上洗个澡、冲个浪，有点对不起格贝岛。

自然，王源不是观光客、旅游者。他肩负着振石控股集团走进印尼的使命，需要在格贝岛长期居住下去，直到张毓强同意他回国。

格贝岛上散布着七八个村落，散居着两三千人。条件比较简陋、居民生活水平不高，有人竟以香蕉为主食。王源说，在小岛上，出行基本靠走，通信基本靠吼，安全基本靠狗。夸张点形容，还是原始社会形态。与中国情况类似的是，岛上年轻人大多外出打工，留在当地的，都是些妇女、儿童和老人。夕阳西下，那些老人小孩坐在自家简陋的屋门前，用呆滞的目光看着那些黑白电视机。

开始时，王源他们借住在废弃矿区的一个旧招待所里，自己发电、做饭。岛上只有一个小而旧的通信基站，接听电话比较费劲，微信更是时有时无。蔬菜奇缺，好在东星斑、澳洲龙虾便宜，几十块钱，可买上半篮。

生活上的困难真没有什么，熬一熬也就过去了。艰难的是开采红土镍矿。

开采需要专业人员和专用设备。王源在振石控股集团人力资源部门支持协调下，从国内中冶集团找了一支工程队，登上格贝岛。

谁知第一周，竟有 27 名队员发高烧，一查，说是登革热。登革热这种病，是经蚊媒传播引起的急性传染病，容易在热带和亚热带地区发生。王源过去偶尔听说过，典型的登革热临床表现为起病急骤、高热、头痛，肌肉和骨关节剧烈酸痛，部分患者出现皮疹、出血倾向，白细胞计数减少，血小板减少等。

眼前一下子躺下 27 名员工，把王源着实吓着了。这些人生命安全一旦出现问题，他怎么向这些人的亲属交代？怎么向张总和振石控股集团交代呀？王源急得不行，似乎自己也得了登革热一般。他抓紧想办法把这些患登革热的员工送进当地医院，诊治退烧。等这些患病员工高烧略退，他又忙着联系落实包机，赶紧把 27 人连同护理人员一起，送到印尼首都雅加达医院治疗。一连三天三夜，他忙得昏天黑地，白天黑夜没有合眼，更没有吃过一顿饱饭。等这些员工病情有所好转，他又联系落实航班，把他们安全送回国内。

这样的事并非孤例。一次，40多名从国内派出的工人，绕道经过印尼某省，结果被扣住。电话打给王源，王源觉得有点匪夷所思：这批员工明明办妥了中国到印尼北马鲁古省入境手续，只是因为没有直接抵达北马鲁古省而被扣。当地熟人解释说，印尼各省间法律和政策不尽相同，没有经过当地同意而入境，就算非法。当然，说白了，也容易办。就是去公关啊！

那就只能公关呗！王源七拐八弯地托人找到一位能人，然后把40多个中国工人带到格贝岛。

类似事情碰得多了，也就渐渐有了经验。

不过，这世界上的确有用钱解决不了的事儿，那就是孤独和寂寞。

王源常年奔走在雅加达和格贝岛之间，长达5年，不少人蛮钦佩王源，说他有耐性、待得住。

但又有谁知道王源的内心体验呢？在采访中，王源讲述了某个秋夜自己的心路历程。

寂静下来的格贝岛夜晚很安静、很美丽，漫天繁星。这是在中国很多城市和乡村所看不到的天象。晚来无事，没有电视，没有微信，王源就学着看星星、数星星。

遥望着夜空繁星，数着最大最亮的那几颗，王源不由得遐思联翩。这宇宙多大呀，天空中有那么多的星星。据说，很多星星的体积都比地球大，它们是怎么悬浮在空中的，怎么不会掉下去呢？那些星星上真的有外星人吗？王源想起中国民间故事牛郎织女。一对恋人被银河分隔着，一年才能见一次面，还得借助鹊桥，多艰难啊！他由此联想到远在南京的爱人和小孩，内心不由得涌上一丝丝酸楚。今天爱人来电，跟王源讲了一件小事。说在读小学的女儿，填写学校发的一张情况调查表。女儿填的是，母亲在家待业，父亲在国外看矿。班主任老师拿到表格一看，以为这学生家庭是个困难户，便将她列入勤工助学活动名单，还与他爱人联系，弄得他爱人啼笑皆非。

自己的专业是搞金融和风投，现在偏居海外孤岛，守着这一亩三分地。王源不禁扪心自问：值吗？我在哪里？我在干什么？我将走向何方？王源想起振石控股集团，想到东方特钢急需的镍铁，仿佛醍醐灌顶，王源一下子想通了。小而言之，他是在为东方特钢公司源源不断地提供镍铁；大而言之，他在为自己的国家解决镍铁之困，摆脱"贫镍国"的帽子。

如此一想，王源觉得自己立时变得高大上起来，心中的疑虑和烦躁就驱除了大半。

让王源印象深刻的，是张毓强的一次电话。

电话中，张毓强用命令式口吻说：王源，你抓紧回来！

王源心中明白，张总肯定已知道他爱人即将临产的事，所以让他抓紧赶回去呢！但，手头还有那么多的事需要处理，作为前线主将，一下子怎么离得开呢？

想到此，王源试图在电话中向张毓强解释：张总，我这边一下子实在走不开呀！

王源，我命令你，你必须马上、立即回来！哪怕飞机上下刀子、丢冰雹，你也给我回来！没有解释，不容商量，张毓强一贯的风格。

这就是张毓强！一个平时被人视作有点不近人情的老板。在这种特殊节点上，他表现出比常人更多的柔情和人性。

在遥远的格贝岛上，王源慢慢合上电话，只觉得体内涌上一股温暖感，数颗泪珠从眼眶内溢出，滚落脸颊。

也许，正是这种温暖，让王源在孤悬海外的小岛上，坚持了5年。

面临挑战：坚定走下去

根据格贝岛红土镍矿储量，张毓强要求王源他们将第一步目标确定为开采300万吨。

在格贝岛上开采红土镍矿，基本上是露天进行，开采难度并不大。王源采取承包商承包开矿方式，招收第一支队伍上岛。

2013 年 1 月，装载着 54760 吨红土镍矿的"幸运"号从印尼港口开出。这是振石人一个值得铭记的日子，它是振石控股集团走向海外的一个标志点。

张毓强要求王源加快进度，从 4 月份开始，力争达到每月 6 艘以上的频次。

王源根据张毓强指令，招收第二个承包商上岛。两支队伍相互竞赛、不断超越，每月开采量、出运数节节攀升。

这大半年时间，大概是王源过得比较轻松惬意的海外生活。

不过，这样的好日子没有过上多少天，一个晴天霹雳在格贝岛上空响起：印尼政府出台新规定，从 2014 年 1 月 1 日起，将全面禁止红土镍矿出口。要求现有红土镍矿出口企业，必须建设镍铁冶炼厂。印尼政府将视镍铁冶炼厂规模和质量，考虑搭配部分红土镍矿出口。

犹如一记闷棍，打在正在全速奔跑的振石控股集团印尼格贝岛项目身上。

事情已明摆着，振石控股集团如不上冶炼厂，就将被从格贝岛，不，是从印尼赶走。那，前期费用和后期投入均无法收回，张毓强原先说的"前功尽弃"真的将成为现实。

王源在获悉此一消息后，赶紧向张毓强作了报告。

这是你我无法改变的事。张毓强宽慰着王源，同时也是宽慰自己。

2013 年 4 月 1 日，张毓强主持召开董事会，专题研究印尼红土镍矿事宜。

王源特地从格贝岛赶回来，向董事会全面汇报红土镍矿建设开采情况，并向各位董事通报印尼政府的"新政"。

利弊摆在面前，似乎不言而喻。董事们都赞同张毓强的意见，振石控股集团应立即在格贝岛上兴建冶炼厂，以符合印尼"新政"要求。同时，利用印尼"新政"没有将冶炼镍铁数与红土镍矿出口数直接挂钩的政策空隙，继续向国内运送红土镍矿，实行"两条腿"走路方针，以期获得最大效益。

讨论到冶炼厂具体方案，众人看法似乎并不完全一致。从国内冶炼行业看，有三种镍铁冶炼方式：矿热炉、回转窑、小高炉。考虑到印尼格贝岛矿区实际情况，多数人倾向于小高炉。

笔者找到了本次董事会记录。记录文字是这么分析选择小高炉的原因的：格贝岛缺水缺电。如采用国内较流行的矿热炉方式，则需要大量的电，只有建设大型电厂才能满足其用电需求。而建设大型电厂，投资庞大，这不太符合振石控股集团目前在印尼的战略构想。市场上还有一种新出现的回转窑直接还原技术。该方案投资少，能耗及运行成本低，也更加环保。但问题是技术不成熟，经常因转窑内结圈等问题，导致停工检修。在这个没有任何工业基础和配套零部件的印尼格贝岛矿区，完全依赖中国运输，显然此方案在现阶段不好操作。而小高炉方案投资少、见效快、技术成熟、可操作性强，且以焦炭和煤为主要动力，辅以少量柴油发电即可运行。缺点是印尼没有焦炭，所需焦炭要从中国进口。4 条小高炉生产线，每条生产线年产镍铁 2 万吨，全年总量可达 8 万吨。按每吨镍铁使用 1.8 吨、每吨焦炭包括运费 1350 元计算，还有较大盈利空间。

从以上文字中不难看出，彼时董事会对方案的分析论证认真而细致。货比三家，择善而从，权衡利弊，取其轻者。

但后来，张毓强曾不止在一个场合，对当年选择小高炉方案表示过悔意。假如当初选择矿热炉，振石控股集团在印尼的规模比现在不知要大多少倍。

世界上的事总是有得有失、有利有弊吧？张毓强不是神，也不是诸葛亮，哪能事事未卜先知呀！

按照董事会商定的思路和方案，王源返回格贝岛后便开始实际操作。当月完成与外企公司谈判，签署设计、制作和安装合同，5 月确定全部技术路线和土建方案。

现任印尼雅石公司总经理陆海泉在视频中介绍说，当年 6 月，开始土建工程。王源总带着他们几个人，聘请当地建筑单位，用 3 个月时间平整出 25 万平方米土地，然后在上面盖厂房。同时，他们向连云港一家民企定购小高炉设备，一条线 6000 万元，先在国内分拆开，变成一节一节，然后打包海运。船到格贝岛后，岛上没有现成码头，卸货很困难。他们只好用吊机吊，用拖拉机拉。印尼海关官员验货后，认为这是二手货，得补交海关税。这明明是新设备，怎么就变成二手货了呢？陆海泉他们自然不认可。印尼海关官员指着破烂的外包装和表面生锈的设备，坚持说是二手货。陆海泉解释说，设备在海上运输时间太长，日晒雨淋，外包装破损、机器表面生点锈免不了。一件件打开设备内里，指出里面并没有生锈，也没加过油，确证是新设备。

可以说，王源他们抓得很紧，一步也没有落下，一步也没有耽搁。

2013 年金秋时节，中国提出建设"一带一路"倡议，赋予古丝绸之路和海上丝绸之路新的时代内涵，印尼地位更加彰显，振石控股集团印尼工程建设的步伐骤然加快。

2015 年 9 月 7 日上午，印尼 FBLN 公司一号炉成功点火。

振石控股集团由此成为印尼政府禁运后，首个既有镍矿冶炼厂、又可出口红土镍矿的中国企业。

这等于说，振石控股集团再次拿到了印尼镍铁产业的许可证。

开始时，生产异常不顺利。

小高炉工艺比较落后，公司聘请了一批有操作经验的山西员工做炉长、工长。这些人吃苦耐劳，但总体文化素质不高，与振石控股集团管理水平差距较大，让王源等人干着急。

投产后，碰到了国内小高炉生产中没有遇到过的技术难题：小高炉产生的煤气原本供电厂和热烘炉使用，但煤气中间含有粉尘。按照印尼环保标准，必须要净化处理后才可使用。技术人员就用布袋进行过滤。但这种布袋很容易破损，一个月光买布袋就得花上几十万元。有一次更换布袋中还发生了事故，影响了电厂发电。长此以往，显然不行呀！王源就让他们找原因。工人们以为是布袋质量有问题，就改用高质量布袋，一试还是不行。后来，技术人员才找到原因，竟是原料中掺杂的一种萤石比例过高，导致过滤布袋快速破损。于是，调整矿石比例，减少萤石，布袋问题得以解决。

生产开始步入正轨。但格贝岛社会环境却不安稳。

2016 年 11 月 9 日，格贝岛上发生了惊动多方的当地居民闹事案件。

视频连线采访中，现任雅石公司副总蔡正洋给笔者详细介绍了事件经过。

事情由不同文化理念冲突引发。小高炉投产后的某天中午，员工们在车间午餐。一名中国籍工班长，看见由印尼员工负责的料仓被堵住，就高声大嗓地喊他去疏通一下。谁知，那位印尼员工二话不说，直接走到工班长面前，脆生生的一巴掌。这位工班长当然不干了，准备开除这名员工。当地长老就站出来主持，说伊斯兰人有个习俗，吃饭时不允许叫人。这么一说，好像理亏的反而是这位中国籍工班长。公司只得多招一些印尼员工，轮班吃饭，改变吃饭时叫人看顾生产的做法。

还有一个是祷告。印尼员工把祷告看得比天高、比地厚。一年四季，不论刮风下雨，每天按时祷告。每到周五，上午 11 点就跑回家做祷告，一直到下午 2 点钟才回来上班。生产不能停，公司只得采取一些措施，让中国籍员工顶替上去。这样，员工出勤率只有百分之七八十，生产效率上不来。

时间一久，矛盾和冲突还是不可避免地发生了。鉴于当地个别员工生活习性懒散，FBLN 公司辞退了几个，又从雅加达等地招了一批新工人。那几个被辞退的当地人心怀不满，就在岛上撺掇煽动。岛上居民本来就对中国公司有意见，因而几乎每天都有人到公司来提要求。提出要修码头，建电厂，飞机场要扩大，还要给当地居民家中送水送米，还有一些无厘头的要求。蔡正洋他们认为，这些事不是 FBLN 公司的责任，那些要求不能答应。

那天上午，蔡正洋他们正在开会研究生产，办公楼外面开始人声嘈杂，各种叽里哇啦的声音传进会议室。蔡正洋以为像往常一样，就是有人吵吵闹闹而已。于是，他拉上会议室窗帘，准备继续开会。谁知，还未等他坐下，窗帘就被人猛地拉开，一块砖头随之飞了进来。蔡正洋眼明手快，一个侧身躲过。紧接着，接二连三的砖头砸进来，会议桌顿时成为一张麻脸。一大批人乱哄哄地涌进会议室，楼道上、门前操场上站满了黑压压的人群。蔡正洋略一估摸，好家伙，将近200人，老老小小，还有妇女儿童。显然是前来寻衅滋事。他们冲进会议室，一边嚷嚷着、骂骂咧咧，一边把室内的装饰物和茶具砸了个稀巴烂。

蔡正洋连忙让员工报警，不一会儿，当地警察赶到。为驱散人群，警察对空鸣枪，还施放了烟幕弹。见警察动了真，闹事人群才逐渐散去。蔡正洋看见地上有一些弹壳，仿佛刚才发生了一场小型战斗。

闹事的人已剩下不多，但蔡正洋仍担忧警察一走，当地人会重新聚集骚乱。他将电话打到中国驻印尼泗水总领馆，说明情况，请求领事保护。泗水总领馆接获电话后，迅即与当地警长尤里安托取得联系，要求其立即派人，安抚村民情绪，平息事态，切实保障中方人员及财产安全，并彻查事件原委。见中国领馆出面，这位警长相当负责，立即派出登陆舰，运送警察和装甲车，抵达格贝岛。维持秩序，调查事件，追究带头闹事者责任。

一场风波由此平息。蔡正洋他们也从中汲取了经验教训，以更加温和有效的方式融入当地。他们提拔当地人中的优秀员工参与企业管理，主动合办一些伊斯兰传统活动，从销售利润中抽取 1% 作为公益基金，资助当地贫困户，给他们送米送油送医送药，与当地居民的关系明显改善。

蔡正洋在视频中说，自己远在印尼格贝岛上，但时时能感受到祖国的强大和温暖。当然，对这场风波，他也有一点点事后的害怕。他说至今都不敢告诉爱人，怕她担心。

正当格贝岛企业准备大干快上之际，人们没有预计到的情况突然出现：国内焦炭价格和海运价格开始疯涨，几乎没有了天花板。做多少亏多少，做得越多亏得越多。

印尼 FBLN 公司成为一个亏损窟窿。

2018 年 11 月 15 日，张毓强把印尼公司主要管理层叫到桐乡集团总部开会，让王源也出席。会上，张毓强提问，能不能做到盈亏平衡？大家经过理智分析和数据测算，认为在目前焦炭高价格、高运费条件下，盈亏平衡基本不可能。最终，会议作出决定，暂时关闭 4 条小高炉生产线，封存设备，等待时机。

这样的局面和决定，当然不是张毓强原先所期望的。算作振石控股集团进军印尼征途上一个小小挫折？

小高炉虽然停产，但张毓强对进军印尼的思路并没有改变，对在印尼生产镍铁的方案并没有放弃。他把停产看作是进军途中的休整，是一种战术调整。

实际上，张毓强早就看到了焦炭涨价对小高炉炼镍带来的致命影响，已未雨绸缪，捕捉别的机会。在决定停产小高炉之前，他做好了第二手准备。振石控股集团在格贝岛上有 2 个红土镍矿，占地 2000 公顷左右，每月可开采 30 万吨红土镍矿，要将这些红土镍矿就地加工，转化为镍铁回国。

机会来自老朋友青山控股集团之邀。

话说早年青山集团大举进军镍铁产业，率先在印尼建设工业园区，做得风生水起，成为中国民营企业中的镍铁大王。

当时，青山集团提出在印尼北马鲁古省设立纬达贝工业园区。建成后，纬达贝工业园将成为世界上第一个从红土镍矿到镍中间品，再到不锈钢和新能源电池材料等产品的镍资源综合利用产业园区。青山集团希望与振石控股集团强强联手、携手共建。

2018 年阳春，张毓强带上张健侃、王源等人，专程飞赴印尼首都雅加达，然后转飞纬达贝工业园考察。

纬达贝工业园所在岛，因形状酷似英文字母"K"，故又被当地人称为"小K岛"。之所以称为"小K岛"，是因印尼还有一个形似K的大岛，被称为"大K岛"。大K岛后来也与振石控股集团在印尼布局镍铁产业有了关联。

纬达贝工业园区由一家法国公司开矿发展而来。位于印尼北马鲁古省纬达贝矿区，占地2300公顷，与振石控股集团印尼公司所在格贝岛相距不远。拥有世界级镍矿资源，已探明镍当量高达930万吨。园区依山傍水，风景秀丽，海岸线蜿蜒漫长，沿岸便于船舶靠泊，先天具有海运条件。青山控股集团设想，纬达贝工业园区分两期建设，一期投资50亿美元，布局12条火法和1条湿法镍铁生产线，配套建设3个煤电厂、3个大型码头和1个小型机场。

张毓强不是游客，他对纬达贝的景色不是太感兴趣，但他被纬达贝的发展前景深深吸引。

感觉不错。张毓强当即确定与青山控股集团合作。

2018年5月13日，几家合作建设纬达贝工业园签约仪式在桐乡举行。

同年8月底，纬达贝园区项目正式启动，开始平地。工业园区分为ABC三区，规划了48条生产线。张毓强将振石控股集团所属印尼公司取名为雅石公司。"雅"是雅加达之"雅"，还是"文雅"之"雅"，张毓强没有说明。不过，众人都说"雅石"名字不错，便定了下来。

雅石公司被安排在B区，先上4条生产线。青山控股集团与法国厂商已合作建有4条线，还有华友集团、邦普集团等投资建设的生产线。顿时，纬达贝工业园兴旺热闹起来。

饶朝富和申鹏先后被张毓强派到印尼，前者担任工业园财务总监，后者担任雅石公司总经理。

2021年5月，饶朝富和申鹏回国述职并休假，张毓强以极其热情的态度招待他俩，专门举行欢迎晚宴。席间，张毓强频频举杯，并搂着他俩的肩膀，拍着他俩的面颊，指示着、嘱托着，说了很多寄予厚望的话，也说了很多温暖人心的话，给饶朝富和申鹏英雄凯旋般的感觉。

笔者那晚也在现场，深受感染，便与饶朝富、申鹏相约采访。

饶朝富是江西玉山人，给人感觉极其朴实厚道。那天，他在振石大楼办公室内，身穿一件蓝色 T 恤，不时笑着，不厌其烦地回答着笔者许多具体问题。

2017 年，饶朝富被张毓强派到印尼首都雅加达。纬达贝工业园合作形成后，他便成为工业园财务总监。作为"管账先生"，他对合作各方的股比、所投入资金的了解，自然比谁都精确得多、清晰得多。他介绍说，纬达贝工业园相当于中国国内的开发区，实行滚动开发。到目前为止，纬达贝工业园合作各方已投入资金超过 13 亿元，从当地农民手中购买了 2100 公顷土地，先后把机场、电厂、医院、办公楼、宿舍楼等建了起来，一座投资 2 亿多元的五星级酒店正在建设中。医院建得比较大，有 2500 平方米，聘请了印尼的医疗团队，现有医务人员 45 名。除医治纬达贝工业园员工外，也向当地居民开放服务，此举甚得当地好评。目前，纬达贝工业园总人数已超过 2 万人，中国人约有 7000 名，印尼人 1.6 万名，俨然成为一个新兴小镇。现在，有不少中国企业慕名想到纬达贝工业园投资办厂，甚至有些企业以前连镍铁的边都没有沾过。

三句话不离本行，"账房先生"自然离不开钱。说到振石控股集团在纬达贝工业园的投资，饶朝富显得有点抑制不住兴奋。但笔者询问具体数据，饶朝富却"打死也不会说"。什么叫"滴水不漏"，你接触一下饶朝富就理解啦！

相对而言，申鹏的介绍要具体详细得多。

申鹏自述原是酒钢集团轧钢工，大概是跟随着刘晓亚来的吧。他在东方特钢公司干了 12 年，经历了从嘉兴钢铁厂脱胎换骨改造为东方特钢公司的全过程。今天说起来，申鹏那浓重的陕北方言中还夹杂着一股慷慨激昂劲儿。

朴实得像北方白杨一般。这是笔者对申鹏的第一印象。人到中年，戴着一副略显老气的眼镜，理着平头，头顶中间地带似已开始"拓荒"。

振石控股集团敲定纬达贝项目和雅石公司后，2018 年 11 月，成立了项目指挥部，张毓强总负责，指挥长是刘晓亚。下设土建、工艺、行政、工程、采购、投资、法务等 9 个小组，申鹏担任工艺组长。所谓工艺，包括设备设计、造型、制造、质量，一直到加工、调试、投产。申鹏认为，这是张总和刘总对自己的信任，故自豪感满满。

2019 年暮春时节，申鹏和同事们一路颠簸、风尘仆仆，赶赴纬达贝工业园。临行前，张毓强专门找申鹏一行谈话，指示他：项目要管好，技术要学好，队伍要带好。申鹏此后就把张毓强的"三要三好"牢记在心，作为自己管理准则和目标。

申鹏他们到达时，纬达贝工业园已建成一幢办公楼，雅石公司占了 1/3 楼面，还比较宽敞。

早在一个月前，负责土建的中冶建筑公司已进场开工。申鹏一到，顾不上休息，更没有心思去游览小 K 岛美丽的南洋风光，便投入工作。每周工作不是"996"，而是"777"：早上 7 点起来工作，晚上开会到 7 点，一周工作 7 天，还觉得时间不够用，手表走得太快。

此次雅石公司采用矿热炉设备，用回转窑焙烧。工艺流程是，先将红土矿泥放入干燥窑中进行干燥，干燥后的矿泥被称作"焙砂"。然后，将焙砂投入矿热电炉进行冶炼，出来后就是镍铁。工艺技术原理与炼钢铁差不多。原料红土矿从格贝岛运过来，两岛相隔 100 多海里，还算方便。

但谁也没有预测到，2020 年的世界，会暴发如此规模、如此疯狂的新冠疫情，且印尼是全球疫情重灾区之一。

获悉疫情消息时，申鹏正在国内休假，且是除夕前夜。他毫不犹豫，当即背起行李，赶赴纬达贝工业园区，与员工们一起过年，以此稳定人心。春节过后，疫情日趋严重，设备不让进口，中国员工回不了印尼，印尼员工不让上班。

不仅仅是雅石公司一家，整个纬达贝工业园都是如此。昔日热热闹闹、吵吵嚷嚷的园区，一下子人去楼空，寂静得很、寂寞得很。申鹏掐着指头算算原定的完工日期，看看堆在场地上却无人安装的设备，怎么保证工程进度？申鹏急得真像热锅上的蚂蚁。他希望纬达贝是个世外桃源，更希望自己有三头六臂。

这是奢望、幻想，显然不现实。疫情肯定一时无法好转，大环境也无力改变，能改变的只有自己。自力更生，丰衣足食。自己动手，比什么都强。必须抢时间、抢机遇。申鹏把留在现场的100多号员工组织起来，动手安装电除尘设备，自己也参加战斗。

这些人，连申鹏在内，原先专业都是搞设备、搞冶炼，对电除尘设备，可说一窍不通。

但事情就那么奇怪。当申鹏等人下决心自己动手安装电除尘设备时，却发现世界上许多事情相互联系、具有共性。他们能看懂图纸，有人也会焊接。只是没有注意过电除尘设备的图纸，没有焊接过电除尘设备而已。一转换，一思考，就懂了，就通了，也就可以安装和调试了。怪不得世人说，条条大路通罗马，无非看你是直着走，还是绕着走。当然，网络语言中还有一句话，叫作：条条大路通罗马，但有人就出生在罗马。

那是人家福气好。申鹏就那么认为。他们用笨办法、硬办法，从疫情中抢出了差不多5个月时间。

雅石公司青年员工孙帅帅有篇发表在《振石报》上的短文《夏在纬达贝》，文中这样描述他们工作的情景：

　　自从印尼进入雨季以来，暴雨和烈日便轮番上演。雨后的一丝清凉尚未驻足，炎炎烈日却已随之而来，整个工地犹如一个"大铁锅"。在工地上工作的我们，就是锅里的"粉条子""绿海带""灰豆腐""大白菜"。黏糊糊的身体加上炎热天气，身上的衣服湿了干、干了又湿。

2020年6月22日，第一条镍铁生产线试产。1个月后，首船1万吨镍铁产品运到嘉兴乍浦港。

8月底，原定的安装队才姗姗来到。

第一条生产线投产之日，正是印尼新冠疫情高峰之际。对雅石公司员工来说，这一天却恍若节日。大家兴高采烈、信心满满。

之后，基本上是每月新上一条生产线。

到2020年10月8日17时58分，雅石公司一期4条生产线全部投产。

第三天，申鹏向张毓强报告了这一喜讯。张毓强在第一时间向雅石公司员工们表示祝贺，贺词热烈而富有诗意：历史由勇敢者创造，时代由奋斗者书写！

申鹏介绍说，雅石公司自己上了一个电厂，发电足够雅石公司自用。若有富余，还可卖给园区内其他企业。目前雅石公司全年生产镍铁近30万吨。产品镍点很高，回收率能达到92%左右，与园区其他企业差不多。

笔者问：这些数据保密吗？

申鹏答曰：这个数据不保密，也保不了密。因为，园区内每家企业设备、工艺、技术都差不多，家家都在对标对表，谁也不敢落下。只要谁一冒尖，大家立马会知道。

面对成果：成功走回来

张毓强的"企业国际化"论，有3句话，构成一个完整的思维架构：勇敢地走出去，坚定地走下去，成功地走回来。而且在张毓强看来，成功走回来是关键，是衡量走出去成功不成功、坚持走下去有没有价值的试金石。

对振石控股集团印尼项目的衡量标准也是如此。

成功走回来的，首先是看得见摸得着的物质形态产品。

2013 年 1 月 19 日 12 时 38 分，装载着 54760 吨印尼红土镍矿的"幸运"号巨轮，缓缓驶抵山东岚山港 8 号泊位。这是首船印尼红土矿顺利运抵中国。在振石人注目下，全身黑色的"幸运"号轮沉稳靠岸，猩红色的岸吊频频举臂，快速卸完矿物，一声长鸣，离岸再返格贝岛。

此次印尼红土镍矿运抵中国，对振石控股集团国际化进程具有标志性意义，由此实现了收购海外公司矿产资源零的突破。

源源不断运抵中国的红土镍矿，为东方特钢公司生产成本和产品质量带来了立竿见影的效果。

其次，成功走回来的是资金流。

企业走出去，盈利赚钱之后，该怎么办？

张毓强态度鲜明而决绝。振石控股集团是总部经济，不求所在，但求所有。企业在不在桐乡不要紧，但经济指标和纳税，必须在桐乡。

印尼的莽莽荒原，成为振石控股集团的滚滚财源。大量真金白银回流，振石控股集团无异于如虎添翼。作为当家人张毓强，已在慨叹账上的钱不知往哪里投。虽然让钱闲置在银行里，也未必是好事，但账上有钱、心中安全。比那些入不敷出、被银行单位追着还债的企业，不知好上多少倍吧？张毓强的底气，乃至雄心，与账上雄厚的家底显然有着因果关系。

成功走回来的，还有信息与机会。

那是 2021 年 2 月初，在印尼雅石公司工作的蔡正洋返回桐乡过年。因为防疫需要，他被隔离了 28 天，连春节也处在隔离中。但不管如何，人在故乡，又在亲人身边，蔡正洋感觉蛮好。

隔离期一过，张毓强抽出时间见了蔡正洋，还请蔡正洋餐叙。

蔡正洋很珍惜这样的机会，觥筹交错之间，他还念念不忘工作，念念不忘他在印尼获得的一个重要信息。蔡正洋心里认为，这个信息，对于张毓强或振石控股集团而言，或许是一次极其重要的机遇。事先，蔡正洋已向王源简要说了说，王源认为这是好事，建议他向张总报告这个好消息。

席间，蔡正洋就提到了他在印尼结识的一位印尼籍华人，一位手中握有极其丰富红土镍矿蕴藏量的朋友。

张毓强是那么敏锐，从蔡正洋的片言只语中捕捉到了闪光的东西。

餐毕，张毓强让蔡正洋到他办公室，把这件事摊开了，详细说一说。

这才有了蔡正洋从容介绍的机会。

蔡正洋这位印尼籍华人朋友，也是与人结伴从中国出去的，已在印尼待了好多年。合作伙伴早已加入印尼籍，他为合法持有合资公司股份，也就加入了印尼籍。

本来，这位印尼籍华人与蔡正洋八竿子也打不着，"人生不相见，动如参与商"，更何况印尼是万岛之国哩。但人生有时就那么奇怪，经过某个人，在某个场合就能见面，还能很快成为熟人乃至朋友。蔡正洋与这位印尼籍华人也是这样。通过一位在印尼银行工作的大哥，蔡正洋认识了他，一来二去，彼此熟稔起来，并慢慢成了朋友。

朋友之间，既聊生活，也会聊业务嘛。那位印尼籍华人就聊起自己的生意，说他住在大K岛，在大K岛上有个蛮大的红土镍矿。眼下，他正在物色合作伙伴，希望建立一个镍铁工业园，将这个红土镍矿开发出来。

蔡正洋自然知道大K岛。正式名称叫苏拉威西岛，位置在印尼中部，陆地面积17万多平方公里，与中国贵州省面积相等。在"高镍低钴"成为电池行业共识的当下，镍矿早已成为企业必争之物。据说，大K岛占据了印尼镍矿储量的百分之七八十。

你家的矿有多大呀？那位印尼籍华人说了一个数字，把蔡正洋吓了一跳：真是个天文数字。要是振石控股集团能与他合作开采，该多好！蔡正洋马上想到了这一层。

印尼籍华人告诉蔡正洋，目前有一位合作者在谈，对方主业做普通碳钢。

蔡正洋一听，觉得机会来了，非常耐心地解释碳钢与不锈钢的区别。介绍振石控股集团有个专业生产不锈钢的企业，又在印尼纬达贝建有 4 条镍铁生产线，非常成功。然后，说起振石控股集团在中国的情况：中国民营企业 500 强，中国制造业 500 强，还是全球第一玻纤生产商中国巨石的母公司，风电基材量也是全球第一，还有，还有……蔡正洋把但凡能想起来、能说出来的振石控股集团的种种强项，都说了个遍。有的是介绍，有的是夸赞。这夸赞也不能说是王婆卖瓜，而是振石人的自豪感。作为振石控股集团一员，能没有自豪感嘛！要让对方感受到振石人的这种自豪感，鼓动那位印尼籍华人与振石控股集团合作，建设镍铁工业园，把镍铁产业做大。

那位印尼籍华人似被蔡正洋一番说辞所感染。但他转而一想，这么大一个项目，光蔡正洋说了没用呀！不知振石控股集团掌门人张毓强是不是感兴趣？蔡正洋凭自己第六感觉得，张总会感兴趣的。所以，他急匆匆从印尼返回桐乡，过年、休假，都是托词。蔡正洋的真实用意是，要赶快将这个信息报告给张总，请张总定夺。

蔡正洋说着说着，看到张毓强眼里在放光，越来越亮。在蔡正洋印象中，张毓强是个深沉、理智、具有极强自控力的人。曾经沧海难为水，除却巫山不是云。见过大风大浪，经历过大喜大悲，喜怒不形于色，宠辱不惊于身。多少在人们看来已非常了不得的事，在张总眼里显得稀松寻常、见怪不怪。但今晚，蔡正洋看到，张总显出平时少有的兴趣，甚至流露出一种压抑不住的兴奋。问得很多，问得很细。有些事超过了蔡正洋的预期，有的话题超出了蔡正洋的已知。他都没有预计到，张总会这么感兴趣，会问得如此详尽。从这种询问中，张总的态度其实已不言自明。

果然，张毓强甫一听完，立刻催促蔡正洋赶快去印尼！赶快去印尼！赶快去印尼！重要的事说三遍，这本来是网络语言，谁知张毓强真的重复了三遍。

　　马上？对！马上！

　　立刻？对！立刻。连一天也不要耽搁！

　　送蔡正洋到办公室门口时，张毓强又叮嘱了一句。

　　写到这里，笔者不由得想到，一个人的直觉，或曰洞察力，或许是一个人的天赋？是人与人之间不可比、不可及之处。不服不行呀！

　　笔者联想起前不久播映的电视连续剧《大决战》中有个情节，描写国民党军徐州"剿总"副司令杜聿明，准备将30万军队撤出徐州。杜聿明会朝哪里撤退？这个判断关系到解放军事前如何布局，全歼杜聿明部。蒋介石和杜聿明煞费苦心，上演了一出"明修栈道，暗度陈仓"的把戏，还发起东南方向的佯攻。他们甚至骗过了潜伏在国民党国防部中的中共情报人员，使他送出的情报变成了假情报。但是，当时指挥淮海战役的粟裕将军，看穿了杜聿明的鬼把戏，认定杜聿明部会走西南路线，决定把解放军主力部队部署在该地区，布好口袋阵。结果一举全歼杜聿明部，并活捉了杜聿明。

　　张毓强对商机的判断与捕捉，与此役颇有相似之处。

　　蔡正洋本来打算在桐乡住上几天，听张毓强这么急吼吼地让他回去，只得悻悻地放弃原定的休假计划。当然，他还是蛮开心的。知道张总以极度敏锐的眼光看上了这个项目，并用行动对这个项目表现出前所未有的兴趣，觉得机不可失。

　　马上买机票，谁知第二天没有票；抓紧预订第三天的，还是没有票；直到第四天，蔡正洋才走成。

　　返回印尼，蔡正洋立刻回复了那位印尼籍华人，双方开始洽谈。

　　过程比较长，因为要谈的项目实在太大，要明晰的具体事项实在太多。双方谈判中，王源做了很多工作，蔡正洋里里外外进行配合。

　　开始时，对方坚持股比是五五开，不肯让，双方一时有点僵持。

阳春时节，对方派代表来桐乡，张毓强亲自出面洽谈了 7 个小时，并与那位印尼籍华人举行视频会议，共商方案。允诺振石控股集团在园区前期开发费用、资金垫付等方面做些让步。所谓谈判，不就是相互寻找共同点，同时相互妥协让步嘛！对方非常认同张毓强的理念和做法，于是，双方签订合资开发建设大 K 岛工业园协议。这个工业园叫什么为好？张毓强思考了若干天，最后，将它定名为"华宝工业园"。华宝者，中华之宝、物华天宝呀！这名字含义蛮好。"宝"与"石"相连，合起来就是宝石之意。这是一种默契和缘分。张毓强与之心灵相通、目光相同，似乎千百年前就有约定。同时，张毓强将园区第一个镍铁项目取名为"贝石"。贝，是海产品。古代曾用贝壳作货币。商贾之"贾"，即是"西""贝"二字合之。张毓强将贝石公司纳入海外之石的序列，并冀望为振石控股集团带来更多财富。

大项目伴随着大动作。张毓强把开发建设印尼大 K 岛华宝园区的指挥权交给儿子张健侃。也许，他有意让张健侃在这个大项目上经风雨、见世面，练拳脚、长才干，考一考儿子近年来有什么长进，决策能力到达什么水准？

笔者采访期间，印尼贝石公司正在做前期可行性调研，整个开发建设计划尚处于保密阶段。张健侃的介绍也留有许多余地，就像画家在自己作品中的留白一样。

你已经知道了，我们振石控股集团在印尼格贝岛上有自己的矿产资源。谁有了矿，谁就有了主导权。张健侃对笔者介绍着。你也知道，印尼有个小 K 岛，就是现在纬达贝工业园所在地。即将在大 K 岛投资新建的这个工业园，由振石控股集团主导。大 K 岛比小 K 岛大了许多，回旋余地也就大得多。冶炼镍铁用高品位红土镍矿，如果能充分利用资源，考虑将一些低品位红土镍矿用作新能源电池。那样，可供开采利用的红土镍矿量就会更多，效益会更好。机会就那么几年，看谁能捷足先登。

张健侃显示出一个日臻成熟的企业管理者姿态。

说到现状，张健侃介绍道：前不久，项目已获得印尼当地政府部门批准立项，目前正展开法律咨询、品质试验，土地征用、加上技术骨干培训、普通员工招收，等等，还有很多事要做，但年内必须动工建设。眼下，已有一些生产镍铁或准备生产新能源电池的企业闻讯，前来打听消息，表达了合资合作意向，前景看好。

提及华宝园区开发前景，张健侃说得很低调且颇神秘，只说：如果开发顺利的话，会是一个大数字。大到什么程度？现在还真不好说。老爸提出要再造一个振石，大概寄望于华宝园区和贝石公司吧。

第九章
营造一个共情共鸣的精神乐园

问渠那得清如许？为有源头活水来。

——朱熹

用人的诀窍：向我看齐

事业兴衰成败在人。大到一国一邦，小至一事一情。得天下英才而用之，是治国者的目标；聚俊才能人而尽之，是企业家的愿望。

总体而言，振石控股集团用人很成功。在张毓强身边，集聚起一批能文能武的人才，保证了振石控股集团高速健康发展。

张毓强的用人观有其独特之点、独到之处。

在座谈采访中，张毓强侃侃而谈。怎么看待人才，怎么使用人才，这是世界上最复杂最困难的事，最难对付的是人，最奏效的也是人。用好人才，那就什么事情都解决了。但真正用好人，没有那么简单容易。诀窍就一个，是自己做人，你自己要做好人。律己才能律人，带头才能带人。如果你自己都做不好，怎么用人家？你的言传身教、表率榜样，这是第一条。小时候父母就这样教育他，但真正做到并不容易；能做成的人，更是凤毛麟角。

张毓强承认自己喜欢用一些有个性、有争议的人。这人首先要耐得住寂寞，他会很长时间不用。但一旦看准了、看清了，他会毫不犹豫地重用和信任。其次，这人要接受得了他不断的批评，甚至大骂。接受不了，就淘汰。接受得了，就有机会。再次，他会出一些题目给这人。两三年，或者更长些时间，能答出来，就算通过考试；如果连题目意思都不理解，更不要说答对，这样的人就没办法用。当然，张毓强说自己会把心交给对方，把所有的困难和烦恼告诉对方，会和大家一起讨论、分担。

接着，张毓强把脸转向旁听的人力资源部总经理胡新鸿：我一直在讲，你胡新鸿压力非常大。你比我们采购部门压力还要大，因为你是采购人啊！我缺什么人，你就要给我什么人。我缺人，你却不给人，我的"原料"就会断档。断了档，我就要找你"麻烦"。所以，你一方面要减人增效，一方面又要储备人才。这两个方面其实并不矛盾，关键是要结合好。作为企业，衡量是不是人才，不是看学历、简历，而是看能力、成绩，要让市场评价。

然后，张毓强又转向在座的各部门负责人：你们都要知道怎样储备人才。你们最大的成功不是把眼前工作做好，而是储备人。储备人，就是储备知识，储备未来的生产力。没有此"才"，就不会有彼"财"。如果把人才储备好了，有一天变成生产力，发挥出来就不得了。一天到晚忙忙碌碌，只能算是个劳动者，不是管理者，更不是企业家。发现人才、用好人才、带出队伍，是大家对集团最大的贡献。如果人家慕名而来、扫兴而归，你这个部门留不住人，你本人能算人才吗？你培养不出人才，你本人能算人才吗？当然，人才不会无缘无故地来，也不会无缘无故地留。良好环境是吸引人才、集聚人才的关键。集团要出政策、给机会、创平台。

笔者就顺着张毓强的思路，先来介绍一下张毓强自己怎么做人，怎么率先垂范。

张毓强身上，有不少荣誉称号。他是全国五一劳动奖章获得者、央企劳动模范、中国经济最具影响力年度人物、福布斯上市公司最佳CEO等。但在采访中，张毓强根本不提这些。奇怪的是，振石控股集团员工也很少提及这些。也许，在他们看来，这些荣誉张总本来就应该有，并且认为，张总的荣誉似乎还可以更高些、更多些。

在日常接触中，笔者感觉到张毓强的气场极其强大。只要他在场，严肃也罢，活跃也罢，他都能把控，都能做到，甚至随心所欲。他能调度在场每个人，让大家的目光、心理围绕着他转，跟着他一起严肃、一起快乐、一起静默、一起欢笑。他恍若一位经历过上百次战斗的老兵一样，看惯了枪林弹雨、硝烟弥漫。他也像一位闯荡江湖几十年的大侠一般，见识过各色人等，与不同武艺、不同兵器的高人屡屡过招，见怪不怪、见奇不奇。即使如平时喜欢嘻嘻哈哈的笔者，面对着认真而严谨的张毓强，也不得不认真和严谨起来。

采访中，人们谈到张毓强的个性特征，对他的评价高度一致：自律，具有超强的意志力。

什么事可证明呀？那，多得很，然后，人们就开始举例。

说得最多的，是张毓强几十年坚持下来的长跑。

从 1997 年 7 月 23 日，张毓强从医院出发，开始长跑锻炼。那年，他 42 岁，至今已跑过 24 个年头。

采访中，张毓强叙述过缘起。那年，太太生病住院，他去医院陪护。在逼仄的病房内，一些患者受疾病折磨，表情痛苦、动作迟缓，对张毓强产生强大刺激。他心里暗暗想，眼下太太身体不好，家庭生活必定受到影响。自己年纪不大，身体明显发胖，体重达 86 公斤。在医院跑上跑下，已感觉吃力。事业刚开始起步，身体千万不能再出问题。事业要长远，身体须健康。就这样，张毓强萌生了每天长跑锻炼的计划，并把这个计划告诉了太太。

说到做到。自此以后，春花、秋月、夏雨、冬雪，在家、出差，机场、酒店，张毓强没有一日不跑，没有一处不跑。去年以来，改为慢跑与快步走结合。现在，他仍保持每天小跑或快走一二十公里。而且，张毓强对外公开微信运动数据，说是接受众人监督，看他张毓强有没有偷懒。

现在不跑，就麻烦啦。某天，他的微信运动数据异常，马上就会有人询问，张总今天怎么不跑了，身体不舒服吗？所以，现在跑步形成习惯，也成为张毓强接受员工监督的新形式。张毓强说到这里，不禁笑出声来。

还有一个理由是，张毓强在采访中说，不少员工跟着他做，减肥了，健美了，身体更好了。他希望员工们看到，自己的老总是个说到做到的人，是个可尊敬的人。身体健康、企业发展、家庭和美，生活才有意思。现在前面有榜样，后面有追随，相互激励，共同健康。他不想让员工们失望。现在，即使他张毓强想停，也停不了啰！

这样看来，绕凤凰湖一圈 3.2 公里，对张毓强而言，真是小菜一碟。而同龄的笔者一想，觉得那是个极恐怖的长度。不得不惊叹张毓强的体力和精力。

另一件众人说得较多的事，是戒烟。

张毓强自述从 1972 年就开始抽烟，承认自己是个老烟民。以前每天两包，一抽就是 40 年。笔者看过一帧张毓强抽烟的老照片。照片背景是古运河畔，张毓强半倚半靠着桥栏，左手扶着桥墩，右手夹着一支袅袅燃烧着的香烟，目视前方，做思考状。

直到 2012 年 4 月 21 日上午，巨石集团召开海外公司工作会议。才悄然发生了变化。时任秘书赵峰走进会议室，发现会议桌上没有往日常见的烟灰缸，便赶紧找来一只，放在张毓强面前。只听张毓强轻描淡写地说了句：不用，戒啦。

戒了？戒什么了呀？烟吗？赵峰一时不能确信。

会议开到最后，张毓强向着场内人群说：告诉大家一件事，从今天开始，我就不抽烟啦，请大家监督我！

真的吗？会场里的人一片惊愕。大家都知道张毓强的抽烟史，也都知道戒烟的难度。

在一次采访中，张毓强回顾了他的"戒烟史"，并介绍了背景。有些人聚在一起闲聊，不知怎么的，提到了张毓强。多数人都很敬佩他，说他怎么怎么好，有什么什么长处。也有个别人不以为然，有的地方也不见得。众人就追问缘由。那人便举例说：譬如抽烟，明明对身体不好，还会影响周边人，他张毓强为什么还在抽呢？

这话一传两传，传到张毓强耳朵里，被张毓强吸收进脑子里。人家说得有道理呀！他应当戒烟！过去为什么戒不掉？因为考虑到的仅仅是个人。现在看来，作为企业老总，抽不抽烟绝对不是个人的事，有一群人会受影响。必须戒！张毓强自然知道戒烟是一件很痛苦、很麻烦的事，但再痛苦、再麻烦，也必须戒！就这样定啦！一个字：戒！

从此以后，张毓强真的戒烟了，众人同情过他，劝导过他，甚至也诱惑过他。但张毓强不为所动、不为所惑。他终于度过了戒烟困难期，进入良性阶段。据他自称，后来闻到烟味，还会产生反感，这说明他真的彻底地成功戒烟。

人们调侃说，能戒烟的男人心狠。张毓强反问人家：我心狠吗？

心理学提示人们，一个老烟民能够戒烟，一是说明这个人为达至目标而不惜牺牲自己爱好，并以此作为自己达到其他目标的理由，有时甚至会显得固执。二是说明这个人具有超强的意志力和忍受性，表现得非常理性，有时会有孤独感和冷漠感。

不能不说，心理学真的是一门科学。

日常生活中，张毓强是个极为注重细节的人。笔者在此描述亲眼目睹的一件小事。

6月10日"午餐会"上，张毓强问起明天下午即将召开的集团"十四五"规划发布会诸多细节。

他的目光先盯住赵军：你弄的那个阐释发言多少时间？半个小时够吗？

赵军如实回答：现在准备的稿子6000字，估计半小时多一些。

能不能稍微压缩一下，力争控制在半小时内？张毓强提出要求。

赵军回应：尽量吧！

接着，张毓强的目光转向刘俊贤：讲"十四五"规划，先得总结一下"十三五"，你们财务部要准备一个"十三五"与"十二五"的对比。规模啦，营收啦，税收啦，利润啦，职工收入啦，总的增长多少，年均增长多少，让大家看到进步。

刘俊贤一口答应：好的！

你统计好，先发给我电子版；文字版的，你照报就是。张毓强再叮嘱一句。

刘俊贤再次点头。

然后，张毓强将目光转向赵军和金祥：明天有PPT吧？

金祥回答：有的。我们做了PPT。

张毓强紧接着问：你们那个PPT的字有多大？

多大？众人一时有点反应不过来。

你们要让坐在最后一排的人都看得见呀！张毓强见众人不明白，就补充了一句。之后，他快速地计算着，参加会议的人有20排，每人间隔80厘米，加起来就是16米。汇报舞台深度8米，再加上汇报舞台与与会者距离5米。这样，从荧屏PPT到最后一排有30米左右距离。你要让最后一排人看清每个字，不是要考虑PPT字的大小嘛！

经张毓强这么一解说，众人才恍然大悟，由衷感叹，张总虑事真是细致，不服不行啊！

张毓强不无调侃地补了一句：你们都管宏观，我是管微观和细节的人！

众人面面相觑，不由得暗暗伸伸舌头。

一个坚守信念的人，往往是个乏味无趣的人。而张毓强是个例外。他不但有趣，而且有时有趣得很。当然，这种有趣与无趣，分时段、分场合。工作中的张毓强严肃、认真、冷漠，生活中活动时的张毓强热情、放松、活跃。在他身上，这种转换自然自如、天衣无缝。

值得记叙的，是那次振石控股集团员工们在张家界插旗寨举行的篝火晚会。

四面青山为屏，一堆篝火居中，构成篝火晚会的现场。

酒至半酣，篝火越燃越旺，联欢晚会开始。踏踏踏的竹竿舞跳起来，一拨人在脚下不断变换着花样，考验着舞者的敏捷性与节奏感。接着，插旗寨村民与振石控股集团员工对唱、合唱，轮流出场、精彩纷呈。之后，人们手拉手，在广场上跳起圆圈舞。中间是噼噼啪啪爆响着火花的篝火堆，四周是手舞足蹈的人群，活动渐入高潮。

现场的张毓强，俨然是个活跃分子，甚或是个起哄者。他上身着一件深蓝色 T 恤，下穿淡黄色长裤。喝了酒的脸庞，经篝火一映照，显得容光焕发。他拿着话筒，与王源合唱《父亲的草原母亲的河》："我也是草原的孩子啊，心里有一首歌。歌中有我父亲的草原、母亲的河……"那怀旧抒情的歌词，伴随着悠远深沉的马头琴声，在山寨四周回荡。

彼时，张毓强彻底放飞自己。他且歌且舞，情绪完全沉浸在歌曲营造的环境与氛围中。他边唱边走，绕场一圈，用手势鼓动在场员工跟着他一起唱，并给他掌声。他是那么投入，那么忘情，与他平时的严肃古板、不苟言笑形成鲜明对照。他宛若一位热衷于流行歌曲的歌手，居然将那些歌词记得一清二楚、准确无误，不看提示，唱得一字不差。

一曲唱毕，张毓强面向舞蹈行进中的振石控股集团员工们大声发问："大家开心不开心？"

人们发自内心地回应："开心！开心！开心！……"

声音是如此真诚、响亮、整齐、有力，在插旗寨内外、在张家界山壑间回荡。

听着众人异口同声的回答，张毓强脸色显得更红润、更透亮，笑得像一朵花。

笔者第一次见到集团人力资源部总经理胡新鸿，是在职工餐厅。他理着平头，嘴唇宽厚，长着一对铜铃般大眼睛，一副憨厚淳朴、人畜无害的样子，每天一早准时出现在职工餐厅。

说起张毓强的用人气度，胡新鸿向笔者讲述了自己的故事。

胡新鸿读的是水利部所属南昌水利水电高等专科学校，作为优秀毕业生，他被分配到水电部第十二工程局机关工作。局机关驻地在江西丰城，后跟随工程转战到河南三门峡。他有个同学在巨石集团工作，老是给他宣传巨石集团怎么怎么好，胡新鸿就动了心，向巨石集团人事部写了一封自荐信。没想到，马上接到面试通知，即被聘用。1998年，胡新鸿过完"五一"劳动节，正式入职巨石集团。

进入巨石集团后，胡新鸿很快就适应并熟悉了工作，参与节能降耗、ISO9000质量管理。2002年，他被提任为管理部副主任，2007年升任主任。应该说，胡新鸿在巨石集团干得顺风顺水、得心应手。笔者在查阅巨石集团早期档案中，每每看到胡新鸿代表职工和部门负责人发言，可见他相当上进和活跃。2008年，胡新鸿被张毓强调到振石控股集团东方特钢公司，担任副总。

到了东方特钢公司后，胡新鸿渐渐感觉到自己不适应。政府关系、安全事故、周边环境等较难处理，还有国有企业老嘉兴钢铁厂留下来的部分职工，很难管理。工作压力很大，竟生了一场大病。因此，胡新鸿萌生了换个工作环境、好好调适自己的想法。

2015年上半年，有位朋友介绍胡新鸿到富阳一家冶炼厂工作。胡新鸿认为可以接受，就试着向张毓强提出自己离开振石控股集团的要求。

一开始，张毓强没有同意。他两次找胡新鸿谈话，希望胡新鸿留下来。胡新鸿感觉到了张总的诚意，但恳请他让自己出去一下试一把。如在外面干得不好，自己会再回来。

那好吧！张毓强终于松了口。

离开振石控股集团后，胡新鸿感觉时间似乎过得很慢。新单位工作并不称心如意。胡新鸿很自然地开始回忆、进行对比。常常想起自己在振石控股集团的情景，想起自己成家时，张总主动借钱给他买房。俗话说，有比较才有鉴别。一对比，高下立判、优劣顿显。胡新鸿体会到了振石控股集团的可爱、张总的可敬。偶尔，胡新鸿在电话中向张毓强倾诉这一切。

记得那天是张毓强生日，胡新鸿照例打电话，向张毓强祝贺生日快乐。张毓强问起胡新鸿近况，胡新鸿很感动，流露出自己想重回振石控股集团的想法。张毓强答应得很爽快：既然你那样想，那就回来吧！振石控股集团欢迎你重新归队！

张毓强把胡新鸿的回来，叫作"重新归队"，还利用一次会议场合，搞了个小小的欢迎仪式。一出一进，胡新鸿感慨万千。他由衷感受到，张总的胸怀是那么博大，能够理解自己的离开，又能接纳自己的返回。

从彼时起，胡新鸿死心塌地地认定自己这辈子就是振石人了，对集团人力资源工作不遗余力，想了很多招数，使人力资源工作基本适应集团高速发展需要，尽量不让张总"麻烦"。在张毓强主导和监督下，集团建立了中层干部定期竞聘上岗制度。3 年为期，"全体起立，能上能下"，使得人力资源工作变成一渠流动的清水，人才来源"五湖四海"。目前，振石控股集团厂部级干部中，非嘉兴籍的已占 60% 以上；普通员工中，非嘉兴籍的已占 50% 以上。

张氏批评术及其效应

张毓强管理企业、使用人才最厉害的一招是，极限施压、严厉批评。

在振石控股集团，几乎没有没被张毓强批评过的人，只是次数多少、宽严程度不同而已。笔者采访近百人次，大家众口一词地说，张总批评人，那是家常便饭、司空见惯。被采访的每个人都会提及张毓强批评人的往事，说张总眼里揉不得沙子，容不得半点瑕疵。还有人绘声绘色地介绍张毓强批评人的小故事、小段子，怎么批评，严厉到什么程度，有的人被批评得当面泪奔。但令人奇怪的是，居然没有人记恨张毓强，没有人耿耿于怀，或者因此拂袖而去。大家认定，张总不是霸道总裁。

笔者想探究这一现象，人们帮笔者分析其原因。第一，张总自身过得硬，但凡要求干部员工做到的事，他自己首先做到；要求干部员工不做的事，他自己坚决不做。第二，张总批评指出的事，往往的确是错的，有理有据。有些事，当事人当时未必意识到，后来才会意识到。张总绝不泛泛批评，往往错在被批评者自身，所以，大家觉得无可反驳。第三，张总的批评就事论事，对事不对人。事说完就完，不会影响对人的信任和使用。事后，该提拔的照样提拔，该奖励的照样奖励。即使有时盛怒，但转身一喝酒、一唱歌，仍是举杯频频、歌声袅袅，像没有发生过一样。第四，人们认为张总批评你，是在关注你、指点你。批评得越多，说明你在他心里分量越重。如果张总不批评你，说明你在他心目中没有分量，连个挨批评的"资格"都没有。人们从振石控股集团干部任用上不难看出，但凡经常被张毓强批评的人，往往是进步最快的人。

最能证明这一点的，莫过赵峰。

在振石控股集团，大家公认赵峰是被张毓强批评得最多最严厉，但同时也是进步迅速的年轻人。

采访期间，笔者与赵峰作过数次长谈，还几次到他任职的华美公司生产现场考察。

赵峰1984年生于山西长治，身高188厘米，精瘦、肤色黝黑，带有一种北方人粗犷质地。又因在张毓强身边浸润多年，具备了南方人的精明干练。

回忆起自己与振石控股集团、与张毓强的渊源，赵峰有说不完的话题。

高考那年，正遇上突如其来又突然消失的"非典"疫情。赵峰被中央某部门直属的一所专业院校录取，并担任班长、学生会主席，无疑是这届学生中的尖子。4年大学生活,赵峰被锤炼出极强的纪律意识和责任意识。

2007年,赵峰面临毕业和择业。他自然用不着担忧找工作,只是需要考虑去哪里。那年,成都市青白江区委机关第一批到学校招干,赵峰因代表学校学工处负责接待服务工作,由此认识了青白江区委办公室任主任,觉得对方很真诚,想都没想,就答应去成都工作。谁知,后来很多条件极好的地区和单位,甚至省部级单位,都到学校招干,劝赵峰到他们那里工作。任主任也知道这一情况,担忧赵峰会爽约。赵峰坚持不变,践诺到成都市青白江区委,做了区委领导身边的工作人员。

青白江区是个二线区,不在成都核心圈。赵峰一天到晚跟着区委领导跑项目、搞接待。再看看同届同学,不是大机关,就是大城市,心理落差有点大。但既然是自己的承诺、自己的选择,就必须坚持下去,直至遇到张毓强。

记得那年8月,张毓强带着巨石集团一批人考察青白江区,计划追加投资50亿元,建设玻纤基地。区委领导让赵峰参与接待工作。那是赵峰第一次见到张毓强,觉得张总好严肃、好有气场。晚上喝酒时,才觉得张总很豪爽、很热情。其间,你来我往,赵峰3次参与接待张毓强,彼此开始慢慢熟悉。

2007年10月,巨石集团举行国际玻纤年会,邀请青白江区领导出席。区委领导临行前跟赵峰谈话说:区委决定实行人才流动,派你去桐乡巨石集团挂职锻炼。并告诉赵峰:张总认为你这个小孩不错,可以到巨石集团练练。后来,赵峰才知道,那段时间,张总的前任秘书刚离职,张总通过几次接触,对赵峰印象不错,认为赵峰可以做他的秘书,便向青白江区提了出来,故有此议。

赵峰的同学和同事闻讯都不理解。说赵峰你傻呀,干好了,回不了机关;干不好,更不好交代。何苦来着?

但赵峰有点不管不顾,觉得既然有机会到经济发达的东部省份学习，就想试一试，便答应下来。是否冥冥之中有种缘分？

巨石集团国际玻纤年会一结束，区委领导返回成都，赵峰留了下来。3 天后，赵峰到巨石集团总裁办公室报到，担任张毓强的见习秘书。"见习"一词，显然也是张毓强的首创。

由此，赵峰开始了"新桐乡人"生活，也揭开了"被批评史"。

政府工作与企业管理的思维方式完全不同。特别是在张毓强身边工作。赵峰一切都得从头学，从理论到实践。秘书工作需要的是观察力、领悟力、应变力，那是任何课堂上都学不到的，全在于自己世事洞明、人情练达。

而这方面，恰恰为赵峰所欠缺。

张毓强是个不徇私情的人。虽说他看上了赵峰，但丝毫没有降低对赵峰的标尺。开始时，赵峰经常受到张毓强非常严厉的批评。很多时候，看上去是一些极其琐碎的小事。有次为客人倒茶，没有倒好，续水过满。待客人一走，张毓强就大发雷霆，骂赵峰连杯水都倒不好：连浅茶满酒都不懂，你还能干什么？还有一次，赵峰随张毓强接待客户，赵峰忘了带他的名片，结果又是一场暴风骤雨。那种严厉，真的让人受不了。

时间稍长，赵峰就觉出，张毓强的批评与众不同。他当面锣鼓当面敲，直截了当、直奔主题，不转弯抹角、不讲什么前提，也根本不考虑对方心理承受力。张毓强曾明白无误地告诉赵峰，和颜悦色不是他张毓强的风格，他的风格就是把问题问到底，扒下你那条遮羞的裤子，让你赤身裸体、无地自容。赵峰自认为属于抗压力比较强的人，但面对张毓强山呼海啸般的批评，仍感到难以抗御和排解，曾几次偷偷掉泪，真想一走了之。那天，当回忆起这些往事，笔者瞥见赵峰眼角边有点湿润。

之所以没有走，赵峰告诉笔者，主要有两个原因。一是张总这个人实在了不起，逐渐成为赵峰的工作榜样和人生导师。没有事情，他能想出事情来干；在顺境时，他总要找出问题和不足；有了困难和问题，他总是能想出办法解决；极度困难时，他总是强调危中寻机、触底反弹，显得非常辩证，充满了智慧。

对此，笔者非常认同。在张毓强的工作、生活和讲话中，充满了辩证观点和辩证思维。越是形势好的时候，越能保持清醒和理智。

第二个原因现在看来有点可笑。赵峰自己也承认。被张毓强批评着，赵峰的倔强劲也上来了。你不是说我赵峰不行吗？我赵峰偏要做一根弹簧，反弹给你看，证明给你看。等到你认为行时，我赵峰再走，炒掉你这个老板！

3年挂职很快过去，张毓强把赵峰叫到自己办公室，征求赵峰意见，愿不愿意留下来？当真的需要抉择时，赵峰竟然没有丝毫犹豫。张总虽经常批评他，但同时也很信任他、关照他、认可他。留在公司很有发展前途、也很阳光，没有复杂的人际关系，大家一天到晚想的就是干事创业。

赵峰明确向张毓强表态，张总认可，他就留下。

这一留，就真的留下啦！赵峰向青白江区委写了辞职报告，把那些公务员身份和待遇统统丢弃，不带走一片云彩。

之后，张毓强仍是一边批评赵峰，一边将赵峰推上一个又一个岗位。刚等赵峰适应一个新岗位，又一个新岗位来到他面前。后来，他被张毓强调到华美公司担任董事长。那年，赵峰34岁，成为集团里最年轻的下属企业一把手。

最令赵峰想不到的是，自己竟然被选为集团党委副书记。集团党代会召开前，保密工作做得非常好，大家守口如瓶、滴水不漏。没有任何人向赵峰透露过半点信息。直到提名候选人时，赵峰才看到自己的名字赫然在副书记之列。这怎么可能？怎么可能？当时，赵峰在心里连连问着自己。他彻底惊呆，简直蒙啦！他不敢看张毓强，只是用目光盯了一眼张健侃。只见同样年轻的侃总朝他会意地一笑，赵峰便什么都明白了。他抑制住内心的冲动和激动，接受了党代会选举的结果。赵峰人生的平台由此一下子扩展。

那次振石控股集团党代会，笔者有幸旁听。庄重、严肃、正规、有序，只有在大机关、大单位党代会上才能看到的场景，却在一家民营企业中出现，令笔者赞叹。笔者见到赵峰坐在主席台上，满脸红红的，有点小不自在。

采访最后，赵峰说，自己往往是能力未到，职务先到。需要安家落户时，张总主动给政策，让公司提供无息贷款；遇到好机会时，张总还主动借钱让他买房子，让他住上了这个年龄段不敢想的大房子。张总对他有知遇之恩和导师之情，觉得自己怎么做，都无法报答之万一，这也是自己眼下压力山大的原因所在。说到这里，赵峰眼眶里满是泪水。

一个人、几件事，能让一个那么抗压的小伙子，说得热泪盈眶，真不简单。

"脸上有笑"成为企业的核心指标

在振石控股集团采访的日日夜夜，笔者总是被一种温暖的、温柔的、绵软的、无形的感觉所包裹和浸润着，总是被振石人时时处处体现出来、表达出来、流露出来、无意识传递出来的意蕴所感动和感染。起始时，不觉为意，或似有似无。但随着时间的延长和采访的深入，笔者越来越深刻和明晰地意识到，这就是振石控股集团的企业文化。

记叙一个企业，必然会描述到一个企业的文化。

如果说振石控股集团是棵大树，支撑这棵大树的根脉就是振石文化，输送营养到枝叶的也是振石文化。

张毓强认为，文化与企业，一个是人类精神卷宗，一个是经济发展源泉。而文化理念，始终是振石控股集团高速发展过程中的精神源泉和坚固磐石。做企业，看上去是做产品，实质是在做企业文化。这种企业文化，要覆盖到企业方方面面、上上下下，必须获得全体员工认同，让每个员工都看得见、摸得着、做得到、感受到。

关于振石文化，集团办公室编有一本薄薄的小册子，取名为《软实力》。橘黄色封面，在霞光风云背景衬托下，状如春笋、蓝色晶莹的振石办公大楼高耸入云。

这本小册子中的《石之魂》和《石之念》对振石文化的内涵与外延，有着生动精确的诠释。

振石控股集团的核心价值观为 10 个字：品行、创新、责任、学习、激情。

且来听听振石人的自我解释。

　　品行：鸿蒙初开，石为天地之骨。支撑乾坤，取万物而不倦，育群英而无私。石有五德，曰仁、义、智、勇、洁。振石人坚信，企业即人。我们每一步成长，都是在完成振石人格的塑造。正是以石之品质为基石，才有今日振石之不折不挠、清音远闻。振石者，以石之品、石之坚、石之魂，独创一条万古长青之路。

　　创新：渠清如许，皆因源头活水。创新是振石发展之动力，亦是振石文化之精髓。正是不断创新，且始终坚持创新有始点而无终点，才使振石控股集团得以从容应对外界风云变幻。创新更是一种包容。海纳百川，始成波涛汹涌澎湃之势；去陈维新，方有振石鲲鹏展翅之举。振石更是一片培育多元理念和创新精神的沃土，博采百家所长，孕育敢为天下先之魂魄。

　　责任：先天下而忧，才有坚韧气度。勇当大任，是振石人不懈的信念。振石人，从来不以单纯的利润增长作为追求目标。崇尚企业发展与社会、个人之协同。坚持回馈社会，在奉献中体现振石人之价值。

　　学习：不登高山，不知天之高远。穿越云层，振石人更向往蔚蓝苍穹。学习是创新之原动力，唯厚积然后薄发。振石人从不拘泥于当下之步伐，努力构建学习型企业，让自己前行之步履更加稳健有力。

激情：有激情，雄鹰方可搏击长空，蛟龙才能击水中流。激情是振石文化之推动力。历经多少风雨与雷电、艰辛与坎坷、荣耀与光环，都不曾改变振石人不断进取之激情。每一次巅峰，都是振石人之新起点。振石永远年轻，追求没有终点。

笔者查阅档案获知，这"10字"核心价值观，2003年由张毓强在《巨石通讯》的《新年祝辞》中正式提出，个别文字后作过调整。振石控股集团、巨石集团通用。而笔者上面引述的文字，知识产权则属于振石控股集团办公室。

笔者曾在各种不同场合、面对不同对象，"测试"过不少人。试图了解这10个字在振石人中的广度、深度和热度。结果令笔者意外。不要说是中层以上干部，人人会讲，还会说出一套"理论"，即使一线员工、餐厅服务员，对这10个字也倒背如流、理解正确，且每每以张毓强作例作譬。

在采访和参与活动中，笔者对振石文化特征有了如下体认：为国家民族作贡献、追求向上向善的价值观；具有强大的穿透性和执行力；形式和载体丰富多彩、多姿多彩；从小事做起，注重细节。

自然，企业核心价值观，是企业的灵魂，更是企业文化的精髓。张毓强要求内化于心，外化于形。在2021年工作会议上，张毓强进一步将企业文化要求概括为：振石控股集团员工"脸上有笑，手中有劲，脚下有力，心里有爱"。

有没有笑脸，成为衡量企业好坏、成败、高下的第一标尺。

据说，张毓强在嘉兴市召开的一次座谈会上，简要阐述介绍了他提出的第一标尺，获得嘉兴市委书记张兵首肯，当地已有一些企业借用这一提法。

就此标尺，笔者采访过张毓强。他开头第一句引用的是俗语：笑比哭好。在张毓强看来，一个员工最好的状态是什么样子？就是微笑挂在嘴边，自信扬在脸上，梦想藏在心里，行动落于腿脚。

接着，张毓强分析给笔者听。一般员工，不会滔滔不绝地跟你讲公司怎么怎么好，但公司真的好，他们会流露在脸上，绽放笑容。真实的笑容说明一切，此时无声胜有声。特别是员工面对他时，如果能发自内心地笑，张毓强认为这是对他办好企业、关怀员工的最高褒奖与赞许。在张毓强看来，如果员工对企业评价不高的话，对他张毓强不满意的话，绝不会对着他发自内心地笑。可能恰恰相反，员工们会用无声的脸色表达对他张毓强的抗议。振石控股集团的员工们越有期待，他就越兴奋，越想把这个集团搞好。张毓强硬性规定，各个企业每年给员工提薪不能低于10%。他要让每个员工穿上振石控股集团的衣服感觉到自豪。在社会上有尊严，在家庭里有地位。张毓强觉得，自己提出这四句话，是个完整表述。有了笑，才有力、有劲、有爱。这顺序没有颠倒搞错吧？采访中，张毓强还顺带幽默了一下。

顺序自然没有搞错，而且笔者以为很对。这样排列顺序，恰恰体现了张毓强对员工"脸上有笑"的看重。

振石控股集团办公室主任金祥，给笔者作了另一番详细介绍。

担任集团办公室主任已多年的金祥，是位优秀的内当家。他每天穿着素净得体的 T 恤，个子瘦高、面目俊秀，思考周全、轻声细语。与长期从事办公厅工作的笔者聊起来，对其中的酸甜苦辣，颇多共同语言。

金祥把振石企业文化分类为制度文化、执行力文化、视觉文化、运动文化、颁奖文化、关爱文化、慈善文化、文艺文化、餐饮文化、厕所文化等十大类。然后一一举例说明。令人脑洞大开、印象深刻。

自然，要真正了解振石企业文化，还得在实际采访和日常生活中观察、捕捉、感受、领悟、升华。

制度文化建设，在振石控股集团普遍受到重视。自上世纪 80 年代中期张毓强起草第一份经济考核责任书以来，一整套企业管理制度已经建立，且每年修改更新完善，不断追求制度的公平性和可操作性。笔者采访过集团人力资源部总经理胡新鸿、稽查部总经理邹今值、财务部总经理刘俊贤、法务部总经理李鸣鸿、采购部总经理邓华、体系部副总经理赵吉涛等部门负责人，也采访过体量较小的华锐自控总经理孙漪、康石健康体检中心院长袁树人、宇强公司总经理杨自强等，他们都能拿出一本本厚厚的制度汇编，然后一页页、一条条给笔者介绍解释。他们说，振石控股集团的制度比较完备，基本上事事有规定，条条可对照。因而，平时需要向张总、侃总请示汇报的事儿不是太多。

听说社会上总有人询问张毓强：振石控股集团是个民营企业，你把它搞得那么规范做啥？不是自找麻烦、自讨苦处嘛！桐乡那么多企业，哪有像你这么做的？说得好听点是规范，说得难听点就是死板。还有人说：张总呀，你在混合经济里面待的时间太长了，把那边的东西都带过来了。言下之意很明显，民营企业没有必要这么做。

张毓强不这么认为，不管是央企还是外企，它们都有好的一面。对好的制度，为什么不能"拿来主义"呢？

笔者查阅到，振石控股集团《2012 年预算管理及工作计划》205 页，2017 年增至 320 页，具体细致到无法想象。

超强执行力，是振石文化一个显著特征，也给笔者带来强烈冲击。张毓强有句名言：制度的生命力不在于制度的建立，而在于制度的执行；执行的关键在于执行力，要点在于企业主要负责人带头；检验执行力的主要标准是看结果。

在执行环节上，没有讨价还价、犹犹豫豫一说。决策已然作出，会迅速得到贯彻落实。以致张毓强亦喜亦忧地对笔者说，振石控股集团的执行力实在太强了，有时他都觉得过于强了，让他这个决策者战战兢兢、如履薄冰。他的决策如果正确，自然是好事。有时，决策错了，他想收回，或者作些微调。他把人家找来商量商量，谁知人家立马向他报告：张总，你刚才布置的事，我们已落实完毕。乖乖，喘口气的机会都不给。

采访期间，笔者曾旁听过振石控股集团几次会议，所有与会人员统一着装，上面白色短袖衬衫，下身深灰长裤，且不必事先通知，一律自觉做到。还有一次，振石控股集团组织外出活动，一个通知下去，为减少行李托运等候时间，建议不携带托运行李。结果，100多号人，真的没有一人托运行李。弄得航空公司那些空姐大为惊愕。她们接送过无数个旅行团组，从来没有一个大型团组能做到没有一件托运行李，且组织纪律性如此之好，一切行动听指挥，所有活动时间分秒不差。金祥对此现象的解释是，靠平时养成，靠振石控股集团文化。

给笔者留下刻骨铭心印象的，还有振石控股集团职工餐厅。

笔者在工作期间，曾分管过几个单位的职工食堂，深知搞好职工食堂之不易。就餐的人，来自五湖四海，爱好口味不同。所谓"公要馄饨婆要面，小姑要辣叔要甜"。笔者也曾因外出开会，吃过数不清的单位食堂或酒店自助餐。窃以为，振石控股集团职工食堂也许是最好的。

走进振石控股集团，你会惊讶于振石控股集团职工餐厅的现代时尚。在一个准五星级裙楼内，500多平方米的厨房、1500多平方米的餐厅，宽敞到几百人同时就餐，也不会出现拥挤现象。地上纤尘不染，上百张餐桌整齐划一排列着，三四十种各色菜肴盛放在不锈钢自助盆里，散发出诱人香味。墙上电视屏，循环播映着振石控股集团健康养生节目，还有特级厨师在介绍各种烹调技能，"做饭是件快乐的事"。两边落地玻璃窗，楼外景色一览无余。透过窗棂，能见到湛蓝的天空云卷云舒，犹如一幅镶嵌在巨大天幕上的装饰画。午阳下的凤凰湖泛着金色波澜，闪闪烁烁。张毓强和大家一起欣赏着眼前的美景，天南地北地闲聊着家常，说着趣话。

坐在这样的餐厅就餐，既可解决肚子问题，也可饱饱眼福，同时享受着物质与精神。

张毓强不吃小灶，也不搞特殊，他说自己怕孤独。每天午间，张毓强会与职工们一起，拿着托盘，绕着排列的自助餐盆，从几十种菜肴中选出自己喜欢吃的两三种菜肴，盛上小半碗米饭，简单至极，令人讶异。然后转身，像普通员工一样，走到记账台，用自带的电子卡结算，再走到餐厅设立的管理层片区就餐。

彼时，餐中或餐后小憩往往转换成会议场景。因而，在两个集团，经常有人向笔者提及"早餐会""午餐会"的概念，做法大同小异。张毓强认为，与人交谈，是促使自己进步提高最便捷之途。他利用这个集团高管和部门中层一起吃饭的机会，让自己的脑子快速运转，了解新鲜事物，接收新闻信息。有关部门和单位通报工作进展，或提出需要商量的具体问题，还有他初步酝酿的某些雏形方案。

5月6日午餐，笔者特意留心了一下，只见张毓强挑选了一碗清炒生菜、一碗豆腐皮、一小碗米饭，与大家边吃边聊。大约有十四五位高管和中层管理者，在他四周散坐着，围绕着各种话题，大家七嘴八舌，自由议论。黄钧筠利用闲谈空隙，向张毓强报告恒石公司4月份销售情况，张毓强与她一笔笔算着账。然后，就谈到当前股市，张毓强对股市很了解。对王源和尹航说，在股票问题上，大错误不准犯，小错误要少犯，重复错误不能犯。大机遇要抓，小钱也要赚。

说完工作上的事，张毓强也会侃大山。他说自己五一节5天时间，一共跑了102公里，平均每天跑3小时、20公里。看来，自己没有辜负劳动节这个节日。本来，他打算把这个"成果"发在微信群里，但又怕给大家增添压力，最终没有发出。

哈哈哈，众人大笑。在轻松氛围中，"午餐会"结束。

更多的"餐后会"是海阔天空的漫谈、闲聊，几乎什么内容都有。从国际大势、天文地理，到街谈巷议、坊间传闻。有时，张毓强还会聊及他的家庭，谈他的儿子张健侃和两个小孙子。张毓强说，自己与儿子健侃的定位是朋友。父子关系是天然关系，属于上帝安排；

朋友关系则由自己选择。他从来不以父辈自居,健侃从小就把他当朋友看,彼此有事商量着来。在集团,健侃从不叫老爸,而是称呼他为张总。在家里,父子俩从来不商量工作,因为,家里无对错。现在,健侃与两个儿子也是这种朋友式关系,从不呵斥。现在的小朋友,很独立,懂得那么多,有时大人简直难以理解。譬如大孙子学写字,家教老师才教了两天,这小家伙就写得像模像样,连张毓强都觉得惊奇。为什么?就是因为大孙子喜欢写字。有一天,这小家伙问张毓强:爷爷,你知道曹操有几个儿子吗?不知道吧?平时自认为博学多识的张毓强的确不知道,一下子被大孙子问住了。然后,小家伙得意地告诉爷爷,曹操有 25 个儿子!天哪,那么多?!这回轮到张毓强惊叹啦。

说着这些话题时,张毓强会随手摘下金边眼镜,显现出祖父辈的慈祥平和,流露出特有的亲情蜜意。此刻的张毓强,是人们印象中最可爱的辰光。

描述振石控股集团饮食文化,不能不写到他们的酒文化,真的极具特色,职工年夜饭和年终工作会议聚餐也许是其中最隆重、最热闹的。非亲历者,很难描述那种场景,很难体会那种热烈、融洽、欢快、放松。

聚餐开始后,先是张毓强给主桌的人逐一敬酒。然后,他独自一人,绕全场一圈,一桌桌敬过来。之后,员工们开始给张毓强敬酒。每人手中的酒杯都斟得满满的,组成整齐的队列,波浪般前行,标准化动作。那时节,张毓强来者不拒、不分彼此,有时还自觉主动地往自己酒杯里加酒。然后,用极高的分贝喊着号子,一口气干完。接着,第二拨、第三拨又是如此。

张毓强回忆说,他从 1987 年正式就任厂长后,就开始抓职工食堂。有许多企业,把职工食堂当作负担,而张毓强不这么看。恰恰相反,他认为,民以食为天,中国人最注重吃,企业餐饮很重要,餐饮文化是企业文化的组成部分。要把员工的心留住,首先要把员工的胃管好，使员工由担忧用餐到期待用餐，感到暖心、舒心、安心、放心。

自助餐厅形式自 2002 年 2 月推出，坚持至今。笔者在查阅档案时，找到了《振石控股集团 2018 年工作计划与目标书》，看到其中有关食堂管理栏目，竟列出 44 项目标与措施。提出食堂餐饮工作要以"提高菜品质量、提高员工满意度"为总体目标，以"健康餐饮"为总体原则，开展均衡饮食、合理搭配。做好特色菜品推出工作，逐步形成总部餐厅特色菜系。早餐做好牛肉面、羊肉面等特色面点，中餐做好煲仔饭、特色煲、烤鸭等特色菜、时令菜、精品菜，并根据不同季节更换。推出夏季特色凉菜、秋季养生汤，增强可看点、可吃性。做好节日月饼、粽子、汤圆、清明果供应和年货订购。开展厨艺学习、交流、竞技，等等。可谓包罗万象、一应俱全。从中不难看出张毓强对职工食堂管理的精细化程度。

笔者还专门采访了物业公司分管餐饮的负责人和食堂主任，从她们处了解到一些细节，令人印象清晰。在职工饮食上，张毓强舍得花钱，职工餐厅仅炊具厨具就花费了 250 多万元。并明确，员工餐厅所有管理费用和人员薪酬支出，均由集团单独列支，服务人员月薪略高于酒店水平。员工饭菜以原料成本价售卖，不许盈利。每餐菜价控制在 6 元左右。在张毓强看来，盈利就是赚员工的钱，他张毓强不需要这点钱。听说有位食堂管理人员，一次向张毓强汇报说，职工餐厅有了盈利，结果被张毓强劈头盖脸批了一通。平时，他除了必要应酬，几乎每天都在职工餐厅用餐，也会对餐厅的菜肴品种、质量、口味提出自己的意见，让餐厅管理人员改进。张毓强说了一句不是笑话的笑话，他每天在职工餐厅吃，就是对餐厅工作最大的支持，也是对餐厅工作最有效的监督。他每天来吃，餐厅管理人员和大厨们就不敢懈怠。

有不少人向笔者介绍，张总是个美食家，嘴巴蛮"刁"。桐乡话里说某人"嘴刁"，是指其对饭菜质量要求颇高，会品味会比较。张健侃也给笔者介绍过，老爸偶尔有空，也会自己下厨做家常菜，拿手的是咸菜肉丝面。而张毓强认为，振石控股集团职工餐厅做得还不够。他在采访中认真地说，他去日本时，曾去机场高速公路入口处的几家便当店考察过，人家在那样一种杂乱环境里，将卫生设施、饭菜质量搞得很好，值得振石人学习。他还许愿说，哪一天他从巨石集团退下来后，会有更多精力琢磨振石控股集团职工饮食问题。笔者想，听到张毓强这一想法，振石控股集团员工们大概会很期待那一天吧？

张毓强对企业成本管理的要求近乎严酷。但他对员工体育文化设施投入却一点都不吝啬，甚至可说大方得"过分"。如果不是事先有人告知，你都很难相信，一家企业的体育活动中心会具备这样的规模和条件。张毓强在建设振石办公大楼时，同步规划，投入巨资建起振石控股集团体育活动中心。这个活动中心占地面积4556平方米，拥有5800平方米的体育场馆、250米长跑道的操场、25米6泳道的游泳池及完备的体育康体设施，可以举办各种球类、棋牌、游泳赛事和文艺演出及体操健身活动。

2021年，火红五月。振石控股集团第三届职工运动会在自家体育活动中心举行，笔者有幸见证全过程。

天公作美，久雨初霁、惠风和畅，已显威力的阳光透过薄薄的云层，照射在振石控股集团运动场上，给绿草茵茵的场地镀上一层耀眼的金色。场地正中，一面鲜艳的五星红旗在夏风中猎猎作响，簇拥着国旗的是振石控股集团企业旗帜，18面不同颜色和标识的旗帜在夏风中舒展身姿，显得十分飘逸。主席台朝东，台上悬挂着"振石控股集团第三届职工运动会"会标，顶角上是红色的振石控股集团标识，遥对着天上的太阳，熠熠生辉。主席台面对新建中的巨石科技大楼。该大楼如剑戟般的姿势直指云空，与春笋般造型的振石大楼并肩耸立，勾勒出凤凰湖畔一组独特建筑造型——双峰插云。场地四周，站满了运动员和观众，人们穿着五颜六色的运动服装，脸上洋溢着一种兴奋与期待，犹如临战前的前线将士。

张毓强和集团高管们坐在主席台上，身穿运动服，一脸灿烂笑容。

金祥宣布运动会开始。

在国旗引导下，企业之旗、运动会会旗先后经过主席台。然后运动员入场，振石控股集团所属各单位员工，穿着不同色块的运动服装，红色、黑色、白色、蓝色、橘黄色、荧光绿，在嘹亮的歌声中，或迈着正步，或跳着舞蹈，从主席台前通过。

出旗！唱国歌！金祥继续主持着议程。

只见此时张毓强略微仰起头，跟着众人高唱国歌。

总裁张健侃致辞。他声音洪亮、激情洋溢。运动点燃盛夏，赛事欢度党庆。此次运动会，既是振石控股集团一个体育盛会，也是一次纪念建党百年庆典。

张毓强用响亮激昂的声音宣布运动会开幕。礼炮响起。

头顶上，无人机在高空进行同步拍摄。

很难相信，这是一个企业运动会，如此正规、像模像样。

运动会第一个项目是集体广播体操比赛。共有 7 支队伍参赛，每支队伍 2 列、每列 16 人，衣着统一，动作整齐规范。不同色彩组合成不同动态方阵。

张毓强用目光追踪着这些队伍，视线随着队伍的变化而移动，脸上是抑制不住的喜悦之色。

年轻真好，运动真好，振石真好！笔者一边观看，一边在心底感叹。

体操比赛结束，接下来是振石控股集团保留节目：环湖长跑，集团各级领导带头，全体员工参加。

有点遗憾的是，今天张毓强有要事外出，无法参加。他对笔者解释说，往年他都带头环湖跑，今天外出是早就约定了的，无法更改，自己要对客户讲信誉。不过，今天早上他已跑过，而且超出了凤凰湖环湖 3.2 公里的长度，权作冲抵吧！

今天的长跑由张健侃带领众人。他一边跑，一边向笔者介绍着：

振石控股集团很早就提倡体育活动，只是以前没这么好的环境。搬到新大楼后，有了这个条件，就搞得比较正规啦。而且，集团要求所有企业管理层必须参加至少一个项目。这样，人就多。人一多，氛围就好。

是吧，笔者在比赛现场，看见各单位、各部门主管都在。尤其是刘晓亚，听说东方特钢公司员工获得环湖长跑男女第一名，他的脸上笑开了花。那神情，似乎比在市场上销售了1亿吨不锈钢还开心哩！

进入比赛项目后，争夺十分激烈。一项项具有振石文化标记和特色的比赛，"击鼓同心""车轮滚滚""凌空飞射""集体长绳"等先后登场亮相。

企业运动会，追求的自然不是体育竞技成绩。那些世界纪录、单项冠军之类与他们无缘，他们脑海中，也根本没有那些标尺。除了健身强体外，那些在绿茵场上奔腾跳跃的身姿，那些此起彼落的欢呼与呐喊，还有同事间因成绩优劣而相互调侃取笑的段子，还有现场即时的原创性幽默点评，一句话让人笑上半天，才是企业运动会最富魅力和感染力之所在。

一个企业的文化，实质是企业主导者的精神境界、眼界胸怀、文化理念、审美情趣、个性脾气的体现，内成于心，外化于行。换句话说，有什么样的企业领导者，就会有什么样的企业文化。振石控股集团的文化就是张毓强一手打造和塑形的，处处打着张毓强的烙印。

振石控股集团从2013年始，建立了中高层干部体能达标考核，每年像考核工作一般考核干部的体能指数，不合格者会被黄牌警告。2019年5月，由张毓强首倡、后被广为接纳的"三健"活动在集团正式推出。"三健"，即"健身强体""健心交心""健企强企"，集团全体员工参加。从用词上，就可揣摩出张毓强发起这一活动的宗旨和初心。希望企业及员工持续保持昂扬向上、团结一心、直面困难、勇于挑战的精神状态和身体素质。

规定动作每月一次，在每月末最后一周周五下午4点始。风雨无阻、雷打不动。自选动作由下属企业和部门自定。

2019年5月31日，首次"三健"活动举行。张毓强带头参加。

"三健"活动带来的直接效果是，在振石控股集团你看不到大腹便便的人，看不到病恹恹的人。

笔者采访过销售部副总丰岚，一个与漫画家丰子恺有着亲戚关系的女士。漂亮、文弱，像一株生在江南水乡的兰草。她说自己第一次参加"三健"活动时，根本吃不消，稍微一跑，竟晕了过去，把大家吓得够呛。现在，她能轻轻松松把环湖3.2公里跑下来，一点没事。

还有一位"典型人物"是集团稽查监管部总经理邹今值。原先也是个胖子，一直以来自己给自己找理由，原谅自己。一次，邹今值过生日，张总特意为他叫了一个蛋糕，切给他吃。同时，给他布置了一项"特殊工作"：减肥。两三年下来，邹今值体重减轻了40多斤。采访中，他打开手机，给笔者看了他拍摄于2019年4月15日的照片，简直判若两人。

据说，振石控股集团"三健"活动的影响已波及巨石集团。集团总监张志坚，论知识、技术、能力、性格，那是没的说，唯一不足是身材过胖。他现在整天忧心忡忡的事，不是管理，不是销售，而是担忧张总在巨石集团推广"三健"长跑，他的身体过不了关。

2021年5月28日下午4点，又一次"三健"活动举行。笔者应邀参与并作现场观摩。

阴天，微风，有利于活动。下属公司员工已穿着运动服抵达操场，在大楼办公的人也陆续跑下来，边跑边穿着运动服，匆匆加入队伍。笔者粗粗估摸，约有三四百人。张毓强上身着一件深蓝色运动衫、下穿运动短裤，与集团所有高管、中层干部一起参加。大家排成若干方块，在教练员统一口令下，做着长跑前的预备动作，活动身体。

开始！环凤凰湖长跑开始。夕阳映照在凤凰湖上，微风吹拂、金波荡漾、蒹葭萋萋、小鱼历历。回首望去，跑步的人群男男女女、五颜六色，犹如涌动的波浪，起起伏伏、奔波腾跃。

跑了约一公里，笔者已气喘吁吁、汗流浃背，实在跟不上队伍奔跑的步伐，无奈撤出。抬头见张毓强仍跑在队伍前头，一副雄赳赳、气昂昂的模样，不由得自叹弗如。张毓强只比笔者小 12 天，在人生这个刻度上，12 天简直可以忽略不计。但在体力和耐力上，竟有如此大的差距，惭愧呀！人们常说，岁月不饶人，但为什么岁月却能饶过张毓强呢？！

笔者只好回身在终点处等候长跑队伍。不一会儿，只见队伍拉开差距，先后向终点奔来。没有想到的是，临近终点时，张毓强突然加速，竟如年轻人般越跑越快，居然把张健侃、王源等人甩在他身后。

等张毓强站定，笔者试探着问他怎么样？张毓强喝了口水，轻松地回答，还好！

真的还好。笔者见他衣衫上并没有多少汗渍。

长跑结束，转入自由活动。人们三三两两地打球、健身、游泳，呼喊声、欢笑声、闹腾声，此伏彼起，传得很远很远。

张毓强欣然地看着那些年轻的朝气蓬勃的脸庞，仿佛在巡视自己培植的花圃，或是欣赏自己创作的艺术品。从那些身手矫健的身影里，从那些充满期待的目光中，他更加意识到自己的责任，他要将这群年轻人带向理想的彼岸。

哦，此刻，只有在此刻，笔者才似乎真正接近了张毓强的内心世界和精神境界，仿佛从他外在迷宫般的布局中，探寻到登堂入室的台阶，也仿若从他点豆成兵般的决策与管理中，找到步入中心的路径。

张毓强根据他所理解的中国特色社会主义市场经济体制和马克思主义关于人的自由而全面发展的理想状态，在自己资源和能力所及的范围，进行着一种实践，或曰种植一块试验田。在物质层面，他力图为集团每位员工创造一个建功立业的平台，让每个人的体能、智能、心能、潜能得以释放和迸发，创造尽可能多的物质财富。在精神层面，他力图让集团每位员工实现人生价值，获得成就感、归属感、荣誉感、幸福感，尽量校正人类与生俱来的嫉妒、排斥、自卑、孤独、寂寞等心理痼疾，达到身心健康愉悦，脸上有笑、心里有爱，感受生活的璀璨和人生的美好，竭力构造出一个和煦的乐园、人生的共同体。

这，不就是我们人类苦苦追求的佳境吗？！

并非结束的尾声

一万年太久，只争朝夕。

——毛泽东

2021 年，对中华民族而言，注定是个具有特殊意义的年份。中国共产党百年华诞。两个百年交汇之点。

2021 年，对于振石控股集团发展史而言，也是个里程碑式的年份。振石控股集团高质量发展进入黄金期，又一波创业机遇呈现在面前。这是张毓强对振石控股集团目前形势和任务的判断。

企业一旦走到这个点上，你所有的决策、资源、市场、技术、人才都会汇聚起来，形成一个爆发点，一个漂亮的、令人自豪的爆发点。

6 月 11 日下午，振石控股集团隆重举行"十四五"战略规划发布会。

窗外，一个郁郁葱葱的世界，正处于一年中最为生机勃勃的季节。室内，金碧辉煌的大厅，璀璨的灯光与透射进来的夏阳交织在一起，显得分外明亮。具有振石控股集团特色的双道背景板，相互映衬，烘托着会场气氛。与会者清一色白色短袖、深灰色长裤，显示出军人般整齐划一。

振石控股集团总裁张健侃站上讲台，自信地、声调高亢地发布振石控股集团"十四五"战略规划，并作着阐释。

战略规划共 24 篇章，分为"总战略""集团篇""职能部门篇""子公司篇"。十大板块多向打通、相互开放，实现集团内小循环，参与国内外大循环，形成"三个循环"相互促进新格局。振石控股集团在"十四五"末，要实现千亿市值、千亿营收、百亿利润，并使员工、科级干部、厂部级干部的年薪分别登上 15 万元、50 万元、100万元台阶。

振石控股集团"十四五"规划，是个倍增计划。换句话说，振石控股集团要通过 5 年高质量、高速度、高品质发展，再造一个同样体量、更高质量的振石控股集团。已有的单打冠军、隐形冠军，如何持续生长，做到更强、更优、更精？在一些新的领域和行业，如何培育新的单打冠军、隐形冠军？需要形成共识，需要作出决策。当然，今后肯定会碰到无数挑战，还要花费许多心血。张健侃心中默默思虑着。

一个个目标、数据，转化成高亢激越的声浪、色彩斑斓的图示、充满自信的气势，冲击着每个与会者。

会场内静极了。人们的眼神里，充满了惊奇、惊讶、兴奋、激动、憧憬。众人似乎已看到张健侃总裁描绘的那些蓝图变为现实的存在，大家已置身于未来的场景中。

张毓强用满意甚至欣赏的眼神看着张健侃，他从儿子身上看到了昔日的自己，看到儿子正逐步走向成熟。十五六年来，自己悉心倾情创造各种平台和渠道，于细微处，言传身教，如切如磋，如琢如磨，引导和培养健侃。现在的健侃，朴实低调、沉稳内敛、虑事周全、善与人处。这些，都是一个企业领导者必备的品质。他想起一位伟人说过的话，世界是你们的，也是我们的，但归根结底是你们的。是的，世界未来属于青年人，振石控股集团的未来肯定属于健侃和集团里这帮年轻人。毫无疑问，他对儿子健侃和集团里这帮年轻人寄予厚望。他张毓强下半辈子的使命，就是把这帮年轻人慢慢推向舞台中心。

8月16日，张毓强创业50周年纪念日。

秋雨初歇，午后的阳光从毛玻璃般的云层中穿透出来，显示出别样的亮光。沐浴了几天秋雨的绿植，墨绿浓郁，一如成熟的作物。笔者感叹自然界的初秋，也感叹张毓强人生的初秋，原来可以这么壮美、沉静、富有内涵。

车流从振石办公大楼门口出发，沿着风景如画的凤凰湖，驶向石门镇。车上坐着张毓强父子和振石控股集团的企业骨干。这是纪念活动第一个环节：重温初心、牢记使命。

大运河石门湾、吴越界碑、磊石弄、寺弄路、河边的小作坊、和尚桥、老式拉丝车间、已经发黄显旧的老板椅……一草一木、一事一物，似乎勾起了张毓强已沉潜多年的记忆。他一路上健步如飞、谈笑风生、感慨万千，指点着遗迹旧物，向身旁的张健侃和管理者们介绍东风布厂的简陋、和尚桥埭第一次技改的辛苦、318工程的艰难、201工程的曲折、风电基材的愿景……途中，遇上老街坊、老员工，张毓强或朝对方肩胛上轻轻一击，以示亲昵；或拉住对方的手，用当地土话聊天，叙说当年的穷困、今日的发展。那份熟稔、自然、温馨、随意，将他的恋旧情结和感恩心理表露无遗。

50年整、半个世纪，张毓强一直在奔跑。他并不讳言途中经常遇到的困难和偶尔感到的困惑、疲惫、孤独，但他的步履始终没有偏离接近目标的那条中轴线，更没有选择停顿或退出。现在，张毓强的使命更为高远与神圣，他要让振石控股集团和巨石集团成为百年企业、伟大企业，争取进入世界500强。张毓强清楚，2021年度世界500强年营收起点线为240亿美元。换句话说，世界500强俱乐部的门槛是营收1560亿人民币。如果振石控股集团接近这个数，就有可能进入世界500强俱乐部。振石控股集团与之远吗？不远；近吗？不近！

笔者有感于张毓强50年创业创新创造的业绩，填写一阕《满江红》以贺：回首青春，磊石处、披星戴月。五十载、沧桑风雨，玻纤凝血。闯荡天涯知宇宙，畅游商海扪鼋鳖。善谋略、智取冠军杯，人中杰。千万事，从容别；新时代，心尤切。看当今寰球，家国情烈。老骥长存扶世志，衷肠但愿同仁悦。君不见、花甲正华年，从头越！

今天，张毓强高兴啊，的确高兴！他高兴的不是因为这50年自己做得多么优秀，而是一个能力和结构比较理想的团队已成长起来。这个团队由振石文化孕育而成，完全可以胜任百年企业、伟大企业的重担。张毓强告诫大家，忘掉昨天所谓的成绩，把握未来无数的机会。张健侃，努力！全集团的年轻人，努力啊！

是的，张健侃正在努力。先努力学习，跟上老爸的步伐，然后努力在将来某一天超越老爸。这一点雄心壮志，是必需的！张健侃看着队伍中虽近暮年但仍意气风发的老爸，真是感慨万端。斗转星移、时序更替，岁月如梭、白驹过隙，老爸过去眼中的小孩侃侃，现已成为集团总裁，与老爸一起驾驶着振石集团这艘巨轮前行。张健侃深知，他面对的不仅是体量庞大的企业规模、数百亿的财富、一路创业的荣光，而且更肩负着父辈殷殷的期望、闯进世界500强的压力、近万名员工共同富裕的愿景。张健侃对此充满信心。置身宏阔时代，又有这么好的领军人物和优秀团队，一切皆有可能。

仪式上，张健侃满含深情地向老爸张毓强赠送了一件雕塑作品《燃》。燃，意味着燃烧，象征着热烈、光明、激情、奉献、升腾、向上……寓意深刻而深远。《燃》，既是对老爸张毓强50年创业历程的总概括，也是对自己及其团队激情燃烧的总期许。这是张健侃与设计制作团队一起反复酝酿确定的主题。很显然，这个立意与形象，获得张毓强由衷的赞许。那赞许从心底里发出，并由眼神传递出来。张健侃接收到了，在场所有人也都感受到了。

大厅灯光璀璨，金色的《燃》熠熠生辉，波光漫及各个方位，映照着一张张笑脸。

用大文豪莎翁的话说：凡是过去，皆为序章。

用中国企业家张毓强的话说：过去翻篇，从零开始。

未来已来，唯变不变。

振石控股集团的创业史、创新史、创造史，是一部电视连续剧。笔者深信，由于剧中人的倾情演出，肯定会一集比一集更丰富、更精彩、更动人。

人们期待着。

期待，是另一种美好。

感悟与感谢

——写在后面

辛丑年江南晚秋，杭城的桂花几乎延迟一个来月才绽放。然而一旦开起来，却显得比往年浓烈、深沉和持久，恍若迟来的爱、晚到的晴。整个杭城自然也包括笔者的寒舍，均浸润在浓郁桂香之中。那种沁人心脾的舒适，非置身其间者无法感受。

笔者寒舍坐落在京杭运河一端，与桐乡石门湾段的运河相连。笔者呆想，从笔者窗前汩汩流过的水，兴许就是从张毓强的石门湾来的？从这个意义上说，我俩都生活在古运河的怀抱里，心灵能够感应。

创作这部报告文学，缘于一次无意的邂逅。

2020 年金秋时节，笔者因创作报告文学《东方大港》，随宁波舟山港集团领导赴山西考察采访陆港建设。那天，山西省委主要领导会见浙江企业家，笔者叨陪末座。只见一位结实健硕、气度不凡的企业家，用清晰的思路、简洁的语言、沉稳的语速向山西省委主要领导介绍企业情况，表明投资意向，提出建议要求。发言中没有一句多余的话，笔者不由得在内心为他点赞。

边上有人悄悄地向笔者介绍，他，就是大名鼎鼎的世界玻纤大王、振石控股集团董事局主席、中国巨石总裁张毓强。

哦，原来是他！虽说笔者没有去过该企业，但振石控股集团和中国巨石的名声如雷贯耳呀！

共进晚餐时了解到，张毓强主席与笔者竟然同年同月同星座，只是比笔者小 12 天。我俩均属于联合国确认的"年轻的老年人"。

同行的香港商报社事务总监兼浙江办事处主任谢国平先生给笔者介绍说：这是一个有故事的人，也是一个有趣的人。您可以写写他。

事后方知，谢国平先生是振石控股集团独立董事。

于是，一切就变得顺理成章。

笔者写张毓强，不仅仅是写一家民营企业的发展简史。不仅写他的成功，也写他的失败；写他的顺境，也写他的曲折；更想写出张毓强独特的成长经历、心路历程，以及别人所没有的敏锐、悟性、刻苦、坚韧、意志力及柔软、温情。试图还原出一个真实、可敬，又带点学习难度的新时代企业家形象。

从张毓强身上，从他的实践和实绩中，我们可以概括提炼出新时代中国企业家的若干特质：

其一，浓烈的家国情怀。企业经营应当没有国界，但企业家有自己的祖国。自觉把企业视作国家、社会有机组成部分，承担起企业的社会责任和历史使命，把企业的具体决策、商业经营与国家前途和命运，与国家发展战略、社会需求度、国际竞争力等联系起来，竭力满足社会对优质产品的需求，使得普罗大众的物质和精神生活因此而得以提升。

其二，不懈的创新追求。企业家的本质是创新，新时代尤其需要企业家的创新意识、创新精神、创新实践。创新有始点，无终点。要以创新的理念引领创新、组织创新，使企业创新成为永恒主题、不竭动力、核心竞争力，成为全体员工的自觉行为、普遍行为、日常行为。

其三，宽广的国际视野。关注波诡云谲的国际时局，洞察全球产业链和产品的发展前沿及国际市场竞争格局，把企业国际化作为企业追求目标。勇敢地走出去，坚定地走下去，成功地走回来。不断攀登并逐步占领世界科技、工艺、产品、品牌的制高点，努力使自己所管理的企业成为行业冠军、世界冠军。

其四，敏锐的市场感应。对国内外市场了如指掌、动若脱兔。尊重市场规律，把握市场脉动，能迅捷作出判断和决策。先人一步，领先若干。尊重客户体验，讲诚信、重然诺。善于打通国内外两个大循环和企业内部小循环，调动体制资源、政策资源、资本资源、产业资源、人力资源、社会资源、时间资源等，将其组合转化为市场优势。

其五，科学的精准管理。始终不渝地抓住质量、成本这两个关键节点，千方百计提质降本节能减耗。企业制度要以问题为导向，讲究实用、管用和更新，既管又理。企业家率先垂范，身教言教，形成执行力。日常管理注重细节，用制度管人，用人管机器，全面推行管理的标准化、精准化、智能化，广泛应用现代高新技术。

其六，深厚的人文素养。新时代企业家，要求具有强烈的文化意识和深厚的人文底蕴。做企业，貌似做产品，其实是做文化、培育人。要在企业中孕育向上向善向美的价值观，引导员工养成外化为行、习焉不察的行为规范，创造丰富多彩的文化、体育、人际活动载体，着力营造人生共同体、生活大家庭的环境与氛围，增强全体员工的归属感、获得感、幸福感。

显而易见，笔者上述抽象出来的六点，带有"张毓强特征"。

但笔者认为，这些特质，既是张毓强的实践经验和精神创造，并为新时代中国企业所需，其共性也普适于中国社会各阶层，值得推介和弘扬。

这，就是笔者创作这部报告文学作品的初心。

张毓强用50年即半个世纪的时间，将一个镇办小作坊，发展成两家闻名遐迩的跨国企业，巨石集团已成为全球玻纤规模第一，振石控股集团已进入中国民营企业500强榜单，位列305位，并入围中国服务业民企100强，实现了由巨大到强大的蝶变。现在，张毓强提出要再用50年时间，建设百年企业，实现由强大到伟大的跨越。

笔者以为，张毓强用"跨越"一词准确且含义丰富。

何谓伟大企业？

当代最负盛名的管理作家之一、哈佛商学院首席管理教授罗莎贝思·莫斯·坎特在《伟大的公司如何思考》中指出，伟大的公司不会将组织流程视为榨取更多经济价值的途径。相反，在它们构建的框架中，社会价值和人文价值成了决策标准。它们相信公司是有使命的，并且将通过多种方式满足利益相关者的需求。……伟大公司的领导者能够从不同角度解释自己的决策依据。这样，他们就能创造出新的行为模式，重新恢复人们对企业的信心，并改变我们生活的这个世界。

如果撇开这位首席教授那些西式语言结构和概念，用通俗的中国话来表述，其实就是企业的社会责任感和历史使命感。所谓社会责任，就是一个企业要为全社会、全人类提供优质产品和服务，使普罗大众因你提供的产品而提高物质和精神生活的品位，增强满足感、幸福感。所谓历史责任，就是一个企业的发展要与历史发展趋势相吻合、相一致，并努力促成这种进步。人类社会将因你而变得更公平、更安全、更文明、更环保、更可持续。

应当说，这个目标比较高远；也应当说，振石控股集团距离这个目标还有不小差距。正因如此，才成为张毓强下半辈子的目标。眼下，张毓强正为这个"伟大跨越"进一步打造产业基础、资本基础、品牌基础、人才基础。

当本部作品定稿之际，正值江南酷暑盛夏。杭州古运河畔热浪翻滚、蝉鸣不断。笔者漫忆本部作品采访创作过程，内心深感温暖，觉得应该感谢许多人。

首先，衷心感谢本部作品主人公张毓强主席。是他半个世纪的创业创新创造，才使文本有了事实基础和生动素材；是他的真诚邀约和热忱支持，才使笔者有了学习创作的机缘。笔者从这位同龄人身上，看到了许多，学到了许多，体悟到了许多。张毓强主席那么忙，管理着两大集团，他和他的员工们每天创造着巨大价值。对他的采访形式又是那么特别。他不愿意浪费笔者采访的机会，每次都会找一些管理层和年轻人旁听，期望对他们有所裨益。那种惜时如金、惜墨如金，为笔者多年来采访创作所仅见，令人印象极其深刻。它从某个侧面回答了张毓强之所以能成为今天的张毓强的原因。

其次，衷心感谢振石控股集团、巨石集团团队，大家放下手头繁忙的工作，不厌其烦地接受一次次采访。有的远在海外，也热情地借助视频进行交流。有的已退休居家，还帮忙寻找旧物资料、考证细枝末节。百余人次的生动回忆和精彩介绍，使笔者获益匪浅。需要向其中一些人表示歉意的是，鉴于作品立意和侧重点，有些采访素材甚至包括被采访者名字均未出现在作品中，祈求他们谅解一二。

再次，衷心感谢振石控股集团办公室主任金祥。他统筹安排整个采访计划，周全细密，要言不烦，使笔者感受到"梧桐滴雨夜初凉"般舒适。办公室主任助理诸国斌每天两次准时叫好滴滴车，每每使笔者甚感不安。办公室陆嘉成秘书多次记录整理采访内容，为笔者节省了大量时间。办公室宣传科科长夏晓倩具体落实每个采访人选。巨石集团王兆锋秘书帮忙联系落实了巨石集团有关采访对象，巨石集团办公室陆定峰科长为笔者提供了巨石集团档案资料。这些帮助，既为笔者采访创作提供便利，更温暖了一位作家的心。

还要衷心感谢忘年之交谢国平友牵线搭桥、穿针引线，力荐此题材，并视同己事，几次陪同前往，提出修改意见建议，使笔者感受到友情的真挚与可贵。

还有，衷心感谢好友、著名书法家廖奔先生题写书名，为拙作增光添彩。

陈崎嵘

壬寅盛夏于古运河之畔